Mords Ladies

Scherz Krimi

Spannung mit Niveau

Mords Ladies

Hochkarätig, kaltblütig und exklusiv servieren die neuen Queens of Crime ihre spannendsten Morde

Claretta Cerio · Amanda Cross
Antonia Fraser · Celia Fremlin
Sue Grafton · Mary Higgins-Clark
Patricia Highsmith · P. D. James
Lia Matera · Sara Paretsky
Ruth Rendell · Irene Rodrian
Julie Smith · Margaret Yorke

Scherz
Bern München Wien

Ausgewählt von Gisela Eichhorn

Sonderausgabe 1994

Schutzumschlag unter Verwendung eines Fotos
von Hubertus Mall, Stuttgart.

Inhalt

Quitt

Sara Paretsky

Für Bob Kirschner, der mich sehr unterstützt hat

1

»Das ist ein sehr heikler Begriff. Ich scheue mich einfach, dieses Wort zu gebrauchen.« Mit zweifelnd geschürzten, weichen Lippen wandte sich Paul Servino an mich. »Was meinst du dazu, Victoria? Du bist Rechtsanwältin. Stimmst du mir nicht zu?«

»Ich gebe zu, daß das Gesetz Verantwortung anders definiert als wir, wenn wir das Wort in gesellschaftlicher oder moralischer Hinsicht benutzen«, sagte ich abwägend. »Kein Staatsanwalt wird versuchen, Mrs. Hampton ins Gefängnis zu bringen, aber heißt das ...«

»Siehst du«, unterbrach mich Servino, »genau das ist meine Meinung.«

»Aber meine nicht«, sagte Lotty hitzig. Ihre dichten schwarzen Augenbrauen zogen sich bedrohlich zusammen. »Und wenn du Claudia gesehen hättest, nachdem ihr die Lauge die Gedärme zerrissen hatte, würdest du vielleicht ein bißchen anders darüber denken.«

Einen Augenblick lang herrschte Schweigen am Tisch. Wir waren überrascht von Lottys heftiger und wütender Reaktion. Penelope Herschel sah Servino an und schüttelte leicht den Kopf.

Nickend quittierte er ihren Blick. »Tut mir leid, Lotty. Ich wollte dich nicht so aus der Fassung bringen.«

Lotty rang sich ein Lächeln ab. »Paul, man meint immer, nach dreißig Jahren im Arztberuf sei man dagegen immun. Man meint, wer daran gewöhnt ist, die Menschen so leiden zu sehen, wird durch seine Professionalität vor zuviel Mitgefühl bewahrt. Aber das Mädchen war fünfzehn. Es hatte sein Leben noch vor sich. Es wollte kein Kind haben; die Mutter wollte es. Nicht mal aus religiösen Gründen, denn als Engländerin verachtet sie alles Katholische. Sie hoffte nur, sie könnte weiterhin das Leben ihrer Tochter bestimmen. Claudia fühlte sich dem Druck ihrer Mutter nicht gewachsen und schluckte eine Flasche Herdreiniger. Und jetzt sagt bloß nicht, die Mutter sei dafür verantwortlich. Mir ist es völlig gleichgültig, ob sie vor Gericht gestellt wird oder nicht: Für mich hat sie den Tod ihrer Tochter verschuldet, als hätte sie ihr selbst das Gift eingeflößt.«
Servino ignorierte ein weiteres leichtes Kopfschütteln von Lottys Nichte. »Es ist ein tragischer Fall – aber auch für die Mutter. Lotty, glaubst du etwa, sie wollte, daß sich ihre Tochter umbringt?«
Lotty lächelte gequält. »Was im Unterbewußtsein vorgeht, fällt ja wohl in dein Ressort, Paul. Vielleicht war es Mrs. Hamptons Wunsch. Wenn sie natürlich Claudias Tod nicht *wollte*, würde das Gericht sie zum Teil von ihrer Verantwortung freisprechen. Stimmt's, Vic?«
Mir war unbehaglich zumute: Ich wollte nicht den Schiedsrichter spielen. Das Gespräch nahm die Form eines Familienstreits an, bei dem dann beide Parteien auf die hinzugerufene Polizei losgehen. Im übrigen interessierten sich zwar fast alle anderen Gäste für den Fall und respektierten Lottys Gefühle, aber keiner legte Wert auf eine Diskussion über gesetzliche und moralische Verantwortung.
Die Dinnerparty fand zu Ehren von Lotty Herschels Nichte Penelope statt, die gerade einen ihrer periodischen Streifzüge durch Chicagos Modeszene unternahm. Ihr Vater – Lottys einziger Bruder – war Besitzer einer Reihe teurer Modegeschäfte in Montreal, Quebec und Toronto. Er

spielte mit dem Gedanken, sich in Chicago eine Ausgangsbasis für die Vereinigten Staaten zu schaffen; Penelope besichtigte geeignete Objekte und machte sich gleichzeitig ein Bild von den Frühjahrsideen der hiesigen Designer.
Lotty gab jedesmal ein Abendessen für Penelope, wenn sie in der Stadt war. Servino zählte immer zu den Gästen. Er war Psychiater und mit Lotty befreundet. Penelope hatte ihn auf einer ihrer ersten Einkaufstouren in Chicago kennengelernt. Seitdem hatten sie sich so oft getroffen, wie es zwei vielbeschäftigten Geschäftsleuten möglich war, die ein halber Kontinent voneinander trennte. Obwohl ihre Affäre inzwischen fünf Jahre dauerte, wohnte Penelope weiterhin bei Lotty, wenn sie in der Stadt war.
Die beiden übrigen Gäste der kleinen Gesellschaft waren Max Loewenthal, der Geschäftsführer von Beth Israel, wo Lotty in der Abteilung für perinatale Medizin arbeitete, und Chaim Lemke, Klarinettist beim Holzbläserquintett Aeolus. Lotty und Max hatten den schmächtigen, melancholischen Mann als Flüchtling in London kennengelernt. Chaims Frau Greta, Harfenistin und Pianistin bei einer Gruppe, die Musik alter Meister spielte, war nicht da. Lotty war der Meinung, man sollte sie nicht einladen, weil sie Pauls Patientin war; im übrigen hätte sie die Einladung wahrscheinlich sowieso nicht angenommen, weil sie im Augenblick mit dem Oboisten des Aeolus-Quintetts, Rudolph Strayarn, zusammenlebte.
Das Essen fand in meiner Wohnung statt. Geschockt durch den Tod des jungen Mädchens hatte Lotty im Laufe des Tages angerufen und mich gebeten, ihr mit der Einladung zu helfen. Sie war so aus der Fassung, daß ich nicht anders konnte, als ihr meine Wohnung für die Party anzubieten.
Bei Käse und Obst hatte Lotty begonnen, den Fall mit allen Anwesenden zu diskutieren. Dabei war sie vor allem empört über ein Rechtssystem, das Mrs. Hampton so einfach davonkommen ließ.
Aus unerfindlichen Gründen setzte Servino die Diskussion

trotz Penelopes warnend gerunzelter Stirn fort. Wir waren bereits bei der dritten Flasche Barolo angelangt. Vielleicht erklärte das Pauls mangelndes Taktgefühl.

»Mrs. Hampton hat das Mädchen nicht mit vorgehaltener Pistole gezwungen, schwanger zu werden«, sagte er. »Die Tochter trägt ebenfalls Verantwortung, wenn man das Wort schon benutzen will. Und der Junge – der Vater, wer immer das war.«

Lotty, die sich normalerweise zurückhielt, hatte auch reichlich getrunken. Ihre schwarzen Augen blitzten; der Wiener Akzent war unüberhörbar.

»Glaube mir, Paul, ich kenne die Debatte. Es geht um die alte Frage, wen die Schuld trifft: den, der den Schuß abfeuert? Den, der die Waffe herstellt, oder den, der für die Umstände verantwortlich ist? Oder die Eltern des Schützen? Für mich sind das akademische Haarspaltereien – du weißt schon, all der Quatsch, den man uns vor ewigen Zeiten in Europa beigebracht hat: elementare Ursache, unmittelbare Ursache, hinreichende Ursache und so fort. Es ist graue Theorie, aber nicht das Leben. Man nimmt den Leuten die Verantwortung für ihr Handeln. Da kannst du die ganze Nacht lang Heinz Kohut zitieren und all die anderen Selbstanalytiker; du wirst mich trotzdem nicht davon abbringen, daß die Menschen in der Lage sind, bewußt zu handeln, oder daß Eltern für das verantwortlich sind, was sie ihren Kindern antun. Genauso könntest du behaupten, die Nazis wären nicht verantwortlich für das, was sie Europa angetan haben.«

Penelope lächelte verkrampft. Sie hatte Lotty ebenso gern wie Servino und wollte nicht, daß sie sich zum Narren machte. Max dagegen sah Lotty liebevoll an; es gefiel ihm, wenn sie sich ereiferte. Chaim starrte in die Luft und bewegte lautlos die Lippen. Wahrscheinlich ging er seine Partitur durch.

»Das würde ich wohl behaupten«, schnappte Servino mit seinem starken italienischen Akzent zurück. »Und schau mich nicht so an, als ob ich Joseph Goebbels wäre. Chaim und ich sind zehn Jahre jünger als du, aber wir haben so ziemlich das gleiche durchgemacht. Ich vergebe oder entschuldige die Greueltaten nicht, unter denen unsere Familien gelitten haben. Dazu gehört auch die Vertreibung. Aber ich kann mir Himmler, Mussolini oder sogar Hitler ansehen und sagen, sie haben sich aufgrund von Schwächen so verhalten, die in ihrer Geschichte, ihrer Abstammung und ihrer Kultur begründet sind. Man könnte genausogut den Franzosen die Schuld geben, weil sie so ein Bedürfnis nach – nach *rappresaglia* hatten; hilf mir mal, Victoria!«

»Vergeltung«, sekundierte ich.

»Siehst du, Lotty, jetzt werde ich auch hitzig. Ich vergesse mein Englisch. Also, wenn die Franzosen und die Engländer Deutschland nicht durch Reparationsleistungen überfordert hätten, wäre die Situation vielleicht ganz anders gewesen. Wie kann man da Verantwortlichkeit fordern von einem Menschen oder einem Volk? Man muß einfach in seinem eigenen Umfeld das möglichste tun.«

Lotty verzog keine Miene. »Ja, Paul. Ich weiß, was du damit sagen willst. Die Franzosen haben eine bestimmte Sachlage geschaffen, das ist richtig. Und die Engländer sind Hitler entgegengekommen. Und die Amerikaner wollten die Juden nicht aufnehmen. Das ist alles wahr. Aber trotzdem hatten die Deutschen die Wahl. Sie hätten anders handeln können. Ich will sie nicht aus der Verantwortung entlassen, bloß weil ich an den Handlungen der anderen etwas auszusetzen habe.«

Ich nahm ihre Hand und drückte sie fest. »Auch auf die Gefahr hin, hier den Neville Chamberlain zu spielen: seid doch friedlich! Chaim hat die Klarinette mitgebracht und Max seine Geige. Wenn du dich ans Klavier setzen würdest, Paul, könnten Penelope und ich singen.«

Chaims Lächeln überspielte die Traurigkeit in seinem schmalen Gesicht. Er spielte gern – sei es mit Freunden oder mit Profis.

»Gern, Vic. Aber nur ein paar Lieder. Es ist schon spät, und morgen geht's zu einer zweiwöchigen Tournee nach Kalifornien.«
Die Atmosphäre entspannte sich. Wir gingen ins Wohnzimmer, wo Chaim aus meinen Noten Hugo Wolfs *Spanisches Liederbuch* heraussuchte. Zum Schluß waren nur noch er mit Max und Lotty da. Sie spielten und unterhielten sich bis drei Uhr morgens, lange, nachdem Penelope und Servino sich verabschiedet hatten.

2

Die Ermittlungsarbeit macht im Januar weniger Spaß als zu jeder anderen Zeit des Jahres. In den folgenden beiden Tagen bahnte ich mir mit meinem kleinen Chevy den Weg durch nicht geräumte Seitenstraßen und versuchte, eine untergetauchte Kronzeugin zu finden, die in einer Achtzehn-Millionen-Betrugsaffäre aussagen sollte. Kurz vor fünf Uhr am Donnerstag abend hatte ich schließlich Erfolg. Bis ich die völlig verängstigte Frau, die sich bei einer Nichte in der 67sten Straße/Ecke Honore versteckt hielt, davon überzeugt hatte, daß sie keiner erschießen würde, wenn sie als Zeugin auftrat, bis ich sie zum Staatsanwalt und wieder sicher nach Hause gebracht hatte, war es kurz vor zehn.
Ich machte mich mit dem Schlüssel am Haustürschloß zu schaffen und dachte dabei an ein heißes Bad, Whisky in Mengen und Käsetoast. Als Mr. Contreras aus der Tür trat, knirschte ich mit den Zähnen. Der Rentner und frühere Maschinist besitzt mehr Energie als die Navratilova. An dem Abend fühlte ich mich ihm nicht mehr gewachsen.
Ich murmelte einen Gruß und ging rasch auf die Treppe zu.
»Da sind Sie ja endlich!« Die Erleichterung war ihm anzuhören.
Gottergeben blieb ich stehen. Irgendwas war wohl mit dem Hund. Ich sah es auf mich zukommen: Der sechzig Pfund

schwere Jagdhund mußte durch schneeverwehte Straßen zum Tierarzt gekarrt werden.
»Ich dachte, ich lasse sie rein. Ich hab' ihr gesagt, daß ich nicht weiß, wann Sie heimkommen, daß Sie manchmal die ganze Nacht unterwegs sind« – eine dezente Anspielung auf mein Liebesleben. »Aber sie wollte unbedingt warten und hätte die ganze Zeit auf den Stufen sitzen müssen. Sie wollte nicht sagen, was los ist. Am besten, Sie reden gleich selber mit ihr. Wollen Sie reinkommen, oder soll ich sie zu Ihnen hochschicken?«
Also nichts mit dem Hund. »Wer ist es denn?«
»Das will ich Ihnen doch die ganze Zeit sagen: das bildschöne Mädchen. Sie wissen schon, die Nichte der Ärztin.«
»Penelope?« fragte ich entgeistert.
Gerade in dem Augenblick tauchte sie unter den fuchtelnden Armen des alten Mannes durch und stand vor mir in der Eingangshalle. »Vic! Gott sei Dank, daß du da bist. Ich muß mit dir reden, bevor die Polizei auf dumme Ideen kommt.«
Sie war in einen knöchellangen silbrigen Pelzmantel gehüllt. Mit ihrer natürlichen Eleganz, exquisitem Schmuck und Make-up und der ultramodernen Frisur sah sie ihrer Tante nicht besonders ähnlich. Doch der Schock ließ die gestylte Fassade in den Hintergrund treten und rückte ihre dunklen Augen ins Blickfeld. Sie erinnerten mich so sehr an Lotty, daß ich instinktiv auf Penelope zutrat.
»Komm mit hoch und sag mir, was los ist.« Ich legte meinen Arm um sie.
Mr. Contreras zog enttäuscht die Tür hinter sich zu, als wir zusammen hinaufgingen. Penelope schwieg, bis wir in meiner Wohnung waren. Ich hängte meine Jacke und meine Daunenweste an die Garderobe in der Diele und zog mir im Wohnzimmer die schweren Laufschuhe aus.
Penelope behielt ihren Pelzmantel an. Ihre hochhackigen Kalbslederstiefel waren offenbar nicht straßentauglich; sie hatten Schneeränder. Sie fröstelte trotz ihres Mantels.

»Hast du – etwas gehört?«
Ich schüttelte den Kopf und rieb mir den rechten Fuß, der von der langen Herumfahrerei ganz verkrampft war.
»Es geht um Paul. Er ist tot.«
»Aber er ist doch noch nicht so alt. Und ich dachte, er wäre kerngesund.« Weil er im Sitzen arbeitete, joggte Servino abends immer die gut drei Kilometer von seiner Praxis im Zentrum nach Hause.
Penelope lachte leicht hysterisch auf. »Ja, er war richtig fit. Aber bei einem Schlag auf den Kopf hilft das nicht viel.«
»Könntest du nicht alles der Reihe nach erzählen, statt in dramatischen Etappen?«
Wie erhofft, ärgerte sie sich so über meine Grobheit, daß sie ihre beginnende Hysterie überwand. Sie warf mir einen königlich-verachtungsvollen Blick zu, wie ich ihn von Lotty kannte, und erzählte mir dann, was sie wußte.
Paul hatte seine Praxis in einem Gebäude, in dem noch andere Psychiater arbeiteten. Am Morgen hing ein Schild an seiner Tür, das nüchtern verkündete, aus zwingenden persönlichen Gründen müsse er sämtliche Termine für diesen Tag absagen. Als der Hausmeister gegen drei Uhr nachmittags eine Birne auswechseln wollte, fand er Servino tot auf dem Boden seines Sprechzimmers.
Kollegen bestätigten, daß sie ihn um etwa Viertel vor acht hatten ankommen sehen – zu seiner üblichen Zeit. Als sie das Schild sahen, vermuteten sie, er sei wieder gegangen, während sie selbst beschäftigt waren. Keiner maß der Sache irgendwelche Bedeutung bei.
Penelope war der Tod ihres Geliebten von der Polizei mitgeteilt worden, als sie gerade aus einem Immobilienbüro trat. Sie hatte über geeignete Mietobjekte verhandelt. Zwei Ärzte mit Praxen in Servinos Nachbarschaft hatten ausgesagt, eine dunkelhaarige Frau im langen Pelzmantel in der Nähe seines Sprechzimmers gesehen zu haben.
Penelopes dunkle Augen schwammen in Tränen. »Nicht genug, daß Paul tot ist und daß ich auf so unmögliche

Weise davon erfahren habe. Sie glauben, ich hätte ihn getötet, weil ich dunkles Haar habe und einen Pelzmantel trage. Sie wissen nicht, womit er umgebracht wurde. Mit irgendeinem ganz gewöhnlichen stumpfen Gegenstand. Es hört sich dumm und banal an; wie bei Agatha Christie. Sie haben in meinen Sachen danach gesucht.«

Während sie suchten, wurde sie drei Stunden lang verhört. Schließlich ließ man sie widerwillig laufen mit der Auflage, Chicago nicht zu verlassen. Sie hatte Lotty in der Klinik angerufen und war dann zu mir gekommen.

Ich holte den Whisky aus dem Eßzimmer, aber sie schüttelte den Kopf. Um mich für das entgangene Bad zu entschädigen, schenkte ich mir einen gehörigen Schluck ein.

»Und nun?«

»Ich möchte, daß du den Mörder findest. Die Polizei strengt sich nicht besonders an. Sie glauben, daß ich es war.«

»Haben sie einen Grund dafür?«

Sie wurde unerwartet rot. »Sie meinen, weil er mich nicht heiraten wollte.«

»Kein überzeugendes Motiv heutzutage, finde ich. Noch dazu bei deiner erfolgversprechenden Karriere. Wollte er wirklich nicht?«

»Im Gegenteil. Es war eher andersherum. Ich war noch unentschlossen, was ich tun sollte. Ob ich nach Chicago ziehen sollte. Weißt du – ich habe auch in Montreal Freunde. Und ich war immer der Ansicht, Ehe sei gleichbedeutend mit Monogamie.«

»Aha.« Die Affäre zwischen Paul und Penelope bekam für mich ein etwas anderes Gesicht. »Du hast ihn doch nicht umgebracht – möglicherweise aus einem anderen Grund?«

Sie zwang sich zu einem Lächeln. »Weil er in bezug auf Verantwortung eine andere Meinung vertrat als Lotty? Nein. Und auch aus keinem anderen Grund. Fragst du nun Lotty, ob sie es war?«

»Lotty hätte Sonntag abend irgend etwas vom Eßtisch gepackt und ihn damit zerfleischt. Sie hätte sich nicht mit einem Prügel in seine Praxis geschlichen.« Ich sah sie nachdenklich an. »Nur aus reiner Neugier: Was hast du heute früh gegen acht gemacht?«

Ihre schwarzen Augen funkelten mich an. »Eigentlich hatte ich Verständnis von dir erwartet, und nicht, daß du mir die gleichen blöden Fragen stellst, die ich schon den ganzen Nachmittag von der Polizei gehört habe!«

»Und was hast du nun heute früh um acht gemacht?«

Sie stürzte zur Tür, besann sich jedoch und verharrte in Türnähe vor dem Poster von Nell Blain. Mit dem Rücken zu mir sagte sie frostig: »Ich trank meine zweite Tasse Kaffee. Zeugen habe ich keine. Wie du weißt, ist Lotty um diese Zeit längst weg. Vielleicht hat mich jemand um halb neun aus dem Haus gehen sehen. Ich schlug vor, die Nachbarn zu befragen, aber die Polizei schien kein besonderes Interesse daran zu haben.«

»Verkauf sie nicht für blöd. Wenn sie dich nicht verhaften, stellen sie schon noch Fragen.«

»Aber du könntest Fragen zu meiner Entlastung stellen. Sie wollen mir bloß was anhängen.«

Ich preßte meine Daumen und Zeigefinger gegen meinen Nasenrücken und versuchte, den dumpfen Schmerz hinter den Augen loszuwerden. »Am wahrscheinlichsten ist, daß ihn ein erboster Patient umgebracht hat. Das ist dir doch sicher klar? Trotz deiner Befürchtungen wurden sie heute wahrscheinlich schon alle von der Polizei vernommen.«

Nichts konnte sie davon überzeugen, daß ihr keine unmittelbare Gefahr drohte, von korrupten Richtern im Schnellverfahren verurteilt zu werden – mit anschließender Exekution im Morgengrauen. Sie blieb bis nach Mitternacht, wobei sie mich abwechselnd beschwor, sie zu verstecken, und aufforderte, die Polizei bei der Suche nach Pauls Mörder zu unterstützen. Ich konnte sie nicht dazu bewegen, Lotty anzurufen und ihr zu sagen, wo sie sich aufhielt. Sie hatte Angst, Lottys Telefon könnte angezapft sein.

»Versteh doch, Penelope«, sagte ich schließlich entnervt, »ich kann dich nicht hier verstecken. Falls du wirklich verdächtigt wirst, ist dir die Polizei hierhergefolgt. Selbst wenn ich dich irgendwie rausschmuggeln und irgendwo verstecken könnte – ich würde es nicht tun. Ich würde wegen Behinderung der Rechtsfindung meine Lizenz verlieren, und es würde mir recht geschehen.«

Ich versuchte, ihr zu erklären, wie schwierig es war, eine gerichtliche Erlaubnis zur Überwachung des Telefons zu erlangen, aber es half alles nichts. Ich war kurz davor, Penelope anzuschreien, als Lotty zum Glück selbst anrief. Sie war völlig niedergeschmettert von Servinos Tod und machte sich Sorgen wegen Penelope. Die Polizei war mit einem Haussuchungsbefehl angerückt. Sie hatten eine Reihe von Haushaltsutensilien mitgenommen, darunter ihren Regenschirm. Normalerweise hätte sie eine solche Belästigung zur Weißglut gebracht; aber sie war zu bestürzt, um dem Vorgang allzuviel emotionale Beachtung zu schenken. Ich gab den Hörer an Penelope weiter. Was immer Lotty zu ihr gesagt hatte, es trieb ihr die Röte ins Gesicht; doch war sie danach bereit, sich von mir nach Hause fahren zu lassen.

Als ich – zum Umfallen erschöpft – zurückkam, wartete John McGonnigal im Streifenwagen vor meiner Tür. Er folgte mir über den Gehsteig und öffnete schwungvoll die Tür.

Ich sah ihn ungnädig an. »Danke, Sergeant. Es war ein langer Tag. Schön, daß nun noch einer den Portier für mich spielt.«

»Bißchen kalt zum Reden hier unten, Vic. Wie wär's, wenn Sie mich zu 'ner Tasse Kaffee einladen würden?«

»Ich möchte in mein Bett. Wenn Sie was zu sagen oder vielleicht sogar zu fragen haben, dann spucken Sie's aus.«

Es war nur leeres Gerede, und das wußte ich auch. Wenn ein Polizeibeamter sich nachts um eins mit mir unterhalten wollte, so würde er das auch tun. Mr. Contreras' Auftritt in einem tomatenroten Bademantel beschleunigte nur meine Bereitschaft, ihm entgegenzukommen.

Während ich Käsebrote machte, fragte McGonnigal, was Penelope mir erzählt hatte.

»Sie hat sich mir nicht in die Arme geworfen und geschluchzt: ›Vic, ich habe ihn umgebracht! Du mußt mir helfen!‹« Ich röstete die Käsebrote mit etwas Olivenöl in der Pfanne. »Was habt ihr Jungs gegen sie vorzubringen?«

Die Empfangssekretärin und zwei Psychoanalytiker hatten gegen zwanzig vor acht eine kleine dunkelhaarige Frau in der Nähe von Servinos Praxis in einer Nische stehen sehen. Keiner hatte ihr viel Beachtung geschenkt. Als sie Penelope gegenübergestellt wurden, räumten sie ein, sie hätte es gewesen sein können; sicher waren sie jedoch nicht. Wäre sie eindeutig identifiziert worden, so hätte man sie bereits verhaftet, selbst wenn die Waffe noch nicht gefunden war.

»Gestern abend haben sie sich im ›Filigree‹ laut gestritten. Dem Oberkellner war das ganz peinlich. Servino war Stammgast, und er wollte ihm nicht zu nahe treten; aber ein paar Gäste beschwerten sich. Dieses Mädchen, die Herschel ...« McGonnigal warf mir einen wachsamen Blick zu. »Diese Frau, meine ich. Sie stürmte allein davon und schlief bei ihrer Tante. Ein Nachbar sah sie am Morgen gegen sieben weggehen – nicht um halb neun, wie sie behauptet.«

Das hörte sich nicht gut an. Ich fragte ihn nach der Todesursache.

»Irgend jemand hat ihm eins seitlich gegen den Hals versetzt. Durch den Schlag wurde ein Halswirbel zertrümmert und eine Hauptschlagader verletzt. Er muß fast auf der Stelle tot gewesen sein. Servino war nicht besonders groß, wie Sie wissen. Die Herschel hätte keine Schwierigkeiten gehabt.«

»Aber womit?« fragte ich.

Das war der wunde Punkt. Alles kam dafür in Frage – angefangen beim Baseballschläger bis zum Stahlrohr. Der Gerichtsmediziner tippte eher auf das letztere, denn die Haut

war an einigen Stellen verletzt. Sie hatten jeden Gegenstand aus Lottys Wohnung und Penelopes Gepäck mitgenommen, der sich als Waffe eignete. Die Sachen wurden gerade auf Blutspuren und Hautreste untersucht.
Ich prustete los. »Wenn Sie Lottys Wohnung durchsucht haben, hat sie Ihnen sicher ganz schön die Leviten gelesen.«
McGonnigal verzog das Gesicht. »Sie hat sich Luft gemacht, stimmt. Können Sie sich vorstellen, womit er umgebracht wurde?«
Ich schüttelte den Kopf. Der Gedanke an Pauls Tod war so abscheulich, daß ich nicht die Kraft aufbrachte, über die mögliche Waffe nachzudenken. Nachdem McGonnigal gegen halb drei gegangen war, lag ich im Bett und starrte ins Dunkel. Ich konnte nicht schlafen, obwohl ich völlig erschöpft war. So gut kannte ich Penelope auch nicht. Daß sie Lottys Nichte war, hieß ja nicht, daß sie keinen Mord begehen konnte. Um ehrlich zu sein: Ihr Theater am gestrigen Abend hatte mich nicht hundertprozentig überzeugt. Wer sonst kam einem so nahe, daß er ihm das Genick brechen konnte, wenn nicht der oder die Geliebte? Ich wälzte mich stundenlang im Bett herum und fiel gegen sechs in einen unruhigen Schlaf.
Lotty weckte mich um acht und beschwor mich, Servinos Mörder zu finden. Die Polizei war um halb acht noch einmal gekommen, um Penelope zu fragen, warum sie verschwiegen hatte, daß sie am frühen Morgen des Vortags in Pauls Wohnung gewesen sei.
»Und warum war sie da?« fragte ich sachlich.
»Sie sagt, nach ihrem Streit wollte sie die Dinge wieder ins Lot bringen, aber er war bereits auf dem Weg in seine Praxis. Bei der polizeilichen Vernehmung war sie zu verstört, um die Wahrheit zu sagen, Vic, ich habe furchtbare Angst, daß man sie verhaftet.«
Ich murmelte etwas vor mich hin. Mir schien, als hätte sie allen Grund dazu, aber mir war mein Leben zu lieb, als

daß ich es laut zu Lotty gesagt hätte. Auch so verlief die Unterhaltung bald im Sande.
»Ich komme bei Wind und Wetter und flick' dich zusammen. Nie hörst du von mir ein Wort der Klage.« (Das stimmte nicht ganz; aber ich widersprach nicht.) »Wenn ich dich jetzt einmal um Hilfe bitte, zeigst du mir die kalte Schulter. Das werde ich mir merken, Victoria.«
Riesige schwarze Flecken tanzten vor meinen Augen. »Prima, Lotty.«
Ihr Hörer knallte auf die Gabel.

3

Verbissen machte ich mich an meine Tagesgeschäfte. Im Auto stellte ich den Lokalsender ein, um zu hören, ob Penelope eventuell verhaftet worden sei. Trotz aller nachteiligen Zeugenaussagen wollte der Staatsanwalt offenbar nichts unternehmen, solange man nichts über die Tatwaffe wußte.
Kurz nach sechs stapfte ich die Treppe zu meiner Wohnung hinauf und dachte an ein Bad, ein halb durchgebratenes Steak und an mein Bett. Auf dem obersten Treppenabsatz knirschte ich vor ohnmächtiger Wut mit den Zähnen: Vor meiner Tür saß eine Frau im Pelzmantel.
Als sie aufstand, erkannte ich, daß es nicht Penelope war, sondern Chaim Lemkes Frau Greta Schipauer. In dem dunklen Treppenhaus war mir ihr goldblondes Haar nicht gleich aufgefallen.
»Vic! Gott sei Dank, daß du da bist! Ich sitze seit vier hier, und in zwei Stunden habe ich ein Konzert.«
Ich hantierte mit den drei schweren Türschlössern. »Ich habe ein Büro in der Stadt, damit die Leute nicht vor meiner Tür auf dem Boden sitzen müssen«, sagte ich spitz.
»Tatsächlich? Und ich dachte mir immer, du würdest in deinem Wohnzimmer arbeiten.«
Sie folgte mir in die Wohnung, ging sofort ans Klavier und

spielte ein paar Quinten herunter. »Du müßtest mal dein Klavier stimmen lassen, Vic.«
»Hast du deshalb zwei Stunden auf mich gewartet? Um mir zu sagen, daß mein Klavier gestimmt werden muß?«
Ich hängte meinen Mantel in der Diele auf und setzte mich auf die Couch, um mir die Stiefel auszuziehen.
»Nein, nein.« Sie setzte sich hastig. »Ich komme natürlich wegen Paul. Ich habe heute mit Lotty gesprochen. Sie sagt, du weigerst dich, nach seinem Mörder zu suchen. Warum das, Vic? Wir brauchen dich alle ganz nötig. Du kannst uns jetzt nicht hängenlassen. Gestern wurde ich zwei Stunden von der Polizei vernommen. Meine Konzentration ist völlig dahin. Ich konnte überhaupt nicht üben. Das Konzert heute abend wird bestimmt eine Katastrophe. Sogar Chaim hat darunter zu leiden, und er ist drüben an der Westküste.«
Ich war zu erschöpft, um noch taktvoll sein zu können. »Woher weißt du das? Ich denke, du lebst mit Rudolph Strayarn zusammen?«
Sie sah mich überrascht an. »Was hat das damit zu tun? Chaims Musik interessiert mich immer, und die war fürchterlich. Rudolph rief heute früh an und hat es mir erzählt. Ich habe mir dann in der Stadt eine Zeitung aus Los Angeles gekauft.«
Sie hielt mir die *L. A. Times* mit der aufgeschlagenen Kulturseite vor die Nase. Die Schlagzeile lautete: *AEOLUS VOM WINDE VERWEHT*. Chaims Werbefoto illustrierte den Bericht.
Ich überflog die Meldung:

> »Chaim Lemke, einer der brillantesten Virtuosen Amerikas, muß seine Klarinette zu Hause vergessen haben; er spielte, als halte er das Instrument zum erstenmal in der Hand. AEOLUS-Managerin Claudia Laurents erklärte, der Mord an einem Chicagoer Freund habe das Quintett aus dem Takt gebracht. Zwar gelang es den übrigen Solisten, dem Ganzen den Anstrich eines Konzerts zu geben,

aber die Vorstellung von Amerikas bekanntestem Holzbläserquintett war eindeutig ein Mißklang.«

Ich gab Greta die Zeitung zurück. »Chaim hat einen so guten Ruf, daß ein solcher Verriß in zwei Tagen vergessen ist. Mach dir darüber keine Gedanken. Geh du zu deinem Konzert und konzentriere dich auf deine Musik.«
Sie starrte mich mit ihren leicht hervortretenden Augen an. »Ich hab's Lotty nicht geglaubt. Ich denke, ich höre nicht recht, Vic. Wir brauchen dich. Wenn es ums Geld geht, dann nenn uns deinen Preis. Nur sei nicht so herzlos und hilf uns.«
»Greta, die Polizei hält sich bloß deshalb noch zurück, weil sie die Mordwaffe nicht finden. Ich helfe ihnen nicht bei der Suche. Das beste für uns wäre, sie würde nie gefunden. Nach einiger Zeit lassen sie Penelope nach Montreal zurück, und euer Leben verläuft wieder in den üblichen Bahnen.«
»Nein, nein! Du glaubst, Penelope hat das Verbrechen begangen. Niemals, Vic, niemals. Ich kannte sie schon als kleines Mädchen. Ich bin nämlich in Montreal aufgewachsen. Dort habe ich auch Chaim kennengelernt. Du kannst mir glauben, ich kenne sie. Sie hat den Mord nicht begangen.«
Starrköpfig argumentierte sie weiter, bis sie auf die Uhr sah, einen Schreckensschrei ausstieß und sagte, sie müsse sich beeilen, sonst käme sie zu spät in den Konzertsaal. Als ich erleichtert die Tür hinter ihr verschloß, sah ich, daß sie ihre Zeitung vergessen hatte. Ich studierte noch einmal Chaims feingeschnittenes Gesicht. Er sah traurig aus, als hätte er im Augenblick der Aufnahme gewußt, daß es etwas zu betrauern gäbe.

4

Als die Polizei am Donnerstag zu später Stunde Penelope des Mordes beschuldigte, gab ich schließlich den verschiedenen Bitten und Forderungen ihrer Freunde nach und begann mit einer unabhängigen Untersuchung. Die Polizei hatte keine Waffe gefunden, doch der Staatsanwalt nahm an, sie sei im Fluß gelandet.

Ich ließ mir die Namen der beiden Psychiater und der Empfangssekretärin geben, die die vermeintliche Mörderin am Dienstag vor Servinos Praxis gesehen hatten. Sie waren so daran gewöhnt, nervöse Patienten hinter Trennwänden verschwinden zu sehen, daß sie die Frau kaum beachtet hatten. Keiner von ihnen war bereit, sie vor Gericht zu identifizieren. Diese Tatsache würde Freeman Carter entgegenkommen, der Penelopes Verteidigung übernommen hatte; aber sie wog nicht den Schaden auf, den Penelope mit ihrer Falschaussage angerichtet hatte.

Gegen eine Kaution von 100000 Dollar wurde sie auf freien Fuß gesetzt. Sie wurde von Verzweiflung und wilden Wutanfällen hin und her gerissen; ihre Geschichte klang nicht besonders überzeugend. Trotzdem war ich verpflichtet, ihre Unschuld zu beweisen. Ich tat für sie, was ich konnte, und im übrigen vertraute ich darauf, daß Freeman beschlagen genug war, sie nicht in den Zeugenstand zu rufen.

Einer meiner Zuträger von der Polizei besorgte mir eine Liste von Pauls Patienten – auch den ehemaligen. Lotty, Max und Greta stellten Freeman und mir jeden Betrag zur Verfügung, den wir benötigten; ich konnte die Gebrüder Streeter zur Überprüfung der Alibis sämtlicher Patienten anheuern.

Ich sprach mit allen selbst und versuchte, jedem ernsthaften Anschein eines Vertrauensbruchs und jedem gravierenden Ärgernis nachzuspüren, das einen Mord rechtfertigen könnte. Ich las sogar Pauls Aufzeichnungen und fühlte mich dabei wie eine Voyeurin. Es faszinierte mich, wie er Greta charakterisierte. Ihre ausgeprägte Ich-Bezogenheit hatte mich immer gestört. Paul war wesentlich einfühlsamer. Offenbar bezweifelte er, daß sie sich je einer Selbstbetrachtung unterziehen würde.

»Wie hat Paul deine Affäre mit Rudolph beurteilt?« fragte ich Greta eines Nachmittags, als sie sich wieder einmal nach meinen Fortschritten erkundigte.

»Ach, du weißt ja, wie er war: Er respektierte mein künstlerisches Temperament, und er wußte, was man in meinem Beruf braucht, um zu überleben. Außerdem machte er mir plausibel, daß ich mich nicht dafür verantwortlich fühlen mußte. Der ausgeprägte Narzißmus meiner Eltern sei schuld daran, daß ich mich so nach Liebe und Zuneigung sehne. Und Rudolph ist als Liebhaber viel gelöster als der arme Chaim mit seinen endlos zur Schau gestellten Schuldgefühlen und Selbstzweifeln.«

Ich bekam eine leichte Gänsehaut. Ich verstand nichts von Psychoanalyse, aber ich konnte mir nicht vorstellen, daß Paul seine Bemerkungen über persönliche Verantwortung so interpretiert wissen wollte.

Chaims künstlerische Leistung hatte sich inzwischen weiter verschlechtert. Er beschloß, die restlichen Auftritte an der Westküste abzusagen. Das Aeolus-Quintett fand einen Ersatz – den zweiten Klarinettisten des Chicagoer Symphonieorchesters. Aber sie bekamen nur mittelmäßige Kritiken in Seattle und spielten in Vancouver und Denver vor halbleeren Häusern.

Greta holte Chaim bei seiner Rückkehr vom Flughafen ab. Ich wußte das, weil sie die lokalen Fernsehsender informiert hatte; in den Zehn-Uhr-Nachrichten starrte sie mich vom Bildschirm an, während sie Chaim mit mütterlicher Fürsorge aus der Gepäckausgabe führte. Als die Kameraleute abgezogen waren, machte sie sich auf zu Rudolph und rief mich um halb elf von dort an, um sich zu versichern, daß ich ihr eheliches Getue mit angesehen hatte.

Ich war nicht überzeugt von Gretas Beteuerung, Chaim würde rascher zu sich selbst finden, wenn er auf sich allein gestellt sei. Am nächsten Tag schaute ich selbst einmal bei ihm vorbei. Trotz der frühen Nachmittagsstunde war er noch im Morgenmantel. Ich entschuldigte mich, weil ich ihn geweckt hatte, doch er versicherte mir mit einem lieben, tristen Lächeln, er sei schon länger auf den Beinen. Als ich ihm in das helle Wohnzimmer mit Ausblick auf den Michigansee folgte, erschrak ich über sein ungesundes Aussehen. Seine schwarzen Augen lagen wie riesige Höhlen in dem schmalen Gesicht. Offenbar hatte er seit einiger Zeit nicht geschlafen.

»Chaim, bist du beim Arzt gewesen?«

»Nein, nein.« Er schüttelte den Kopf. »Ich kann bloß seit Pauls Tod nicht mehr spielen, das ist alles. Ich versuche es, aber ich bringe weniger zustande als mit fünf. Ich weiß nicht, was schlimmer ist: daß Paul tot ist oder daß sie Penelope verhaftet haben. So ein liebes Mädel. Ich kenne sie seit ihrer Geburt. Ich bin sicher, sie hat ihn nicht umgebracht. Lotty sagt, du kümmerst dich um den Fall?«

»Ja, aber nicht sehr erfolgreich. Die Beweise gegen sie sind ziemlich dürftig. Ich glaube kaum, daß man sie verurteilt. Wenn die Waffe auftaucht...« Ich ließ den Rest offen. Wenn die Waffe auftauchte, könnte das der fehlende Stützpfeiler für die Anklage des Staatsanwalts sein. Ich versuchte redlich, für Penelope zu arbeiten, aber mir kamen immer wieder solche ketzerischen Gedanken.

»Du suchst nach der Waffe? Weißt du, was es für eine ist?«

Ich schüttelte den Kopf. »Der Staatsanwalt gab mir Aufnahmen von der Wunde. Ich ließ Vergrößerungen machen und zeigte sie einem Arzt. Ich hoffte, er hätte vielleicht eine Idee. Es muß so was wie ein Rohr oder ein Stock mit Zacken oder irgendwelchen Ausbuchtungen gewesen sein. So eine Art Keule, wie sie die Höhlenmenschen benutzt haben. Ich bin so ratlos, daß ich sogar im Field-

Museum nachgefragt habe, ob sie irgendeine Idee haben oder ob sie vielleicht eine tödliche alte Waffe vermissen.«
Chaim war ganz grün geworden. Ich bekam ein schlechtes Gewissen. Er hatte so eine lebhafte Phantasie; ich hätte den Mund halten sollen. Nun hatte er bestimmt wochenlang Alpträume und mußte noch länger warten, bis er wieder spielen konnte. Um das Thema zu wechseln, überredete ich ihn, sich von mir etwas aus den kärglichen Vorräten in seiner Küche kochen zu lassen. Er aß nicht viel, aber er sah nicht mehr so fiebrig aus, als ich ging.

5

Am ersten Tag von Penelopes Gerichtsverhandlung fand ihn seine Putzfrau morgens in der Wohnung. Er war dem Tode nahe. Lotty, Max und ich hatten den Tag zusammen mit Lottys Bruder Hugo und seiner Frau im Gerichtssaal verbracht. Gretas verzweifelte Hilferufe erreichten uns erst, als Lotty vor dem Abendessen in der Klinik vorbeifuhr.
Am Abend zuvor hatte Chaim zum erstenmal seit Wochen an einer Probe des Aeolus-Quintetts teilgenommen. Er hatte sich eine neue Klarinette gekauft. Vermutlich meinte er, es läge am Instrument. Blasinstrumente verhalten sich anders als Violinen; sie werden mit der Zeit schlechter. Ein aktiver Klarinettist muß sich etwa alle zehn Jahre ein neues Instrument kaufen. Trotz der neuen Klarinette – einer Buffet, wegen der er extra nach Toronto geflogen war – lief die Probe nicht.
Er verabschiedete sich früh, fuhr nach Hause und drehte am Küchenherd den Gashahn auf. Er hinterließ einen Zettel mit den Worten: »Ich habe mir meine Musik zerstört.« Die Putzfrau wußte über sein Privatleben so weit Bescheid, daß sie Greta in Rudolphs Wohnung anrief. Da Greta die Probe mitverfolgt hatte, während sie auf den Oboisten wartete, wußte sie von Chaims Versagen.

»Es überrascht mich nicht«, sagte sie am Telefon zu Lotty. »Seine Musik war das einzige, was ihm blieb, nachdem ich ihn verlassen hatte. Da er nun beides verloren hatte, sah er keinen Grund mehr zum Weiterleben. Gott sei Dank hat mir Paul so oft auseinandergesetzt, weshalb wir für unser Tun und Lassen nicht verantwortlich sind. Sonst hätte ich jetzt furchtbare Gewissensbisse.«

Lotty rief den diensthabenden Arzt im Mitchell-Krankenhaus an und erfuhr, daß Chaim am Leben bleiben würde. Er hatte jedoch seine Lunge schwer geschädigt. Er konnte kaum reden und würde vermutlich nie wieder spielen können.

Schäumend vor Wut gab sie ihr Gespräch mit Greta wieder, während wir im »Drake« – in der Suite ihres Bruders – auf das Abendessen warteten. »Es hat den Falschen erwischt mit der Karriere«, sagte sie aufgebracht. »Ich konnte nie verstehen, wieso Chaim diese egozentrische Hure so leidenschaftlich liebte!«

Marcella Herschel verzog angewidert den Mund. Sie kamen schon im Idealfall nicht gut miteinander aus, aber wenn Lotty in Wut geriet, fand Marcella sie nahezu unerträglich. Penelope, bleich und niedergeschlagen, brachte ein Lächeln zustande und tätschelte beruhigend Lottys Schulter, während Max sie zu einem Schluck Wein zu überreden versuchte.

Nach dem Essen kam Freeman Carter vorbei, um die Strategie für den zweiten Verhandlungstag zu besprechen. Bald darauf löste sich die Gesellschaft auf; wir waren alle zu müde und zu bedrückt, um auch nur den Schein eines Gesprächs zu wahren.

Die Verhandlung dauerte vier Tage. Freeman zerpflückte brillant das spärliche Beweismaterial der Staatsanwaltschaft. Die Geschworenen berieten sich nur zwei Stunden, bevor sie ihr Urteil sprachen: nicht schuldig. Penelope fuhr am nächsten Morgen mit Hugo und Marcella nach Montreal. Lotty hatten die Ereignisse des Winters schwer zugesetzt. Sie suchte sich eine Vertretung für die Klinik und fuhr mit Max zwei Wochen nach Portugal.

Ich gönnte mir in Michigan ein verlängertes Wochenende mit meinem Hund, hatte aber weder Zeit noch Geld für einen längeren Urlaub. Als ich Montag abend nach Hause kam, lag Hugo Wolfs *Spanisches Liederbuch* noch aufgeschlagen auf dem Klavier – so wie an jenem Januarabend mit Chaim und Paul. Durch den Mord an Paul und die Vorbereitung auf Penelopes Prozeß war ich nicht mehr zum Singen gekommen. Ich versuchte es mit *»In dem Schatten meiner Locken«*; aber Greta hatte recht: Das Klavier mußte unbedingt mal gestimmt werden.

Am nächsten Morgen rief ich Mr. Fortieri an und fragte, ob er es sich einmal ansehen könne. Der alte Mann reparierte unter anderem die Instrumente des Aeolus-Quintetts und ähnlicher Gruppen und stimmte für sie die Klaviere. Mir tat er nur den Gefallen, weil er meine Mutter gekannt und ihren Gesang bewundert hatte.

Er verabredete mit mir einen Termin für den folgenden Nachmittag, was mich überraschte. Normalerweise mußte man bei ihm vier bis sechs Wochen warten. Rasch waren meine Dienstagtermine entsprechend verlegt. Als er bei mir eintraf, erkannte ich, daß er nur so schnell gekommen war, weil ihn Chaims Selbstmordversuch so bestürzt hatte. Ich hatte keine große Lust, alles noch mal durchzukauen, aber ich sah, daß der alte Mann sich Gedanken machte und jemanden brauchte, mit dem er reden konnte.

»Ich zerbreche mir den Kopf darüber, was ich mit seiner Klarinette anfangen soll, Victoria. Ich habe sie reparieren können, aber ich habe gehört, daß er nie mehr spielen wird. Es wäre bestimmt gefühllos von mir, sie zurückzugeben, selbst wenn ich keine Rechnung stelle.«

»Seine Klarinette?« fragte ich verständnislos. »Wann hat er sie Ihnen gebracht?«

»Nach seiner verkorksten Tournee an der Westküste. Er sagte, sie sei ihm in den Dreck gefallen. Ich verstehe immer noch nicht, wieso er sie nicht im Instrumentenkoffer verstaut hatte und wie das passieren konnte. Aber er sagte, sie sei völlig verdreckt gewesen, und er habe sie reinigen wollen. Dabei habe er die Klappen so verbogen, daß sie nicht mehr richtig spielte. Es war ein wunderbares Instrument. Er hatte es erst ein paar Jahre, und es hatte so um die sechstausend Dollar gekostet. Deshalb wollte ich's mal mit der Reparatur versuchen. In Kalifornien mußte er seine alte Klarinette benutzen, und ich dachte mir, daß die Tournee aus dem Grund so schlecht lief. Und natürlich auch, weil ihm Pauls Tod so naheging.«

»Sie haben die Klarinette also repariert und gründlich gereinigt«, sagte ich, als sei ich begriffsstutzig.

»Ja. Der Klang ist natürlich nicht mehr derselbe, aber für den Hausgebrauch ist es immer noch ein gutes Instrument. Aber es widerstrebt mir, ihm die Klarinette zurückzugeben, wenn er nicht mehr darauf spielen kann.«

»Lassen Sie sie hier«, sagte ich leise. »Ich kümmere mich darum.«

Mr. Fortieri schien erleichtert, seine Verantwortung an mich weitergeben zu können. Er machte sich ans Werk und stimmte das Klavier, ohne sich – wie sonst – darüber zu mokieren, daß es mir nicht gelungen war, das hohe musikalische Niveau meiner Mutter zu erreichen.

Sobald er das Haus verlassen hatte, fuhr ich ins Universitätskrankenhaus von Chicago. Chaim befand sich zur Beobachtung in der Psychiatrie, aber er durfte Besuch empfangen. Ich fand ihn im Aufenthaltsraum. Er saß da und starrte ins Leere, während *Menschen vor Gericht* über den Bildschirm lief.

Er produzierte sein liebes, tristes Lächeln und krächzte meinen Namen. Es klang wie die heisere Parodie einer Stimme.

»Können wir in dein Zimmer gehen, Chaim? Ich möchte unter vier Augen mit dir reden.«

Er streifte die leeren Gesichter um uns mit einem kurzen

Blick, stand aber gehorsam auf und führte mich in ein spartanisch eingerichtetes Zimmer mit vergittertem Fenster.
»Mr. Fortieri hat heute nachmittag mein Klavier gestimmt. Er hat mir von deiner Klarinette erzählt.«
Chaim sagte nichts, aber er schien sich leicht zu entspannen.
»Wie hast du es gemacht, Chaim? Ich meine, du bist doch Montag früh nach Kalifornien geflogen. Bist du mit dem Lumpensammler zurückgeflogen?«
»Lumpensammler?« krächzte er heiser.
Sogar in dem kleinen Raum mußte ich mich vorlehnen, um ihn zu verstehen. »Mit dem Nachtflug.«
»Ach so. Lumpensammler. Ja. Ich bin um sechs auf dem O'Hare gelandet, bin mit der Hochbahn zu Pauls Praxis gefahren und war rechtzeitig zum Zehn-Uhr-Flug wieder am Flughafen. Keiner wußte, daß ich L. A. überhaupt verlassen hatte. Zu unserer Probe um zwei habe ich's mit Leichtigkeit geschafft.«
Als ich sah, wie ihn das Sprechen anstrengte, tat mir selbst der Hals weh.
»Ich bildete mir ein, Paul zu hassen – mit all seinen Bemerkungen über Verantwortung. Ich dachte, er hätte Greta zugeredet, mich zu verlassen.« Er hielt inne, um wieder zu Atem zu kommen. Dann redete er weiter.
»Ich gab ihm die Schuld an ihrer Einstellung, sie sei unserer Ehe in keiner Weise verpflichtet. Als ich dann zurückkam, sah ich, daß Lotty recht gehabt hatte. Greta war vollkommen ichbezogen. Narziß wäre ein besserer Name für sie gewesen. Sie verwendete Pauls Worte, ohne sie zu verstehen.«
»Und was ist mit Penelope?« fragte ich. »Hättest du sie tatsächlich für dich ins Gefängnis gehen lassen?«
Er lächelte verkrampft. »Ich bin nicht darauf aus gewesen, daß Penelope verhaftet wird. Ich dachte nur ... Mir hat die Kälte schon immer zugesetzt, dieser Chicagoer Winter. Ich trage seit Jahren einen langen Pelz. Weil ich ziemlich klein

bin, meinen die Leute oft, ich sei eine Frau. Ich dachte nur, wenn mich jemand sieht, hält er mich für eine Frau. Daß Penelope verhaftet wird, wollte ich auf keinen Fall.«

Ein paar Minuten lang saß er keuchend da. »Was wirst du jetzt machen, Vic? Gehst du zur Polizei?«

Traurig schüttelte ich den Kopf. »Du wirst nie mehr spielen können. Als Lebenslänglicher wärst du glücklicher gewesen. Ich möchte aber, daß du alles niederschreibst – unter welchem Namen du geflogen bist und so weiter. Ich habe die Klarinette. Wenn Mr. Fortieri sie auch gereinigt hat: In einem guten Labor könnte man doch noch Blutspuren entdecken. Die Klarinette und dein Geständnis gehen nach deinem Tod an die Presse. Penelope hat es verdient, daß sie von jedem Verdacht befreit wird. Ihr und Lotty muß ich es sowieso sagen.«

Seine Augen glänzten. »Du weißt nicht, wie furchtbar es war, Vic. Ich war rasend vor Wut. Es machte mir wenig aus, ihm das Genick zu brechen. Aber danach konnte ich nicht mehr spielen. Du liegst also falsch: Ich hätte nie wieder gespielt, selbst wenn man mich eingesperrt hätte.«

Ich konnte den quälenden Ausdruck in seinem Gesicht nicht ertragen und ging ohne ein weiteres Wort. Aber es dauerte Wochen, bis ich einschlafen konnte, ohne seine tränennassen schwarzen Augen vor mir zu sehen.

Da haben wir die Bescherung

Mary Higgins-Clark

Dies alles wäre nie geschehen, wenn Wilma Bean nicht ihre Schwester Dorothy in Philadelphia besucht hätte. Dann hätte Ernie gewußt, daß Wilma die Ziehung im Fernsehen verfolgen würde, wäre um Mitternacht von seiner Arbeit als Wachmann im Kaufen-Sie-Hier-Einkaufszentrum in Paramus nach Hause gerast, und sie hätten zusammen gefeiert. *Zwei Millionen Dollar!* Das war ihr Gewinn in der Weihnachts-Sonderlotterie.

Weil Wilma jedoch ihrer Schwester Dorothy in Philadelphia einen vorweihnachtlichen Besuch abstattete, kehrte Ernie im Glückskleeblatt-Wasserloch auf einen oder zwei Drinks ein und beschloß dann den Abend in der sechs Häuserblocks von seiner Wohnung entfernten Harmonie-Bar. Dort nickte er Lou, dem Besitzer und Barmann, glücklich zu, schlang seine dicken, sechzig Jahre alten Beine um den Fuß des Barhockers und dachte verträumt darüber nach, wie Wilma und er den plötzlichen Geldsegen ausgeben würden.

Genau in diesem Augenblick erblickten Ernies blaßblaue Augen Loretta Thistlebottom, die auf einem Barhocker in der Ecke an der Wand lehnte und sich mit einer Hand an einem Bierkrug und mit der anderen an einer Marlborough festhielt. Loretta war eine sehr attraktive Frau. Heute abend fielen ihre gänzenden blonden Haare in einer Innenrolle auf ihre Schultern herab, der rosa Lippenstift bildete die passende Ergänzung zu ihren großen, violett umrahmten Augen, und ihr üppiger Busen hob und senkte sich aufreizend gleichmäßig.

Ernie beobachtete Loretta mit beinahe unpersönlicher Bewunderung. Es war allgemein bekannt, daß Lorettas Mann, Jimbo Potters, ein vierschrötiger Lastwagenfahrer, sehr stolz darauf war, daß Loretta in ihrer Jugend als Tänzerin gearbeitet hatte; außerdem war er extrem eifersüchtig. Es hieß, daß er Loretta nicht nur einmal verprügelt habe, wenn sie zu anderen Männern zu freundlich war.
Doch da Lou, der Barmann, Jimbos Vetter war, hatte dieser nichts dagegen, wenn Loretta in den Nächten, in denen er mit einem Ferntransport unterwegs war, in der Bar saß. Das Lokal war schließlich ein beliebter Treffpunkt. Eine Menge Ehefrauen kamen mit ihren Freundinnen hierher, und Loretta meinte: »Jimbo kann nicht erwarten, daß ich allein in die Röhre gucke oder auf Tupperware-Partys gehe, wenn er Knoblauchknollen oder Bananen spazierenfährt. Da ich aus einer berühmten Künstlerfamilie stamme, brauche ich Menschen um mich.«
Lorettas bevorzugtes Gesprächsthema war ihre Karriere im Showgeschäft; sie wurde im Lauf der Jahre immer großartiger. Das war auch der Grund, warum Loretta – obwohl sie Mrs. Jimbo Potters hieß – stets ihren Künstlernamen Thistlebottom verwendete, wenn sie von sich sprach.
In dem spärlichen Licht, das die Kugellampe – eine Tiffany-Imitation – auf die verschrammte Theke warf, bewunderte der schweigsame Ernie Loretta wortlos. Sie mußte bereits Mitte Fünfzig sein, hatte aber noch immer eine sehr, sehr gute Figur. Trotzdem beschäftigte er sich nicht weiter mit ihr. Das Lotterie-Gewinnlos, das er mit einer Sicherheitsnadel an seinem Unterhemd befestigt hatte, erwärmte seine Herzgegend. Es war, als glühe dort ein Feuer. Zwei Millionen Dollar! Das waren mit Zinsen zwanzig Jahre lang hunderttausend Dollar jährlich. Und soviel würden sie bist weit in das einundzwanzigste Jahrhundert beziehen. Vielleicht wären sie dann sogar in der Lage, mit dem Reisebüro Cook auf den Mond zu fliegen.
Ernie versuchte, sich Wilmas Gesichtsausdruck vorzustel-

len, wenn sie von dem Gewinn erfuhr. Wilmas Schwester Dorothy besaß keinen Fernsehapparat und hörte nur selten Radio, deshalb wußte Wilma in Philadelphia noch nicht, daß sie reich war. In dem Augenblick, in dem Ernie die gute Nachricht in seinem Kofferradio gehört hatte, war er eine Sekunde lang in Versuchung gewesen, zum Telefon zu stürzen und Wilma anzurufen, hatte aber sofort erkannt, daß es so keinen Spaß machen würde. Erst als er daran dachte, daß Wilma am nächsten Tag nach Hause kommen würde, lächelte er glücklich, so daß sein rundes Gesicht wie ein fröhlicher Pfannkuchen aussah. Er würde sie am Bahnhof in Newark abholen. Sie würde ihn fragen, wie nahe sie an einen Gewinn herangekommen wären. »Haben wir zwei von den Zahlen richtig? Oder drei?« Er würde behaupten, daß sie nicht einmal eine Zahl richtig hatten. Wenn sie dann nach Hause kamen, würde ihre Strumpfhose auf dem Kaminsims hängen wie damals, als sie jung verheiratet waren. Früher hatte Wilma Strümpfe und Strumpfbänder getragen. Jetzt trug sie Strumpfhosen in Übergröße, mußte sich also bis zur Zehenspitze durcharbeiten, um das Los herauszuholen. »Such nur«, wollte er sagen, »du wirst überrascht sein.« Er konnte sich genau vorstellen, wie sie ihn jubelnd umarmen würde.

Als er Wilma vor vierzig Jahren geheiratet hatte, war sie ein verdammt niedliches junges Mädchen gewesen. Doch war ihr Gesicht noch immer hübsch, und ihr weiches, weißblondes Haar war naturgewellt. Sie war kein Revuegirl wie Loretta, aber er mochte sie, wie sie war. Manchmal war sie schlecht gelaunt, weil er gelegentlich mit den Jungs einen hob, aber für gewöhnlich war Wilma ein prima Kerl. Was das für ein Weihnachten dieses Jahr werden würde! Vielleicht würde er mit ihr zu Fred, dem Pelzhändler, gehen und ihr einen Lammfellmantel oder so was kaufen.

Ernie bestellte seinen vierten Seven and Seven, während er darüber nachdachte, was für ein Vergnügen es sein würde, seine Großzügigkeit zur Schau zu stellen. Doch seine Aufmerksamkeit wurde abgelenkt, weil Loretta Thistlebottom mit einem eigentümlichen Ritual beschäftigt war. Alle paar Minuten legte sie die Zigarette in ihrer rechten Hand in den Aschenbecher, stellte den Bierkrug in ihrer linken Hand auf die Theke und kratzte die Handfläche, die Finger und den Rücken der rechten Hand kräftig mit den langen, spitzen Fingernägeln der linken. Ernie bemerkte, daß die rechte Hand entzündet, hochrot und mit kleinen, gemein aussehenden Blasen bedeckt war.

Es wurde spät, und die Gäste brachen allmählich auf. Das Paar, das neben Ernie im rechten Winkel zu Loretta gesessen hatte, machte sich ebenfalls auf den Weg. Loretta sah, daß Ernie sie beobachtete, und zuckte mit den Schultern. »Giftsumach«, erklärte sie. »Würdest du glauben, daß es im Dezember Giftsumach gibt? Jimbos idiotische Schwester findet, daß sie gärtnerische Begabung besitzt, und hat ihren armen Trottel von Ehemann dazu gebracht, neben ihrer Küche ein Treibhaus aufzustellen. Und was wächst in ihm? Unkraut und Giftsumach. Das ist eine Meisterleistung.« Loretta hob noch einmal die Schultern und holte sich ihr Bier und ihre Zigarette wieder. »Wie geht es eigentlich dir, Ernie? Gibt es etwas Neues?«

Ernie war vorsichtig. »Nicht viel.«

Loretta seufzte. »Bei mir auch nicht. Immer das gleiche alte Lied. Jimbo und ich sparen, damit wir nächstes Jahr, wenn er in Pension geht, von hier fortziehen können. Alle behaupten, daß in Fort Lauderdale wirklich was los ist. Jimbo bekommt von den Jahren, in denen er den Sattelschlepper gefahren hat, Hämorrhoiden. Ich rechne ihm immer wieder vor, wieviel ich als Aushilfskellnerin verdienen könnte, aber er will nicht, daß jemand mit mir flirtet.« Loretta rieb ihre Hand an der Theke und schüttelte den Kopf. »Kannst du dir vorstellen, daß Jimbo nach fünfundzwanzig Ehejahren noch immer glaubt, daß jeder Mann auf der Welt auf mich scharf ist? Natürlich schmeichelt es mir, aber es kann einen auch ganz schön nerven.« Sie seufzte tief. »Jimbo ist der leidenschaftlichste Mann, den ich je gekannt habe. Aber wie meine Mutter immer gesagt hat, ist eine gute Nummer im Bett noch besser, wenn zwischen Federn und Matratze eine volle Brieftasche liegt.«

»Das hat deine Mutter gesagt?« Diese Lebensweisheit stimmte Ernie nachdenklich. Er nahm seinen vierten Seagrams mit Seven-up in Angriff.

Loretta nickte. »Sie war immer gut gelaunt, aber sie nahm auch kein Blatt vor den Mund. Hol's der Teufel. Vielleicht gewinne ich eines Tages in der Lotterie.«

Die Versuchung war zu groß. Ernie glitt so rasch, wie es seinem dicken Körper möglich war, über die beiden freien Barhocker. »Zu schade, daß du nicht mein Glück hast«, flüsterte er.

Während Lou, der Barmann, »Letzte Bestellung, Leute!« brüllte, klopfte sich Ernie genau über seinem Herzen auf die massive Brust.

»Wie man so sagt, Loretta, sind manche auserwählt. Bei der Weihnachts-Sonderziehung gab es sechzehn Gewinnlose. Eines von ihnen ist mit einer Sicherheitsnadel an meiner Unterwäsche befestigt.« Ernie fiel auf, daß seine Zunge sich schwer anfühlte. Seine Stimme sank zu einem verstohlenen Flüstern herab. »*Zwei Millionen Dollar.* Was sagst du dazu?«

Loretta ließ ihre Zigarette fallen und auf der Kummer gewohnten Theke unbeachtet weiterglimmen. *»Du machst Witze!«*

»Mach ich nicht.« Jetzt strengte ihn das Sprechen wirklich an. »Wilma und ich setzen immer die gleiche Zahl, 1-9-4-7-5-2. 1947, weil es das Jahr war, in dem ich von der High-School abging. Zweiundfünfzig das Jahr, in dem Wee Willie (Wee = winzig) zur Welt kam.« Sein triumphierendes Lächeln ließ keinen Zweifel daran aufkommen, daß er die Wahrheit sagte. »Das Verrückte daran ist, daß Wilma es noch gar nicht weiß. Sie ist bei ihrer Schwester Dorothy auf Besuch und kommt erst morgen zurück.« Ernie suchte seine Brieftasche und verlangte gleichzeitig die Rechnung.

Als er schwankte, weil der Fußboden plötzlich schief schien, kam Lou hinter der Theke hervor und beobachtete ihn: »Du wartest hier, Ernie«, befahl er. »Du bist blau. Sobald ich dichtgemacht habe, fahre ich dich nach Hause. Du mußt deinen Wagen stehenlassen.«
Ernie machte sich beleidigt auf den Weg zur Tür. Lou deutete doch tatsächlich an, daß er betrunken war. Der Kerl hatte Nerven. Ernie öffnete die Tür zur Damentoilette und bemerkte seinen Irrtum erst, als er sich in der Kabine befand.
Loretta glitt vom Barhocker und sagte schnell: »Ich setze ihn ab, Lou. Er wohnt nur zwei Häuserblocks von mir entfernt.«
Lou runzelte die Stirn. »Jimbo wird nicht damit einverstanden sein.«
»Dann erzähl es ihm nicht.« Sie sahen zu, wie Ernie unsicher aus der Damentoilette herausschwankte. »Glaubst du wirklich, daß er einen Annäherungsversuch unternehmen wird?« fragte sie verächtlich.
Lou gelangte zu einem Entschluß. »Du tust mir damit einen Gefallen. *Aber erzähle es Jimbo nicht.*«
Loretta stieß ihr widerliches Ha-ha-Gebrüll aus. »Glaubst du, daß ich meine neuen Jacketkronen riskiere? Ich muß sie noch ein Jahr abstottern.«
Ernie vernahm undeutlich irgendwo hinter sich Stimmen und Gelächter. Er fühlte sich plötzlich elend. Das bunte Muster des gefliesten Bodens begann zu tanzen, so daß sich wirbelnde Punkte vor seinen Augen drehten und ihm übel wurde. Jemand packte seinen Arm. »Ich werde dich absetzen, Ernie.« Durch das Dröhnen in seinen Ohren erkannte er Lorettas Stimme.
»Verdammt nett von dir, Loretta«, murmelte er. »Wahrscheinlich habe ich zu ausgiebig gefeiert.« Ihm wurde undeutlich bewußt, daß Lou etwas von einem Weihnachtsdrink auf Kosten des Hauses sagte, nachdem er seinen Wagen geholt hatte.

In Lorettas altem Bonneville Pontiac lehnte er den Kopf an die Rücklehne und schloß die Augen. Erst als Loretta ihn wach rüttelte, merkte er, daß sie seine Auffahrt erreicht hatten. »Gib mir deinen Schlüssel, Ernie. Ich helfe dir ins Haus.«
Sie legte sich seinen Arm über die Schultern und stützte ihn den Weg entlang. Ernie hörte, wie der Schlüssel im Schloß gedreht wurde, und fühlte, wie sich seine Füße durch das Wohnzimmer und den kurzen Korridor bewegten.
»Welches?«
»Welches?« Ernie konnte seine Zunge nicht dazu bringen, sich zu bewegen.
»Welches Schlafzimmer?« wiederholte Loretta gereizt. »Komm schon, Ernie, du bist keine Feder. Ach, vergiß es. Es muß das andere sein. Dieses hier ist mit den Vogelstatuen vollgestopft, die deine Tochter produziert. Du könntest sie nicht einmal als Preise in einer Klapsmühle verschenken, Mann. *So* verrückt ist kein Mensch.«
Ernie nahm es Loretta instinktiv übel, daß sie seine Tochter Wilma Jr., Wee Willie, wie er sie nannte, heruntermachte. Sie würde einmal eine berühmte Bildhauerin sein. Seit sie 1968 das Studium abgebrochen hatte, wohnte sie in New Mexico und verdiente ihren Lebensunterhalt, indem sie abends als Kellnerin bei McDonald's arbeitete. Tagsüber fertigte sie Tonwaren an und meißelte Vögel.
Ernie spürte, daß man ihn umdrehte und ihm einen Schubs versetzte. Seine Knie gaben nach, und er hörte das vertraute Quietschen der Bettfedern. Dankbar seufzend streckte er sich aus und war hinüber.

Wilma Bean und ihre Schwester Dorothy hatten einen angenehmen Tag verbracht. Wilma war achtundfünfzig und von Zeit zu Zeit gern mit der dreiundsechzigjährigen Dorothy zusammen. Die Schwierigkeit bestand darin, daß Dorothy sehr überheblich war und ständig an Ernie und Wee Willie etwas auszusetzen hatte, und das vertrug Wilma auf die Dauer nicht. Aber Dorothy tat ihr leid. Ihr Mann hatte sie vor zehn Jahren verlassen und lebte jetzt mit seiner zweiten Frau, einer Karate-Lehrerin, in Saus und Braus. Mit ihrer Schwiegertochter vertrug Dorothy sich nicht. Dorothy arbeitete noch immer stundenweise in einem Versicherungsbüro als Schadenssachverständige. Sie erzählte Wilma oft: »Gefälschte Schadensansprüche haben bei mir keine Chance.«

Nur wenige Menschen glaubten, daß sie Schwestern waren. Dorothy sah, wie Ernie es ausdrückte, wie eine Eins aus – gerade hinauf und gerade hinunter; sie hatte schütteres graues Haar, das sie im Nacken zu einem strengen Knoten aufgesteckt trug. Tatsächlich war Dorothy immer noch neidisch, weil Wilma die Hübschere gewesen war; auch jetzt war sie zwar rundlich, hatte aber keine Falten und hatte sich auch sonst kaum verändert. Abgesehen davon fand Wilma, daß Blut dicker ist als Wasser und daß einmal in vier Monaten ein Wochenende in Philadelphia, vor allem zur Weihnachtszeit, noch immer Vergnügen bereitete.

Am Nachmittag des Tages, an dem die Lotterie-Ziehung stattfand, holte Dorothy ihre Schwester Wilma vom Bahnhof ab. Sie aßen beim Burger King einen späten Lunch und fuhren dann durch die Gegend, in der Grace Kelly aufgewachsen war. Beide waren sie begeisterte Fans von ihr gewesen. Nachdem sie sich darauf geeinigt hatten, daß Prinz Albert heiraten sollte, daß Prinzessin Caroline ruhiger geworden war und sich benahm, wie es sich gehörte, und daß Prinzessin Stephanie in ein Kloster gesperrt werden sollte, bis sie vernünftig würde, gingen sie ins Kino und anschließend in Dorothys Wohnung. Dort erwartete sie ein gebratenes Huhn; sie tratschten beim Essen und dann bis spät in die Nacht hinein.

Dorothy beschwerte sich bei Wilma darüber, daß ihre Schwiegertochter keine Ahnung habe, wie man ein Kind erzieht, und zu eigensinnig wäre, um nützliche Ratschläge zu befolgen.

»Du hast wenigstens Enkel«, seufzte Wilma. »Bei Wee Willie läuten noch lange keine Hochzeitsglocken. Sie will unbedingt als Bildhauerin Karriere machen.«
»Ausgerechnet als Bildhauerin?« fuhr Dorothy sie an.
»Wenn wir uns nur einen guten Lehrer leisten könnten«, seufzte Wilma und versuchte, den Seitenhieb zu überhören.
»Ernie sollte Wilma nicht auch noch ermutigen«, meinte Dorothy schonungslos. »Sag ihm, er soll kein solches Theater um das Zeug machen, das sie nach Hause schickt. Bei euch sieht es aus wie in einem von einem Irren entworfenen Vogelhaus. Wie geht es Ernie? Du hältst ihn hoffentlich von Bars fern. Hör auf mich: Er hat die Anlagen zum Alkoholiker. All diese geplatzten Äderchen auf seiner Nase.«
Wilma dachte an die übergroßen Weihnachtspakete von Wee Willie, die vor einigen Tagen eingetroffen waren. *Erst zu Weihnachten öffnen*, stand auf ihnen, und im Begleitbrief hatte sie geschrieben: »Warte, bis du sie siehst, Mutter. Ich bin jetzt bei Pfauen und Papageien.« Wilma dachte auch an die kürzliche Weihnachtsfeier im Kaufen-Sie-Hier-Einkaufszentrum, bei der Ernie zuviel getrunken und eine Kellnerin in die Kehrseite gezwickt hatte.
Obwohl Dorothy damit recht hatte, daß Ernie dem Alkohol nicht widerstehen konnte, ärgerte sich Wilma darüber, daß sie ihr die Wahrheit so schonungslos unter die Nase rieb.
»Ernie wird vielleicht unvernünftig, wenn er ein oder zwei Gläschen zuviel getrunken hat, aber in bezug auf Wee Willie irrst du dich. Sie hat wirklich Talent, und wenn ich zu Geld komme, werde ich ihr helfen, das zu beweisen.«
Dorothy schenkte sich noch eine Tasse Tee ein. »Du vergeudest offenbar immer noch dein Geld für Lotterielose.«
»Klar«, antwortete Wilma fröhlich; sie mußte sich bemühen, ihre gute Laune zu retten. »Heute abend ist die Weihnachtsziehung. Wenn ich zu Hause wäre, würde ich vor dem Apparat sitzen und beten.«
»Die Zahlenkombination, die du ständig spielst, ist lächer-

lich. 1-9-4-7-5-2. Ich kann verstehen, daß eine Frau das Jahr wählt, in dem ihr Kind zur Welt kam, aber das Jahr, in dem Ernie von der High-School abging? Das ist kindisch.«

Wilma hatte Dorothy nie erzählt, daß Ernie sechs Jahre gebraucht hatte, um sich durch die High-School zu kämpfen, und daß seine Familie nach dem Examen den ganzen Block zur Feier eingeladen hatte. »Die schönste Party, auf der ich jemals war«, erzählte er Wilma immer wieder und strahlte noch bei der Erinnerung. »Sogar der Bürgermeister ist gekommen.«

Außerdem mochte Wilma diese Zahlenkombination. Sie war davon überzeugt, daß sie und Ernie eines Tages mit ihr viel Geld gewinnen würden. Nachdem sie Dorothy gute Nacht gesagt und vor Anstrengung keuchend die Couch zurechtgemacht hatte, auf der sie bei ihren Besuchen schlief, dachte sie darüber nach, daß Dorothy von Mal zu Mal bissiger wurde. Sie redete ihren Gesprächspartnern ein Loch in den Bauch, und es war kein Wunder, daß ihre Schwiegertochter sie als »unerträgliche Nervensäge« bezeichnete.

Am nächsten Tag stieg Wilma zu Mittag in Newark aus dem Zug. Ernie sollte sie abholen. Als sie zu ihrem Treffpunkt beim Haupteingang der Station kam, erblickte sie zu ihrem Schrecken aber statt Ernie ihren Nachbarn Ben Gump.

Sie lief auf ihn zu; ihr üppiger Körper war vor Spannung verkrampft. »Ist etwas geschehen? Wo ist Ernie?«

Bens hageres Gesicht verzog sich zu einem Lächeln. »Nein, es ist alles in Ordnung, Wilma. Ernie ist mit einem Anflug von Grippe oder etwas Ähnlichem aufgewacht und hat mich gebeten, dich abzuholen. Ich habe ja nichts zu tun und kann den ganzen Tag lang zusehen, wie das Gras wächst.« Er lachte herzlich über diesen Witz, der seit seiner Pensionierung sein Markenzeichen war.

»Grippe«, spottete Wilma. »Ich fresse sofort einen Besen . . .«

Ernie war ein ruhiger Mann, und Wilma hatte sich auf die friedliche Heimfahrt gefreut. Beim Frühstück hatte Dorothy, die ihre Zuhörerin verlor, nonstop gesprochen, ein Wasserfall von bissigen Bemerkungen, und Wilma hatte Kopfschmerzen bekommen.

Um sich durch Bens Schneckentempo und seine langatmigen Geschichten nicht aus der Ruhe bringen zu lassen, konzentrierte sie sich auf den angenehm aufregenden Augenblick, wenn sie sofort nach ihrer Ankunft die Lotterieergebnisse in der Zeitung aufschlagen würde. 1-9-4-7-5-2, 1-9-4-7-5-2, summte sie vor sich hin. Natürlich war das dumm, die Ziehung war ja vorbei – aber sie hatte trotzdem ein gutes Gefühl. Ernie hätte sie bestimmt angerufen, wenn sie gewonnen hätten, aber selbst wenn sie nur in die Nähe gekommen waren, vielleicht drei oder vier der sechs Zahlen erraten hatten, wußte sie, daß sie von nun an Glück haben würden.

Sie stellte fest, daß der Wagen nicht in der Auffahrt stand, und erriet den Grund. Wahrscheinlich parkte er vor der Harmonie-Bar. Sie schaffte es, Ben Gump an der Tür abzuschütteln, indem sie ihm überschwenglich dafür dankte, daß er sie abgeholt hatte, aber die deutlichen Hinweise auf eine Tasse heißen, starken Kaffee überhörte. Dann ging sie direkt ins Schlafzimmer. Wie sie erwartet hatte, lag Ernie im Bett. Er hatte sich die Decke bis zur Nasenspitze hinaufgezogen, doch ein einziger Blick genügte ihr, um festzustellen, daß er einen ausgewachsenen Kater hatte. »Wenn die Katze aus dem Haus ist, tanzen die Mäuse auf dem Tisch«, seufzte sie. »Hoffentlich fühlt sich dein Kopf wie ein Fesselballon an.«

In ihrem Ärger stieß sie gegen den einen Meter großen Pelikan, den Wee Willie zum Erntedankfest geschickt hatte und der auf einem Tisch neben der Schlafzimmertür stand. Bei seinem Sturz riß er eine Tonvase mit, ein Frühwerk von Wee Willie, und dazu das Christfestarrangement aus Weihnachtssternen und blühenden Blumen, das Wilma kunstvoll gebastelt hatte.

Als Wilma die Scherben der Vase zusammengefegt, das Arrangement wiederhergestellt und den Pelikan, dem jetzt ein Stück eines Flügels fehlte, auf den Tisch zurückgestellt hatte, war sie mit ihrer Geduld am Ende. Aber der Gedanke an den magischen Augenblick, in dem sie nachsah und feststellte, wie nahe sie dem Gewinn gekommen waren – vielleicht waren sie diesmal sogar sehr nahe drangewesen –, brachte ihre übliche gute Laune zurück. Sie machte sich eine Tasse Kaffee und Zimttoast zurecht, setzte sich an den Küchentisch und schlug die Zeitung auf.

Sechzehn glückliche Gewinner teilen sich den Zweiunddreißig-Millionen-Dollar-Preis, lautete die Schlagzeile.

Sechzehn glückliche Gewinner. Wenn sie nur einer von ihnen wäre! Wilma legte die Hand über die Zahlenreihe. Sie wollte eine Zahl nach der anderen aufdecken – das erhöhte die Spannung.

1-9-4-7-5-

Wilma holte tief Luft. Ihr Kopf hämmerte. Die Spannung war beinahe unerträglich, als sie die Hand wegzog.

Bei ihrem Aufschrei und dem Geräusch des umfallenden Küchenstuhls setzte sich Ernie kerzengerade im Bett auf. Das Jüngste Gericht stand bevor.

Wilma stürzte mit strahlendem Gesicht herein. »Warum hast du es mir nicht erzählt, Ernie? *Gib mir das Los!*«

Ernies Kopf sank herab. Seine Stimme war ein heiseres Flüstern. »Ich habe es verloren.«

Loretta hatte gewußt, daß es unvermeidlich war. Trotzdem rief der Anblick von Wilma Bean, die mit dem verlegenen, niedergeschlagenen Ernie im Schlepptau den schneebestäubten Betonweg heraufkam, bei ihr einen Augenblick lang Panik hervor. »Vergiß es«, sagte sie sich. »Sie haben keinerlei Beweise. Ich habe meine Spur vollkommen verwischt«, redete sie sich noch einmal ein, während Wilma und Ernie zwischen den beiden immergrünen Büschen, die Loretta mit Dutzenden von Weihnachtskerzen geschmückt hatte, die Stufen zu der Veranda hinaufstiegen. Loretta hatte sich ihre Geschichte genau zurechtgelegt. Sie hatte Ernie bis zu seiner Haustür begleitet. Jeder, der wußte, wie eifersüchtig Big Jimbo war, würde verstehen, daß Loretta die Schwelle zum Heim eines anderen Mannes nur dann überschritt, wenn seine Frau zu Hause war.

Wenn Wilma sich nach dem Los erkundigte, würde Loretta fragen: »Was für ein Los?« Ernie hatte ihr gegenüber *nichts* von einem Los erwähnt. Er war in seinem Zustand gar nicht fähig gewesen, vernünftig zu sprechen. Frag Lou. Ernie war nach ein paar Drinks blau gewesen. Wahrscheinlich war er schon vorher irgendwo eingekehrt.

Hatte Loretta ein Los für die Weihnachts-Sonderziehung gekauft? Natürlich hatte sie etliche Lose gekauft. Willst du sie sehen? Immer, wenn sie daran dachte, nahm sie ein paar Lose mit. Nie im gleichen Geschäft. Im Spirituosenladen, im Papiergeschäft – wie es der Zufall wollte. Und immer nahm sie die Zahlen, die ihr auf Anhieb einfielen.

Loretta kratzte heftig ihre rechte Hand. Der verdammte Giftsumach. Sie hatte das Gewinnlos 1-9-4-7-5-2 sicher in der Zuckerschale ihres besten Services versteckt. Man hatte ein Jahr Zeit, um seinen Gewinn anzufordern. Knapp bevor das Jahr zu Ende war, würde sie »zufällig« darüber stolpern. Mochten Wilma und Ernie doch heulen, daß es das ihre war.

Es klingelte. Loretta fuhr sich über das leuchtende Goldhaar, das sie zu einer Windstoßfrisur aufgetürmt hatte, schob die Achselpolster ihres flitterbesetzten Pullovers zurecht und lief in den winzigen Vorraum. Als sie die Tür öffnete, setzte sie ein strahlendes Lächeln auf, achtete aber gleichzeitig darauf, nicht zu sehr zu lächeln. Ihr Gesicht war eine ihrer ständigen Sorgen, weil das Gesicht ihrer Mutter im Alter von sechzig Jahren wie zerknittertes Seidenpapier ausgesehen hatte. »Was für eine reizende Überraschung – Wilma, Ernie«, sprudelte sie hervor. »Kommt herein, kommt doch herein.«

Sie übersah großzügig, daß weder Wilma noch Ernie ihr

antworteten, daß keiner sich die Mühe machte, sich auf der eigens zu diesem Zweck im Vorzimmer liegenden Fußmatte den Schnee von den Schuhen abzustreifen, daß sie die Begrüßung weder lächelnd noch herzlich erwiderten.
Wilma lehnte es ab, sich zu setzen, eine Tasse Tee oder eine Bloody Mary zu trinken. Sie sagte klar und deutlich, weshalb sie gekommen waren. Ernie hatte ein Zwei-Millionen-Lotterielos besessen. Er hatte Loretta in der »Harmonie«-Bar davon erzählt. Loretta hatte ihn von der »Harmonie« nach Hause gefahren und in sein Zimmer gebracht. Ernie war umgekippt – und das Los war weg.
Bevor Loretta hauptberuflich Revuegirl wurde, hatte sie 1945 in der Sonny-Tufts-Schule für Thespisjünger Theaterspielen gelernt. Sie stützte sich auf diese lang zurückliegende Erfahrung, während sie Wilma und Ernie ihre gut einstudierte Szene ehrlich und ernsthaft vorspielte. Ernie hatte ihr nie auch nur ein Wort von einem Gewinnlos gesagt. Sie hatte ihn nur deshalb nach Hause gefahren, weil sie ihm und Lou einen Gefallen erweisen wollte. Lou wollte noch zusperren, und er war außerdem ein solcher Zwerg, daß er mit Ernie nicht um die Wagenschlüssel kämpfen konnte. »Du hast dich wenigstens bereit erklärt, mich fahren zu lassen«, erklärte sie Ernie entrüstet. »Indem ich dich in meinem Wagen schnarchen ließ, habe ich mein Leben aufs Spiel gesetzt.« Sie wandte sich an Wilma, um von Frau zu Frau mit ihr zu sprechen. »Du weißt doch, wie eifersüchtig Jimbo, dieser dumme Kerl, auf mich ist. Als wäre ich noch sechzehn. Ich würde auf keinen Fall dein Haus betreten, Wilma, wenn du nicht da bist. In der ›Harmonie‹ warst du wirklich schnell hinüber, Ernie. Frag doch Lou. Bist du zuerst in einem anderen Lokal eingekehrt und hast dort vielleicht jemandem von dem Los erzählt?«
Als Loretta den Zweifel und die Verwirrung auf den Gesichtern der beiden sah, beglückwünschte sie sich. Einige Minuten später gingen sie. »Hoffentlich findet ihr es. Ich werde darum beten«, versprach sie fromm. Sie wollte ih-

nen nicht die Hand geben und erzählte Wilma vom Treibhaus ihrer dummen Schwägerin und ihrer Giftsumach-Zucht. »Kommt auf einen Weihnachtsdrink zu uns«, drängte sie. »Jimbo wird am Heiligen Abend gegen vier Uhr nach Hause kommen.«

Als sie zu Hause niedergeschlagen bei einer Tasse Tee saßen, erklärte Wilma: »Sie lügt. Ich weiß, daß sie lügt, aber wer kann es beweisen? Fünfzehn Gewinner haben sich bereits gemeldet. Einer fehlt und hat ein Jahr Zeit, den Gewinn zu beanspruchen.« Sie merkte gar nicht, daß ihr Tränen der Enttäuschung über die Wangen liefen. »Sie erzählt jedem, der es hören will, daß sie ihre Lose in den verschiedensten Geschäften kauft. Das wird sie auch während der nächsten einundfünfzig Wochen tun, und dann wird sie das Los finden, das sie vollkommen vergessen hatte.«
Ernie beobachtete seine Frau verzweifelt und stumm. Es kam nicht häufig vor, daß Wilma weinte. Als ihr Gesicht fleckig wurde und ihre Nase anfing zu laufen, hielt er ihr sein rotes, großes Taschentuch hin. Seine plötzliche Bewegung brachte einen Keramik-Kolibri aus dem Gleichgewicht, der von der Anrichte hinter Ernie auf den Boden fiel. Der Schnabel des Kolibris zersplitterte auf den Fliesen aus Marmorimitation in der Frühstücksnische der Küche, und Wilma begann wieder zu jammern.
»Ich hatte gehofft, daß Wee Willie in der Lage sein würde, den Posten bei McDonald's aufzugeben, zu studieren und nur noch Vögel herzustellen«, schluchzte sie. »Und jetzt ist dieser Traum geplatzt.«
Um ganz sicher zu sein, ging sie zum »Glückskleeblatt« in der Nähe des Kaufen-Sie-Hier-Einkaufszentrums in Paramus: Der Barmann bestätigte, daß Ernie am vergangenen Abend gegen Mitternacht dort gewesen war, zwei oder drei Drinks konsumiert, aber mit niemandem gesprochen hatte. »Er hat nur dagesessen und gegrinst wie ein Kater, der den Kanarienvogel gefressen hat.«

Nach dem Abendessen, das keiner von ihnen anrührte, untersuchte Wilma sorgfältig Ernies Unterhemd, an dem noch die Sicherheitsnadel hing. »Sie hat sich nicht einmal die Mühe gemacht, die Nadel herauszuziehen«, stellte sie erbittert fest. »Sie hat einfach hineingegriffen und es losgerissen.«

»Können wir sie vielleicht verklagen?« schlug Ernie vorsichtig vor. Ihm wurde immer klarer, wie ungeheuer dumm er gewesen war. Er hatte sich betrunken, hatte Loretta sein Herz ausgeschüttet.

Wilma war zu müde, um zu antworten. Sie öffnete den Koffer, den sie noch nicht ausgepackt hatte, und nahm ihr Flanellnachthemd heraus. »Natürlich können wir sie verklagen«, meinte sie sarkastisch, »dafür, daß sie zu schnell denkt, wenn sie es mit einem Blödmann zu tun hat. Jetzt schalte das Licht ab, geh zu Bett und hör auf, dich zu kratzen. Du machst mich wahnsinnig.«

Ernie rieb sich ungefähr dort die Brust, wo sich das Herz befindet. »Etwas juckt«, jammerte er.

Als Wilma die Augen schloß, klingelte es irgendwo in ihrem Hinterkopf. Sie war so erschöpft, daß sie beinahe sofort einschlief, aber in ihren Träumen schwebten Lotterielose wie Schneeflocken durch die Luft. Von Zeit zu Zeit rissen sie Ernies ruhelose Bewegungen aus dem Schlaf. Normalerweise rührte er sich genauso wenig wie ein Bär während des Winterschlafs.

Der Weihnachtsmorgen dämmerte grau und trostlos herauf. Wilma schleppte sich im Haus herum und legte lustlos Geschenke unter den Baum. Die beiden Pakete von Wee Willie. Hätten sie das Gewinnlos nicht verloren, hätten sie Wee Willie anrufen und sie auffordern können, über Weihnachten nach Hause zu kommen. Vielleicht wäre sie ja gar nicht gekommen ... Wee Willie mochte die Mittelklasse-Haushalte im Vorstadtmilieu nicht. In diesem Fall hätte Ernie seinen Job an den Nagel hängen können, und sie hätten Wee Willie demnächst in Arizona besucht. Und Wilma

wäre in der Lage gewesen, den Fernsehapparat mit dem Achtzig-Zentimeter-Bildschirm zu kaufen, der sie vergangene Woche bei Trader Horn so beeindruckt hatte. Wenn sie sich vorstellte, daß sie J. R. achtzig Zentimeter groß sah ... Schon gut. Verschüttete Milch. Nein, verschütteter *Alkohol*.
Ernie hatte ihr erzählt, daß er vorgehabt hatte, das Lotterielos in ihre Strumpfhose zu stecken und das Ganze auf den Kaminsims zu hängen. Wilma versuchte, nicht daran zu denken, wie aufregend das gewesen wäre.
Ernie war seinen Kater noch immer nicht los und hatte sich schon den zweiten Tag krank gemeldet, aber Wilma ging trotzdem nicht gerade freundlich mit ihm um. Sie setzte ihm genau auseinander, was er mit seinem Brummschädel tun konnte.
Am Nachmittag ging Ernie in das Schlafzimmer und schloß die Tür hinter sich. Nach einer Weile wurde Wilma besorgt und folgte ihm. Ernie saß auf dem Bettrand, hatte das Hemd ausgezogen und kratzte sich kläglich die Brust. »Mir geht's gut«, erklärte er mit der Leidensmiene, die ihm nun scheinbar zur Gewohnheit wurde. »Es juckt nur so verdammt.«
Wilma war zwar etwas erleichtert, weil er keine Möglichkeit gefunden hatte, Selbstmord zu begehen, fragte aber gereizt: »Was juckt denn so schrecklich? Es ist noch nicht Zeit für deine Allergien. Ich höre den ganzen Sommer über nichts anderes.«
Dann betrachtete sie die entzündete Haut genauer. »Um Himmels willen, das kommt von Giftsumach. Wo hast du das her?«
Giftsumach.
Sie starrten einander an.
Wilma holte Ernies Unterhemd von der Kommode. Sie hatte es dort liegenlassen; die Sicherheitsnadel steckte noch in ihm, und das Papierfetzchen daran war ein stummer, feindseliger Beweis für seine Dummheit. »Zieh es an«, befahl sie.
»Aber ...«
»Zieh es an!«

Es war sofort klar, daß sich das Zentrum des Giftsumachs genau dort befand, wo das Los versteckt gewesen war.
»Dieses verlogene Miststück.« Wilma schob das Kinn vor und richtete sich auf. »Sie hat doch gesagt, daß Big Jimbo gegen vier Uhr nach Hause kommen wird?«
»Ich glaube schon.«
»Gut. Es gibt nichts Besseres als ein Empfangskomitee.«

Um fünfzehn Uhr dreißig fuhren sie vor Lorettas Haus vor und parkten. Wie erwartet, war Jimbos achtachsiger Sattelschlepper noch nicht da. »Wir bleiben einige Minuten sitzen und bringen die Betrügerin aus der Ruhe«, entschied Wilma.
Sie sahen zu, wie die Rollos im Vorderfenster von Lorettas Haus sich bewegten. Drei Minuten vor vier deutete Ernie nervös nach vorn. »Dort. Bei der Ampel. Das ist Jimbos Laster.«
»Gehen wir«, befahl Wilma.
Loretta öffnete die Tür wieder mit strahlendem Lächeln. Wilma stellte mit grimmiger Befriedigung fest, daß das Lächeln diesmal aber sehr, sehr verkrampft wirkte.
»Ernie. Wilma. Wie nett. Ihr seid tatsächlich auf einen Weihnachtsdrink vorbeigekommen.«
»Ich werde den Weihnachtsdrink später zu mir nehmen«, erklärte Wilma. »Um zu feiern, daß wir unser Los wiederhaben. Wie geht es deinem Giftsumach-Ausschlag, Loretta?«
»Der wird langsam besser. Aber mir gefällt dein Ton nicht, Wilma.«
»Nein, wirklich?« Wilma ging an dem Raumteiler mit der schwarz-rot karierten Tapete vorbei und zog das Rollo hoch. »Sieh mal an. Da ist ja Big Jimbo. Ihr beiden Turteltäubchen könnt es wahrscheinlich nicht mehr erwarten zu schnäbeln. Er wird vermutlich richtig wütend, wenn ich ihm erzähle, daß ich dich wegen Ehebruchs verklage, weil du es mit meinem Mann getrieben hast.«

»Ich habe was?« Lorettas sorgfältig aufgetragener purpurroter Lippenstift wirkte intensiver, weil ihr Gesicht kalkweiß wurde.
»Du hast mich sehr gut verstanden. Ich habe Beweise dafür. Ernie, zieh dein Hemd aus. Zeig dieser Verführerin von Ehemännern deinen Ausschlag.«
»Ausschlag?« stöhnte Loretta.
»Giftsumach, genau wie deiner. Hat auf seiner Brust begonnen, als du die Hand unter seine Unterwäsche schobst, um zu dem Los zu gelangen. Komm schon. Leugne es! Sag Jimbo, daß du nichts von einem Los weißt, daß du und Ernie nur ein kleines Techtelmechel hattet.«
»Du lügst. Verschwinde von hier. Knöpf das Hemd nicht auf, Ernie.« Loretta packte fieberhaft Ernies Hände.
»Was für ein großer Mann dein Jimbo ist«, stellte Wilma bewundernd fest, als er aus dem Lastwagen kletterte. Sie winkte ihm zu. »Ein wirklich großer Mann.« Sie ließ das Rollo los und ging rasch zu Loretta. »Er hat den Ausschlag auch *dort unten*«, flüsterte sie.
»O mein Gott. Ich hole es. Ich hole es. Laß die Hose an!« Loretta rannte in das kleine Eßzimmer und riß den Wandschrank auf, der das Porzellanservice ihrer Mutter enthielt. Sie hob mit zitternden Händen die Zuckerschale heraus. Als sie nach dem Lotterielos griff, entglitt ihr die Schale und zerbrach. In dem Augenblick, in dem sie Wilma das Los in die Hand drückte, drehte sich Jimbos Schlüssel im Schloß. »Verschwindet jetzt. Und haltet den Mund.«
Wilma setzte sich auf die rot-schwarz karierte Couch. »Es wäre wirklich merkwürdig, wenn wir jetzt hinausstürmen würden. Ernie und ich werden dir und Big Jimbo bei einem Weihnachtsdrink Gesellschaft leisten.«

Die Häuser in ihrem Block waren auf den Dächern mit Weihnachtsmännern, auf dem Rasen mit Engeln und um die Fenster mit Lichterketten geschmückt. Als sie ausstiegen, bemerkte Wilma mit friedlichem Lächeln, daß es eine

wirklich hübsche Wohngegend war. Drinnen überreichte sie Ernie das Los. »Steck es in meine Strumpfhose, wie du es vorgehabt hast.«
Er ging gehorsam ins Schlafzimmer und suchte ihre Lieblingsstrumpfhose heraus, die weiße mit den Straßsteinen. Sie stöberte in seiner Schublade und förderte einen seiner eleganten Socken zutage; er war etwas unförmig, weil Wilma nicht besonders gut stricken konnte, gehörte aber trotzdem zu seinem besten Paar. Während sie die Strümpfe an dem Sims über dem Schein-Kamin befestigte, sagte Ernie: »Wilma, ich habe . . .«, seine Stimme sank zu einem Flüstern herab . . ., »dort unten keinen Giftsumach.«
»Davon war ich überzeugt, aber es hat gewirkt. Jetzt steck das Los in meine Strumpfhose, und ich stecke dein Geschenk in deine Socken.«
»Du hast mir ein Geschenk gekauft? Nach all den Schwierigkeiten, die ich dir gemacht habe? O Wilma!«
»Ich habe es nicht gekauft. Ich habe es aus dem Medikamentenkästchen ausgegraben und eine Masche drum gebunden.« Wilma ließ mit glücklichem Lächeln eine Flasche mit Galmei-Tinktur, wie man sie bei Ausschlägen verwendet, in Ernies Socken plumpsen.

Immer dies gräßliche Aufstehen

Patricia Highsmith

Eddies Gesicht war wütend und leer zugleich, als wäre er mit den Gedanken woanders. Er starrte auf seine zweijährige Tochter Francy, die als heulendes Häufchen neben dem Doppelbett saß. Francy war auf das Bett zugetorkelt, dagegengeprallt und umgefallen.

»Jetzt kümmerst *du* dich mal um sie!« sagte Laura. Sie stand da, den Staubsauger noch in der Hand. »Ich hab hier zu tun.«

»Du hast sie geschlagen, also kümmer *du* dich um sie, verdammt noch mal!« Eddie rasierte sich am Küchenausguß.

Laura ließ den Staubsauger fallen, ging ein paar Schritte auf Francy, deren Backe blutete, zu, überlegte es sich anders, drehte um, zog die Schnur heraus und begann sie aufzuwickeln, um den Staubsauger wegzustellen. Sollte die Wohnung eben ein Saustall bleiben heute abend, ihr war das egal.

Die anderen drei Kinder, Georgie fast sechs, Helen vier, Stevie drei, sahen ihr mit nassen, matt lächelnden Mündern zu.

»'ne Platzwunde ist das, Herrgott noch mal!« Eddie hielt der Kleinen ein Handtuch unter die Backe. »Das muß genäht werden, da kannste Gift drauf nehmen. Guck dir das an! Wie hast du *das* geschafft?«

Laura sagte nichts, wenigstens nicht zu dieser Frage. Sie fühlte sich ausgelaugt. Die Jungens – Eddies Kumpel – kamen um neun heute abend zum Pokern, und damit es was zu futtern gab um Mitternacht, mußte sie mindestens zwanzig Leberwurst- und Schinkenbrote machen. Eddie hatte den ganzen Tag geschlafen und war jetzt um sieben erst dabei, sich anzuziehen.

»Also bringst du sie jetzt ins Krankenhaus oder was?« fragte Eddie. Sein Gesicht war halb verdeckt vom Rasierschaum.

»Wenn ich sie wieder bringe, denken die, *du* bist es immer, der sie verhaut – ist ja auch meistens so.«

»Nu komm mir bloß nicht mit der Scheiße, nicht diesmal«, sagte Eddie. »Und ›die‹, wer sind denn überhaupt ›die‹? Die können uns mal!«

Zwanzig Minuten später war Laura im Warteraum des St.-Vincent-Krankenhauses in der West 11th Street. Auf einem der Stühle sitzend, lehnte sie den Kopf zurück und schloß halb die Augen. Es warteten noch sieben andere Leute, und die Schwester hatte ihr gesagt, es könne eine halbe Stunde dauern, aber sie wolle versuchen, sie früher dranzunehmen, da die Kleine leicht blute. Laura hatte sich ihre Geschichte zurechtgelegt: Die Kleine war gegen den Staubsauger gefallen und mußte auf das Verbindungsteil geprallt sein, wo ein Zughebelverschluß war. Da Laura sie damit an der Backe getroffen hatte, als sie den Staubsauger plötzlich zur Seite riß, weil Francy dran rumzerrte, nahm Laura an, die Verletzung hätte auch entstehen können, wenn Francy dagegen gefallen wäre. Das schien einleuchtend.

Es war das dritte Mal, daß sie Francy ins St. Vincent brachten, das vier Straßen entfernt war von ihrer Wohnung in der Hudson Street. Erst eine gebrochene Nase (Eddies Schuld, Eddies Ellbogen), dann leichte Blutungen aus dem Ohr, die nicht aufhören wollten, und beim drittenmal, da hatten sie sie nicht von sich aus gebracht, hatte Francy einen gebrochenen Arm gehabt. Weder Eddie noch Laura hatte gewußt, daß Francy einen gebrochenen Arm hatte. Woher auch? Es war nichts zu sehen gewesen. Aber um die Zeit herum hatte Francy ein blaues Auge gehabt, weiß der

Himmel woher oder warum, und auf einmal war eine Fürsorgerin aufgetaucht. Eine Nachbarin mußte die Fürsorgerin auf sie gehetzt haben, und Laura war sich zu neunzig Prozent sicher, daß es die alte Mrs. Covini unten im Erdgeschoß gewesen war. Der Arsch gehörte der abgerissen. Mrs. Covini war eine von diesen kurzen, dicken, schwarzgekleideten italienischen Mammas, die das ganze Leben lang Kinder um sich herum hatten und Nerven aus Stahl und die von morgens bis abends die Kinder drückten und küßten, als ob sie Geschenke vom Himmel wären und was ganz Seltenes auf dieser Erde. Und nie gingen diese Mrs. Covinis zur Arbeit, das war Laura schon lange aufgefallen. Laura arbeitete fünf Abende die Woche als Bedienung in einem Eßladen weiter zur Stadtmitte hin, an der Sixth Avenue. Das, und dazu das Aufstehen früh um sechs, um Eddie seine Spiegeleier mit Speck zu machen, ihm die Brotbüchse zu packen, die Kinder abzufüttern, die dann schon auf waren, und danach den ganzen Tag mit ihnen fertig zu werden – das reichte ja wohl, um einen Ochsen müde zu machen, oder? Na, jedenfalls hatten sie es Mrs. Covinis Schnüffelei zu verdanken, daß man ihnen dieses Ungeheuer – gut und gern eins achtzig war die groß – dreimal auf den Hals gehetzt hatte. Passenderweise hieß sie Mrs. Crabbe. »Vier Kinder, da haben Sie allerhand zu tun... Pflegen Sie irgendwelche Verhütungsmittel zu benutzen, Mrs. Regan?« Ach, alles Quatsch. Sie bewegte den Kopf über der geraden Rückenlehne des Stuhles hin und her und stöhnte, ihr war genauso zumute wie in der Schule, wenn sie ein Problem in Algebra vor sich hatte, das sie zu Tode langweilte. Sie und Eddie waren praktizierende Katholiken. Wenn sie allein gewesen wäre, hätte sie vielleicht mit der Pille angefangen, aber Eddie wollte nichts davon wissen, und damit hatte sich's. Wenn sie allein gewesen wäre – das war komisch, denn allein hätte sie sie nicht gebraucht. Jedenfalls hatte die alte Crabbe daraufhin die Schnauze gehalten, was das betraf, und Laura hatte eine gewisse Genugtuung dabei empfunden. Wenigstens ein paar Rechte und Freiheiten hatten sie und Eddie noch.

»Der nächste?« Lächelnd bat die Schwester sie herein.

Der junge Assistenzarzt pfiff durch die Zähne. »Wie ist denn das passiert?«

»Sie ist hingefallen. Gegen den Staubsauger.«

Der Geruch des Desinfektionsmittels. Nähen. Francy, die im Warteraum halb geschlafen hatte, war bei der Betäubungsspritze wach geworden und brüllte während der ganzen Geschichte. Der Arzt gab Francy etwas zum Lutschen. Ein leichtes Beruhigungsmittel in Zuckerguß, sagte er. Dann murmelte er etwas zu einer Schwester.

»Was sind das für blaue Flecken?« fragte er Laura. »An den Armen.«

»Och, da hat sie sich bloß gestoßen. In der Wohnung. Sie kriegt immer gleich blaue Flecken.« Das war doch nicht etwa derselbe Arzt, bei dem Laura vor drei oder vier Monaten gewesen war?

»Können Sie einen Augenblick warten?«

Die Schwester kam zurück, und sie und der Arzt blickten auf eine Karte, die die Schwester hielt.

Die Schwester sagte zu Laura: »Soviel ich weiß, kommt jetzt ab und zu eine unserer Fürsorgerinnen bei Ihnen vorbei, Mrs. Regan?«

»Ja.«

»Haben Sie einen Termin mit ihr?«

»Ja, ich glaub schon. Ich hab das zu Hause auf einem Zettel.« Laura log.

Am Montag darauf, abends um Viertel vor acht, wurden sie von Mrs. Crabbe überrascht. Eddie war gerade nach Hause gekommen und hatte sich eine Dose Bier aufgemacht. Er war Bauarbeiter, und in den Sommermonaten, wenn es lange hell war, machte er fast jeden Tag Überstunden. Wenn er nach Hause kam, ging er immer zuerst zum Ausguß, rieb sich mit einem Handtuch ab, machte eine

Dose Bier auf und setzte sich an den Küchentisch mit der Wachstuchdecke.
Laura hatte die Kinder schon um sechs abgefüttert und versuchte gerade, sie ins Bett zu bugsieren, als Mrs. Crabbe auftauchte. Eddie hatte geflucht, als er sie durch die Tür kommen sah.
»Tut mir leid, wenn ich hier so reinplatze ...« So sah sie aus. »Wie ging's denn so inzwischen?«
Francys Gesicht war noch verbunden, und der Verband war feucht und mit Ei bekleckert. Die im Krankenhaus hatten gesagt, sie sollten den Verband dranlassen und nicht anrühren. Eddie, Laura und Mrs. Crabbe saßen am Küchentisch, und es wurde ein längerer Vortrag daraus.
»... Sie sind sich doch wohl im klaren, daß Sie beide die kleine Frances als Ventil für Ihre schlechte Laune benutzen. Manche Leute trommeln mit den Fäusten an die Wand oder streiten miteinander, aber Sie und Ihr Mann neigen dazu, die kleine Frances zu verprügeln. Ist es nicht so?« Mit einem falschen freundlichen Lächeln blickte sie vom einen zum andern.
Eddie machte ein finsteres Gesicht und zerquetschte ein Heft Streichhölzer in der Faust. Laura wand sich stumm. Laura wußte, was die Frau meinte. Vor Francys Geburt hatten sie Stevie immer verwamst, ein bißchen zu oft vielleicht. Verdammt noch mal, sie hatten wirklich kein drittes Kind gewollt, schon gar nicht in so einer kleinen Wohnung, genau wie die Frau jetzt sagte. Und Francy war das vierte.
»... Wenn Sie sich aber beide klarmachen können, daß Francy nun mal *da* ist ...«
Laura war froh, daß sie offenbar nicht vorhatte, wieder von Geburtenkontrolle zu reden. Eddie sah aus wie kurz vorm Explodieren, er schlürfte sein Bier, als schämte er sich, damit erwischt worden zu sein, als hätte er aber dennoch ein Recht, es zu trinken, wenn er Lust dazu hatte, weil dies hier schließlich seine Wohnung war.
»... eine größere Wohnung, vielleicht? Größere Zimmer.

Das würde die Belastung Ihrer Nerven erheblich verringern ...«
Eddie sah sich gezwungen, über ihre Finanzlage zu sprechen. »Ja, verdienen tu ich ganz gut – Nieten und Schweißen. Facharbeiter. Aber wissen Sie, wir haben auch Ausgaben. Ich möcht mich nicht nach 'ner größeren Wohnung umsehen müssen. Jedenfalls jetzt nicht.«
Mrs. Crabbe hob den Blick und sah sich um. Ihr schwarzes Haar lag in ordentlichen Wellen, fast wie eine Perücke. »Ein schöner Fernseher. Haben Sie den gekauft?«
»Ja, und wir sind noch am Abzahlen. Das ist nur *eins* von den Dingen«, sagte Eddie.
Laura saß gespannt da. Da war noch Eddies Hundertfünfzig-Dollar-Armbanduhr, die sie abzahlten, glücklicherweise hatte Eddie sie jetzt nicht um (er trug seine billige), die gute trug er nicht, wenn er arbeiten ging.
»Und das Sofa und die Sessel, sind die nicht neu ... Haben Sie die gekauft?«
»Ja«, sagte Eddie und rutschte zurück in seinem Sessel. »Die Wohnung hier ist als möbliert vermietet, wissen Sie, aber Sie hätten das da mal sehen sollen ...« Er machte eine höhnische Handbewegung in Richtung Sofa.
Hier mußte Laura ihm beistehen. »Was die hier hatten, war ein altes rotes Plastikding. Nicht mal sitzen konnte man da drauf.« Der Arsch hat einem weh getan, hätte Laura noch sagen mögen.
»Wenn wir mal in 'ne größere Wohnung umziehn, haben wir wenigstens das da«, sagte Eddie und deutete mit dem Kopf auf die Sofa-und-Sessel-Garnitur.
Das Sofa und die Sessel waren mit Plüsch bezogen, beige mit einem blaßrosa und blauen Blumenmuster. Kaum drei Monate waren die Sachen im Haus, und schon hatten die Kinder alles mit Kakao und Orangensaft vollgekleckert. Es war Laura unmöglich gewesen, die Kinder von den Möbeln fernzuhalten. Dauernd schrie sie sie an, sie sollten auf dem Fußboden spielen. Aber der wunde Punkt war, daß

das Sofa und die Sessel noch nicht bezahlt waren, und darum ging es Mrs. Crabbe und ja nicht etwa darum, ob die Leute es gemütlich hatten oder die Wohnung nach was aussah.

»Fast abgezahlt. Letzte Rate kommt nächsten Monat«, sagte Eddie.

Das war nicht wahr. Es fehlten noch vier oder fünf Monate, weil sie mit zwei Raten im Rückstand waren, und der Mann von dem Laden in der 14th Street war kurz davor gewesen, die Sachen wieder abzuholen.

Jetzt hielt die alte Tülle natürlich eine Rede über die Mehrkosten bei Ratenkäufen. Immer gleich alles auf einmal zahlen, denn wenn man dazu nicht in der Lage war, konnte man sich die Sache eben nicht leisten, nicht wahr? Laura kochte vor Wut, genau wie Eddie, aber das Wichtigste bei diesen Schnüfflern war, so zu tun, als wäre man ganz ihrer Meinung. Dann kamen sie vielleicht nicht wieder.

»... Wenn das mit der kleinen Frances so weitergeht, müssen wir gesetzlich einschreiten, und das wollen Sie doch sicher nicht. Wir müßten Ihnen Frances dann wegnehmen und anderswo in Obhut geben.«

Die Vorstellung war Laura ganz angenehm.

»Wohin? Wohin geben?« fragte Georgie. Er hatte eine Pyjamahose an und stand in der Nähe des Tisches.

Mrs. Crabbe beachtete ihn nicht. Sie wollte gehen.

Eddie stieß einen Fluch aus, als sie aus der Tür war, und ging sich noch ein Bier holen. *»Eine gottverdammte Einmischung ins Privatleben!«* Er trat die Kühlschranktür zu.

Laura platzte los vor Lachen. »Das alte Sofa! Weißt du noch? *Mein Gott!*«

»Schade, daß es nicht da war, sie hätte sich darauf den Hintern brechen können.«

Als Laura in jener Nacht gegen zwölf ein schweres Tablett mit vier Superburgers und vier Bechern Kaffee trug, fiel ihr etwas ein, woran sie seit fünf Tagen nicht hatte denken mögen. Unglaublich, daß sie ganze fünf Tage nicht daran ge-

dacht hatte. Jetzt war es so gut wie sicher. Eddie würde an die Decke gehen.
Am nächsten Morgen Punkt neun rief Laura unten vom Zeitungsladen aus Dr. Weebler an. Sie sagte, es sei dringend, und bekam einen Termin um Viertel nach elf. Als sie aus dem Haus ging, war Mrs. Covini unten im Flur gerade dabei, jenen Teil des weiß gekachelten Fußbodens zu schrubben, der direkt vor ihrer Tür war. Das brachte bestimmt Unglück, daß sie die Covini jetzt sah, dachte Laura. Sie und Mrs. Covini sprachen nicht mehr miteinander.
»Ich kann Ihnen nicht einfach so eine Abtreibung machen«, sagte Dr. Weebler achselzuckend und mit seinem widerlichen Lächeln, das zu besagen schien: »Ausbaden müssen *Sie* es. Ich bin ein Arzt, ein Mann.« Er sagte: »So was läßt sich doch verhüten. Abtreibungen sollten gar nicht nötig sein.«
Dann geh ich eben zu einem andern Arzt, dachte Laura mit wachsendem Zorn, aber ihr Gesicht blieb freundlich und höflich. »Schaun Sie, Doktor Weebler, mein Mann und ich sind praktizierende Katholiken, das hab ich Ihnen schon gesagt. Wenigstens mein Mann ist es, und – Sie wissen doch. So was passiert eben. Ich hab aber schon vier. Geben Sie Ihrem Herzen einen Stoß.«
»Seit wann wünschen denn praktizierende Katholiken Abtreibungen? Nein, Mrs. Regan, aber ich kann Ihnen einen andern Arzt nennen.«
Und dabei hieß es, Abtreibungen seien kein Problem mehr in New York. »Wenn ich das Geld zusammenkriege – was kostet es?« Dr. Weebler war billig, deswegen gingen sie zu ihm.
»Das ist keine Geldfrage.« Der Arzt war unruhig. Es warteten draußen noch andere Leute auf ihn.
Laura war sich nicht ganz sicher, aber sie sagte: »Sie machen doch bei andern Frauen Abtreibungen, warum dann nicht bei mir?«
»*Wer* –? Wenn die Gesundheit einer Frau gefährdet ist, das ist was anderes.«

Laura erreichte nichts, und dieses erfolglose Unternehmen kostete sie $ 7,50, zahlbar auf der Stelle. Nur ein neues Rezept für Nembutal (32 mg) konnte sie noch aus ihm herausholen. An diesem Abend sagte sie Eddie, was los war. Lieber gleich sagen als aufschieben. Aufschieben war scheußlich, das wußte sie aus Erfahrung, denn die verdammte Sache kam einem doch alle halbe Stunde wieder hoch.
»*Herrgott noch mal!*« sagte Eddie, fiel rückwärts aufs Sofa und zerquetschte dabei die Hand von Stevie, der auch auf dem Sofa war und seine Hand in dem Moment ausgestreckt hatte, als Eddie zusammensackte.
Stevie brüllte los.
»Hör doch auf, das hat dich doch nicht umgebracht!« sagte Eddie zu Stevie. »So, und was nun. Was nun?«
Was nun. Laura versuchte tatsächlich zu denken, *was nun.* Was zum Henker konnte sie anderes tun als auf eine Fehlgeburt hoffen, zu der es dann doch nie kam. Die Treppe runterfallen oder so was, aber das hatte sie sich nie getraut. Bis jetzt wenigstens nicht. Stevies Gebrüll war wie eine schreckliche Hintergrundmusik. Wie in einem Horrorfilm.
»Halt die Klappe, Stevie!«
Da fing Francy an zu schreien. Laura hatte sie noch nicht gefüttert.
»Ich sauf mir einen an«, verkündete Eddie. »Schnaps ist keiner da, nehm ich an.«
Er wußte, es war keiner da. Es war nie welcher da, er wurde zu schnell ausgetrunken. Eddie wollte in die Kneipe.
»Willst du nicht erst was essen?« fragte Laura.
»Nee.« Er zog einen Pullover an. »Ich will den ganzen Scheiß mal vergessen. Für 'n *Weilchen* wenigstens.«
Zehn Minuten später, nachdem sie Francy etwas hineingestopft hatte (Kartoffelbrei, eine Flasche mit Sauger, weil's nicht so eine Schweinerei gab wie bei einer Tasse) und den andern Kindern eine Schachtel kandierte Feigen hingestellt hatte, tat Laura dasselbe, nur daß sie weiter unten in der Hudson Street in eine Kneipe ging, von der sie wußte, daß

er dort nicht verkehrte. Heute war einer ihrer zwei freien Abende, das traf sich gut. Sie trank zwei Whisky-sours und dazu eine Flasche Bier, und dann fing ein netter Mann ein Gespräch mit ihr an und lud sie zu zwei weiteren Whisky-sours ein. Beim vierten fühlte sie sich ganz toll, sogar irgendwie geachtet und wichtig, wie sie da auf dem Barhocker saß und ab und zu einen Blick auf ihr Spiegelbild hinter den Flaschen warf. Wär es nicht herrlich, noch mal ganz von vorn anzufangen? Keine Ehe, kein Eddie, keine Kinder? Was ganz Neues, einen reinen Tisch.

»Ich hab Sie was gefragt – sind Sie verheiratet?«

»Nein«, sagte Laura.

Aber sonst sprach er nur vom Fußball. Er hatte heute eine Wette gewonnen. Laura träumte vor sich hin. Ja, sie hatte mal geheiratet, Liebe und all das. Sie hatte gewußt, Eddie würde nie das große Geld machen, aber anständig leben, das mußte doch allemal drin sein, nicht wahr, und sie hatte weiß Gott keine irrwitzigen Ansprüche, wo ging dann das ganze Geld hin? Die Kinder. Da war das Loch. Zu dumm, daß Eddie katholisch war, und wenn man einen Katholiken heiratet ...

»He, Sie hörn mir ja gar nicht zu!«

Laura träumte entschlossen weiter. Vor allem hatte sie *wirklich* einmal einen Traum gehabt, einen Traum von Liebe und Glück und davon, wie sie für Eddie und sich ein gemütliches Zuhause schaffen würde. Jetzt wurde sie von Außenstehenden schon *in ihren eigenen vier Wänden* angegriffen. Mrs. Crabbe. Mrs. Crabbe, die so gut Bescheid wußte darüber, wie es ist, wenn man um fünf Uhr früh von einem schreienden Kind aus dem Schlaf gerissen wird, oder wenn Stevie oder Georgie einem ins Gesicht pieken, nachdem man gerade zwei Stunden geschlafen hat und einem jeder Knochen weh tut. Da konnte es schon passieren, daß sie oder Eddie mal zuschlugen. Immer dies gräßliche Aufstehenmüssen. Laura merkte, daß ihr beinah die Tränen kamen, und sie begann, dem Mann zuzuhören, der immer noch vom Fußball redete.

Er wollte sie nach Hause bringen, also ließ sie ihn. Sie war so beschwipst, daß sie seinen Arm auch ganz gut brauchen konnte. An der Haustür sagte sie dann, sie wohne bei ihrer Mutter, drum müsse sie alleine hochgehn. Er fing an frech zu werden, aber sie gab ihm einen Schubs und konnte die Haustür hinter sich zuschnappen lassen. Laura war noch nicht ganz im dritten Stock, als sie Schritte auf der Treppe hörte und dachte, der Kerl müsse irgendwie reingekommen sein, aber es war dann Eddie.

»Na, wie geht's 'n so?« sagte Eddie munter.

Die Kinder waren in den Kühlschrank eingefallen. Das taten sie ungefähr einmal im Monat. Eddie riß Georgie zurück und machte den Kühlschrank zu, dann rutschte er auf ein paar grünen Bohnen aus und wäre fast hingefallen.

»Herrgott noch mal, sieh dir das an, das *Gas*!« sagte Eddie.

Alle Gashähne waren aufgedreht, und als Laura das sah, roch sie das Gas, überall Gas. Eddie drehte die Hähne zu und machte ein Fenster auf.

Georgies Heulen steckte die andern an.

»Halt die Klappe, halt die Klappe!« brüllte Eddie. »Was is'n los, verdammt, haben sie Hunger? Hast du sie nicht gefüttert?«

»Natürlich hab ich sie gefüttert!« sagte Laura.

Eddie prallte gegen den Türrahmen, sackte, indem seine Füße seitwärts unter ihm wegrutschten, mit Zeitlupen-Komik zusammen und landete mit dem Hintern schwer auf dem Boden. Die vierjährige Helen lachte und klatschte. Stevie kicherte. Eddie verfluchte den gesamten Haushalt und schmiß seinen Pullover zum Sofa, aber daneben. Laura zündete sich eine Zigarette an. Sie war immer noch angesäuselt von ihren Whisky-sours, und sie genoß es.

Klirrend zersprang Glas auf dem Badezimmerboden, und sie zog lediglich die Augenbrauen hoch und inhalierte. Muß Francy hinlegen und anschnallen, dachte Laura und ging unsicher auf Francy zu, um es zu tun. Francy saß wie eine schmutzige Lumpenpuppe in einer Ecke. Ihr Kinderbett stand im Schlafzimmer, ebenso das Doppelbett, in dem die anderen drei Kinder schliefen. Das gottverdammte Schlafzimmer war wirklich ein Zimmer zum Schlafen, dachte Laura. Nichts wie Betten im ganzen Raum. Sie zog Francy an ihrem umgebundenen Lätzchen hoch, und genau in dem Augenblick machte Francy ihr Bäuerchen, und ein Schubs Geronnenes ergoß sich über Lauras Handgelenk.

»Uch!« Laura ließ das Kind fallen und schüttelte angeekelt die Hand.

Francy war mit dem Kopf auf den Boden geschlagen und gab nun einen langen Schrei von sich. Laura ließ am Ausguß Wasser über ihre Hand laufen, wobei sie Eddie zur Seite schubste, der bereits nackt bis zum Gürtel war und sich rasierte. Eddie rasierte sich abends, um morgens etwas länger schlafen zu können.

»Du bist besoffen«, sagte Eddie.

»Na und?« Laura ging zurück zu Francy und schüttelte sie, um sie abzustellen. »Sei still, um Himmels willen! Was heulst du überhaupt?«

»Gib ihr ein Aspirin. Und nimm du selber auch 'n paar«, sagte Eddie.

Laura sagte ihm, was er selber tun könne. Wenn Eddie heute nacht was von ihr wollte, konnte er sich einen abreißen. Sie würde wieder in die Kneipe gehen. Aber sicher. Der Laden hatte bis drei Uhr morgens auf. Laura merkte, daß sie Francy ein Kissen aufs Gesicht drückte, um mal für einen Augenblick Ruhe zu haben, und sie dachte wieder daran, was Mrs. Crabbe gesagt hatte: Francy sei zur Zielscheibe geworden – Zielscheibe? Zum Ventil für sie beide. Doch, das stimmte schon, sie schlugen Francy mehr als die andern, aber Francy schrie auch mehr. Laura ließ dem Gedanken die Tat folgen und gab Francy eine schallende Ohrfeige. So machte man's doch, wenn jemand einen hysterischen Anfall hatte, dachte sie. Francy verstummte auch, für zwei Schrecksekunden, und schrie dann um so lauter.

Die Leute unter ihnen klopften an die Decke. Laura stellte sie sich mit einem Besenstiel vor. Trotzig stampfte sie dreimal auf den Fußboden.

»Hör mal, wenn du den Balg nicht sofort *ruhig* kriegst ...« sagte Eddie.

Laura stand am Kleiderschrank und zog sich aus. Sie streifte ein Nachthemd über und stieß die Füße in ein Paar alte braune Mokassins, die sie als Hausschuhe benutzte. Im Klo hatte Eddie gerade das Glas zerbrochen, das sie beim Zähneputzen brauchten. Laura stieß ein paar Scherben mit dem Fuß beiseite, zu müde, das heute abend noch aufzukehren. Aspirin. Sie nahm ein Fläschchen herunter, und es rutschte ihr aus den Fingern, bevor sie den Deckel abschrauben konnte. Krach, und überall Tabletten auf dem Fußboden. Gelbe Tabletten. Das Nembutal. Zu dumm, aber das konnte sie alles morgen noch zusammenkehren. Die Tabletten behalten, nicht wegschmeißen. Laura nahm zwei Aspirin.

Eddie schrie, fuchtelte mit den Armen und scheuchte die Kinder zum anderen Doppelbett. Das war sonst Lauras Aufgabe, und sie wußte, daß Eddie das jetzt machte, weil er nicht wollte, daß sie die ganze Nacht in der Wohnung herumtobten und ihn störten.

»Und wenn ihr nicht allesamt im Bett bleibt, dann *knallt's*!«

Bum-bum-bum, klopfte es wieder von unten.

Laura fiel ins Bett und erwachte beim Klingeln des Weckers. Eddie stöhnte, kam langsam hoch und stand auf. Laura kostete die letzten paar Sekunden aus, bis sie das »Rums« hörte, mit dem Eddie den Kessel aufsetzte. Den Rest machte sie, Pulverkaffee, Orangensaft, Spiegeleier mit Speck, warmen Haferbrei für die Kinder. Sie ging in Gedanken den gestrigen Abend durch. Wieviel Whiskysours? Fünf vielleicht, und nur ein Bier. Und dann zwei Aspirin – das müßte gehn.

»He, was ist denn mit Georgie?« schrie Eddie. »He, was is'n hier los im Klo?«
Laura kroch aus dem Bett. Sie erinnerte sich. »Ich kehr's gleich zusammen.«
Georgie lag vor der Klotür auf dem Fußboden, und Eddie stand über ihn gebeugt.
»Ist das nicht Nembutal?« sagte Eddie. »Georgie muß welche davon gegessen haben! Und guck dir Helen an!«
Helen lag im Badezimmer auf dem Boden, neben der Dusche.
Eddie schüttelte Helen und schrie sie an, sie solle aufwachen. »Mein Gott, die sind ja völlig hinüber!« Er schleifte Helen an einem Arm heraus, hob Georgie auf und trug ihn zum Ausguß. Er hielt Georgie unter dem Arm wie einen Sack Mehl, machte ein Geschirrtuch naß und klatschte es ihm auf Gesicht und Kopf. »Meinst du, wir sollen einen Arzt holen? Herrgott im Himmel, nu beweg dich ein bißchen, ja! Gib mir Helen rüber.«
Laura tat es. Dann zog sie ein Kleid an. Die Hauslatschen behielt sie an. Sie mußte Weebler anrufen. Nein, das Krankenhaus, das war näher. »Weißt du noch die Nummer vom Saint Vincent?«
»Nein«, sagte Eddie. »Wie bringt man Kinder zum Erbrechen? Überhaupt jeden zum Erbrechen? Senf, nich'?«
»Ja, ich glaube.« Laura ging hinaus. Sie fühlte sich immer noch beschwipst, und fast wäre sie auf der Treppe ausgerutscht. Wär doch gut, dachte sie, als ihr einfiel, daß sie schwanger war, aber das klappte natürlich erst, wenn man schon ziemlich weit war.
Sie hatte keinen Dime bei sich, aber der Mann vom Zeitungsladen sagte, er vertraue ihr, und gab ihr einen Dime aus seiner eigenen Tasche. Er machte gerade auf, denn es war früh. Laura suchte sich die Nummer heraus und stellte dann in der Zelle fest, daß sie die Hälfte vergessen hatte. Sie würde sie noch mal raussuchen müssen. Der Mann vom Zeitungsladen beobachtete sie, weil sie gesagt hatte, es sei

ein Notfall und sie müsse ein Krankenhaus anrufen. Laura nahm den Hörer ab und wählte, was sie von der Nummer noch wußte. Dann legte sie den rechten Zeigefinger auf den Haken (den der Mann nicht sehen konnte), weil sie wußte, daß es nicht die richtige Nummer war, doch da der Mann sie beobachtete, fing sie an zu sprechen. Der Dime rutschte in die Rückgabe, und sie ließ ihn liegen.

»Ja, bitte. Ein Notfall.« Sie gab ihren Namen und die Adresse an. »Schlaftabletten. Wir werden wohl eine Magenpumpe brauchen ... Danke. Wiedersehn.«

Dann ging sie wieder hoch in die Wohnung.

»Sie sind immer noch völlig weg«, sagte Eddie. »Wieviel Tabletten fehlen denn, was meinst du? Schau mal nach.«

Stevie schrie nach seinem Frühstück. Francy brüllte, weil sie immer noch in ihrem Gitterbett angeschnallt war.

Laura schaute auf den Fliesen im Badezimmer nach, aber sie konnte unmöglich schätzen, wieviel Tabletten fehlten. Zehn? Fünfzehn? Sie hatten einen Zuckerüberzug, deswegen hatten sie den Kindern geschmeckt. Sie fühlte sich leer, verängstigt und erschöpft. Eddie hatte den Kessel aufgesetzt, und sie tranken Pulverkaffee, im Stehen. Eddie sagte, Senf sei keiner da (Laura erinnerte sich, daß sie den Rest für all die Schinkenbrote aufgebraucht hatte), und jetzt versuchte er, Georgie und Helen etwas Kaffee einzuflößen, aber es schien nichts in sie hineinzugehen, und alles lief ihnen nur übers Gesicht.

»Kehr den Mist da weg, damit Stevie nicht auch noch was abkriegt«, sagte Eddie mit einer Kopfbewegung zum Klo. »Wann kommen die denn? Ich muß langsam los. Der Vorarbeiter is'n Scheißer, das hab ich dir schon erzählt, bei dem darf keiner zu spät kommen.« Er fluchte, als er seine Brotbüchse nahm und sah, daß sie leer war, und scheppernd landete sie im Ausguß.

Noch immer in Trance, fütterte Laura Francy am Küchentisch (sie hatte schon wieder ein blaues Auge, wo zum Henker kam *das* denn her?), fing an, Stevie mit Corn-flakes und

Milch zu füttern (warmen Haferbrei wollte er nicht mehr), ließ Stevie dann alleine essen, worauf er prompt sein Schüsselchen auf die Wachstuchdecke kippte. Georgie und Helen schliefen noch auf dem Doppelbett, wo Eddie sie hingelegt hatte. *Na, die vom St. Vincent kommen ja,* dachte Laura. Aber sie kamen nicht. Sie drehte am kleinen Transistor, bis irgendeine Tanzmusik ertönte. Dann wechselte sie Francy die Windel. Deswegen hatte sie so gebrüllt, die Windel war naß. Laura hatte von dem Geschrei heute morgen fast nichts gehört. Stevie war zu Georgie und Helen hinübergetapst und versuchte sie wach zu stupsen. Im Klo kippte Laura den Kindertopf aus, wusch ihn aus, kehrte die Glasscherben und Tabletten zusammen und pickte die Tabletten aus dem Kehrblech. Sie legte die Tabletten auf eine freie Stelle auf einer der Glasplatten im Medizinschränkchen.

Um zehn ging Laura hinunter in den Zeitungsladen, gab dem Mann das Geld zurück und mußte die Nummer vom Krankenhaus noch einmal heraussuchen. Diesmal wählte sie richtig, bekam Verbindung, sagte, was los war, und fragte, warum noch niemand gekommen sei.

»Um sieben haben Sie angerufen? Komisch. Ich war doch hier. Wir schicken sofort einen Krankenwagen.«

Im Delikatessengeschäft kaufte Laura vier Liter Milch und andere Babynahrung und ging dann wieder nach oben. Sie fühlte sich ein bißchen weniger müde, aber nicht viel. Ob Georgie und Helen noch atmeten? Sie mochte überhaupt nicht hingehen und nachsehen. Sie hörte den Krankenwagen ankommen. Laura leerte gerade ihre dritte Tasse Kaffee. Sie warf einen Blick in den Spiegel, aber sich selber mochte sie auch nicht ansehen. Je aufgelöster sie aussah, um so besser vielleicht. Zwei Männer in Weiß kamen herauf und gingen sofort zu den beiden Kindern. Sie hatten Stethoskope. Sie murmelten, dann wurden sie lauter. Einer drehte sich um und fragte: »*Was* haben sie genommen?«

»Schlaftabletten. Sie haben das Nembutal erwischt.«

»Der hier ist ja kalt. Haben Sie das nicht gemerkt?«

Er meinte Georgie. Der eine wickelte die Kinder in Decken vom Bett ein, der andere bereitete eine Spritze vor. Er gab jedem Kind eine Spritze in den Arm.
»Vor zwei bis drei Stunden brauchen Sie uns nicht anzurufen«, sagte der eine.
Der andere sagte: »Laß, die steht noch unter Schock. Trinken Sie mal 'ne Tasse heißen Tee, junge Frau, und legen Sie sich hin.«
Sie eilten davon. Die Ambulanz heulte Richtung Krankenhaus.
Das Heulen wurde aufgenommen von Francy, die dastand, ihre dicken kleinen Beine nicht weiter auseinander als sonst, während Pipi aus dem Windelklumpen dazwischen tropfte. Alle Gummihöschen lagen noch dreckig in der Schüssel unter dem Ausguß, eine Arbeit, die Laura gestern abend hätte erledigen müssen. Sie ging zu Francy und gab ihr eine Ohrfeige, damit sie eine Minute lang mal still war, und Francy fiel um. Dann gab Laura ihr einen Tritt in den Bauch, etwas, was sie bislang noch nie getan hatte. Francy lag da, endlich mal still.
Mit großen Augen und offenem Mund starrte Stevie herüber, als wüßte er nicht, ob er lachen oder weinen sollte. Laura schleuderte die Schuhe von den Füßen und ging sich ein Bier holen. Natürlich war keins da. Laura kämmte sich und ging dann runter ins Delikatessengeschäft. Als sie zurückkam, saß Francy dort, wo sie vorher gelegen hatte, und war wieder am Schreien. Noch mal die Windel wechseln? Ihr ein dreckiges Gummihöschen drüberziehn? Laura machte ein Bier auf, trank etwas, dann wechselte sie die Windel, nur um irgendwas zu tun. Immer noch mit dem Bier neben sich, füllte sie den Ausguß mit Seifenwasser und steckte die sechs Gummihöschen hinein, ebenso zwei ausgespülte, aber schmutzige Windeln.
Um zwölf klingelte es, und es war Mrs. Crabbe, die verdammte Schnüffelnase, ungefähr so willkommen wie die Bullen.

Diesmal war Laura frech. Sie unterbrach die Ziege jedesmal, wenn sie etwas sagte. Mrs. Crabbe fragte, wie die Kinder denn an die Schlaftabletten gekommen seien. Und wann hatten sie sie gegessen?
»Ich möchte wissen, warum ein Mensch sich derartige Einmischungen gefallen lassen muß!« schrie Laura.
»Ist Ihnen klar, daß Ihr Sohn tot ist? Innere Blutungen von Glassplittern.«
Laura stieß einen von Eddies Lieblingsflüchen aus.
Da ging die alte Hexe, und Laura trank ihr Bier, drei Dosen. Sie hatte Durst. Als es wieder klingelte, reagierte sie nicht, aber dann wurde laut an die Tür geklopft. Nach ein paar Minuten war Laura das zu blöd, und sie ging aufmachen. Es war wieder die alte Crabbe, diesmal mit zwei Männern, in Weiß, der eine hatte eine Tasche. Laura wehrte sich, aber sie verpaßten ihr eine Zwangsjacke. Sie brachten sie in ein anderes Krankenhaus, nicht ins St. Vincent. Da wurde sie von zwei Leuten festgehalten, während ein dritter ihr eine Spritze gab. Von der Spritze ging sie fast k.o., aber nicht ganz.
Und so kam sie einen Monat später zu ihrer Abtreibung. Das freudigste Ereignis, das ihr je widerfahren war.
Sie mußte in dem Laden – Bellevue – die ganze Zeit bleiben. Als sie den Seelenputzern erzählte, daß sie die Ehe satt habe, ihre Ehe, schienen sie ihr zu glauben und sie zu verstehen, doch schließlich gaben sie zu, daß ihre ganze Behandlung darauf angelegt sei, sie in diese Ehe zurückzuführen. Die drei Kinder – Helen war wieder gesund – waren in der Zwischenzeit in so einem kostenlosen Pflegeheim. Eddie war gekommen und hatte Laura besuchen wollen, aber sie wollte ihn nicht sehen, und gottlob hatte niemand sie gezwungen. Laura wollte eine Scheidung, aber sie wußte, daß Eddie nie einwilligen würde. Er war der Meinung, daß es Scheidungen ganz einfach nicht gab. Laura wollte frei sein, unabhängig und allein. Sie wollte auch die Kinder nicht sehen.

»Ich will ein neues Leben anfangen«, sagte sie zu den Psychiatern, die ebenso lästig geworden waren wie Mrs. Crabbe.

Die einzige Möglichkeit, aus dem Laden rauszukommen, war, ihnen was vorzumachen, merkte Laura, und so fing sie langsam an, sich gefügig zu zeigen. Sie dürfe gehen, sagten sie, aber nur, wenn sie zu Eddie zurückginge. Immerhin erreichte sie von einem Arzt eine schriftliche Erklärung – sie bestand darauf, es schriftlich zu bekommen –, die besagte, daß sie keine Kinder mehr haben dürfe, was praktisch hieß, daß sie das Recht hatte, die Pille zu nehmen. Eddie gefiel das nicht, auch wenn es eine ärztliche Verordnung war. »Das is' doch keine Ehe«, sagte Eddie.

Eddie hatte eine Freundin gefunden, während Laura in Bellevue war, und manchmal kam er abends nicht nach Hause und ging dann von da zur Arbeit, wo er eben schlief. Laura nahm sich für einen Tag einen Detektiv und fand so den Namen und die Adresse der Frau heraus. Dann reichte Laura die Scheidung wegen Ehebruchs ein, ohne Alimentsforderungen, richtig Women's Lib. Eddie bekam die Kinder, wogegen Laura nichts hatte, denn ihm lag mehr an den Kindern als ihr. Laura nahm eine Ganztagsstelle in einem Warenhaus an, was ein bißchen hart war, da sie so viele Stunden auf den Beinen sein mußte, aber alles in allem nicht so hart wie das, was sie hinter sich hatte. Sie war erst fünfundzwanzig und sah ganz gut aus, wenn sie sich die Zeit nahm, ihr Gesicht zurechtzumachen und sich hübsch zu kleiden. Und gute Aufstiegsmöglichkeiten gab es auch.

»Ich fühl mich jetzt so friedlich«, sagte Laura zu einer neuen Freundin, der sie ihre Vergangenheit erzählt hatte. »Ich fühl mich anders, als hätt ich schon hundert Jahre gelebt, und dabei bin ich noch ganz schön jung ... Heiraten? Nein, nie wieder.«

Sie wachte auf und merkte, daß alles ein Traum gewesen war. Na ja, nicht *alles*. Das Erwachen ging langsam, nicht so plötzlich wie sonst, wenn man morgens die Augen aufmachte und sah, was man wirklich vor sich hatte. Der Arzt hatte ihr zwei Sorten von Tabletten verschrieben. Jetzt kam es ihr so vor, als seien das Schwindeltabletten gewesen, die bewirkten, daß die Welt rosig aussah und daß sie selbst fröhlicher wurde – der Zweck des Ganzen war, daß sie wieder zurück in den alten Pferch ging, wie ein betäubtes Schaf. Sie merkte, daß sie am Ausguß stand, in der Hudson Street, und ein Geschirrtuch in den Händen hatte. Es war Morgen. Zehn Uhr zweiundzwanzig nach der Uhr am Bett. Aber sie *war* doch in Bellevue gewesen, oder? Und Georgie war gestorben, denn jetzt waren in der Wohnung nur Stevie und Helen und Francy. Es war September, wie sie an der Zeitung sah, die auf dem Küchentisch lag. Und – wo war es? Das Stück Papier, das der Arzt unterschrieben hatte?

Wo bewahrte sie es auf, in ihrer Brieftasche? Sie sah nach, und da war es nicht. Sie machte den inneren Reißverschluß ihrer Handtasche auf. Auch da nicht. Aber sie hatte es gehabt. Oder? Einen Augenblick überlegte sie, ob sie schwanger sei, aber es war nichts zu sehen. Dann, wie gezogen von einer geheimnisvollen Kraft, einer hypnotischen Kraft, ging sie zu einem abgewetzten braunen Lederkästchen, in dem sie Halsketten und Armbänder verwahrte. In diesem Kasten lag ein altes, angelaufenes Zigarettenetui aus Silber, gerade groß genug für vier Zigaretten, und darin war ein zusammengefaltetes Stück Papier, frisch und weiß. Das war es. Sie hatte es.

Sie ging ins Badezimmer und blickte in das Medizinschränkchen. Wie sahen sie aus? Da war etwas, auf dem Ovral stand. Das mußte es sein, es klang irgendwie nach Ei. Nun, die nahm sie jedenfalls, das Fläschchen war halb leer. Und Eddie ärgerte sich.

Sie erinnerte sich jetzt. Aber er mußte sich damit abfinden, da gab's nichts.

Doch seine Freundin hatte sie nicht mit einem Detektiv aufgespürt. Die Stelle in dem Warenhaus hatte sie nicht gehabt. Komisch – sie hatte alles so deutlich vor Augen, den Job, wie sie bunte Halstücher und Strumpfwaren verkaufte, sich schminkte, um toll auszusehen, und wie sie neue Freunde gewann. Hatte Eddie eine Freundin gehabt? Laura war sich einfach nicht sicher. Wie dem auch sei, mit der Pille mußte er sich jetzt abfinden, und das war wenigstens ein kleiner Triumph für sie. Aber der entschädigte sie nicht ganz für das, womit sie sich abfinden mußte. Francy schrie. Vielleicht war es Zeit, sie zu füttern.

Laura stand in der Küche, biß sich auf die Unterlippe, dachte, daß sie Francy jetzt füttern mußte – nach dem Essen war sie immer etwas ruhiger –, und dachte, sie würde anfangen müssen, ernsthaft nachzudenken, jetzt, da sie denken konnte, jetzt, da sie richtig wach war. Mein Gott, das Leben konnte doch nicht einfach immer so weitergehen, nicht? Den Job in dem Eßladen hatte sie bestimmt verloren, also würde sie sich einen neuen suchen müssen, denn mit Eddies Lohn alleine kamen sie nicht durch. *Francy füttern.*

Es klingelte an der Haustür. Laura zögerte kurz, dann drückte sie auf den Summer. Sie hatte keine Ahnung, wer es war.

Francy schrie.

»Ja doch, *ja*!« schnappte Laura und ging zum Kühlschrank.

Es klopfte an der Tür.

Laura machte auf. Es war Mrs. Crabbe.

Ein schlechtes Herz

Ruth Rendell

Sie waren ziemlich aufdringlich gewesen, und so hatte er denn, als sie ihn zum drittenmal fragten, schließlich angenommen. Ergeben, ja, fast fatalistisch hatte er zugesagt, zum Essen zu ihnen zu kommen. Aber als er sich dann auf den Weg machte – weit aus London hinaus –, da dachte er verdrossen, sie hätten eigentlich soviel Takt besitzen können, die Bekanntschaft mit ihm völlig abzubrechen. Kein anderer Angestellter, den er entlassen hatte, war ihm je derartig penetrant auf den Leib gerückt. Gedroht hatte man ihm – das ja, etliche sogar hatten ihm gedroht, und einer hatte sogar versucht, ihn zu erpressen, aber keiner hatte die Unverfrorenheit besessen, ihn zum Essen einzuladen. Das gehörte sich einfach nicht. Ein dezenter Mann hätte das nie getan. Aber Hugo Crouch war eben kein dezenter Mann, und das war es ja – unter anderem – auch gewesen, weshalb er ihn gefeuert hatte.

Er wußte genau, weshalb sie ihn eingeladen hatten. Sie wollten ihn ins Kreuzverhör nehmen. Weil er das ahnte, hatte er ja auch vorgeschlagen, man solle sich – auf seine Kosten – in einem Restaurant treffen. In einem öffentlichen Restaurant konnte man schließlich einen Mann nicht weithin hörbar unter Anklage stellen, dort wäre er ihnen nicht so auf Gedeih und Verderb ausgeliefert gewesen. Aber sie hatten hartnäckig darauf bestanden, daß er zu ihnen hinauskäme, und schließlich hatte er sich darein gefügt. Immerhin war er ein älterer Mann mit einer Herzschwäche, und dann diese fast zwanzig Kilometer von seiner Wohnung bis zu ihrem Haus, im Schneckentempo durch den Nebel und den Nieselregen eines widerlichen Februarabends. Das war einfach unzumutbar, aber er würde ihnen schon zeigen, daß er es schaffte, *ihn* kriegten sie damit nicht klein! O ja, der Präsident der Firma Fraser würde ihnen schon zeigen, daß er sich von einem aufgeblasenen Weltbeglücker wie Hugo Crouch nicht einschüchtern ließ, er würde die Situation meistern, genauso wie er damals mit dem Erpresser fertig geworden war.

Als er die Ausläufer des Waldes erreichte, pladderte der Regen so heftig, daß er die Scheibenwischer auf äußerste Geschwindigkeit schalten mußte. Wieder einmal war er dankbar, daß er sich diesen neuen Wagen mit all seinen aufwendigen Extras angeschafft hatte. Und ganz gewiß hätte die Firma diese Anschaffung nicht verkraftet, wenn er Hugo Crouch auch nur einen Tag länger behalten hätte. Wenn er all den idiotischen Forderungen Hugos nachgegeben hätte, dann säße er heute noch mit dem alten Daimler da; und die Winter-Kreuzfahrt hätte er sich ebensowenig leisten können. Hugo war ihm ein richtiger Dorn im Fleische gewesen mit seinen Extratouren und mit diesem Spleen, in einem Haus mitten im Epping Forest zu wohnen, jawohl, buchstäblich mitten im Wald, völlig isoliert, nicht einmal in Reichweite eines der umliegenden Dörfer. Ein Direktor der Firma Fraser hatte gefälligst erreichbar zu sein. Sich hier draußen zu vergraben, das war doch einfach lächerlich.

Die mächtigen Scheinwerfer des Wagens schnitten einen gewundenen Fahrweg aus dem Dunkel. Die grauen Baumstämme zu beiden Seiten verliehen ihm Ähnlichkeit mit einem düsteren Säulengang. Alle paar Sekunden wurde das Bild durch einen Regenvorhang ausgelöscht, um unter dem Schwung der Scheibenwischer für kurze Augenblicke wieder zu erscheinen. Glücklicherweise war er schon einmal hier gewesen, sonst hätte er leicht die hohe Mauer mit dem hölzernen Tor verfehlen können, hinter der das

Crouchsche Haus lag, eine viktorianische Villa mit spitzem Giebel, schmutzfarben, schäbig, in seinen Augen einfach scheußlich. Jeder, der einen Abrißauftrag dafür erteilen würde, erwiese der ganzen Umgebung einen Dienst, dachte er grimmig, als er durch das hölzerne Tor fuhr. Nicht ein einziges Licht war zu sehen. Er erinnerte sich, ihre Wohnzimmer lagen nach hinten hinaus, aber sie hätten ja schließlich zu seiner Orientierung etwas Beleuchtung einschalten können. Ohne seine Scheinwerfer hätte er den Eingang nie gefunden. Er preßte die Schachtel Pfefferminzkonfekt, die er für Elisabeth Crouch mitgebracht hatte, an sich und hastete den überfluteten gepflasterten Weg entlang, daß das Wasser nur so aufspritzte. Von oben plätscherte der Regen aus der schadhaften Dachrinne herab wie aus unzähligen Wasserhähnen. Und die rettende Eingangstür war natürlich – wie konnte es anders sein! – an der entlegensten Seite des Hauses. Schwer zu sagen, wo bei denen hier der Garten endete und der Wald anfing. Irgendeine Begrenzung war jedenfalls nicht zu sehen. Überhaupt gar nichts war zu sehen außer ein paar triefenden Ästen und Zweigen, schwach beleuchtet durch den matten Schimmer, der aus dem Oberlicht über der Haustür fiel.
Er ließ die Glocke anhaltend schrillen, ohne den Finger vom Klingelknopf zu nehmen, einzig in der Hoffnung, daß die Nässe nicht schon durch seinen Mantel in den neuen Maßanzug gedrungen wäre. Soeben traf ein neuerlicher Sturzbach ihn von oben in den Nacken, so daß er am ganzen Körper schlotterte. Da endlich öffnete sich die Tür.
»Duncan! Sie müssen ja total naß sein! War die Fahrt so schlimm?«
»Kann man wohl sagen«, japste er nur und trat mit eingezogenem Kopf in den rettenden Windfang. »Schauderhafter Abend!«
Er warf ihr förmlich die Konfektschachtel zu und gab ihr die Hand. Dann fiel ihm ein, früher hatten sie sich freundschaftlich auf die Wange geküßt. Nun, er hatte nie etwas

dagegen, eine hübsche Frau zu küssen, und ihre Schuld war es ja schließlich nicht gewesen. »Wie geht es Ihnen, Elisabeth?« fragte er, nachdem ihre Wangen sich berührt hatten.

»Danke, gut. Geben Sie mir Ihren Mantel. Ich bringe ihn in die Küche, damit er trocknet. Hugo ist im Wohnzimmer. Sie kennen ja den Weg, nicht wahr?«

Einen endlosen Korridor entlang, wie er sich entsann, der weder ordentlich beleuchtet noch im mindesten geheizt war. Der ganze Kasten hier schrie förmlich nach einer Zentralheizung. Er war inzwischen so bis auf die Knochen durchgefroren, daß er nur sehnsüchtig an seine Wohnung denken konnte, wo die Heizkörper immer so heiß waren, daß man selbst jetzt im Februar die Fenster aufreißen mußte, und wo ihm seine Haushälterin just um diese Zeit eine heiße Pastete servieren würde und danach ein Poulet San Josef. Elisabeth Crouch war, soweit er sich erinnerte, eine ziemlich dürftige Köchin.

An der Wohnzimmertür blieb er stehen und wappnete sich für die Begegung. Er hatte Hugo Crouch nicht mehr gesehen, seit der Mann erhobenen Hauptes sein Büro verlassen hatte, weil er, Duncan Fraser, Präsident der Firma Fraser, ihm überzeugend dargelegt hatte, daß er in einer anderen Position wahrscheinlich glücklicher wäre.

Also gut, je eher die ersten Worte geschafft waren, desto besser. Sehr wenige Männer in seiner Position würden sich eine solche Sache wohl so zu Herzen nehmen, wie er mit seiner Feinfühligkeit es tat; und sehr wenige wären nach dieser Geschichte überhaupt noch gekommen! Er würde sich freundlich, zwanglos, allenfalls ein wenig väterlich geben. Und vor allem würde er unter keinen Umständen die Rede auf Hugos Entlassung kommen lassen. Durch nichts würde er sich dazu bringen lassen, darüber zu sprechen, wenn er es nicht wollte, und letzten Endes würde wohl die Höflichkeit, die sie ihm als Gastgeber schuldeten, dem einen Riegel vorschieben. Er öffnete die Tür, lächelte heiter

und brachte sogar ein fröhliches Augenzwinkern zuwege. »Hallo, hier bin ich also, Hugo. Ich habe es tatsächlich geschafft.«
Crouch trug eine ausgesprochen saure Miene zu Schau, einen Ausdruck, den Duncan oft auf seinem Gesicht gesehen hatte, wenn er wieder mal Hugos mehr als extravagante Anordnungen oder Forderungen hatte annullieren müssen. Er lächelte nicht. Ernst reichte er Duncan die Hand und fragte ihn, was er zu trinken wünsche.
Duncan blickte sich flüchtig in dem Zimmer um, das sich nicht verändert hatte und immer noch mit den ziemlich scheußlichen viktorianischen Möbeln ausstaffiert war. Wenigstens brannte im Kamin ein mächtiges Holzklobenfeuer. »Ach ja, einen Drink«, seufzte er und rieb sich die Hände. Am liebsten hätte er einen Whisky gehabt, aber darum zu bitten, wagte er nicht, denn der Doktor hatte ihn verboten. »Einen kleinen trockenen Vermouth vielleicht?«
»Ich fürchte, ich habe überhaupt keinen Vermouth im Hause.«
Diese Abfuhr versetzte ihm doch einen leichten Schock, auch wenn sie in beiläufigem Ton gesprochen war, und auch wenn er dergleichen eigentlich hätte erwarten müssen. Eine erste Herausforderung? Jedenfalls hatte es ihm einen Stich versetzt. Natürlich, er hatte ja gewußt, daß sie ihm zusetzen würden, aber er hatte nicht damit gerechnet, daß der erste Schlag so prompt erfolgen würde. Also gut, sollte er doch durchblicken lassen, daß er sich eine wohlsortierte Bar nicht mehr leisten konnte, weil er seine Stellung verloren hatte. Er, Duncan, würde sich dadurch nicht aus der Fassung bringen lassen. »Dann einen Sherry, bitte«, sagte er. »Haben Sie Sherry?«
»Ja, Sherry haben wir«, erwiderte Hugo. »Kommen Sie, setzen Sie sich ans Feuer.«
Als er vor den leise zischenden Buchenscheiten saß und langsam auftaute, beschloß er, die Konversation zunächst

auf das Wetter zu beschränken. Es war ja wohl auch das naheliegendste Thema, um das Eis zu brechen, bis Elisabeth erschien. Sie kamen auch ganz wacker damit zurecht, schweiften sogar ab zu Sturmfluten an der Ostküste Englands und zu Autounfällen im Nebel, bis sie schließlich zurückkam und sich neben Duncan setzte.

»Wir haben weiter niemanden eingeladen, Duncan. Wir wollten Sie ganz für uns haben.«

Überflüssige Bemerkung unter diesen Umständen, dachte er. Natürlich hatten sie niemanden weiter eingeladen. Die Gegenwart weiterer Gäste hätte ja ihre Pläne durchkreuzt. Aber vielleicht war sie doch nicht so überflüssig gewesen, sondern so eine Art Eröffnungsschachzug?

»Na, wundervoll«, erwiderte er.

»Wir haben uns doch eine Menge zu erzählen; da dachte ich, es sei netter so.«

»Viel netter.« Eine Menge zu erzählen? Es gab doch wohl nur eins, was sie damit meinen konnten. Aber sie sollte nur nicht denken – und der stumme Hugo da drüben mit seiner grimmigen Duldermiene ebensowenig –, daß er ihnen auch nur einen Millimeter entgegenkommen würde. Wenn sie partout das bewußte Thema ansteuern wollten, so sollten sie die ganze vorbereitende Wühlarbeit gefälligst allein bewältigen. »Wir unterhielten uns gerade darüber«, informierte er sie, »wie tragisch doch all diese Verkehrsunfälle sind. Und ich meine, dem könnte doch auf sehr simple Weise abgeholfen werden.« Er erläuterte diese simple Methode, aber er merkte wohl, daß sie daran nicht besonders interessiert waren, und es überraschte ihn nicht, als Elisabeth sagte:

»Das ist wirklich faszinierend, Duncan, aber sprechen wir doch zunächst einmal von Ihnen. Was haben Sie denn so gemacht in letzter Zeit?«

Das Geschäft unter Kontrolle gebracht, das dein Mann beinahe ruiniert hätte!

»Ach, so dies und jenes«, meinte er gedehnt, »nicht viel.«

»Haben Sie in diesem Winter wieder eine Kreuzfahrt unternommen?«
»Äh, ja. Ja, richtig. In die Karibik.«
»Das ist ja nett. Ich glaube, die Abwechslung hat Ihnen gutgetan.«
Sie mußte also herausstreichen, wie sehr er es nötig hätte, daß ihm etwas »guttäte«! Und natürlich war sie nur auf die Kreuzfahrt zu sprechen gekommen, um anzudeuten, daß manche Leute sich so was eben nicht leisten konnten. »Ja, es war eine wunderbare Erholung«, erwiderte er aufgeräumt. »Ich kann Ihnen da eine höchst amüsante Geschichte erzählen, die mir auf der Heimfahrt passiert ist.« Er erzählte sie ihnen, aber es klang nicht sonderlich amüsant. Elisabeth lächelte bemüht, Hugo jedoch verzog keine Miene. »Na ja, damals wirkte es komisch«, meinte er kleinlaut.
»Wir können in fünf Minuten essen«, lenkte Elisabeth ab. »Sagen Sie, Duncan, haben Sie eigentlich dieses Landhaus in Südfrankreich gekauft, auf das Sie damals so versessen waren?«
»O ja, das habe ich gekauft.« Was sah sie ihn so neugierig an, geradezu impertinent? Sie wartete wohl darauf, daß er sich dafür entschuldigte, sein eigenes Geld ausgegeben zu haben!
»Nun hören Sie sich bloß diesen Regen an«, sagte er kopfschüttelnd. »Er hat noch kein bißchen nachgelassen!«
Ja, das fanden sie auch. Und dann senkte sich bleiernes Schweigen herab. Er sah es deutlich an den Blicken, die die beiden austauschten – in solchen Dingen konnte man ihm nichts vormachen –, sie hatten begriffen, daß sie bislang nichts erreicht hatten. Ganz schön betreten sahen die beiden aus, dachte er triumphierend. Aber die Frau eröffnete bereits die nächste Runde, und diesmal schon mit härteren Bandagen.
»Stellen Sie sich vor, wen wir letzte Woche getroffen haben, Duncan. John Churchhouse!« Der Mann, der vor ein paar

Jahren die anfallenden Druckereiaufträge für die Firma Fraser erledigt hatte. Duncan erinnerte sich, er mußte die Aufträge zu der Zeit erhalten haben, nachdem Hugo zum Direktor befördert worden war. Er richtete sich in seinem Sessel auf und trank den Rest seines Sherrys.

»Er erzählte uns, daß er monatelang im Krankenhaus gelegen – und daß er sehr viele Aufträge verloren hat. Er tat mir so ...«

»Bitte, dürfte ich mir wohl die Hände waschen?« fragte Duncan mit fester Stimme. »Vielleicht sagen Sie mir, wo das Bad ist?«

»Natürlich.« Sie sah enttäuscht aus. Sollte sie nur! »Oben an der Treppe, die Tür genau geradeaus.«

Duncan begab sich also ins Badezimmer. Er durfte sich natürlich nicht einbilden, sich ein für allemal aus der Schlinge gezogen zu haben. Bestimmt würden sie während der Mahlzeit wieder über ihn herfallen. Wahrscheinlich betrachteten sie eine Tafelrunde als den angemessenen Ort für ein Kreuzverhör. Na schön, ihn sollte es nicht anfechten, und bisher hatte er sich ja ganz gut gehalten.

Beide warteten sie am Fuß der Treppe, um ihn ins Eßzimmer zu geleiten, und wieder sah er, wie die Frau ihrem Mann einen Blick zuwarf, der einem Rippenstoß nicht unähnlich war. Hugo kriegte anscheinend kalte Füße. In solchen Fällen waren ja immer die Frauen die treibenden Kräfte! Duncan streifte mit einem flüchtigen Blick den Eßtisch und die Platte mit den Horsd'œuvres. Sardinen, Anchovis und Artischockenherzen – reichlich unpassend für diese Jahreszeit.

»Was haben Sie sich bloß für Umstände gemacht, Elisabeth«, sagte er bewundernd.

Sie sah ihn mit einem betörenden Lächeln an. Er hatte es ganz vergessen, dieses Lächeln, das ihr ganzes Gesicht erhellte und die Augen aufblitzen ließ, irisierend blau wie das Gefieder des Eisvogels. »Die Arbeit, die uns freut, wird zum Ergötzen«, zitierte sie.

»Ach, ›Macbeth‹.« Sehr gut, ein ausgezeichnetes Thema, um sie während des Vorgerichtes abzulenken! »Wissen Sie noch? Nur ein einziges Mal sind wir drei gemeinsam im Theater gewesen, und es gab ›Macbeth‹.«
»Ich weiß«, erwiderte sie. »Brot, Duncan?«
»Ja, bitte. Ich habe übrigens vorige Woche diese großartige ›Macbeth‹-Aufführung einer polnischen Theatergruppe gesehen. Vielleicht waren Sie auch dort?«
»Wir waren in diesem Winter überhaupt nicht im Theater«, sagte Hugo kalt. Sie mußte ihm unter dem Tisch einen Fußtritt versetzt haben, um ihm diesen Seitenhieb zu entlokken. Duncan ging nicht darauf ein und verbreitete sich statt dessen über Einzelheiten des polnischen »Macbeth«, obwohl ein wachsendes inneres Unbehagen ihm derartig zusetzte, daß er sich plötzlich auf alle möglichen Namen nicht mehr besinnen konnte, weder auf die der Shakespeare-Gestalten noch auf die der Schauspieler.
»Ich wollte, Keith hätte es sehen können«, meinte Elisabeth. »Es ist sein Wahlthema fürs Examen.«
Sie wollte ihn also zwingen, nach ihren Söhnen zu fragen, damit sie ihm erzählen konnte, daß sie sie aus diesem unsinnig teuren Internat herausnehmen müßten. Er dachte ja gar nicht daran! Das war vielleicht reichlich unhöflich, aber er würde nicht fragen.
»Ich glaube, Sie haben unsere Kinder nie kennengelernt, Duncan?«
»Nein, nie.«
»Sie bekommen nächste Woche Schulferien und kommen nach Hause. Ich bin so froh, daß ihre Ferien mit meinen zusammenfallen.«
»Ihre Ferien?« fragte er mißtrauisch.
»Elisabeth ist wieder Lehrerin geworden.«
»Ach, wirklich?« meinte Duncan. »Nein, danke, ich möchte nichts mehr. Es war köstlich. Kann ich Ihnen helfen? Etwas tragen vielleicht . . .?«
»Bitte bemühen Sie sich nicht. Ich werde schon allein fer-

tig.« Sie sah ziemlich gekränkt aus. »Wenn ihr zwei mich entschuldigen wollt. Ich werde mal nach dem Hauptgericht sehen.«
So blieb er also mit Hugo allein in dem zugigen Eßzimmer zurück. Er schob die Beine seitlich unter dem Tischtuch hervor, um sie möglichst nahe an den elektrischen Ofen mit der einen dürftigen Heizspirale zu bringen. Hugo plagte sich mit dem Korken einer Weinflasche ab. Er fluchte verhalten, weil er es nicht schaffte, ihn herauszuziehen.
»Lassen Sie mich mal versuchen, Hugo.«
»Danke, ich schaff das schon allein, besonders wenn Sie mir nicht so auf die Finger gucken«, versetzte Hugo unbeherrscht, um dann völlig zusammenhanglos – aber daran war man bei den beiden ja gewöhnt! – fortzufahren: »Übrigens absolviere ich einen Kursus als Wirtschaftsprüfer.«
»Na ja, als Weinkellner sind Sie ja schon nahezu bilanzsicher, Hugo«, witzelte Duncan, »ha, ha, ha!«
Hugo lachte nicht. Er war endlich mit dem Korken fertig geworden. »Ich denke, ich werde es schon schaffen. Mit Zahlen konnte ich ja schon immer ganz gut umgehen.«
»O ja, das konnten Sie allerdings. Mehr als gut sogar.« Das stimmte wirklich. Bloß mit dem Personal war der Mann unglaublich umgegangen, hatte Nachwuchskräften und kleinen Sekretärinnen Flausen in den Kopf gesetzt, die ihrem Stellenwert nicht entsprachen. »Ich bin überzeugt, daß Sie es schaffen.«
Warum kam denn nun die Frau nicht endlich zurück? Es mußten zehn Minuten vergangen sein, seit sie durch diese kilometerlangen Korridore in die Küche entschwunden war. Seine eigene Frau – sie war lange tot – hätte das Hauptgericht servierfertig in Schüsseln warm gestellt, bevor man sich zum Horsd'œuvre niedergesetzt hätte.
»Sie müssen sich qualifizieren, das ist die Hauptsache«, fügte er hinzu. In der Ferne hörte er die Räder des Servierwagens herankommen. Eine größere Erleichterung hätten auch die Räder eines nahenden Zugs nicht auslösen kön-

nen, nachdem man eine Stunde auf dem eisigen Bahnsteig gewartet hatte. Er konnte zwar die Frau nicht besonders leiden, aber alles war besser, als mit Hugo allein zu sein. Warum sollte er eigentlich nicht den Stier bei den Hörnern packen, bevor sie sich an das lächerlich schmächtige Brathähnchen machten, das soeben erschienen war? Er zwang sich also zu einem Lächeln, und dann sagte er: »Ich sage Ihnen, Sie beide sind im wahrsten Sinne des Wortes auf die Füße gefallen. Glauben Sie mir, Hugo, wenn Sie erst ein erfolgreicher Wirtschaftsprüfer geworden sind, dann werden Sie zurückblicken und Gott danken, daß Ihre und Frasers Wege sich getrennt haben.«

So, das war's, damit mußte es genug sein. Sie hatten ihn ihrem Verhör unterzogen, und jetzt sollten sie ihn gefälligst in Ruhe dieses halbzerkochte Zeug essen lassen, das sie ihm da als Abendessen auftischten. Wenigstens würden sie nun wohl von irgend etwas anderem anfangen und nicht länger alles ihm überlassen, nachdem er schon den ganzen Abend die Konversation bestritten hatte. Aber statt einer Unterhaltung herrschte tiefe Stille. Keiner von ihnen wußte irgend etwas zu sagen. Und wie sehr sich Duncan, während er sich mannhaft mit seinem Hühnerflügel abmühte, auch das Hirn nach einem Gesprächsthema zermarterte, ihm fiel partout nichts ein. Ihr Haus, seine Wohnung, die Belegschaft bei Fraser, sein Wagen, die Lebenshaltungskosten, ihr Lehrerinnenjob, Hugos Kursus, die soeben verflossene Weihnachtszeit, der bevorstehende Sommer, alle diese Themen würden doch bloß unausweichlich wieder auf Hugos Entlassung zurückführen. Duncan erkannte mit verzweifelter Wut, daß überhaupt *alle* Themen der Welt darauf zurückführen würden, denn er war nun mal er, und sie waren sie, und die Entlassung stand bei diesem trübsinnigen Gastmahl zwischen ihnen wie ein unbezwingbares Schreckgespenst. Von Zeit zu Zeit hob er den Blick von seinem Teller in der Hoffnung, sie werde sein vielgerühmtes Lächeln erwidern, jenes Lächeln, das durch übermäßige

Abnutzung steif und grau geworden war. Aber jedesmal, wenn er sie anschaute, fixierte sie ihn stumm und mit angespannten Gesichtszügen, sehr nüchtern, fast verbissen. Ihre Augen hatten das Eisvogelblau verloren; sie waren verhangen und dunkel wie Rauchglas.
Sie hatten also immer noch nicht genug, sie und ihr mürrischer, saftloser Ehemann! Sie wollten ihn wohl am Boden kriechen sehen. Nicht genug damit, daß er Hugos Entlassung mit offener Freimütigkeit erwähnt hatte, sie erwarteten anscheinend eine Erklärung, eine Entschuldigung. Gut, sie sollten ihre Erklärung haben. Es gab anscheinend keinen Ausweg. Sorgfältig legte er Messer und Gabel nebeneinander auf den leergegessenen Teller. Bestimmt, aber höflich lehnte er ab, als die Gastgeberin ihm nochmals anbot. Er holte tief Atem, so wie er es oft zu Beginn einer Vorstandssitzung tat und wie er es fast immer hatte tun müssen bei jenen Direktionsversammlungen, auf denen Hugo Crouch so hartnäckig und borniert auf Gehaltserhöhungen für die Angestellten bestanden hatte.
»Meine liebe Elisabeth«, begann er, »mein lieber Hugo. Ich weiß sehr wohl, weshalb Sie mich heute abend eingeladen haben und auf was Sie beide dauernd anspielen, seit ich das Haus betreten habe. Und weil ich Ihre sehr liebenswürdige Gesellschaft lieber ohne weitere Peinlichkeiten genießen möchte, will ich hier und jetzt das tun, was Sie anscheinend von mir erwarten, nämlich Ihnen erklären, wie es dazu kam, daß ich Hugo zu bedenken gab, ob er sich nicht auf einem anderen Posten wohler fühlen würde als in der Firma Fraser.«
Elisabeth sagte: »Aber Duncan, hören Sie ...«
»Sie können Ihre Einwände später vorbringen, Elisabeth. Vielleicht überrascht es Sie, wenn ich sage, daß ich alles, was geschehen ist, einzig und allein *mir selbst* vorwerfen muß. Ja, ich gestehe es, alles war *meine* Schuld.« Er hob eine Hand, um Hugo zum Schweigen zu bringen. »Nein, Hugo, lassen Sie mich ausreden. Wie ich schon sagte, es war

meine Schuld. Mir ist eine Fehleinschätzung unterlaufen. O ja, so war es. Ich hätte, als ich Sie beförderte, einfach sehen müssen, daß Sie den Posten nicht ausfüllen würden. Ich muß mir selber den Vorwurf machen, Ihre – nun ja, Ihre Grenzen nicht erkannt zu haben.«

Sie waren stumm. Und sie blickten weder ihn noch einander an.

»Wir Männer in verantwortungsvoller Stellung«, fuhr er fort, »wir müssen es uns auch ankreiden lassen, wenn die Leute, die wir einstellen, nicht die Kapazitäten entwickeln, die wir in ihnen vermutet haben. *Wir* sind es dann, denen es an Voraussicht fehlte, das ist alles. *Ich* trage die ganze Verantwortung auf meinen Schultern. Könnten wir es damit nun bewenden lassen? Vergeben und vergessen?«

Er hatte selten derartig verlegene und beschämte Gesichter gesehen – ein Zeichen mehr, wie wenig die beiden ihm gewachsen waren. Seine Erklärung war sicher das letzte gewesen, was sie erwartet hatten, und jede Erwiderung erübrigte sich. Er reichte ihr seinen Teller mit dem kleinen Grabhügel aus Hühnerknochen und Kartoffelschalen, und als sie ihn nahm, sah er ihr Gesicht in plötzlichem Zorn aufflammen.

Er konnte sich nicht verkneifen, sie zu fragen: »Nun, Elisabeth, haben Sie mir vergeben?«

»Dazu ist es jetzt zu spät. Aus und vorbei«, sagte sie mit sehr kalter Stimme. »Für all so was ist es jetzt zu spät.«

»Tut mir leid, wenn ich Ihnen nicht die Erklärung gegeben habe, die Sie erwartet haben. Ich habe Ihnen nur die Wahrheit gesagt.«

Sie erwiderte nichts mehr. Auch Hugo sagte nichts. Und auf einmal fühlte Duncan sich sehr unbehaglich. Ihre verachtungsvollen Gesichter, die Art, wie die beiden innerlich auf Distanz gingen ... das war fast zuviel. Sein Herz begann zu hämmern. Er suggerierte sich, daß ein beschleunigtes Herz gar nichts bedeutete; nicht Herzklopfen war es schließlich, was er fürchten mußte, sondern dieser ganz

spezifische Herzschmerz. Ostentativ nahm er eine seiner kleinen weißen Pillen und hoffte, sie würden daran merken, was sie angerichtet hatten.
Als sie auch weiterhin schwiegen, sagte er: »Ich glaube, ich sollte jetzt vielleicht gehen.«
»Sie haben noch keinen Kaffee getrunken«, wandte Elisabeth ein.
»Macht nichts, es wäre wohl besser . . .«
»Bitte bleiben Sie noch zum Kaffee«, sagte sie ruhig und ernst. »Ich bestehe darauf«, fügte sie hinzu und zwang sich zu einem Lächeln.
Wieder saßen sie im Wohnzimmer, und sie boten ihm Kognak an. Er lehnte ab, weil er noch nach Hause fahren mußte, und je eher er sich auf diesen elenden Heimweg machen konnte, desto erlöster würde er sein. Hugo nahm sich einen großen Kognak und kippte ihn mit einem Schluck in sich hinein, ganz genauso, wie man Kognak niemals trinken sollte, außer man hat einen Schock erlitten oder muß sich für irgend etwas stählen. Elisabeth hatte die Abendzeitung genommen und versuchte gekünstelt, eine Unterhaltung über den Mord in Gang zu bringen, der auf der Titelseite abgehandelt wurde.
»Ich muß wirklich gehen«, sagte Duncan.
»Trinken Sie doch noch einen Kaffee, es ist ja noch nicht mal zehn.«
Warum wollten sie partout, daß er bleiben sollte? Oder vielmehr, warum wollte sie es? Hugo griff schon wieder zur Kognakflasche. Duncan sagte sich, daß seine Gegenwart für die beiden bestimmt ebenso ermüdend war wie umgekehrt. Sie hatten doch erreicht, was sie wollten; oder etwa nicht? Er trank seine zweite Tasse Kaffee so schnell, daß er sich den Mund verbrannte. Dann stand er auf.
»Ich hole einen Schirm und begleite Sie nach draußen«, erbot sich Hugo.
»Vielen Dank.« Es war überstanden! Jetzt würde er machen, daß er wegkam, und nie im Leben brauchte er ihnen

wieder zu begegnen! Plötzlich packte ihn das beklemmende Gefühl, er könne gar nicht schnell genug aus diesem Haus wegkommen. Wirklich, seit er seine kleine Rede gehalten hatte, war die Atmosphäre ganz und gar unerträglich gewesen. »Gute Nacht, Elisabeth«, sagte er. Mein Gott, was gab es denn für Platitüden, die nicht allzu absurd klangen? »Danke fürs Essen. Vielleicht treffen wir uns mal wieder.«

»Ach ja. Und ich hoffe, bald, Duncan«, erwiderte sie, aber sie reichte ihm nicht ihre Wange zum Kuß. Durch die offene Tür schlug der Regen gegen ihren langen Rock. Sie sah ihm nach, wie er mit Hugo hinausging, und ließ das Licht auf den Weg fallen, bis die beiden um die Ecke des Hauses verschwunden waren.

Er war kaum um die Ecke, da durchfuhr ihn ein heftiger Schock. Seine Scheinwerfer leuchteten schwach, und zwar brannte das Fernlicht, aber mit dem matten Schein des Standlichts.

»Wie ist denn *das* passiert?«

»Ich nehme an, Sie haben das Licht angelassen, um den Weg zur Haustür zu sehen, und dann haben Sie es vergessen.«

»Ich bin ganz sicher, das habe ich *nicht*.«

»Es muß aber so gewesen sein. Halten Sie mal den Schirm, ich versuche mal, ihn anzulassen.« Hugo ließ Duncan auf dem überschwemmten Weg unter dem winzigen Schirm stehen, setzte sich auf den Fahrersitz und steckte den Schlüssel ins Zündschloß. Die Scheinwerfer flammten auf und erloschen dann. Sonst passierte nichts. Es war jetzt stockdunkel. »Nicht der leiseste Funke«, seufzte Hugo. »Ihre Batterie ist hin.«

»Das *kann* doch nicht sein!«

»Ich fürchte aber, es ist so. Versuchen Sie es selbst.«

Duncan tat es und wurde bei der Prozedur sehr naß.

»Wir gehen wohl lieber ins Haus zurück. Hier draußen werden wir naß bis auf die Knochen.«

»Was ist denn los?« fragte Elisabeth, die noch immer in der Haustür stand.
»Seine Batterie ist leer. Der Wagen springt nicht an.«
Natürlich konnten sie nichts dafür, aber insgeheim gab Duncan ihnen doch die Schuld. Schließlich war es vor ihrem Haus passiert, nachdem sie ihn zu einem abgefeimten Zweck hier herausgelockt hatten. Es lag ihm auch nicht das mindeste daran, seinen Ärger zu kaschieren.
»Tja, ich fürchte, dann muß ich mir Ihren Wagen ausleihen, Hugo.«
Elisabeth schloß die Tür. »Wir haben keinen Wagen mehr, Duncan. Wir konnten ihn nicht mehr unterhalten. Entweder den Wagen – oder wir hätten die Jungens aus dem Internat nehmen müssen. Also haben wir ihn verkauft.«
»Ich verstehe. Wenn ich dann vielleicht mal Ihr Telefon benützen dürfte, um mir ein Taxi zu bestellen. Ich habe die Nummer eines Taxiunternehmens in der Brieftasche.« Ein Blick in ihr Gesicht sagte ihm, daß auch das nicht möglich sein würde. »Jetzt sagen Sie bloß noch, Sie haben auch das Telefon abgeschafft.« Sollten sie sich zum Teufel scheren, alle beide!
»Natürlich hätten wir es uns auch weiterhin leisten können, bloß wir brauchten es einfach nicht mehr. Es tut mir leid, Duncan, aber ich weiß beim besten Willen nicht, was Sie jetzt tun können. Aber wir könnten uns ja wenigstens drinnen hinsetzen, wo es wärmer ist.«
»Ich will mich nicht hinsetzen.« Duncan brüllte es fast. »Ich muß nach Hause.« Er schüttelte die Hand ab, die sie ihm auf den Arm gelegt hatte, als wollte sie ihn – so kam es ihm vor – mit Gewalt hier festhalten. »Dann muß ich eben bis zum nächsten Haus mit Telefon laufen.«
Hugo öffnete die Tür. Der Regen war mehr eine Wand aus Wasser als eine Folge niederfallender Tropfen. »Bei diesem Wetter?«
»Was soll ich denn sonst tun?« schrie Duncan gereizt.
»Die Nacht über hierbleiben«, sagte Elisabeth ruhig. »Ich

wüßte wirklich nicht, was Sie anderes tun könnten, als über Nacht hierzubleiben.«

Das Bett war genau das, was man vom Crouchschen Haushalt erwarten konnte – hart, schmal und kalt. Sie hatte ihm eine Wärmflasche hineingelegt, ein Objekt, das er seit Jahrzehnten nicht mehr zu Gesicht bekommen hatte. Und Hugo hatte ihm einen Pyjama geliehen. Während all dieser Vorbereitungen hatte er unentwegt protestiert, er könne nicht bleiben und es müsse doch einen anderen Ausweg geben. Aber am Ende hatte er dann nachgegeben. Nicht daß sie übermäßig gastfreundlich gewesen wären, ihr Verhalten bei der ganzen Angelegenheit war eher . . . ja, wie eigentlich gewesen? Duncan lag in der Dunkelheit, hielt die Wärmflasche zwischen die Knie geklemmt und überlegte, *wie* ihr Verhalten gewesen war. Fatalistisch, ja, das traf es am besten. Sie hatten sich benommen, als sei dies nun eben unvermeidbar. Es gab keinen Fluchtweg für ihn, also mußte er halt bleiben, ob ihnen das nun gefiel oder nicht.
Fluchtweg war natürlich ein lächerliches Wort, aber auf derartige Ausdrücke verfiel man eben, wenn man für eine ganze Nacht in einem Haus in der Falle saß, deren Bewohner alles andere als freundschaftlich, wenn nicht gar feindselig waren. Weshalb war er bloß so ein Idiot gewesen, die Autoscheinwerfer anzulassen? Er *mußte* es ja getan haben, obgleich er sich partout nicht daran erinnern konnte. Aber niemand sonst hätte sie schließlich eingeschaltet – warum auch?
Er wünschte, die beiden würden endlich auch zu Bett gehen. Daß sie es noch nicht getan hatten, sah er an dem Licht, dem rechteckigen Rahmen aus gleißender Helligkeit um seine Schlafzimmertür. Und dann konnte er sie auch reden hören, nicht einzelne Worte, lediglich das Gemurmel ihrer Unterhaltung. Diese spätviktorianischen Häuser waren so jämmerlich gebaut, man hörte jedes Geräusch. Das Trommeln des Regens auf dem Dach klang, als pladdere er auf

Pappe statt auf Ziegel. Nein, auf viel Schlaf konnte er nicht hoffen. Wie sollte man schlafen bei all den Geräuschen, bei allem, was ihn bedrückte; die Sorge zum Beispiel, wie er den Wagen wieder flottkriegen und wie er überhaupt morgen ins Büro kommen sollte? Und dann machte es ihn allmählich auch sehr nervös, daß die beiden so endlos aufblieben, besonders weil sie gesagt hatten: »Wenn Sie vielleicht als erster ins Badezimmer gehen wollen, Duncan? Wir kommen dann gleich hinterher!« Gleich hinterher! Das mußte jetzt reichlich eine halbe Stunde her sein. Er drückte auf den Knopf seiner Nachttischlampe und sah, daß es halb zwölf war. Höchste Zeit, daß sie ins Bett kamen, wenn sie morgen früh in ihre Schule und er in seinen Wirtschaftsprüferkursus mußte!
Wieder lag er im Dunkeln, und angesichts des irritierenden Lichtrahmens um die Tür begann er nochmals, über die Scheinwerfergeschichte nachzugrübeln. Natürlich war es schwierig, sich einer Sache ganz sicher zu sein, wenn man so durcheinander war wie er im Moment. Das innere Unbehagen, das sie im Laufe des Abends in ihm ausgelöst hatten, war einfach grauenhaft. Die schlimmsten Momente waren die gewesen, als er mit Hugo allein war, während die Frau dieses uralte Huhn aus ihrem Backofen geangelt hatte, das sie ihnen dann auftischte. Sie hatte eine wahre Ewigkeit gebraucht, dieses Hauptgericht zuzubereiten, wenn man bedachte, was dann schließlich dabei herausgekommen war. Konnte sie womöglich ...? Aber nein, nur eine Verrückte hätte so etwas tun können, und welchen Grund sollte sie auch gehabt haben? Außer ... Wenn man an solch einem gottverlassenen Ort wohnte, und man wollte einen Gast dazu bringen, über Nacht zu bleiben – wenn man jemanden mit aller Gewalt *halten* wollte – was lag dann näher, als seinen Wagen außer Gefecht zu setzen? Er schauderte, auch wenn er sich sagen mußte, daß solche Hirngespinste absurd waren.
Jetzt kamen sie wenigstens nach oben. Jedes Dielenbrett in

diesem Hause knarrte, aber die Treppenstufen spielten geradezu eine Melodie wie eine kaputte alte Violine. Er hörte Hugo etwas murmeln – der Bursche hatte entschieden zuviel Kognak getrunken –, und dann sagte sie: »Laß alles andre mir.«

Wieder durchlief ihn ein Schauer, der nichts mit der Kälte zu tun hatte. Er begriff nicht, warum er plötzlich zitterte. Es war doch eine höchst natürliche Sache, wenn eine Frau so etwas vor dem Zubettgehen sagte? Sie meinte damit lediglich: Du gehst schon ins Bett, ich schließe noch zu und mache das Licht aus. Und doch – der Satz war ihm irgendwie geläufig... und zwar in einem ganz anderen Zusammenhang. Er wälzte sich auf die andere Seite, fort von dem Licht und hinein in neue Mulden der eiskalten Laken, und überlegte streng, wo er das gehört hatte. Ein Zitat? Jawohl, und zwar aus »Macbeth«. Lady Macbeth sagt es, während sie und ihr Mann den Mord an dem alten König aushecken. Und wie war doch gleich der Name des alten Königs? Douglas? Donald?

Jetzt kam einer von ihnen aus dem Badezimmer und der andere ging hinein. Brauchten die immer solche Ewigkeit, um ins Bett zu kommen? Die Toilettenspülung röhrte, und ein Sturzbach ergoß sich durch die Rohrleitungen, die anscheinend genau unter seinem Bett verliefen. Füße tappten über den Vorplatz, und eine Tür wurde geschlossen. Sie schliefen also in dem Zimmer neben seinem. Er drehte sich um. Wenn doch endlich das verdammte Licht ausgehen würde! Dumm übrigens, daß da kein Schlüssel im Schloß steckte, so daß er die Tür nicht abschließen konnte.

Kaum hatte dieser Gedanke sein Gehirn gestreift, da erschien er ihm auch schon mehr als absurd. Sein Schlafzimmer abschließen – in einem Privathaus? Und wenn nun seine Gastgeberin am Morgen mit einer Tasse Tee erschiene? Sie würde das sehr befremdlich finden. Und es war sehr gut möglich, daß sie kam, nachdem sie ihm schon eine Wärmflasche ins Bett gelegt und ein Glas Wasser auf den Nachttisch gestellt hatte. Er konnte also nicht mal im Traum daran denken, seine Tür abzuschließen. Und warum sollte er auch? Da! Einer von ihnen war schon wieder im Badezimmer!

Plötzlich mußte er an einen der Männer denken, die er entlassen hatte; an den, der ihm gedroht hatte. »Glauben Sie ja nicht«, hatte er gesagt, »daß Sie damit ungeschoren davonkommen. Und wenn Sie mir und meinem Haus mit Ihrer üblen Visage auch nur auf einen Kilometer zu nahe kommen, dann wird es Ihnen leid tun ... falls Sie dazu dann noch Zeit haben!« Natürlich war er ungeschoren davongekommen, und nichts hatte ihm leid getan. Andererseits war er auch lieber nicht in der Kilometer-Bannmeile jenes Mannes aufgetaucht ... Jetzt war das Licht endlich erloschen. Schlaf jetzt, ermahnte er sich selbst, entleere deine Gedanken oder denke an etwas Schönes. An den Sommerurlaub in deinem Landhaus zum Beispiel ...

Die Gartenanlagen mit dem Oleander und den Bougainvilleen würden wundervoll sein. Die Sonne würde seine alten Knochen wärmen, wenn er auf der Terrasse säße und durch die Schneise zwischen den Pinien hinabschauen würde auf das blaue Dreieck des Mittelmeeres, leuchtender und sanfter als die Augen einer Frau ... Ach, denk doch nicht an *diese* Frau, vergiß sie! Vielleicht sollte er die Terrasse höher aufschütten und verbreitern lassen und dort den Torso – vermutlich römisch – aufstellen, den er in den Pinienwäldern gefunden hatte? Es würde einen Haufen Geld kosten, aber es war ja *sein* Geld. Warum sollte er denn nicht sein eigenes Geld ausgeben? Er mußte wirklich versuchen, weniger dünnhäutig zu sein, sich weniger anfechten zu lassen von dem absurden sozialen Gewissen, das er aus undefinierbaren Gründen in letzter Zeit entwickelt hatte. Nicht daß er sich dadurch tatsächlich hätte abhalten lassen, sein Geld auszugeben oder sich zu vergnügen, mußte er sich mit einem inneren Schmunzeln eingestehen. Trotzdem, es war einfach lästig, weiter nichts. Er würde also die Terrasse vergrößern und den Salon vielleicht mit einem schwarzen Marmorfußboden auslegen lassen. Frasers Profite schienen in diesem Jahr auf einen neuen Rekord zuzusteuern. Warum sollte eigentlich nicht dieser Bursche, dieser Churchouse, wieder ihre Druckaufträge übernehmen? Wenn der wirklich auf dem letzten Loch pfiff und verzweifelt war, dann würde er zweifellos jede Gelegenheit beim Schopfe fassen und zu einem sehr niedrigen Preis arbeiten ...

Verdammt noch mal, jetzt reichte es aber! Nun redeten die da drüben schon wieder! Er konnte sie durch die Wand flüstern hören, hastig und aufgeregt. Das war vielleicht ein merkwürdiges Paar, diese beiden! Nicht den leisesten Funken Humor. Verbissen ernst, wie Gestalten aus einer Tragödie.

»Die Arbeit, die uns freut, wird zum Ergötzen.« Macbeth hatte das gesagt, Macbeth, der den alten König tötet. Und sie hatte es zu ihm, Duncan, gesagt, als er sich für die Mühe entschuldigte, die er verursachte. Der König hieß übrigens auch Duncan. Natürlich, so hieß er. Er selbst hieß Duncan, und der alte König auch. Und auch er war ja in gewisser Hinsicht ein alter König, der Monarch des Fraser-Imperiums. Tuschel, tuschel, wisperten die Wände.

Er setzte sich auf und machte das Licht an. So fühlte er sich besser. Also, er war aber doch sicher, daß er diese Autoscheinwerfer nicht angelassen hatte! »Laß alles andere mir ...« Warum hatte sie gerade *das* gesagt? Warum nicht, wie jeder andere es getan hätte: »Ich kümmere mich schon um alles«? Macbeth und seine Frau hatten dem alten König in ihrem Hause Gastfreundschaft erwiesen und ihn dann in seinem Bett ermordet, obgleich er ihnen nichts Böses getan hatte, nichts, außer daß er der König war. Es bestand da doch wohl keine Parallele, oder? Denn er, Duncan, Fraser, hatte sehr wohl etwas getan, etwas, das Rache herausfordern konnte. Er hatte Hugo Crouch gefeuert und ihn um

seinen Lebensunterhalt gebracht. Nein, eine Parallele war es nicht ...
Er knipste das Licht wieder aus, seufzte und legte sich erneut hin. Die beiden flüsterten immer noch. Er hörte die Dielen knacken, als einer von den beiden aus dem Schlafzimmer ging. Nein, es war keine Parallele, es war schlimmer. Warum hatte er das nicht früher gesehen? Lady Macbeth und ihr Gatte hatten keinen Grund – nicht den geringsten ... Der Schweiß brach ihm aus der Stirn, und er langte nach dem Glas Wasser. Aber dann trank er doch nicht. Es war natürlich idiotisch, es nicht zu tun, aber ... Der Morgen würde ja bald kommen. »Oh, nie soll die Sonne den Morgen sehen ...!« Wo kam das vor? Mußte er sich das noch fragen?
Wer immer von den beiden im Badezimmer gewesen war, jetzt verließ er es und ging zu dem anderen zurück. Aber nur für einen Moment. Wieder hörte er die Dielen ächzen, wieder rumorte dort jemand auf dem dunklen Vorplatz herum. Dunkel, jawohl, stockdunkel, denn diesmal hatten sie das Licht nicht angemacht. Und jetzt fühlte Duncan den ersten Schwall richtiger Angst, wie er ihn nicht mehr erlebt hatte, seit er als kleiner Junge einmal im Hause seiner Eltern im Kinderzimmerschrank eingeschlossen gewesen war. Er *durfte* keine Angst haben, befahl er sich selbst, er mußte an sein Herz denken! Warum sollten sie auf Rache sinnen? Er hatte ihnen doch alles erklärt. Er hatte ihnen die volle Wahrheit gesagt und die ganze Last der Verantwortung auf seine Schultern genommen.
Das Zimmer war so dunkel, daß er nicht sehen konnte, wie sich der Türgriff bewegte. Aber hören tat er es. Es quietschte kaum hörbar. Sein Herz begann schwer und dumpf zu pochen. Er krümmte seinen Körper zusammen und drängte sich rückwärts gegen die Wand. Wer immer es war, jemand war in sein Zimmer gekommen! Seine – oder ihre? – Umrisse hoben sich rabenschwarz gegen die Dunkelheit ab.

»Was ...? Wer ...?« stammelte er mit trockener Kehle.
Der Schatten löste sich auf, glitt davon, und die Tür wurde sachte geschlossen. Sie wollten sehen, ob er schliefe. Sie wollten ihn im Schlaf umbringen! Er setzte sich auf, machte die Lampe an und verbarg das Gesicht in den Händen. »Oh, nie soll die Sonne den Morgen sehen!« Sämtliche Möbel würde er vor die Tür schieben, diese Kommode da, sein Bett, den Sessel. Seine Kehle war ausgedörrt, er griff wieder nach dem Wasserglas und nahm einen tiefen Zug. Es war eiskalt.
Sie flüsterten nicht mehr; sie warteten schweigend. Er stand auf und hängte sich seinen Mantel über. In der bitteren Kälte fing er an, die Möbel von den Wänden zu rükken. Er versuchte, das eiserne Bettgestell anzuheben, das sich so schmal und klein anfühlte, wenn man darin lag, und das doch so unheimlich schwer war.
Nach dem zweiten vergeblichen Versuch richtete er sich auf, und da fühlte er es – den Schmerz in der Brust, den linken Arm hinunter, wie eine Zwinge, die zusammengeschraubt und zugleich glühend heiß wurde. Mit rotglühenden Eisenfingern packte sie seinen Körper und preßte seine Rippen zusammen. Der Schweiß rann ihm am Körper entlang, als sei die Temperatur im Raum plötzlich ins Ungeheure gestiegen. O Gott, o Gott, das Wasser, das er getrunken hatte! Sie mußten ihm einen Arzt holen, sie *mußten* einfach, sie konnten doch nicht so erbarmungslos sein. Er war alt und müde, und sein Herz war schlecht!
Er zerrte den Mantel über dem Schmerz zusammen und stolperte hinaus auf den dunklen Flur. Ihre Tür – wo war ihre Tür? Er fand sie, indem er an der Wand entlangtastete, kratzend wie ein gefangenes Tier, und als er sie gefunden hatte, stieß er sie auf, stand schwankend auf der Schwelle und hielt den Schmerz mit beiden Händen umklammert.
Sie saßen aufrecht im Bett, mit dem Rücken gegen ihn. Ja, sie lagen nicht im Bett, sie saßen aufrecht da, ihre Silhou-

etten hoben sich gegen den schwachen Lichtschein ihrer Nachtlampen ab.

»Oh, bitte«, stöhnte er, »bitte helfen Sie mir! Töten Sie mich nicht! Ich flehe Sie an, töten Sie mich nicht. Auf den Knien flehe ich Sie an, vergeben Sie mir. Ich weiß, es war falsch, was ich getan habe. Ich habe etwas Furchtbares getan. Nein, es war keine Fehleinschätzung, ich habe Hugo gefeuert, weil er zuviel für die Belegschaft wollte. Er wollte mehr Geld für jeden einzelnen von ihnen, und ich wollte das nicht zulassen. Ich wollte meinen neuen Wagen und meine Urlaubsreisen. Ich mußte meine Ferienvilla haben, mein schönes Landhaus, meinen schönen Garten. O Gott, ich weiß, ich war habgierig, und diese Schuld lastet mir seit Monaten Tag für Tag auf dem Gewissen. Ja, die ganze Schuld ...«

Sie wandten sich ihm zu, zwei weiße Gesichter, unversöhnlich und gnadenlos. Decken und Laken flogen zur Seite, und sie kletterten aus dem Bett. »Habt Mitleid mit mir!« schrie er. »Tötet mich nicht! Ich gebe euch alles, was ich habe, ich gebe euch eine Million ...«

Sie packten ihn mit ihren Händen, aber es war zu spät. Sie hatte ihm ja gesagt, es sei zu spät ...

»In unserem Haus!« sagte sie.

»Nicht doch«, erwiderte Hugo. »Das sind die Worte von Lady Macbeth. Was heißt das schon, ob es nun in unserem Haus passiert oder nicht?«

»Ich wollte, ich hätte ihn nie eingeladen.«

»Ja, das war deine Idee. Du hast gesagt, wir wollen ihn einladen, weil er Witwer ist, weil er einsam ist. Mir lag nichts an ihm. Es war doch gräßlich, wie er dauernd darauf bestand, über meine Entlassung zu reden, während wir uns abmühten, das Thema um jeden Preis zu vermeiden. Ich hatte wirklich die Nase voll, als er dann auch noch über Nacht hierbleiben mußte.«

»Was machen wir denn jetzt?« wollte Elisabeth wissen.

»Die Polizei holen, denke ich, oder einen Arzt. Es hat aufgehört zu regnen. Ich werde mich anziehen und losgehen.«
»Aber dir geht es doch nicht gut. Du hast dich die ganze Nacht übergeben.«
»Ich bin wieder ganz okay. Ich hab einfach zuviel Kognak getrunken. War ja auch ein einziger Streß, der ganze Abend. Gott, was für eine Einladung! Keiner wußte mehr, worüber er noch reden könnte! Als du vorhin in seinem Zimmer warst, da war er doch noch ganz in Ordnung, oder?«
»Er schlief halbwegs. Das glaubte ich jedenfalls. Ich wollte mich entschuldigen für die Unruhe, die du veranstaltet hast, aber er schien so halb und halb zu schlafen. Hast du irgendwas mitgekriegt von dem, was er sagen wollte, als er hier hereinkam? Ich nicht.«
»Nein, das war ein einziges Lallen. Wir hätten nicht das geringste mehr für ihn tun können, Liebling. Wir haben ja noch versucht, ihn aufzufangen, ehe er umfiel.«
»Ich weiß.«
»Er hatte eben ein schlechtes Herz.«
»In mehr als einer Beziehung, der arme alte Mann«, sagte Elisabeth, und sie breitete eine Wolldecke über Duncan, obwohl er weit davon entfernt war, Wärme, Kälte, Schuld, Angst oder sonst irgend etwas zu fühlen.

Gras aus Non Sung

Sue Grafton

Der Tag war ungewöhnlich: wolkenverhangen und kalt. Sonnenschein und ein böiger Wind, der als Vorhut eines tropischen Wirbelsturms über Kalifornien zog, wechselten in rascher Folge. Es war Ende September in Santa Teresa. Statt des üblichen schönen Altweibersommers erlebten wir bereits einen Vorgeschmack auf den bevorstehenden langen grauen Winter. Ich kramte unwillkürlich dicke Pullover aus der untersten Schublade und fuhr in einer Dunstwolke aus Mottenkugeln und Parfüm ins Büro.

Den Vormittag verbrachte ich mit Papierkram am Schreibtisch, eine Beschäftigung, die ich als äußerst unproduktiv empfinde. Es war das Ende einer ereignislosen Woche, und ich war so gelangweilt, daß ich jede Gelegenheit wahrgenommen hätte, dem Schreibtisch zu entfliehen. Kurz vor zwölf Uhr mittags ertönte ein schüchternes Klopfen an meiner Tür, und eine junge Frau betrat mein Büro. Sie war höchstens zweiundzwanzig, mit sinnlichen, leicht ordinären Zügen, und schien nach durchfeierter Nacht noch nicht wieder zu Hause gewesen zu sein. Wie sonst war zu erklären, daß sie ein tiefdekolletiertes Flitterkleid trug? Es sei denn, sie bevorzugte diesen Aufzug auch tagsüber. Die Schuhe mit den hohen, spitzen Absätzen waren in passendem Grün gefärbt. Die Beine waren nackt. Unsicher wie eine Anfängerin auf Rollschuhen stakste sie zu meinem Schreibtisch.

»Hallo! Einen schönen guten Tag. Setzen Sie sich doch«, lud ich sie ein.

Sie sank auf einen Stuhl. »Danke. Mona Starling ist mein Name. Schätze, Sie sind Kinsey Millhone?«
»Volltreffer.«
»Und Sie sind wirklich Privatdetektivin?«
»Mit Stempel und allem Pipapo«, antwortete ich.
»Unverheiratet?«
Ich nickte und zuckte mit den Schultern in der Hoffnung, das würde als Erklärung für die zwei Scheidungen und meinen gegenwärtig glücklichen Status als Single genügen.
»Bestens«, sagte sie. »Dann können Sie mich verstehen. Mann, ich fasse es selbst nicht, daß ich jetzt hier sitze. Noch nie hab ich einen Privatdetektiv engagiert. Aber was soll ich sonst machen?«
»Worum geht's denn?«
Sie lief rot an, vielleicht aus Nervosität oder Verlegenheit. Jedenfalls belebte die Färbung ihre grünen Augen ungemein. Sie rutschte unruhig hin und her, und der Goldflitter an ihrem Kleid blinkte. Sie wirkte plötzlich sehr jung, kaum alt genug, um einen Führerschein zu besitzen.
»Vielleicht finden Sie's idiotisch, aber... Also, gestern abend habe ich diesen Typ kennengelernt, und es hat gefunkt! O Mann! Wie das gefunkt hat! Er hat gesagt, daß er Gage heißt. Ob das stimmt, weiß ich nicht. Manchmal erfinden die Kerle einfach einen Namen, wenn sie verheiratet sind ... oder nicht wissen, ob sie einen wiedersehen wollen. Jedenfalls ist die Post abgegangen. Danach ist er verduftet. Wieviel würd's kosten, wenn Sie für mich rausfinden, wo ich ihn erreichen kann?«
»Woher wissen Sie, daß er darauf Wert legt?«
»Wär doch möglich, oder? Ich gebe ihm natürlich noch ein paar Tage Zeit. Seinen Namen und seine Adresse brauche ich nur für alle Fälle.«
»Vermutlich auch seine Telefonnummer, oder?«
Sie lachte unsicher. »Also ... ja, natürlich.«
»Und was ist, wenn er die Bekanntschaft nicht erneuern will?«

»Dann würde ich ihn in Ruhe lassen. Ich weiß, es sieht aus, als wollte ich mich an ihn ranschmeißen. Aber das ist Quatsch. Er soll nur nicht glauben, daß mir das alles nichts bedeutet hat.«

»Ich nehme an, die Begegnung war ... intim?«

»Kann man sagen. Wir haben gebumst ... und es war super. Ich möchte ihn wiedersehen.«

Widerwillig griff ich nach Block und Bleistift und machte eine Notiz. »Und wo haben Sie den Mann kennengelernt?«

»Im ›Mooter‹. Hatte den Anschein, als sei das seine Stammkneipe. Die Musik war so laut, daß wir uns anbrüllen mußten. Deshalb sind wir nach 'ner Weile in die Bar nebenan. Dort war's wenigstens ruhig. Wir haben stundenlang geredet. Ich weiß, was Sie sagen wollen. Warum lassen Sie nicht die Finger davon oder so, stimmt's? Aber ich hab's mir nun mal in den Kopf gesetzt.«

»Warum gehen Sie nicht ins ›Mooter‹ und fragen dort nach?«

»Das kann ich nicht. Ich habe einen Freund. Und der ist verdammt eifersüchtig. Er würd's rauskriegen. Ich darf einen anderen nicht mal ansehen. Manchmal ist er mir geradezu unheimlich.«

»Und wie haben Sie's dann vergangene Nacht geschafft?«

»Er hat gearbeitet. Ich war allein«, antwortete sie. »Sie helfen mir doch, ja? Bitte! Ich bin die ganze Nacht rumgefahren und hab nach seinem Wagen gesucht. Er muß irgendwo in Montebello wohnen. Da bin ich sicher.«

»Wahrscheinlich finde ich ihn, Mona. Aber ich bin nicht billig.«

»Spielt keine Rolle. Ich habe Geld. Sagen Sie mir nur, wieviel?«

Nach kurzem inneren Kampf verlangte ich fünfzig Dollar von ihr. Ich hatte nicht das Herz, das übliche Honorar zu berechnen. Eigentlich war das auch kein Auftrag für mich, aber es war besser, als am Schreibtisch stupide Büroarbeit zu machen. Mona legte einen Fünfzigdollarschein auf den

Tisch. Ich schrieb eine Quittung aus. Meinen üblichen Standard-Vertrag ließ ich in der Schublade. In Anbetracht ihrer Jugend konnte ich nicht einmal sicher sein, daß er überhaupt rechtskräftig war.
Ich notierte mir ihre Beschreibung des Mannes Gage. Was dabei herauskam, hätte auf jeden Anmacher der Stadt gepaßt: Anfang Dreißig, einen Meter achtzig groß, dunkles Haar, Schnurrbart, strahlendes Lächeln, Grübchen am Kinn. Mehr war nicht. Wenn man die angeblich intensiven stundenlangen Gespräche der beiden bedachte, wußte Mona eigentlich herzlich wenig von ihrem Traummann. Ich fragte sie eindringlich nach Freizeitaktivitäten, Interessen und Beruf aus. Die einzig brauchbare Information, die ich aus ihr herausbekommen konnte, war die, daß er einen alten silbergrauen Jaguar fuhr. Und in dem hatten sie auch »die Nummer abgezogen«, wie sie es nannte. Danach mußte Gage sich wahrhaftig in Luft aufgelöst haben. Muß Liebe schön sein! Ich wagte ihr nicht zu sagen, daß es immer dieselbe alte Geschichte war. In Santa Teresa sind akzeptable Männer so knapp, daß sie praktisch machen können, was sie wollen. Ich notierte mir Monas Adresse und Telefonnummer und versprach, mich zu melden. Als sie gegangen war, griff ich mir Handtasche und Autoschlüssel. Ich hatte einiges privat zu erledigen, und anschließend wollte ich mich um Monas Anliegen kümmern.

Das »Mooter« ist einer der Single-Treffs von Santa Teresa. Abends herrscht dort qualvolles Gedränge, und es ist unbeschreiblich laut. Zur »Blauen Stunde« werden Drinks für fünfzig Cents ausgeschenkt, und bei jedem Fünf-Dollar-Trinkgeld läutet eine Glocke. Die Tische sind klein und stehen dicht gedrängt um eine Tanzfläche von der Größe eines Boxrings. An den Wänden hängen die Karikaturen von Berühmtheiten. Diese Dekoration muß von einem anderen Etablissement gekauft worden sein, denn sie sind mit Widmungen an einen gewissen »Stan« versehen, und von dem

hat hier noch niemand was gehört. Einer meiner Exmänner hat im »Mooter« als Jazz-Pianist gearbeitet, aber das ist Jahre her.
Ich kam um zwei Uhr nachmittags, als der Laden gerade geöffnet wurde. Zwei Männer, dem Aussehen nach Gewohnheitstrinker, drängten vor mir hinein und nahmen sofort zwei Hocker am Ende der Bar in Beschlag, offenbar ihre Stammplätze. Sie tauschten Belanglosigkeiten aus, die auf täglichen Kontakt ohne Tiefgang schließen ließen. Der Mann, der uns hereingelassen hatte, fungierte offenbar in der Doppelrolle von Barkeeper und Rausschmeißer. Er war Anfang Dreißig, hatte blondgelocktes Haar und trug ein T-Shirt mit dem Wort »RAUSSCHMEISSER« über der imposanten Brust. Seine Arme waren so dick, daß ich fürchtete, sein Hemd müßte aus allen Nähten platzen, wenn er nur die Muskeln spielen ließ.
Ich schwang mich auf einen Hocker am entgegengesetzten Ende der Bar und wartete, während der Barkeeper für die beiden anderen Gäste zwei Martinis mixte. Kurz darauf erschien eine Kellnerin zur Arbeit und zog auf dem Weg zum Bar-Küchentrakt den Mantel aus.
Dann kam der Barkeeper mit fragendem Blick auf mich zu.
»Geben Sie mir eine Weinschorle«, bat ich.
Ein hagerer Typ mit einem Gitarrenkasten in der Hand betrat hinter mir das Lokal. Als der Barkeeper ihn sah, grinste er. »Heh, was macht die Kunst? Wie geht's Fresno?«
Sie schüttelten sich die Hände, und der Typ nahm zwei Hocker neben mir Platz. »War 'ne heiße Sache. Mit Einschränkungen. Aber Mary Jane war in Ordnung. Wir haben wirklich voll aufgedreht.«
»Einen Smirnoff on the rocks?«
»Ne, nicht heute. Gib mir ein Bier.«
Der Barkeeper zapfte ein Bier und stellte Weinschorle und Bier gleichzeitig vor uns auf die Theke. Ich überlegte, was das für ein Leben sein müßte, den ganzen Tag in Saloons herumzulungern, Bier zu trinken und Sprüche mit Lang-

weilern und Idioten zu klopfen. Die Kellnerin kam aus der Küche und band sich ihre Schürze um. Dann nahm sie die Bestellungen der beiden Männer am anderen Ende der Theke auf. Sie wollten Sandwichs. Der Typ mit der Gitarre und ich lehnten ab, etwas zu essen. Danach machte sie sich an Servietten und Besteck zu schaffen.

Der Barkeeper fing meinen Blick auf. »Soll ich Musik anmachen?«

Ich schüttelte den Kopf. »Danke bestens«, sagte ich. »Ich suche einen Kerl, der gestern abend hier war.«

»Sie sind gut. Gestern ging's hier zu wie im Irrenhaus.«

»Offenbar ist er ein Stammgast. Soll ich ihn mal beschreiben?«

»Was hat er denn ausgefressen?«

»Gar nichts. Soviel man mir erzählt hat, hat er hier eine junge Dame aufgegabelt und sie dann sitzenlassen. Sie möchte sich bei ihm melden. Das ist alles.«

Er blieb vor mit stehen und sah mich an. »Sie sind Privatdetektivin.«

»Richtig.«

Der Barkeeper und der andere Gast wechselten einen Blick.

»Der Notdienst für Frauen, was?« bemerkte der Typ mit der Gitarre. »Ist ja großartig.«

Der Barkeeper zuckte mit den Schultern. »Warum nicht? Wie hat er denn ausgesehen?«

Die Kellnerin hielt ebenfalls in ihrer Arbeit inne und hörte interessiert zu.

Ich erwähnte den Vornamen und wiederholte die Beschreibung, die Mona mir gegeben hatte. »Sonst weiß ich nur, daß er einen alten silbergrauen Jaguar fährt.«

»Gage Vesca«, sagte der andere Gast prompt.

»Ja, das muß er sein«, bestätigte der Barkeeper.

»Wissen Sie, wie ich ihn erreichen kann?«

Der Typ mit der Gitarre schüttelte den Kopf, und der Barkeeper zuckte mit den Schultern. »Ich weiß nur, daß er ein Idiot ist. Der Kerl hat jedenfalls 'ne Menge Geld für sein

Autokennzeichen rausgeworfen: ›SEX‹ lautet die Buchstabenkombination, falls Ihnen das was nützt. Im übrigen hat er vor zwei Monaten geheiratet. Der Junge ist ein übler Kandidat. Sie sollten Ihre Klientin lieber warnen. Der bumst alles, was sich bewegt.«
»Ich werd's weitersagen, danke.« Damit warf ich einen Fünfdollarschein auf die Theke und sprang vom Hocker. Die Weinschorle ließ ich unberührt.
»Moment. Und wer war die Lady?«
»Das darf ich Ihnen nicht sagen«, antwortete ich und griff nach meiner Handtasche.
»Ich weiß, wer das war«, meldete sich die Kellnerin zu Wort. »Das Mädchen in dem grünen Flitterfummel.«

Ich fuhr zu meinem Büro zurück und nahm mir das Telefonbuch vor. Den Namen Vesca gab es dort gar nicht. Auch der Anruf bei der Auskunft brachte nichts. Schließlich rief ich einen Freund bei der Kraftfahrzeugmeldestelle an. Der gab das Autokennzeichen in den Computer ein, und der wiederum spuckte den Namen Gage Vesca mit einer Adresse in Montebello aus. Daraufhin fand ich anhand der Adresse auch die Telefonnummer heraus und wählte, um sicherzugehen. Als sich eine weibliche Stimme mit »Residenz Vesca« meldete, legte ich auf.
Ich rief Mona Starling an und gab sämtliche Informationen an sie weiter, einschließlich die Warnung, daß der Mann verheiratet war und einen miserablen Ruf hatte. Das schien sie nicht zu stören. Wenn sie trotzdem weiter hinter dem Mann her war, sagte ich mir, war das ihre Sache ... und seine. Bevor sie auflegte, dankte sie mir überschwenglich, und die Erleichterung in ihrer Stimme war nicht zu überhören.
Das war am Samstag.
Am Montag morgen machte ich die Haustür auf, hob die Zeitung auf, und mein Blick fiel auf die Schlagzeile über Vescas Tod.

»Schei ...«
Vesca war am Sonntag morgen zwischen zwei und sechs Uhr aus nächster Nähe erschossen worden. Anschließend hatte man die Leiche in den Kofferraum seines Jaguars gepackt und diesen auf dem Platz für Dauerparker am Flughafen abgestellt. Vermutlich hatte jemand gehofft, der Tote würde tagelang nicht gefunden werden. Zeit genug, um sich vermutlich ein Alibi zu verschaffen oder unauffällig zu verschwinden. Doch es kam anders. Der Kofferraumdeckel war aufgesprungen, und ein Passant hatte die Leiche entdeckt. Meine Hände begannen zu zittern.
Ich wählte Mona Starlings Telefonnummer. Die Leitung war besetzt. Schließlich zog ich mich hastig an, schnappte mir die Autoschlüssel und raste zu der Adresse in der Frontage Road, die sie mir gegeben hatte. Als ich dort meinen VW mit quietschenden Bremsen zum Stehen brachte, fuhr gerade ein gelbes Taxi ab, in dem nur ein Fahrgast saß. Ich suchte nach der Hausnummer. Es war ein Doppelhaus. Die Chancen standen fünfzig zu fünfzig, daß es Mona war, die gerade die Fliege gemacht hatte. Sie mußte schließlich ungefähr zum selben Zeitpunkt wie ich die Schlagzeilen gelesen haben.
Ich gab erneut Gas und hielt krampfhaft nach dem gelben Taxi Ausschau. Hinter der nächsten Kreuzung kam die Auffahrt zur Schnellstraße. Aus den Augenwinkeln sah ich etwas Gelbes aufblitzen und raste hinterher. Mit durchgedrücktem Gaspedal und ständigem Wechseln der Spur gelang es mir schließlich, zum Taxi in dem Augenblick aufzuschließen, als dieses in die Ausfahrt zum Flughafen einbog. Als das Taxi Mona vor dem Haupteingang absetzte, raste ich auf den Parkplatz für Kurzparker, die Parkkarte zwischen den Zähnen. Ich stopfte sie in meine Handtasche und rannte los.
Der Flughafen von Santa Barbara hat nur fünf Flugsteige, so daß es nicht schwierig war, herauszufinden, welchen Flug Mona gebucht hatte. Über den Lautsprecher kam der

letzte Aufruf für die Passagiere des United-Airways-Flugs nach San Francisco. Ich drückte einer verdutzten Fluglinienangestellten die fünfzig Dollar von Mona für ein Ticket und die Bordkarte in die Hand und lief zur Sicherheitskontrolle. Ich hatte weder Gepäck noch sonst etwas bei mir, das den Metalldetektor hätte auslösen können. Ich zückte mein Ticket, stieß die Flügeltür auf, sprintete über das Flugfeld zur Maschine und nahm auf der Gangway zwei Stufen auf einmal. Die Stewardeß machte direkt hinter mir die Passagiertür zu. Ich hatte es geschafft.
Mona entdeckte ich in der achten Reihe hinten auf einem Fensterplatz. Sie hatte das Gesicht abgewandt. Diesmal trug sie Jeans und eine weite Bluse. Der Sitz am Gang war besetzt, doch der Mittelplatz schien frei zu sein. Die Maschine stand noch auf dem Flugfeld. Die Turbinen heulten, als ich, Entschuldigungen stammelnd, an die Knie eines Mannes rempelte und schließlich auf den Sitz neben Miss Starling sank. Sie wandte mir ein bleiches Gesicht zu und stieß prompt einen unterdrückten Schrei aus. »Was machen Sie denn hier?«
»Dreimal dürfen Sie raten.«
»Ich war's nicht«, flüsterte sie heiser.
»Ja, ja. Natürlich nicht. Deshalb sitzen Sie ja auch prompt im Flugzeug, kaum daß die Geschichte aufgeflogen ist.«
»So ist das nicht!«
»Wie denn dann?«
Der Mann zu meiner Linken beugte sich vor und sah mich interessiert an.
»Der Typ, der sie Freitag abend angemacht hat, hat sich erschießen lassen«, klärte ich ihn höflich auf und hob zur Verdeutlichung den Zeigefinger an die Schläfe. Daraufhin beschloß er offenbar, sich wieder um seine Angelegenheiten zu kümmern, was mir nur recht war. Mona stand auf und versuchte, sich an mir vorbeizudrängeln. Ich brauchte nur die Knie vorzustrecken, und sie saß in der Falle. Andere Passagiere wurden bereits auf uns aufmerksam. Mona sah

sich einen Moment prüfend um, rollte mit den Augen und setzte sich wieder. »Steigen wir aus«, schlug sie vor. »Dann erkläre ich Ihnen alles. Aber bitte machen Sie jetzt keine Szene!« Ihre Wangen glühten.
»Oh, ich möchte Sie um keinen Preis in Verlegenheit bringen«, bemerkte ich. »Ein Mann ist ermordet worden. Darüber möchte ich mit Ihnen sprechen. Weiter nichts.«
»Ich weiß, daß er tot ist!« zischte sie. »Aber ich bin unschuldig. Das kann ich beschwören.«
Wir standen gemeinsam auf, drängten uns rücksichtslos an den Knien des anderen Fluggastes vorbei und den Mittelgang entlang zum Ausstieg. Die Stewardeß war sauer, ließ uns jedoch aussteigen.

Wir gingen ins Flughafenrestaurant hinauf und setzten uns an einen kleinen Tisch in einer ruhigen Ecke. Als die Kellnerin kam, schüttelte ich den Kopf, doch Mona bestellte einen Pink Squirrel. Die Kellnerin hatte Bedenken bezüglich Monas Alter, ich hatte Bedenken bezüglich ihres Geschmacks. Ein Pink Squirrel? Mona hatte ihre Brieftasche gezückt, und die Bedienung prüfte ihren Führerschein. Nachdem sie überzeugt war, daß das Foto im Führerschein Mona zeigte, wollte sie das Dokument zurückgeben. Bevor Mona die Hand ausstrecken konnte, hatte ich es mir geschnappt. Mona war einen Monat zuvor einundzwanzig geworden. Die Adresse stimmte mit den Angaben überein, die sie mir gegenüber gemacht hatte. Als wir wieder allein waren, riß Mona mir die Brieftasche aus der Hand und stopfte sie in ihre Handtasche.
»Was sollte das denn?« fragte sie mürrisch.
»Nur zur Sicherheit. Erzählen Sie mir jetzt endlich, was passiert ist?«
Mona griff nach einem Zündholzheftchen der Flughafengesellschaft und spielte mit dem Deckel. »Ich hab gelogen.«
»Das überrascht mich nicht«, entgegnete ich. »Und was ist die Wahrheit?«

»Also, ich hab diesen Typ getroffen, aber nicht mit ihm geschlafen. Das habe ich nur behauptet, weil mir kein anderer Grund dafür eingefallen ist, daß ich seine Adresse haben wollte.«

»Und warum wollten Sie die wirklich?«

Sie blickte zur Seite. »Er hat etwas gestohlen, und ich mußte das wiederhaben.«

Ich starrte sie nachdenklich an. »Lassen Sie mich raten! Es muß was Illegales gewesen sein, sonst hätten Sie mir gleich reinen Wein eingeschenkt ... oder wären zur Polizei gegangen. War's Hasch oder Koks?«

Monas Augen wurden groß. »Hasch. Woher wußten Sie das?«

»Erzählen Sie mir einfach den Rest«, erwiderte ich kopfschüttelnd. »Die Jugend hat was Herzerfrischendes! Ihr seid immer so schön erstaunt, daß wir alles wissen.«

Mona sah an mir vorbei.

Die Kellnerin näherte sich mit dem Tablett. Sie legte eine Papierserviette auf den Tisch und stellte Monas Cocktail darauf. »Macht drei Dollar fünfzig.«

Mona nahm einen Fünfdollarschein aus ihrem Geldscheinbündel und verzichtete auf das Wechselgeld. Dann trank sie einen Schluck von ihrem Pink Squirrel und erschauderte leicht. Das Gebräu hatte die Färbung von rosarotem Bubble-Gum, was auch mir einen Schauer über den Rücken jagte. Mona fuhr sich mit der Zunge über die Lippen. »Mein Freund hat eine Lieferung Hasch bester Qualität aufgetrieben. Marihuana aus Non Sung in Thailand.«

»Nie gehört«, sagte ich. »Aber ich bin kein Kenner der Materie.«

»Ich auch nicht, aber er hat zweitausend Dollar dafür berappt und bisher nur einen Joint davon geraucht. Der Typ, von dem wir's haben, hat gesagt, daß es verdammt stark sei, deshalb wollten wir's nicht jeden Tag rauchen. Nur zu besonderen Gelegenheiten.«

»Also der absolute Superstoff?«

»Der beste.«
»Und davon haben Sie Gage erzählt?«
»Ja«, antwortete sie zögernd. »Wir haben uns kennengelernt und sind ins Reden gekommen. Er hat gesagt, er müsse unbedingt Stoff auftreiben, und da habe ich davon angefangen. Aber ich wollte ihm unser Gras nicht verkaufen. Er sollte es nur versuchen, und falls er interessiert gewesen wäre, hätten wir ihm vielleicht was besorgen können. In meiner Wohnung bin ich auf den Lokus, während er sich einen Joint gedreht hat. Als ich wieder rauskam, war er fort ... und mit ihm das Gras. Ich mußte mit dem Taxi zum ›Mooter‹ zurückfahren, um meinen Wagen zu holen. Ich hatte Panik. Ich wußte, daß Jerry durchdrehen würde, wenn das rauskam.«
»Ist Jerry Ihr Freund?«
»Ja«, murmelte sie und starrte auf ihre Hände. Tränen glitzerten zwischen ihren Wimpern.
»Und was weiter?« drängte ich schroff, um die Tränen zu stoppen. »Nachdem Sie von mir die Telefonnummer gekriegt hatten, haben Sie sich Gage vorgeknöpft, was?«
Mona nickte stumm und holte tief Luft. »Ich mußte warten, bis Jerry zur Arbeit gegangen war. Dann habe ich angerufen. Gage hat gesagt ...«
»Moment! Er war am Telefon?«
»Nein, sie ... seine Frau. Aber ich hab natürlich gewartet, bis sie mich verbunden und aufgelegt hatte. Und danach brauchte er auch nur mit Ja und Nein zu antworten. Ich hab ihm gesagt, daß er den verdammten Stoff gestohlen hat und ich ihn wiederhaben will. Mann, hab ich ihm die Hölle heiß gemacht! Jedenfalls war er bereit, sich mit mir nach Lokalschluß auf dem Parkplatz vom ›Mooter‹ zu treffen.«
»Samstag nacht?«
Sie nickte.
»Aha. Und weiter?«
»Nichts weiter«, seufzte sie. »Um Viertel nach zwei war er

dort und hat mir den Stoff übergeben. Ich hab mir das Päckchen geschnappt und bin in meinen Wagen gesprungen. Ich hab ihm nicht mal mehr gesagt, was ich von ihm halte. Und dann heute morgen die Schlagzeilen! Ich dachte, ich dreh durch.«

»Wer sonst noch könnte von alledem was mitbekommen haben?«

»Na, niemand.«

»Was hat denn Ihr Freund dazu gesagt, daß Sie um Viertel nach zwei Uhr nachts mit dem Wagen fort sind?«

Mona schüttelte den Kopf. »Ich war doch wieder zu Hause, bevor er zurückkam.«

»Und er hat nicht gemerkt, daß der Stoff verschwunden war?«

»Nein. Bevor er auf die Idee kam, nachzusehen, lag das Zeug an seinem alten Platz. Er hat gar nichts gemerkt.«

»Und bei ›Mooter‹? War da sonst noch jemand auf dem Parkplatz?«

»Ich hab jedenfalls niemanden gesehen.«

»Ist denn niemand mehr aus dem Lokal gekommen?«

»Nur der Geschäftsführer.«

»Und Mrs. Vesca? Könnte sie Gage gefolgt sein?«

»Ich hab ihn gefragt, ob seine Frau unser Telefongespräch mitgehört hat, und er hat nein gesagt. Aber natürlich hätte sie hinter ihm herfahren können. Ich weiß nicht, was für einen Wagen sie fährt, vielleicht hat sie eine Straße weiter geparkt.«

»Und warum glauben Sie, daß überhaupt irgend jemand auf den Gedanken kommen könnte, Sie mit Vescas Tod in Verbindung zu bringen? Weshalb die Flucht nach San Francisco?«

Ihre Stimme wurde zu einem heiseren Flüstern: »Meine Fingerabdrücke müssen doch in seinem Wagen sein. Ich bin doch erst vor zwei Tagen mit ihm gefahren.«

Ich sah den Ausdruck in ihren Augen und ahnte Böses. »Sie sind vorbestraft«, stellte ich schließlich fest.

»Wegen Kaufhausdiebstahls«, ergänzte sie. »Aber das war das einzige Mal. Ehrlich.«
»Sie sollten zur Polizei gehen. Besser, Sie machen dort reinen Tisch, bevor die Bullen von selbst auf Ihre Spur kommen. Und das kann nicht mehr lange dauern.«
»Mein Gott, das überlebe ich nicht.«
»Reden Sie keinen Unsinn. Es erleichtert kolossal. Also tun Sie, was ich Ihnen gesagt habe. Ich kümmere mich um alles andere.«
»Wirklich?«
»Na klar! Was denken Sie denn?« fuhr ich sie an. »Wenn ich Ihnen die Adresse nicht besorgt hätte, würde Gage nämlich noch leben. Was glauben Sie, was das für ein Gefühl ist?«

Ich folgte dem Hausmädchen durch die Villa der Vescas zum Swimmingpool hinaus. Eines der Umkleidehäuschen war dort zu einem privaten Fitneßraum umfunktioniert worden. Auf dem mit Gummimatten bedeckten Fußboden standen vier Gewichthebemaschinen. Der Raum war an drei Seiten verspiegelt, durch die Fenster fiel das Sonnenlicht herein. Katherine Vesca trainierte im pinkfarbenen Gymnastikanzug und silbernen Tights. Mir kam das wie eine unnötige Energieverschwendung vor, denn sie war dünn wie eine Schlange. Ihr aschblondes Haar hatte sie mit einem rosafarbenen Chiffontuch zurückgebunden, ihre grauen Augen blickten mir kühl entgegen. Während sie meine Visitenkarte betrachte, tupfte sie sich den Schweiß vom Nacken. »Arbeiten Sie für die Polizei?«
»Nein. Ich hoffe trotzdem, daß Sie meine Fragen beantworten.«
»Warum sollte ich?«
»Ich versuche, den Mörder Ihres Mannes zu finden.«
»Und warum überlassen Sie das nicht der Polizei?«
»Weil ich Informationen habe, die die Polizei noch nicht hat. Und bevor ich die Fakten weitergebe, wollte ich sehen, was sich noch feststellen läßt.«

»Fakten?«
»Es geht um die letzten beiden Tage vor dem Tod Ihres Mannes.«
Mrs. Vesca schenkte mir ein frostiges Lächeln. Dann legte sie sich unter die Maschine für das Training der Beinmuskeln. Sie schob die Marke auf 90 Kilo und begann mit den Übungen. »Schießen Sie los«, sagte sie.
»Am Samstag hat Ihr Mann nach meinen Informationen einen Anruf erhalten«, begann ich.
»Das stimmt. Von einer Frau. Noch spät in der Nacht wollte er sich mit ihr treffen. Danach ist er nicht mehr zurückgekommen. Ich habe ihn nicht wiedergesehen.«
»Wissen Sie, worum's bei diesem Anruf ging?«
»Nein. Das hat er mir nicht erzählt.«
»Waren Sie nicht neugierig?«
»Als ich Gage geheiratet habe, habe ich versprochen, nie ›neugierig‹ zu sein.«
»Und er war bei Ihnen auch nie ›neugierig‹?«
»Wir haben eine liberale Ehe geführt. Auf seinen Wunsch, sollte ich vielleicht hinzufügen. Er konnte tun und lassen, was er wollte.«
»Und Sie hatten nichts dagegen?«
»Gelegentlich schon. Aber das waren seine Bedingungen, und ich hatte mich gefügt.«
»Wo hat er gearbeitet?«
»Er hat gar nicht gearbeitet. Wir haben beide nicht gearbeitet. Ich habe ein Unternehmen in der Stadt und beziehe daraus ein Einkommen . . . unter anderem.«
»Wissen Sie, ob er mit jemandem Streit hatte?«
»Wenn, dann hat er mir nie was davon gesagt«, antwortete sie. »Er war nicht gerade beliebt, aber Feinde hatte er auch nicht.«
»Haben Sie einen Verdacht, wer ihn getötet haben könnte?«
Nach zehn Übungen legte sie eine Pause ein. »Ich wollte, es wäre so.«
»Wann findet die Beerdigung statt?« wollte ich wissen.

»Morgen vormittag um zehn. Sie sind herzlich eingeladen. Vielleicht sind wir dann wenigstens zu zweit.«
Sie nannte mir den Friedhof.
»Noch was«, sagte ich abschließend. »In welcher Branche sind Sie tätig? Könnte das irgendwie von Bedeutung sein?«
»Kaum denkbar«, entgegnete sie. »Ich habe ein Lokal. Das ›Mooter‹. Es wird von meinem Bruder Jim geführt.«

Er stand hinter der Theke und spülte Biergläser, als ich das Lokal betrat. Rechts neben ihm stand bereits ein Turm noch dampfender sauberer Krüge. Er hatte ein T-Shirt an, unter dem sich sein muskulöser Oberkörper imposant abzeichnete. Auf der Brust stand der Slogan: »Besser schlechter Sex als gute Arbeit.« Er sah auf und lächelte. »Hallo. Wie geht's?«
Ich schwang mich auf einen Barhocker. »Danke der Nachfrage«, erwiderte ich. »Sind Sie Jim?«
»So ist es. Und Sie sind doch die Privatdetektivin. Ihren Namen haben Sie, glaube ich, noch nicht erwähnt.«
»Kinsey Millhone. Ich nehme an, Sie wissen schon, daß Vesca tot ist?«
»Sicher. Armer Kerl. Da hat wohl jemand eine Rechnung beglichen. Hoffentlich nicht die Lady, die er neulich versetzt hat.«
»Möglich wär's.«
»Eine Schorle?«
»Gern«, antwortete ich. »Sie haben ein gutes Gedächtnis.«
»Nur für Getränke«, sagte er einschränkend. »Das ist mein Job.« Er goß Wein und Sodawasser in ein Glas und steckte eine Zitronenscheibe auf den Glasrand. »Mit einer Empfehlung des Hauses«, erklärte er und stellte das Glas vor mir auf den Tresen.
»Danke.« Ich trank einen Schluck. »Weshalb haben Sie mir verschwiegen, daß Vesca Ihr Schwager war?«
»Wie haben Sie das denn rausgekriegt?«

»Ihre Schwester hat's erwähnt.«
Er zuckte mit den Schultern. »Schien mir nicht wichtig zu sein.«
Sein Verhalten verwirrte mich. Er tat überhaupt nicht so, als habe er etwas zu verbergen. »Haben Sie Gage Samstag gesehen?«
»Seinen Wagen hab ich gesehen, bei Lokalschluß«, antwortete er. »Aber das war eigentlich schon Sonntag früh. Weshalb?«
»Er muß ungefähr zu diesem Zeitpunkt erschossen worden sein. In der Zeitung steht zwischen zwei und sechs Uhr morgens.«
»Kurz nach zwei Uhr habe ich den Laden dichtgemacht. Mein Freund hat mich direkt hier an der Tür abgeholt. Ab fünf nach halb drei habe ich in einem Privatclub Poker gespielt.«
»Haben Sie Zeugen?«
»Ungefähr fünfzig. Vermutlich hätte ich Gage vorher noch schnell erschießen können, aber weshalb? Er war mir zwar nicht gerade sympathisch ... aber gleich erschießen? Meine Schwester war verrückt nach ihm. Weshalb hätte ich ihr das Herz brechen sollen?«
Gute Frage, dachte ich.

Ich kehrte ins Büro zurück, setzte mich in meinen Drehsessel und legte die Beine auf den Schreibtisch. Ich kam nicht davon los, daß Gages Tod irgend etwas mit dem Päckchen Marihuana zu tun haben mußte. Schließlich rief ich Katherine Vesca an. Das Hausmädchen meldete sich. Ich wartete, bis sie Katherine geholt hatte. »Ja, bitte?«
»Tag, Mrs. Vesca. Hier ist Kinsey Millhone.«
»Hallo. Was kann ich für Sie tun?«
»Etwas habe ich vergessen. Sagen Sie, hat Gage je von Gras aus Non Sung gesprochen?«
»Nein, ich glaube nicht. Was ist das?«
»Exzellentes Marihuana aus Thailand. Die Unze zu zwei-

tausend Dollar. Offenbar hat er Freitag nacht das Zeug jemandem geklaut.«

»Also ... Er hatte Marihuana, aber das muß eine andere Sorte gewesen sein. Er hat behauptet, die Qualität sei miserabel. Er war wütend, daß man es ihm angedreht hatte.«

»Ach, wirklich?« sagte ich mehr zu mir selbst.

Allmählich begann mir die Wahrheit zu dämmern.

Ich pochte an die Tür des Doppelhauses in der Frontage Road. Mona öffnete. Sie war überrascht, mich zu sehen.

»Sind Sie bei der Polizei gewesen?« fragte ich.

»Noch nicht. Ich wollte gerade los. Warum? Ist was passiert?«

»Ich glaube, wir haben uns irgendwie mißverstanden. Sie haben mir erzählt, daß Ihr Freund Jerry Freitag nacht gearbeitet hat, als Sie aus waren. Weshalb haben Sie sich überhaupt getraut, die ganze Nacht wegzubleiben?«

»Er war außerhalb«, erwiderte sie. »Und ist erst Samstag nachmittag gegen fünf zurückgekommen.«

»Könnte er nicht früher wieder in Santa Teresa gewesen sein?«

Sie zuckte mit den Schultern. »Schon möglich.«

»Und Samstag, als Sie Gage auf dem Parkplatz vom ›Mooter‹ getroffen haben? Hat er da auch gearbeitet?«

»Ja doch. Er hatte ein Engagement hier in der Stadt. Und ist gegen drei Uhr morgens nach Hause gekommen«, fügte sie verwirrt hinzu.

»Er ist Musiker, stimmt's?« fragte ich.

»Moment mal! Was soll das? Was hat das alles mit ihm zu tun?«

»Eine ganze Menge«, sagte eine Männerstimme hinter mir. Ein Arm legte sich von hinten um meinen Hals und drückte mir die Luft ab. Ich stellte mich auf Zehenspitzen, um den Druck auf meine Luftröhre abzumildern, aber viel mehr konnte ich nicht tun. Ich spürte einen harten Gegenstand zwischen meinen Rippen und war nicht so

naiv, das für Jerrys Füllfederhalter zu halten. Mona war perplex.
»He, Jerry? Was zum Teufel soll der Quatsch?« schrie sie.
»Rein, du Flittchen. Los, zurück! Laß uns rein!« zischte er zwischen zusammengepreßten Zähnen. Zappelnd hob und schob er mich über die Schwelle. Drinnen warf er mich auf die Couch und richtete die Waffe auf meine Stirn, genau zwischen die Augen. Ich war sanft wie ein Lamm.
Als ich schließlich sein Gesicht sah, wurde mein Verdacht zur Gewißheit. Jerry war der junge Mann mit der Gitarre, der bei meinem ersten Besuch im »Mooter« neben mir gesessen hatte. Er war weder besonders groß noch besonders stark, aber er hatte mich überrumpelt. Außerdem schien er nervös zu sein und hatte einen leicht irren Ausdruck in den Augen. Die Waffe in seiner Hand beunruhigte mich, die Mündungsöffnung war auf mich gerichtet. Das Ding sah wie ein halbautomatischer Colt Kaliber 7,45 aus. Und diese Waffe mußte manuell entsichert werden. Wenn mich nicht alles täuschte, brauchte man dazu zwei Hände. Allerdings konnte ich mich nicht erinnern, gehört zu haben, daß er den Hahn gespannt hatte, bevor er den Colt in meinen Rücken drückte. Da lag natürlich die Frage nahe, ob er in seiner Hast und Eile vergessen haben konnte, die Waffe zu entsichern.
»Hallo, Jerry«, sagte ich. »Nett, Sie wiederzusehen. Warum erzählen Sie Mona nicht von Ihrem Rendezvous mit Gage?«
»Du hast Gage umgebracht?« keuchte Mona ungläubig.
»Ganz recht, Mona. Und dich bringe ich auch um, wenn ich mit der hier fertig bin.« Er ließ mich nicht aus den Augen.
»Aber warum denn? Was habe ich denn getan?«
»Komm mir bloß nicht damit!« schnaubte er. »Du hast mit dem Kerl geschlafen. Hast dich halbnackt mit diesem Flitterfummel rumgetrieben und dir ausgerechnet dieses Schwein aufgegabelt. Ich habe dir von Anfang an gesagt, daß ich dich umbringe, wenn du mir so was antust.«

»Aber ich hab's doch gar nicht getan! Ich schwöre es! Ich hab ihn doch bloß hierhergeschleppt, um ihn von unserem Gras probieren zu lassen!«
»Quatsch!«
»Nein, das ist kein Quatsch!«
»Sie sagt die Wahrheit, Jerry«, warf ich ein. »Deshalb hat sie mich doch engagiert!«
Verwirrt sah er zu Mona hinüber. »Du hast nicht mit ihm geschlafen?«
»Großer Gott, nein! Der Kerl war widerlich! So primitiv bin ich nicht.«
Jerrys Hand begann zu zittern. Sein Blick schweifte unruhig von Mona zu mir. »Warum hast du dich dann gestern nacht noch mal mit ihm getroffen?«
»Um mir das Marihuana zurückzuholen. Was sollte ich denn sonst tun? Ich wollte nicht, daß du erfährst, daß man mich um Stoff im Wert von zweitausend Dollar beklaut hatte.«
Er starrte sie wie vom Schlag gerührt an. Und in diesem Augenblick ging ich zum Angriff über. Den Kopf nach unten, hechtete ich auf ihn zu und riß ihn zu Boden. Die Waffe schlitterte klappernd über den Fußboden. Mona sprang auf ihn und versetzte ihm einen Faustschlag in den Magen. Während sie ihn mit dem Gewicht ihres Körpers auf dem Boden hielt, stolperte ich hinter dem Colt her. Ich griff danach. Die Waffe war die ganze Zeit über entsichert gewesen. Ich hatte Glück gehabt, daß ich mir keine Kugel eingehandelt hatte.
»Schon gut, schon gut!« schrie Jerry hinter mir. »Runter von mir! Ich geb auf!« Er rang nach Luft. Ich hielt den Colt auf seine besonders empfindlichen Körperteile gerichtet, während Mona die Polizei anrief.
Jerry setzte sich auf. Ich trat einen Schritt zurück. Der irre Ausdruck war aus seinen Augen verschwunden. Noch immer atemlos begann er zu weinen. »Großer Gott, ich kann's nicht fassen!«

Mona warf ihm einen vernichtenden Blick zu. »Für Gewissensbisse ist es jetzt zu spät, Jerry.«
Er schüttelte den Kopf. »Du weißt noch nicht alles, Kleine. Nicht dich hat man um zweitausend Dollar erleichtert ..., sondern mich.«
Sie starrte ihn ausdruckslos an. »Was soll das heißen?«
»Ich habe zweitausend Dollar für Schrott hergegeben. Der Stoff war nichts wert. Ich wollt's dir nicht sagen und hab deshalb den Blödsinn mit dem Gras aus Non Sung erfunden. So was gibt's gar nicht. Reine Phantasie.«
Es dauerte eine Weile, bis sie die Ironie der Geschichte begriff. Dann kauerte sie neben ihm nieder. »Aber warum hast du mir denn nicht vertraut? Warum hast du mir nicht einfach die Wahrheit gesagt?«
Er verzog keine Miene. »Und warum hast du mir nicht vertraut?«
Die Frage hing zwischen ihnen wie ein Spinnennetz, das in der Herbstsonne hin und her wabert. Die Antwort lag in ihrer Beziehung verborgen.
Als die Polizei kam, kauerten sie engumschlungen, in ihrer Verzweiflung vereint, auf dem Fußboden.
Ihr Anblick genügte beinahe, um mich von meiner gelegentlichen Lust am Lügen endgültig zu heilen.
Aber eben nur beinahe.

Mord ohne Textvorlage

Amanda Cross

Bis zu dem Tag, an dem sie vor den Untersuchungsrichter gestellt wurde, hatte Professor Beatrice Sterling noch nie einem Strafprozeß beigewohnt. Als Geschworene, ein Amt, das sie, wenn man sie dazu aufforderte, regelmäßig am Ende des akademischen Jahres versah, hatte sie immer darum gebeten, im Zivilrecht eingesetzt zu werden. Von der Welt des Verbrechens fühlte sie sich so weit entfernt, und das Milieu der Kriminellen war ihr wegen ihres Alters (und dies galt bereits, als sie noch jünger war, da es mehr mit der Zeit zu tun hatte, in die sie hineingeboren worden war, als mit den Jahren, die sie gelebt hatte) so völlig fremd, daß sie einen Straftäter (denn es war fast immer ein Mann) kaum gerecht hätte beurteilen können. Kurzum: Beatrice Sterling war eine äußerst gewissenhafte Frau von untadeligem Ruf – bis man sie wegen Mordverdachts festnahm.

So hatte sie, wie die meisten Mittelklassebewohner Manhattans, noch nie mit der Strafjustiz zu tun gehabt oder war wie eine Kriminelle behandelt worden, die zu sein die Staatsanwaltschaft sie jetzt beschuldigte. Nun ist es leider so, daß die Menschen, denen verbrecherische Aktivitäten wie unsaubere Geschäftspraktiken, Drogenhandel, Versicherungsbetrug oder Berufsmord bestens vertraut sind, meist einen schnelleren Zugang zu den besseren Strafverteidigern haben. Den Menschen, denen wohl kaum jemals etwas Ernsteres als ein Verkehrsdelikt angelastet werden wird, ist in der Regel lediglich der Notar bekannt, der ihr Testament verfaßt hat, bestenfalls noch ein sympathisches

Mitglied eines Anwaltsbüros, dem die Verteidigung von Schwerverbrechern ebenso fremd ist wie das komplizierte Rechtssystem des mittelalterlichen England. Der Anwalt von Beatrice Sterling war Teilhaber einer Kanzlei für Wirtschaftsrecht. Als langjähriger Ehemann einer alten Schulfreundin Beatrices hatte er sich, um seiner Angetrauten einen Gefallen zu tun, vor einiger Zeit dazu bereit erklärt, deren Testament zu verfassen. Gewöhnlich beschäftigte er sich mit den Fusionen und Übernahmen größerer Firmen. Er hatte seinen Rechtsbeistand bislang nicht einmal in einem Scheidungsfall angeboten, von Mordanklage ganz zu schweigen. Auch in seinem Büro gab es niemanden, der sich mit der Strafjustiz im unteren Manhattan auskannte, obwohl die elegante Kanzlei in unmittelbarer Nachbarschaft lag. Unglücklicherweise hatten bis zum Zeitpunkt der Anhörung weder Beatrice noch ihre Schwester auch nur einen Moment lang einen anderen Anwalt in Erwägung gezogen. Es ist gut möglich, daß Beatrice, hätte sie den besten Rechtsbeistand der Welt gehabt, gegen eine Kaution aus der Untersuchungshaft entlassen worden wäre, doch so, wie die Dinge nun einmal standen, wurden ihr weder die Fahrten zu und von Rikers Island in einem vergitterten Bus erspart noch die Inhaftierung in einer Zelle zusammen mit anderen Frauen, fast alles Drogenhändlerinnen oder Prostituierte. Mittlerweile fühlte sich Beatrice abwechselnd wie erstarrt oder von solcher Wut auf die junge Frau, die sie ermordet haben sollte, ergriffen, daß ihre Schuld selbst ihrem unglückseligen Wirtschaftsanwalt wahrscheinlich schien.

Man beschuldigte Professor Beatrice Sterling, eine Collegestudentin höheren Semesters umgebracht zu haben. Die Studentin hatte ein Seminar besucht, das Beatrice in dem Semester unterrichtete, in dem man das Mädchen brutal erschlagen in ihrem Zimmer im Studentenwohnheim auffand. Die junge Frau hatte Beatrice gehaßt. Mit Vergnügen hätte sie, wie sie unglücklicherweise ein paar Dutzend Leuten gegenüber erwähnt hatte, eine jede ihrer Studentinnen mit Peitschen aus der Stadt gejagt und geteert und gefedert gesehen. Dennoch beharrte sie darauf, keinen Mord begangen oder dem toten Mädchen auch nur ein Haar gekrümmt zu haben. Doch gegen die Aussagen der anderen Seminarteilnehmerinnen, die wiederholt und überzeugend behaupteten, Beatrice habe sie alle gehaßt und sei ganz sicher nicht nur boshaft, sondern durchaus zu einem Mord fähig, zählte dies wenig. Die Polizei führte eine sorgfältige Untersuchung durch und beauftragte zwei ihrer erfahrensten und verläßlichsten Kriminalbeamten – einen Mann und eine Frau – mit dem Fall. Die beiden waren sich schnell einig gewesen, daß das Beweismaterial gegen die werte Frau Professorin mehr als eindeutig war, und hatten, da der Fall einiges Aufsehen zu erregen versprach, einen Haftbefehl erwirkt, Beatrice in ihrer Wohnung aufgesucht und sie aufs Polizeirevier gebracht.

Es ist selbst in diesem Stadium noch möglich, einem Zuchthausaufenthalt zu entgehen, allerdings nicht, wenn die Anklage auf Mord zweiten Grades lautet (der erste Grad ist denen vorbehalten, die einen Polizisten umbringen). Hat man sich ein unbedeutenderes Vergehen zuschulden kommen lassen, erhält man eine Vorladung, nach der man etwa drei oder vier Wochen später vor Gericht zu erscheinen hat. (Manche tun's, andere nicht. Doch diese Wahl ließ man Beatrice, die ganz sicherlich zu jedem erwünschten Termin angetreten wäre, nicht.) Man gestand ihr ein Telefongespräch zu, das sie mit ihrer Schwester führte, um nach einem Anwalt zu fragen – ein vergeudeter Anruf, denn ihre Schwester, ihr Name war Cynthia Sterling, hatte bereits mit dem Wirtschaftsanwalt und Ehemann von Beatrices Schulfreundin gesprochen. Von der Polizeibeamtin erfuhr Beatrice, daß es zwischen vierundzwanzig und zweiundsiebzig Stunden dauern könne, bis es zur Anhörung ihres Falles kam, und daß wahrscheinlich kein Anwalt früher als eine halbe Stunde vor diesem Termin zu ihr vorgelassen werden würde. Männer, die diese Routine durchlaufen, werden bis zum Vernehmungstermin in Verschlägen hinter den Verhandlungszimmern eingesperrt. Da die Strafjustiz Manhattans jedoch keine derartigen Verschläge für Frauen vorsah, hielt man Beatrice in einer Zelle auf dem Polizeirevier fest. Und weil das Justizsystem zu dieser Zeit sogar noch mehr als üblich überlastet war – und überlastet war es eigentlich immer –, brachte man sie erst nach zwei Tagen vor den Staatsanwalt im Polizeihauptquartier an der Police Plaza Nummer 1, der für Manhattan und alle anderen Stadtbezirke zuständigen Vernehmungsstelle.

Weder Beatrice noch ihre Schwester Cynthia waren verheiratet, und man kann sich kaum zwei Menschen vorstellen, für die es abwegiger wäre, in die Mühlen der Justiz zu geraten. Während Beatrice im Gefängnis zwischen Ohnmacht und Raserei, Tränen und kalter Wut schwankte, kam Cynthia langsam – viel zu langsam, wie sie sich selbst später vorwarf – zu dem Entschluß, daß sie Hilfe von jemandem brauchte, der sich im Strafrecht auskannte. Der Ehemann von Beatrices Schulfreundin war nutzlos. Mehr als das, denn er wußte nicht einmal, wie wenig er wußte. Selbst ein erfahrener Strafverteidiger konnte Beatrice jetzt nicht mehr aus dem Zuchthaus herausholen und ihr all die damit verbundene Schmach und die Demütigungen ersparen, doch er oder sie könnte zumindest ein paar wertvolle, vielleicht sogar praktische Ratschläge geben.

Wir alle kennen mehr Menschen, als uns auf den ersten Blick bewußt sein mag. Cynthia hätte schwören können, daß sie selbst im weitläufigsten Bekanntenkreis von niemandem wußte, der etwas mit dem Gerichtswesen oder Strafverteidigung zu tun hatte. Sie zwang sich, ruhig und aufrecht auf einem Stuhl zu sitzen und sich auf die Art zu beruhigen, die man denen empfiehlt, die mittels Meditation ihren Blutdruck senken wollen. Sie hatte die Füße fest auf den Boden gestellt und hielt ihren Rücken gerade, um einen direkten Fluß von der Decke ihres Schädels bis zum

Ende ihrer Wirbelsäule zu ermöglichen. In dieser Position wiederholte sie, so wie sie glaubte, es gelesen zu haben, ein einzelnes Wort. Jedes einsilbige Wort sollte ausreichend sein, wenn man nur einfach auf Entspannung und nicht auf eine religiöse Erfahrung aus war. Sie wählte – nicht ohne Sinn für Ironie – das Wort »Recht«. Schließlich hatte sie jetzt nichts so nötig wie den Glauben an das Recht. Während sie das Wort mit geschlossenen Augen und regelmäßigem Atem langsam wiederholte, kam ihr, wie aus dem All zugeschwebt, der Name Angela Epstein in den Sinn.

Nachdem Cynthia aus Dankbarkeit einige Sekunden mit dem langsamen Atmen und den Wortwiederholungen fortgefahren hatte, verweilte sie bei den Wundertaten Angela Epsteins. Erst vor ein oder zwei Wochen hatte sie Cynthia in ihrem Büro besucht. War es das Schicksal, wenn es so etwas denn gab, das ihr ins Ohr geflüstert hatte? Cynthia war Finanzvorsteherin an einem großen städtischen College, das sich in mancherlei Hinsicht von der elitären, weitab gelegenen Institution, an der Beatrice unterrichtete, unterschied. Kraft ihres Amtes war es Cynthia in der Vergangenheit möglich gewesen, Angela Epstein finanzielle Unterstützung in Form eines Stipendiums zukommen zu lassen, und Angela war ihr, anders als die meisten Stipendiaten, stets dankbar dafür geblieben. Als sie eines Tages in der Nachbarschaft ihres alten Colleges zu tun hatte, war sie vorbeigekommen, um Cynthia einen guten Tag zu wünschen, ihr für ihre damalige Hilfe zu danken und aus ihrem gegenwärtigen Leben zu berichten. Cynthia konnte sich nicht mehr genau an den Beruf erinnern, den Angela ausübte – es hatte irgend etwas mit Anlageberatung zu tun –, doch ein Satz Angelas hallte in ihren postmeditativen Ohren wider wie die Stimme des Schutzengels in einer Legende: »Ich lebe mit einem wunderbaren Mann zusammen. Er ist Pflichtverteidiger für Bedürftige. Und er liebt seine Arbeit. Es ist so schön, mit jemandem zusammenzuleben, dem seine Arbeit Spaß macht und der Menschen hilft, die in die Schlingen der New Yorker Strafjustiz geraten sind. Unter uns gesagt, wir können uns einen Loft in Manhattan leisten.

Über die Auskunft ermittelte Cynthia die Telefonnummer von Angela Epstein. Doch da es Nacht war, erreichte sie nur den Anrufbeantworter. Sie hinterließ Angela die leidenschaftliche Bitte, sie so bald wie möglich zurückzurufen; ja wirklich, jede Silbe bebte vor Leidenschaft. Doch wenn Angela und ihr Freund um Mitternacht zu Bett gegangen waren, würden sie vor dem nächsten Morgen nicht anrufen, vielleicht sogar erst, wenn sie am nächsten Tag von der Arbeit zurückkamen. Cynthia beschloß – oder besser, die Entschlossenheit überkam sie –, auf der Stelle aufzubrechen und Angela persönlich aufzusuchen. Vielleicht würde sie nicht ins Haus hineinkommen, vielleicht würde sie dabei überfallen werden. Doch solange Beatrice hinter Gittern saß, schien jede Handlung besser als keine Handlung. Sie stellte sich vor, wie sie an die Tür des Lofts hämmern würde, bis man ihr Einlaß gewährte. Eilig kleidete sie sich an, ging auf die Straße hinaus, winkte einem Taxi und wies den Fahrer an, sie zur Lower East Side zu bringen. Trotz seines Protests bestand sie darauf, genau dorthin zu wollen.

»Zu dieser späten Stunde! Wohl verrückt, was?«

Selbst in ihrer erregten Entschlossenheit fiel Cynthia auf, daß sie schon lange nicht mehr von einem so altmodischen Taxifahrer chauffiert worden war. Er war Amerikaner, alt, ungepflegt und wunderbar beruhigend.

»Ich muß *jetzt* hin«, sagte sie. »Bitte. Fahren Sie.«

»Sie fahren auf Ihre eigene Beerdigung, das versichere ich Ihnen. Ich wär' ja selbst zu dieser späten Nachtstunde nicht mehr draußen auf der Straße, wenn dies nicht der Wagen meines Neffen wäre. Mein Neffe kriegt gerade mit seiner Frau im Krankenhaus ein Baby. Heutzutage braucht man zwei, um ein Baby zu kriegen. Ich meine, es zu kriegen, nicht, es anzufangen, wenn Sie verstehen, was ich meine. Ich selber fahre nur bei Tag.«

»Ich verstehe«, sagte Cynthia und segnete ihn dafür, daß er losfuhr.
»Er kämpft sich gerade durch ein Jurastudium und fährt nachts Taxi. Ich sag ja immer, daß man heutzutage und in dieser Stadt nicht selbst Anwalt werden, sondern einen einstellen muß, und einen Doktor am besten gleich dazu. Verrückte Welt. Sie wollen doch hoffentlich keine Drogen kaufen?«
Cynthia versicherte ihm, daß dies nicht ihre Absicht sei. War die Meditation wie ein Gebet? Und wurde sie wie ein Gebet erhört? Erst war ihr der Name zugeflogen, und dann auch noch dieser wunderbare Taxifahrer. Ob da noch Platz für ein weiteres Wunder war und ihr Klopfen an der Tür erhört werden würde? Würde man sie hineinlassen und ihr erlauben, ihre Geschichte vorzutragen?
Und es geschah tatsächlich noch ein Wunder, wenn auch nicht ganz so, wie Cynthia es sich vorgestellt hatte. Als sie aus dem Taxi stieg, kam ein Paar auf sie zu. Die beiden blickten Cynthia erstaunt an. Sie war wohl kaum der Typ, den man in dieser Gegend und zu dieser Stunde normalerweise antraf. Das Paar war ebenfalls aus einem Taxi gestiegen und schickte sich gerade an, ins Haus zu gehen.
»Dekan Sterling!« rief jemand. Es war Angela Epstein. »Was um alles in der Welt machen Sie hier?«
»Ich suche Sie«, sagte Cynthia und fühlte sich plötzlich unglaublich müde, erschlagen von all dem unverhofften Glück, das ihr an diesem Tag widerfahren war.
»Was ist, zahlen Sie jetzt? Oder haben Sie etwa Ihre Handtasche zu Hause vergessen?«
Cynthia besann sich wieder und entschuldigte sich bei dem Taxifahrer und dem erstaunten jungen Paar. Sie griff in ihre Handtasche und gab dem Taxifahrer eine große Banknote.
»Für Sie und Ihren Neffen und das Baby«, sagte sie. »Sie sind ein wunderbarer Mensch.«
»Sie auch«, rief er und fuhr mit quietschenden Reifen davon. Cynthia hatte ihn bitten wollen, zurückzukommen,

doch sie zuckte nur die Schultern. Es war der junge Mann an Angela Epsteins Seite, dem sie nun all ihre Aufmerksamkeit zuwandte.
»Sie sind Rechtsberater und kennen sich in der Kriminaljustiz aus?« fragte sie, als könne er dies verneinen und sich am Ende als völlig nutzlos erweisen.
»Ja«, sagte er und nahm ihren Arm. »Sind Sie in Schwierigkeiten? Warum gehen wir nicht nach oben und reden darüber?« Über Cynthias Kopf hinweg, er war nämlich ein großer Mann, warf er Angela einen fragenden Blick zu. Die machte beschwichtigende Handbewegungen und eilte voraus, um die Haustür zu öffnen, wobei sie nach allen Seiten spähte, ob nicht irgendwo gefährliche Gestalten auf der Lauer lagen.
»Ich fürchte, ich weiß nicht einmal Ihren Namen«, sagte Cynthia.
»Ich heiße Leo«, sagte er. »Leo Fansler. Und Sie?«
»Cynthia Sterling. Meine Schwester Beatrice Sterling ist wegen Mordverdachts festgenommen worden. Und ich fürchte, sie lassen sie nicht einmal gegen eine Kaution frei. Das war zumindest die einzige verläßliche Aussage, die ich aus dem Anwalt rausbekommen konnte, den ich engagiert habe. Werden Sie uns helfen?«
»Ich werd's versuchen«, sagte Leo Fansler.
Sie setzten sie mit einer Tasse Tee und einer Decke über den Beinen auf die Couch, denn im Loft war es kühl. Außerdem wollten sie Cynthia mit jeder erdenklichen Aufmerksamkeit behilflich sein. Angela hatte in ihr immer eine ungeheuer starke und tüchtige Frau gesehen, jetzt aber war sie die Verzweiflung und Aufgelöstheit in Person, ganz wie – so sagte Leo später zu Angela – die Weiße Königin. (Leo mußte erklären, wer die Weiße Königin war. »Du hast einfach alles gelesen«, beschuldigte ihn Angela liebevoll. »Nicht ganz«, antwortete er. »Ich habe einfach nur eine Zeitlang mit einer literarischen Tante zusammengelebt.«)
Schließlich war Cynthia so weit, daß sie Leos Fragen beant-

worten konnte; was ihrer Schwester angelastet wurde, wann sie festgenommen worden war, ob die Beamten einen Haftbefehl gehabt hatten oder nicht und ob sie schon vernommen worden war. So behutsam wie möglich versuchte Leo sie davon abzuhalten, ihm die ganze Geschichte von Anfang an zu erzählen. »Noch nicht«, sagte er. »Das werde ich von Ihrer Schwester erfahren, ich werde mit ihr reden. Ich werde die ganze Geschichte hören, glauben Sie mir. Doch im Moment will ich nur wissen, wo sie sich aufhält und was bei Gericht bereits geschehen ist.«

Cynthia machte einen beherzten Versuch, sich so klar wie möglich auszudrücken. Und zu ihrer unendlichen Erleichterung verstand Leo sie, deutete ihre vagen Antworten, wußte, was zu tun war.

»Wissen Sie, wann die Anhörung anberaumt ist?« fragte er. »Hat man es Ihnen gesagt oder ihr?«

»Wahrscheinlich morgen, aber sie wissen es nicht sicher.«

»Gut. Ich werde dasein«, sagte Leo. »Bei der Vernehmung wird ihr Anwalt versuchen, sie gegen eine Kaution freizubekommen, doch die Aussichten sind schlecht. Wahrscheinlich wird man sie zurück in die Untersuchungshaft schicken, und wir werden es noch einmal versuchen. An höherer Stelle, bei der zweiten Anhörung, haben wir vielleicht mehr Glück. Aber wenn man ihr in einem Mordfall überhaupt eine Kaution bewilligt, dann wird sich das im Bereich von einer Million Dollar abspielen. Können Sie soviel auftreiben? Es gibt Bürgen, Leute, die gewerblich Kautionen stellen ...«

»Ich werde es auftreiben«, sagte Cynthia. »Darüber hat der Anwalt bereits mit mir gesprochen. Der, der keine Ahnung hat. Ich glaube, er hat über Geld geredet, weil es das einzige ist, wovon er überhaupt etwas versteht. Wir werden unsere Wohnung belasten. Sie ist einiges wert, mittlerweile über eine Million. Als wir vor dreißig Jahren einzogen, war das jedoch noch nicht so.«

»Es dauert einige Zeit, bis man eine Hypothek oder auch

nur einen Kredit kriegt«, sagte Leo mehr zu sich selbst als zu ihr. »Ich werde Ihnen jetzt ein Taxi rufen. Wenn wir den doppelten Fahrpreis bieten, wird die Zentrale eins schikken, normalerweise meiden sie diese Gegend bei Nacht. Sie fahren heim und versuchen sich etwas auszuruhen. Kommen Sie morgen früh um neun zu mir ins Rechtsberatungsbüro in der Centre Street, gegenüber vom Gericht. Glauben Sie, Sie schaffen das?«
»Ich könnte Sie hinfahren«, sagte Angela. »Ich könnte etwas später zur Arbeit gehen.«
»Ich werde es finden«, sagte Cynthia. »Bitte, Sie haben schon genug getan. Ich werde Sie dort aufsuchen.«
»Steigen Sie in der Chambers Street aus der U-Bahn aus. Dann fragen Sie jemanden nach dem Weg. Versuchen Sie nicht, ein Taxi zu nehmen, sonst werden Sie stundenlang im Verkehr feststecken.«
»Ich werde dasein«, sagte Cynthia. »Arme Beatrice. Ich werde dasein. Ich werde sie davon überzeugen, daß sie unschuldig ist.«
»Morgen oder auch später. Wichtig ist jetzt nur, daß Sie jemanden auf Ihrer Seite haben, der sich in der Sache auskennt. Nur daran dürfen Sie im Augenblick denken. Ich werde versuchen, einen anderen Anwalt für die Verhandlung zu finden. Ich weiß, daß es unmöglich ist, aber versuchen Sie, sich nicht allzuviel Sorgen zu machen.«

Cynthia traf um neun Uhr im Rechtsberatungsbüro ein. Sie sah keinen Grund, Leo, der sie an der Rezeption abholte, zu erzählen, daß sie schon um sieben Uhr aufgebrochen und mindestens eine Stunde lang durch das Straßengewirr des unteren Manhattan gewandert war, bis ein Lkw-Fahrer ihr endlich den richtigen Weg gewiesen hatte. Leo führte sie in sein Büro, hängte ihren Mantel auf, bat sie, Platz zu nehmen, und versuchte ihr zu erklären, was bislang geschehen war.
»Wo ist Beatrice jetzt?« fragte Cynthia, bevor er begann.
»Wahrscheinlich gerade auf dem Weg vom Polizeihaupt-

quartier hierher. Wir haben nicht viel Zeit, Sie müssen jetzt zuhören.«

»Ich höre«, sagte Cynthia und raffte all ihre Konzentrationsfähigkeit zusammen. Jetzt war es Zeit zu handeln.

»Also«, sagte Leo. »Man hat sie festgenommen und auf das zuständige Polizeirevier gebracht, wo man persönliche Daten, Name, Adresse und so weiter aufgenommen und überprüft hat, ob wegen anderer Vergehen nach ihr gefahndet wird. Ich weiß, ich weiß, aber wir reden hier über das System, nicht über Ihre Schwester. Wenn wir aufs Gericht gehen, werden Sie sehen, daß die meisten Verhafteten bereits vorbestraft sind und viele von ihnen nicht einmal einen festen Wohnsitz vorweisen können, in dieser Hinsicht hat sie also einiges voraus. Die Beamten werden Ihre Schwester eingehend befragt haben, und wir können nur beten, daß sie so klug war, nichts zu sagen. Jede Aussage, die sie bei ihrer Festnahme gemacht hat, kann und wird bei der Anhörung verlesen werden.«

»Das scheint mir alles sehr ungerecht zu sein«, sagte Cynthia, »sie überrumpeln die Leute, wenn diese aufgeregt sind.«

»Sie treffen den Nagel auf den Kopf. Und selbst abgebrühte Kriminelle sind selten so klug, den Mund zu halten. Ich weiß nicht, wie lange man sie auf dem Polizeirevier festgehalten hat – ich werde es noch herausfinden –, aber auf jeden Fall so lange, wie sie warten mußten, bis die Staatsanwaltschaft mehr Beweismaterial sammeln konnte.« Leo sah darüber hinweg, daß Cynthia die Augen geschlossen hatte und blaß geworden war. Er redete einfach weiter, damit sie sich wieder fangen konnte. »Dann hat man ihre Fingerabdrücke nach Albany gefaxt, wo sie per Computer mit sämtlichen Fingerabdrücken im Land verglichen werden. Das Ergebnis ist ein Auszug aus dem Strafregister, das im Fall Ihrer Schwester ermutigend leer sein wird. Ich nehme an, sie ist nicht vorbestraft.« Er sah Cynthia an, die entschieden nickte. »Das ist ein Pluspunkt für uns, wenn wir die Kaution beantragen wollen«, sagte Leo.

»Im Moment sitzt sie im Gefängnis, weil die Justiz überlastet war. Sie mußten sich an die Staatsanwaltschaft wenden, um eine Strafanzeige einzuholen. Außerdem mußte sie noch in der Abteilung für Strafsachen vernommen werden.« Leo bemerkte, daß Cynthia einer Ohnmacht nahe war. »Halten Sie durch«, sagte er. »Wir sind mit diesem Teil fast fertig. Dort hat man eine Strafakte angelegt – in der Abteilung für Strafsachen«, fügte er hinzu, da sich Verwirrung zu Cynthias Schwindel gesellte. »Vor Gericht wird jeder, der Richter, der Staatsanwalt, der Anwalt Ihrer Schwester, diese Akte benutzen. In ihr steht, wie lange sie schon unter ihrer Adresse lebt, was sie arbeitet, seit wann sie arbeitet und so weiter. Das wird Ihrer Schwester helfen, denn offensichtlich ist sie stets eine rechtschaffene Bürgerin gewesen, ohne Lücken im Lebenslauf und mit festem Wohnsitz. Wir warten jetzt darauf, daß all diese Papiere bei Gericht eintreffen. Wir werden bei der Anhörung eine Freilassung gegen Kaution beantragen, aber machen Sie sich keine großen Hoffnungen. In einem Mordfall wie diesem wird der Untersuchungsrichter sie sicherlich in die Untersuchungshaft zurückschicken.«

»Werden Sie es sein, der bei der Anhörung die Kaution beantragt?«

»Das kann ich nicht«, sagte Leo. »Sie hat keinen Anspruch auf staatlichen Rechtsbeistand. Aber ich habe ihr eine Anwältin gesucht, eine Frau, mit der ich zusammen studiert habe. Sie ist erstklassig und hat bereits als Staatsanwältin gearbeitet, sie weiß, was sie tut, sie ist klug, und vor allen Dingen wird sie den Hintergrund Ihrer Schwester verstehen. Sie ist schon im Gericht, um sich dort mit Ihrer Schwester zu treffen, sobald sie vom Hauptquartier zur Anhörung gebracht wird. Das wär's erst mal. Konnten Sie mir bis hierher folgen?«

»Wird man sie in eine Zelle sperren, wenn sie hier eintrifft?«

»Nein. Frauen werden nicht in Verschläge gesperrt. Sie

wird zusammen mit anderen weiblichen Inhaftierten auf einer Bank vor dem Gerichtssaal sitzen. Und sie wird in eine Kabine gehen, um dort mit ihrer Anwältin zu sprechen. Wir gehen jetzt rüber, dann können Sie sich das Ganze ansehen.«

»Wird sie mich sehen können?«

»Ja. Aber Sie dürfen nicht mit ihr sprechen oder sie berühren. Sally, das ist ihre Anwältin, wird ihr erzählen, was Sie bis jetzt unternommen haben, auch daß Sie mich aufgesucht haben. Fertig? Hier ist Ihr Mantel. Gehen wir.«

»Brauchen Sie keinen Mantel?« Leo schüttelte den Kopf. Nichts auf der Welt, dachte er, konnte eine Frau davon abhalten zu bemerken, daß er ohne Mantel durchs Gerichtsgebäude rannte. Ein Mann würde so etwas niemals registrieren. Es hat etwas mit dem weiblichen Pflegetrieb zu tun, würde Angela sagen.

»Können Sie die sechs Stockwerke zu Fuß bewältigen?« fragte er. »Mit dem Aufzug braucht man nämlich eine Ewigkeit. Prima. Also los.«

Im Gericht herrschte reges Treiben. Cynthia sah den Richter, die Staatsanwälte und mit Pistolen bewaffnete Männer in weißen Hemden, die, so Leo, Gerichtsbeamte waren. Sie trugen Akten zwischen den Anwälten und dem Richter hin und her. Als man Beatrice mit hinter dem Rücken gefesselten Händen vor den Richter führte, glaubte Cynthia ihre Tränen nicht länger zurückhalten zu können. Sie konnte niemanden verstehen, außer den Staatsanwalt, der laut und deutlich sprach: »Im Namen des Volkes wird folgende Aussage verlesen. Die Angeklagte hat erklärt: ›Ich habe sie nicht umgebracht. Ich habe sie gehaßt, aber ich habe sie nicht umgebracht. Ich könnte niemanden umbringen.‹ Keine weiteren Erklärungen.«

Mit schmerzverzerrtem Gesicht blickte Cynthia zu Leo.

»Macht nichts. Nicht unbedingt belastend. Es ist zwar immer besser, still zu bleiben, aber seine Unschuld zu beteuern ist nicht das Schlechteste. Passen Sie auf! Sally beantragt jetzt die Haftentlassung gegen Kaution. Der Staatsanwalt hat gefordert, daß die Untersuchungshaft bestehen bleibt und sie den Verhandlungsbeginn im Zuchthaus abwarten soll. Jetzt redet Sally.«

»Euer Ehren, die Forderung des Staatsanwalts war, bei aller ihm gebührenden Hochachtung, zwar vorhersehbar, nimmt jedoch keinerlei Rücksicht auf die gesellschaftliche Stellung meiner Klientin. Das Belastungsmaterial gegen meine Klientin ist wenig überzeugend und beschränkt sich hauptsächlich auf Indizienbeweise. Wir werden diese mit aller Entschiedenheit widerlegen. Meine Klientin hat nicht nur keine Vorstrafen, sie ist ein hochgeschätztes Mitglied des Lehrkörpers einer etablierten und anerkannten Eliteschule. Seit vielen Jahren lebt sie als unbescholtene Bürgerin unter derselben Adresse. Daß meine Klientin zum vereinbarten Zeitpunkt wieder bei Gericht vorstellig wird, kann nicht angezweifelt werden. Wir beantragen eine Kaution, deren Höhe die Rückkehr meiner Klientin sicherstellt, ohne übertrieben zu sein. Meine Klientin ist eine Frau in den Fünfzigern, sie ist unschuldig und hat vor, dies zu beweisen.« Sie war noch nicht fertig, doch Cynthia war unfähig, auch nur eine Sekunde länger zuzuhören. Leo hatte gesagt, daß es in diesem Stadium kaum Hoffnung gab, daß Beatrice gegen eine Kaution entlassen werden würde. Sie versuchte, Beatrice ermutigende und aufbauende Gedankenwellen zuzuschicken, doch der Anblick ihrer auf dem Rücken gefesselten Hände war niederschmetternd.

Der Richter sprach – was Cynthia unter anderen Umständen registriert hätte – mit bewundernswerter Klarheit. »Die Untersuchungshaft bleibt anberaumt. Vertagt unter AP-17 auf den 6. Januar.«

Das war alles. Beatrice wurde fortgeführt, und Cynthia weinte.

»Es wird nicht allzulange dauern«, sagte Leo und versuchte, ein paar tröstende Worte zu finden. »Das Gesetz erlaubt nicht, daß jemand ohne Anklage länger als einhundertvierundvierzig Stunden eingesperrt bleibt. Und jetzt hat sie eine Anwältin, die ihre Sache versteht und die, mit etwas Glück, bei der strafrechtlichen Anhörung eine Kaution für sie rausschlagen wird. Fahren Sie jetzt heim, und seien Sie bereit, diese Kaution zu stellen. Mindestens eine Million. Das ist geschätzt, aber wahrscheinlich zutreffend. Können Sie ohne Probleme nach Hause kommen?« Cynthia schaute zu der Stelle, wo Beatrice gewesen war, doch sie war fort. Sie sah die Kabinen – wie Beichtstühle, dachte sie –, in denen Beatrice wahrscheinlich mit ihrer Anwältin gesprochen hatte, bevor Leo sie hergebracht hatte. Doch Leo drängte sie zu gehen – er war schon spät dran für eine weitere Anhörung in einem anderen Gerichtssaal.

Später trafen sich Leo und Sally in einem chinesischen Restaurant in der Mulberry Street zum Lunch. Sally strahlte alles andere als Zuversicht aus. »Ob ich mir sicher bin, daß sie es nicht getan hat? Nein, ich bin mir nicht sicher, und was werden dann erst die Geschworenen denken? Sagen wir, ich habe begründete Zweifel: Ich hätte weniger Zweifel, wenn ich sehen würde, wie die Katze sich vor dem leeren Vogelkäfig ihr Maul schleckt. Leo, mein Liebster, mein Goldstück, laß dir eines raten: Fang an, in diesem Fall ein Geständnis in Erwägung zu ziehen. Dann wird sie für Totschlag irgendwas zwischen achteindrittel und fünfundzwanzig Jahren kriegen und nach achteindrittel Jahren auf Bewährung entlassen werden. Andernfalls müssen wir von fünfzehn bis lebenslänglich ausgehen. Denk an Jean Harris.«

»Jean Harris hat ihren Liebhaber erschossen.«

»Das ist entschuldbarer, als ein zweiundzwanzigjähriges Mädchen umzubringen.«

»Was genau ist passiert?«

»Laut Staatsanwaltschaft? Das Mädchen wurde Samstag abend tot in ihrem Zimmer im Studentenwohnheim aufgefunden. Das Wohnheim war fast leer, und niemand hat irgend etwas gesehen, mit Ausnahme eines Jungen, der beim

Verlassen des Hauses eine alte Dame sah und bei der Gegenüberstellung aus einer Reihe von Frauen Professor B. wiedererkannte. Ihr verdammter Wirtschaftsanwalt hat ihr dabei alles andere als geholfen. Professor B. behauptet, sie sei zu Hause gewesen; die Schwester war auf irgendeinem Institutsfest. Die Freundinnen des Mädchens haben durch die Bank bezeugt, daß Professor B. das Opfer gehaßt habe, wenn auch nur unbedeutend mehr, als sie alle anderen Mädchen in ihrem Seminar gehaßt hat. Übrigens irgendein Frauenthema – ausgerechnet!«
»Ist das alles, was die Staatsanwaltschaft in Händen hält?«
»Einen Augenzeugen, keine anderen Verdächtigen und Professor B.s Fingerabdrücke überall auf dem Notizbuch des Mädchens. Selbst Daphnes Freundinnen geben zu, daß sie mit dem Aufstacheln der alten Dame ziemlich weit gegangen ist, doch das entschuldigt wohl kaum einen Mord. Es ist ja nicht so, als hätten wir es hier mit dem ›Mißhandelte-Frau-Syndrom‹ zu tun. So sieht es aus, Leo. Wir müssen sie zu einem Geständnis bewegen.«

»Danke, daß du mit dem japanischen Restaurant einverstanden warst«, sagte Leo. »Ich weiß, es ist nicht dein Fall, aber ich brauchte einfach rohen Fisch: Geistesnahrung. Außerdem werden dir die Martinis hier schmecken. Am besten, du trinkst erst mal zwei, bevor ich mit meiner Geschichte anfange.«
Kate Fansler nippte an dem Martini, den sie schon bestellt hatte, und blickte Leo nachdenklich an. Er hatte gesagt, daß er einen Rat brauche. Die Frage war nur, in welcher Sache? Kate hielt die Rolle einer Tante der eines Elternteils für weit überlegen, was jedoch nichts an der Tatsache änderte, daß junge Menschen sie nervös machten. Dieser Rat sollte jedoch, wie sich herausstellte, nichts mit der Jugend zu tun haben.
»Klingt nicht so, als hätten sie viel gegen diese Frau in der

Hand«, sagte Kate, nachdem Leo ihr die Geschichte erzählt und währenddessen eine Anzahl gelbschaliger Merkwürdigkeiten verspeist hatte. Jetzt machte er sich an einen Aal heran.

»Haben sie auch nicht. Aber es ist genau die Art eines Falles, den sie gewinnen werden. Sie werden alle Freundinnen des Mädchens antanzen lassen, und wer spricht für Beatrice? Eine ergebene Schwester. Und alle Klischees der Welt legen nahe, daß sie dem Mädchen in einem Anfall wahnsinniger Eifersucht den Kopf eingeschlagen hat.«

»Du klingst ganz schön betroffen.«

»Ich bin immer betroffen. Darum bin ich so erfolgreich in meinem Beruf, und darum interessiert er mich. Aber ich weiß auch, wie man um fünf Uhr abends die Betroffenheit ablegt und heimgeht, anders als so mancher erstklassige Anwalt.«

»Sallys Argumente sind also durchaus nachvollziehbar.«

»Natürlich. Das ist ja das Problem. Vielleicht bin ich etwas voreilig, aber ich sehe es so, daß sie sich entweder schuldig bekennt oder das Verfahren verliert und lebenslänglich kriegt. Und aus diesem Dilemma sehe ich nur einen Ausweg: den richtigen Mörder finden. Genau dein Fall, würde ich meinen.«

Kate, die eigentlich beschlossen hatte, es bei nur einem Martini zu belassen, winkte dem Ober und bestellte einen zweiten. »Ich kenne dich jetzt so lange, daß ich nicht mehr die verschiedenen Standpunkte mit dir durchdiskutieren muß«, sagte sie. »Wir können es einfach so stehenlassen. Wenn ich mit deiner Mörderin reden wollte, müßte ich mich dann nach Rikers Island begeben?«

»Nein. Und außerdem bin ich mir ziemlich sicher, daß Sally, wenn wir ein bißchen Glück mit dem Richter haben, bei der Anklage eine Haftentlassung herausschlagen wird. Es gibt keinen ersichtlichen Grund, warum man das alte Mädchen im Gefängnis festhalten sollte, und Sally kann sehr überzeugend sein. In diesem Fall könntest du sie in ihrer Wohnung besuchen, die sie belastet haben, um die Kaution aufzubringen.«

»Leo, eines möchte ich klarstellen . . .«

»Wie du schon sagtest, liebe Tante Kate, wir kennen die verschiedenen Standpunkte. Rede einfach mit den alten Schwestern, zusammen, getrennt, und laß mich wissen, zu welchem Ergebnis du kommst. Ende der Diskussion – es sei denn, du entscheidest, daß sie unschuldig sind und ich helfen kann.«

»Ich dachte, es sei nur eine von den beiden?«

»So ist es. Doch Cynthia ist diejenige, die ich zuerst kennengelernt habe, deshalb sehe ich sie immer als ein Paar. Beatrice habe ich nie kennengelernt. Ich habe sie nur einmal zusammen mit den anderen weiblichen Inhaftierten bei der Anhörung gesehen. Aber ich kenne Cynthia, ich habe Angela von Cynthia erzählen hören, und ich bin nicht bereit zu glauben, daß Cynthias Schwester irgend jemanden umgebracht haben soll.«

Leo hatte Kate erzählt, daß die persönliche Erfahrung mit der Strafjustiz für eine Frau wie Professor Beatrice Sterling ein Alptraum sein würde. Und tatsächlich: Beatrice, wie sie Kate bat, sie zu nennen, sah aus wie jemand, der Schreckliches gesehen hatte. Nachdem der Freilassung gegen Kaution zugestimmt worden war, trafen sie sich in der Wohnung der Schwestern. Jetzt, wo Beatrice zu Hause war, handelte Cynthia nach der Devise, daß eine ordentliche Dosis Normalität genau das Richtige sei, und Kate war gerührt darüber, wie tapfer Beatrice sich bemühte, mitzuspielen. Während sie eine Zeitlang oberflächlich miteinander plauderten, ging sie in Gedanken noch einmal alle Punkte durch.

Eine Möglichkeit wäre ein Einbruch gewesen, doch das war eher unwahrscheinlich. Die Brieftasche des Opfers war nicht gestohlen worden, auch wenn das Geld, falls welches darin gewesen war, fehlte. Ihr Studentenausweis, Kreditkarten und eine Scheckkarte waren noch da. Fotos, die sie in der Brieftasche aufbewahrt hatte, waren, in winzige Teile zerrissen, über den Körper des Opfers gestreut. Obwohl ihre College-Freundinnen, wie es heute üblich ist, intimste Details aus ihrem Leben kannten, konnte keine von ihnen sagen, wieviel Geld sie gewöhnlich bei sich trug oder ob sonst noch etwas aus der Brieftasche fehlte. Sie war mit einem Tennispokal niedergeschlagen worden, eine metallene Statue einer jungen Frau, die einen Tennisschläger schwang, unten mit einem schweren Gewicht versehen. Der Täter hatte Handschuhe getragen. Was Beatrice zum Verhängnis geworden war, waren nicht so sehr diese Tatsachen, auch nicht die Identifizierung durch den jungen Mann (obwohl diese ihr das Kreuz brach), sondern vielmehr der Umstand, daß Opfer und Angeklagte einander gehaßt hatten, was niemand, nicht einmal die Angeklagte selbst, abstritt. Ein Motiv allein reicht noch nicht für eine Verurteilung, doch die Basis für berechtigte Zweifel an der Schuld der Angeklagten war – wie Leo es formuliert hatte – nach den glaubhaften Aussagen der Freundinnen des Opfers sehr dünn. Kate setzte ihre Teetasse ab und begann darüber zu reden, was ihnen bevorstand.

»Sie sind unsere letzte Hoffnung«, sagte Cynthia, noch bevor Kate zu sprechen anheben konnte.

»Wenn das so ist«, antwortete Kate und sah erst der einen, dann der anderen in die Augen, »werden Sie meine endlosen Fragen über sich ergehen lassen müssen und Ihre Geschichte so oft wiederholen, bis Sie meinen, das Zuchthaus könne auch nicht schlimmer sein. Also, fangen wir ganz vorn an, mit der Beschreibung des Seminars. Wie kamen Sie dazu, es zu unterrichten, waren die Studentinnen Ihnen bereits bekannt, wie lautete das Thema? Ich will alle erdenklichen Details wissen und noch mehr. Fangen Sie an.«

Beatrice holte tief Luft und hielt die Augen auf ihre im Schoß gefalteten Hände gerichtet. »Ich habe diese speziellen Studentinnen überhaupt nicht gekannt«, sagte sie, »und ich hatte auch nicht besonders viel Lust, dieses Seminar zu unterrichten. Aus zwei Gründen«, fügte sie hinzu und nahm damit Kates »Warum?« vorweg, noch bevor diese es aussprechen konnte. »Es ging um Frauenstudien, ein Fach, das ich noch nie unterrichtet habe. Ich bin Feministin, aber mein Fachgebiet ist früh-christliche Geschichte, in zeitgenössischer Frauenforschung kenne ich mich nicht besonders gut aus. In diesem Seminar sollten die Abschlußarbeiten vorbereitet werden, was bedeutete, daß es keinerlei Textmaterial gab. Hinzu kommt, daß alle Studentinnen noch Fächer wie Soziologie, Politikwissenschaft oder Anthropologie belegt hatten und ich mich in diesen Fächern nur insoweit auskenne, wie sie meinen eher historischen Ansatz berühren. Ich habe lange und gegen eine unerfreuliche Opposition dafür gekämpft, daß der Bereich Frauenstudien an unserem College eingeführt wird, also gab es kaum eine Entschuldigung für mich, nicht auch einmal ein Seminar in diesem Bereich abzuhalten. Außerdem war gerade niemand anders verfügbar. Es waren zwölf Studentinnen, alle in höheren Semestern, und, ja, irgendwie konnte ich nicht umhin, es als mein letztes Abendmahl zu sehen, was ich nur erwähne, damit Sie sich vorstellen können, was dieses Seminar in mir auslöste.« Ein Seufzer entwich Beatrice, doch nach einem aufmunternden Tätscheln von Cynthia fuhr sie fort zu reden.

»Die jungen Leute von heute haben keine Manieren. Jeder, der Studenten vor ihrem ersten Examen unterrichtet, wird das bestätigen. Sie sind nicht unbedingt aggressiv, aber rücksichtslos, als gäbe es nichts außer ihrer eigenen Meinung. Das Verrückte daran ist, daß die radikalsten Studenten, diejenigen, die von nichts anderem reden als von Armen und ethnischen Minderheiten, gleichzeitig die Unverschämtesten sind und Manieren für unter ihrer Würde halten. Verzeihen Sie mir, wenn ich ein bißchen geifere, aber Sie wollten alles hören.

Worauf es hinauslief: Sie haßten mich vom ersten Augenblick an und ich sie. Nun ja, das ist vielleicht übertrieben. Doch als ich einen Minimalstandard an Wissenschaftlichkeit vorschlug, erntete ich nur ein höhnisches Grinsen. Wirklich, sie grinsten. Ich habe mit der Bereichsleiterin für Frauenstudien darüber geredet, und sie gab zu, daß diese Studentinnen als aufsässige Bande bekannt waren und mich als Seminarleiterin abgelehnt hatten, doch sie konnte auch nicht mehr tun, als mich aufzumuntern. Sie lästerten über frühe Feministinnen wie mich, als seien wir ein Haufen kaputter Kriecherinnen gewesen. Aber das Schlimmste war, daß sie nie mit mir geredet oder mich etwas gefragt haben. Sie haben miteinander gesprochen und mir den Rücken zugekehrt. Sie unterrichten selbst, deshalb werden Sie mich vielleicht besser verstehen als die Polizei. Es war die Art Frechheit, die an Vergewaltigung grenzt. Oder Mord. Oh, denken Sie nicht, daß ich normalerweise keine erfolgreichen Seminare abhalte. Doch, die Studentinnen mögen mich. Es stimmt zwar, sie haben das Fach freiwillig gewählt und sind an dem Stoff interessiert, doch selbst wenn ich Pflichtkurse in Geschichte unterrichte, habe ich keine Probleme. Mein Umgang mit den Studentinnen ist nicht so vertraut wie der mancher jüngerer Lehrkräfte, was ich bedauere, aber ich bin in einer anderen Zeit aufgewachsen und glaube, daß es das beste ist, man selbst zu bleiben und keine Gefühle vorzugeben, die man nicht hat. Finden Sie nicht auch?«

Kate nickte zustimmend.

»Das tote Mädchen – sie nannten sich untereinander nur beim Vornamen, und ihrer war Daphne, aber an ihren Familiennamen konnte ich mich erinnern (was die Polizei verdächtig fand), weil er Potter-Jones lautete, was klang wie aus einem BBC-Drama – war die Frechste von allen. Sie schrieb über Prostituierte oder – sie bestanden auf dieser Bezeichnung – Sex-Arbeiterinnen. Vielleicht sollte ich hinzufügen, daß alle ihre Themen ungeheuer komplex waren, völlig ungeeignet für ihren Wissensstand, und nur auf mündlicher Überlieferung basierten. Alle Geschichte, alle jemals veröffentlichte Forschung, war Lüge. Sie wollten mit echten Sex-Arbeiterinnen reden, mit echten obdachlosen Frauen, mit echten Opfern verpfuschter Abtreibungen und dergleichen. Als ich ihnen ein wenig wissenschaftliche Recherche nahelegte, prusteten sie laut los. Daphne sagte, der Job einer Sex-Arbeiterin sei nichts anderes als der einer Sekretärin, genauso erniedrigend, und wir müßten zumindest dafür eintreten, daß auch sie Sozialleistungen bekämen.

Meine einzige private Unterhaltung, wenn man das so bezeichnen kann, denn keine von ihnen kam jemals in meine Sprechstunde oder besprach sich auch nur eine Minute lang mit mir, führte ich mit Daphne. In einem anderen Seminar hatte man ihr vorgeschlagen, sich als Sex-Arbeiterin auszugeben und so in ein ›Haus‹ zu kommen, um Prostituierte kennenzulernen. Sie hatte nämlich, was mich – im Gegensatz zu allen anderen Seminarteilnehmerinnen – nicht überraschte, Probleme, mit Prostituierten ins Gespräch zu kommen. Am Ende der Stunde nahm ich sie beiseite und sagte ihr, daß ich ihr Vorhaben für ziemlich gefährlich hielte. Sie lachte und sagte, sie habe bereits ihrer Mutter davon erzählt, die es für eine hervorragende Idee halte. Ich weiß, dies alles mag übertrieben klingen oder wie die Hirngespinste einer Verrückten, aber es ist, das versichere ich Ihnen, die genaue Wiedergabe meiner Erlebnisse. Ich habe Ihnen einige Details erspart, um mich nicht wiederholen zu müssen. Sicherlich können Sie sich jetzt ein Bild machen. Als ich auf Rikers Island war, kam mir der Gedanke, daß ich jetzt für einige meiner Seminarteilnehmerinnen durchaus von Interesse sein könnte, wenn sie nicht glauben würden, daß ich ihre Freundin ermordet hätte, was mich wiederum selbst als angeklagte Mörderin für sie indiskutabel macht. Cynthia meint zwar, ich sollte es nicht erwähnen, aber mein Standpunkt ist: Wenn Sie mir jetzt, nachdem Sie die ganze Geschichte kennen, nicht glauben können, dann sollte ich am besten auf Totschlag plädieren, wie es mir meine junge, aber sicherlich kluge Anwältin dringend nahelegt.«

Einige Minuten lang brach Kate das Schweigen, das zwischen ihnen hing, nicht. Sie versuchte ihre Empfindungen zu ordnen, ihren Standpunkt auszumachen. Hatte der Haß, den Beatrice fühlte, sie zur Gewaltanwendung getrieben? Kate legte diese Vermutung fürs erste auf Eis. »Erzählen Sie mir von dem Abend, an dem der Mord geschah«, sagte sie. »Sie waren den ganzen Abend allein hier. Ist das die vollständige Wahrheit?«

»Ganz und gar. Ironischerweise hat Cynthia mich zu überreden versucht, sie auf die Party zu begleiten, von der sie glaubte, daß sie besser als die meisten werden könnte. Beinahe wäre ich mitgegangen, doch ich hatte noch Arbeiten zu korrigieren. So blieb ich dann doch zu Hause und opferte damit ein perfektes Alibi. Glauben Sie, die Moral daraus lautet: Nehmen Sie jede Einladung an?«

»Wann haben Sie Daphne das letzte Mal gesehen?«

»Zuletzt am Tag vor dem Mord, im Seminar. Ich glaube, man hatte den Mädchen gesagt, ich würde sie benoten und Anwesenheit würde zählen. Die Direktorin wollte mir vermutlich helfen, aber es hat die Ablehnung von seiten der Studentinnen nur gesteigert, was wiederum auch meine gesteigert hat. Ich will nicht übertreiben, doch Sie müssen wissen, daß dies die schlimmste Lehrerfahrung meines Lebens war.«

»Waren Sie geschockt, als der junge Mann Sie bei der Gegenüberstellung aus der Menschenreihe aussonderte?«

»Damals ja. Geschockt und empört. Aber bald darauf begann ich mich wie in einem Kafka-Roman zu fühlen. Ich war unschuldig, aber das interessierte niemanden. Sie würden alles so hinbiegen, daß ich verurteilt werden konnte. Und sie hatten meine Fingerabdrücke auf Daphnes Notizbuch gefunden. Es sah aus wie mein eigenes, und ich hatte es in der letzten Seminarstunde versehentlich in die Hand genommen. Daphne saß immer neben mir. Ich habe nie verstanden, warum. Vermutlich weil ich am Kopfende des Tisches saß und sie mir so am eindrucksvollsten den Rükken zukehren und ihre Kommilitoninnen ansprechen konnte. Ich hatte ihr Notizbuch bereits aufgeschlagen, als ich die Verwechslung erkannte. Ganz bestimmt habe ich meine Fingerabdrücke überall darauf hinterlassen. Aber auch das hat gegen mich gesprochen. Sie sollten nun aber auch das Schlimmste erfahren: Vor meiner Festnahme hätte ich Ihnen gesagt, daß ich unfähig bin, jemanden zu erschlagen. Mittlerweile glaube ich, daß ich sehr wohl dazu fähig wäre.«

Ein paar Tage später zitierte Kate Leo zum Abendessen und bat ihn, Beatrices Anwältin mitzubringen. Diesmal trafen sie sich in einem italienischen Restaurant: Kates Toleranz, Leo beim Verzehr rohen Fisches zuzusehen, hatte ihre Grenzen. Sally war offensichtlich in der Erwartung gekommen, daß Kate jede Verteidigung als einen Kampf gegen Windmühlen bezeichnen würde, wenn nicht sogar als eher schädlich.
»Ich bin mir da nicht so sicher«, sagte Kate zu ihr. »An diesem Fall ist nichts einfach. Beatrices Reaktion auf das Seminar war zweifellos äußerst unangemessen. Andererseits: Wäre kein Mord geschehen, hätte sie die ganze Geschichte längst vergessen. Jedem Menschen, der nicht selbst einmal längere Zeit mit der akademischen Hoffnung unseres Landes zusammengearbeitet hat, mögen ihre Worte übertrieben erscheinen. Aber lassen Sie mich nur erwähnen, daß für Beatrice, als sie zu unterrichten begann, Hochachtung dem Gelehrten gegenüber eine der Voraussetzungen bei dieser Arbeit war. Außerdem hat sie als frühe Feministin viel riskiert und schmerzhafte Erfahrungen gemacht. Ihr kommt es so vor, als würde all dies heute nichts mehr zählen. Und wenn so etwas dann noch in eine Periode persönlicher Depression fällt, dann kommt es einfach zu einer sol-

chen Reaktion. Aber kommt es auch zu einem Mord? Ich meine, nein, und zwar aus drei Gründen:
Erstens: Ich glaube, das letzte, was Beatrice tun würde, wäre – unter welchem Vorwand auch immer –, das Zimmer dieses Mädchens zu betreten. Beatrice behauptet, noch nie einen Fuß in ein Studentenheim gesetzt zu haben, und ich glaube ihr das. Ich weiß, bis hierher ist das für Sie fast ohne Belang«, Kate erhob Sally gegenüber Halt gebietend die Hand, »doch ich habe zwei weitere Gründe, die ich beide für überzeugend halte. Zum einen: Ich habe mir eine billige graue Perücke gekauft, ziemlich abgerissene Kleidung angezogen und bin in das Studentenwohnheim gegangen, in dem Beatrice angeblich gesehen wurde. Ich bin jederzeit bereit, mich in eine Menschenreihe zu stellen, um zu sehen, ob der junge Mann oder sonst irgend jemand mich herauspickt; für einen jungen Menschen sieht eine grauhaarige, altmodisch gekleidete Frau aus wie die andere. Ohne Perücke und in meiner normalen Kleidung bin ich eine halbe Stunde später zum Studentenwohnheim zurückgekehrt. Ich muß nicht erwähnen, daß mich niemand wiedererkannt hat. Diesmal wollte ich mit Daphnes Zimmerkollegin sprechen, die ebenfalls an diesem Seminar teilgenommen hatte. Sie erzählte mir, wie nah Daphne und sie sich gestanden hatten, sie sahen sich sogar ähnlich, und wie erschüttert sie war. Wie sich herausstellte, schrieb sie über Obdachlose und hatte bei ihren Interviews mit diesen Objekten mündlicher Überlieferung fast die gleichen Schwierigkeiten gehabt wie Daphne. Ihre Feindseligkeit Beatrice gegenüber war ausgeprägt, doch das ist kaum verwunderlich. Ich fragte sie, wie es mit ihrer Arbeit vorangehe. Wegen der besonderen Umstände hatte sie eine Verlängerung gekriegt, aber sie hatte überhaupt erst eine einzige Obdachlose für ihre Interviews gefunden. Sie hat mir von ihr erzählt. Nein, bitte unterbrechen Sie mich nicht! Gute Pasta, nicht wahr?
Ich versuchte, diese obdachlose Frau zu finden, ohne Er-

folg. Aber man beschrieb sie mir. Ich wage zu behaupten, daß unser junger Mann, wenn man sie finden und mit anderen, ähnlich gekleideten Frauen und Beatrice in eine Reihe stellen würde, es sich noch einmal überlegen würde. Aber das ist noch nicht mein Trumpf. Hier ist er.« Kate nahm einen Schluck Wein und lehnte sich für einen Augenblick zurück.

»Mir fiel auf, daß Daphne eine MasterCard und eine American Express Card hatte, aber keine VISA Card. Nun heißt das erst mal gar nichts, schließlich trägt nicht jeder von uns sämtliche Karten mit sich herum. Aber, wie Sie wissen, griff ich nach jedem Strohhalm oder zumindest nach jedem dünnen Schilfrohr. Auf meinen Wink hin kontrollierte die Polizei jede Kreditkartenrechnung, die nach Daphnes Tod eintraf. Erst schien dies nur eine weitere verrückte Idee der Frau Detektivin zu sein – bis gestern die VISA-Rechnung eintraf. Hier ist sie.« Kate reichte sie Sally, und auch Leo warf einen Blick darauf. »Irgend etwas Interessantes zu sehen?« fragte Kate.

»Ja«, sagte Sally. »Hier ist eine Belastung, die in der Zeit gebucht wurde, als Beatrice auf Rikers Island war, zwei sogar. Doch es wird nicht immer an dem Tag gebucht, an dem der Betrag auch tatsächlich belastet wird.«

»Von den Supermärkten schon«, sagte Kate. »Ich habe diesen speziellen Supermarkt überprüft, der sich in einem Einkaufszentrum in der Nähe des Colleges befindet. Beatrice geht nie dorthin, weil sie in der Stadt lebt. Doch genauso zweifelhaft ist, daß Daphne es tat: Sie war zum Zeitpunkt dieser Buchung bereits tot.«

»Laß mich sichergehen, ob ich es richtig verstehe«, sagte Leo, während Sally weiter auf die Rechnung starrte. »Du willst andeuten, daß die obdachlose Interviewpartnerin von Daphnes Zimmerkollegin das Mädchen umgebracht und die Bilder wütend zerrissen hat. Vielleicht verwechselte sie Daphne mit ihrer Zimmerkollegin oder sie war zu wütend, um sich darüber Gedanken zu machen; dann stahl sie das Geld und eine Kreditkarte, die sie später benutzte, um im Supermarkt Lebensmittel zu kaufen. Die Polizei wird sie suchen müssen, das ist sicher.«

»Ich glaube, daß die Polizei noch mehr Beweismaterial finden wird, wenn sie sich erst einmal mit der Sache beschäftigt. Was *Sie* tun müssen, Sally, wenn man die Anklage gegen Beatrice fallengelassen hat, ist, die Verteidigung der Obdachlosen zu übernehmen. Für die Kosten komme ich auf. Wenn man bedenkt, daß eines dieser hochnäsigen Mädchen sie befragt und bevormundet und sie vermutlich sogar ein- oder zweimal in ihr komfortables Studentenheimzimmer eingeladen hat, dann sollten Sie zumindest eine Bewährung rausschlagen können. Extreme Provokation.«

»Hoffen wir, daß sie nicht vorbestraft ist«, sagte Sally.

»Das bezweifle ich«, sagte Kate. »So eine junge Studentin könnte selbst den gutmütigsten Obdachlosen aus der Haut fahren lassen. Das Problem der Polizei ist«, fügte sie scheinheilig hinzu, »daß sie noch nie versucht hat, ein Seminar ohne jegliche Textvorlage zu unterrichten. Ohne die richtige Ausrüstung geht gar nichts, und das sollte gerade die Polizei verstehen. Ich habe Beatrice gedrängt, der Bereichsleiterin für Frauenstudien einen freundlichen Brief zu schreiben, in dem sie ihr vorschlägt, dieses Abschlußseminar völlig umzukrempeln. Sie müssen in Zukunft einen Textkanon vorschreiben. Unter den gegebenen Umständen ist dies das mindeste. Noch ein Glas Wein?«

Hochzeit in der Hölle

Julie Smith

Mit einem Fluch auf den Erfinder der Feinstrumpfhose, auf Juni-Hochzeiten und Südstaatentraditionen nahm Skip den Arm des sommersprossigen jungen Platzanweisers und schritt den verdammten Gang des Kirchenschiffs entlang. Jedesmal wenn ihre Schenkel sich berührten, knisterte die Strumpfhose. Neben dem dünnen kleinen Platzanweiser kam sie sich vor wie ein Monstrum. Er war ungefähr ein Meter fünfundsechzig groß; Skip maß ein Meter achtzig und hatte eine Rubensfigur. (So konnte man es auch nennen; andere Bezeichnungen waren weniger höflich.)

»Bist du nicht Skip Langdon? Ich kenne dich von den ›Eisbrechern‹.«

Die »Eisbrecher«. Die Tanzveranstaltungen in der siebten Klasse, bei denen einem ein fester Tanzpartner zugewiesen wurde. Jetzt sah sie deutlich das Gesicht eines zwölfjährigen Jungen vor sich: »Rhett Buchanan – nicht schon wieder!«

Der Platzanweiser kicherte und ließ sie an ihrem Platz zurück. Als Tanzpartner in der High-School waren sie ein denkbar unmögliches Paar gewesen – und sie waren es immer noch. Was Skip anging, so paßte sie zu nichts und niemandem in ganz New Orleans. Wer weiß, vielleicht war sie zurückgekommen, um irgend etwas »aufzuarbeiten«? Es war schon eigenartig; sie wußte, daß sie nicht hierhergehörte, niemals hierhergehören würde, doch als sie beschloß, Polizistin zu werden, war ihr auch klar gewesen,

daß das in New Orleans sein mußte. Sie wußte nicht warum; es war einfach so.
Ob dieses Unternehmen Erfolg haben würde, ließ sich noch nicht absehen. Das New Orleans der besseren Kreise, in dem Skip aufgewachsen war, obwohl ihr Vater ursprünglich aus Mississippi kam, erschien ihr genauso provinziell – und gegenauso bedrückend – wie irgendeine beliebige Stadt in West Virginia. Doch wenn man aufs McGehee gegangen und den Kappa, einer beliebten Verbindung von Collegestudentinnen, beigetreten war, gehörte man einfach dazu, selbst wenn man eine ein Meter achtzig große Polizistin vom Mars war – man war Teil dieser Clique, ob man nun wollte oder nicht. Oft haßte sie es – wie zum Beispiel in diesem Moment.
Die Gemeinde erhob sich zum Hochzeitsmarsch. Wolken aufeinandertreffender Blumendüfte umhüllten Skip, die fühlte, wie ihr linker Schuh eine Blase an ihre Ferse zu reiben begann. Die weichen grauen Pumps waren neu, passend zu dem fliederfarbenen Kostüm, das sie wahrscheinlich nie wieder tragen würde.
Die Braut, die »Süße Weezee Rounsaville«, präsentierte ihren Bewunderern wunderbares Weiß im Werte von Tausenden von Dollar. Von Alison Gaillard, die sie überredet hatte, diesem Karneval der Dummheiten beizuwohnen, wußte Skip, daß Weezees Daddy sich mehr oder weniger verschuldet hatte, um die »kosmetische Zahnbehandlung« seines Töchterleins zahlen zu können; für eine zukünftige Königin der Comus, der nobelsten Karnevalsgesellschaft in New Orleans, war die Standardbehandlung schließlich nicht gut genug.
Doch die Investition hatte sich ausgezahlt. Mardi-Gras-Königinnen gab es wie Sand am Meer – Aubrey Delacroix zu heiraten war also eine astronomische Leistung. Aubrey war ein dunkler, attraktiver Kreolentyp und im Besitz von mehreren Millionen Dollar.
Die Braut selbst, die Süße Weezee, sah aus wie ein anämi-

scher Engel – der Typ Schönheit mit dünnem, weißem Haar, milchweißer Haut und Schmollmund. Absolut ätherisch in elfenbeinfarbenem Satin. *Wenn dieser Zug noch ein bißchen länger wäre*, dachte Skip, *dann müßten sie ihn den Chattanooga Choo-Choo nennen.*

Die Gemeinde setzte sich. Der Priester erklärte, warum sie hier versammelt waren: »Um zusammenzuführen . . .«, und so weiter und so fort.

Verdammt! Da saß ja auch ihr wunderbarer Bruder Conrad, der König der »Suppies« (der Southern Urban Pains in the Butt, der »Südstaaten-Stadt-Nervensägen«). Das hier war seine Kragenweite, nicht ihre. Was hatte sie hier eigentlich verloren? Sie tat Alison Gaillard einen Gefallen, das war es – etwas, was ihr schon fast zur Gewohnheit geworden war.

»Wenn einer der hier Versammelten«, hob der Priester an, »einen gerechten Grund vorbringen kann, weshalb diese beiden nicht rechtmäßig Mann und Frau werden können, möge er jetzt sprechen oder für immer schweigen.«

An dieser Stelle pflegte Skip aufzuwachen. Sie setzte sich immer etwas aufrechter hin und wünschte fast, jemand würde sich dazu aufgefordert fühlen und dem ganzen Geschehen etwas Spannung geben.

Etwas krachte gegen die Tür im hinteren Teil des Kirchenschiffs. Noch bevor sie sich umdrehen konnte, krachte es an der Tür im vorderen Kirchenschiff. Von der links gelegenen Tür stürzte eine Person in die Kirche, ein ganz in Schwarz gekleideter Mann mit einer Astronautenmütze auf dem Kopf und einem Strumpf vor dem Gesicht. An seiner Seite hielt er ein metallenes Objekt – eine Handfeuerwaffe? Automatisch griff Skip nach ihrer Handtasche, ihrer .38er. Doch . . . verdammt! Sie hatte sie nicht dabei. Sie hatte nicht in den Lederumschlag, den Alison ihr aufgeschwatzt hatte, hineingepaßt. Nie wieder! Nie, nie, nie wieder! Scheiße!

Mit vor Wut knirschenden Zähnen beobachtete sie, wie der Mann das Gewehr hob.

»Ich kann einen gerechten Grund vorbringen.« Die Stimme

kam nicht von ihm, sondern aus dem hinteren Teil der Kirche. »Der Bräutigam ist tot.«
Der schwarzgekleidete Mann feuerte, feuerte noch mal. Skip konnte nicht sehen, ob Aubrey getroffen worden war. Dem Trauzeugen, der direkt neben ihm stand, sackten die Beine weg, und er fiel gegen den Bräutigam, so daß dieser rücklings stürzte und sein weißes Hemd über und über mit Blut bespritzt wurde.
Über Weezees Schreie, die Schreie der Brautjungfern, über alle Schreie in dieser kreolischen Hölle erhob sich noch einmal die Stimme aus dem Hintergrund. »Alles bleibt auf seinen Plätzen. Eine Bewegung, und ich richte hier eine Verwüstung an.«
Skip drehte sich um. Der Mann hinten war ebenfalls ganz in Schwarz gekleidet und trug einen Strumpf. Er drohte mit einer Uzi. Der Mann, der geschossen hatte, stellte sich neben ihn. »Zählen Sie bis zehn«, sagte der Sprecher, und weg waren sie.
Skip hatte das Kirchenschiff zur Hälfte durchquert, als Gewehrfeuer die schwere Nachmittagsluft zerriß. Eine Warnung. Jetzt füllte sich der Gang. Sollte sie versuchen, zu den Opfern zu gelangen? Nein. Es würde schon ein Arzt hingehen, vielleicht sogar ein Dutzend Ärzte. Es war die Art von Gesellschaft.
»Polizei! Lassen Sie mich durch! Polizei!«
Was die Wirkung betraf, hätte sie genausogut ein »Ave Maria« aufsagen können.
Alison Gaillard holte sie ein und zupfte an ihrem Ellbogen. Sie trug ein pfirsichfarbenes Kleid und einen Strohhut mit dazu passendem wehenden Band, wie die Karikatur einer Südstaatenschönheit in einer Rum-Werbung – *Versuchen Sie ihn in Ihrem* Scorpion. *Mörderisch gut!* Bloß daß die Frau in der Werbung barfuß über den Strand lief und nicht auf Absätzen einherstöckelte, die eher Stelzen glichen. Und es standen auch keine Tränen in ihren kobaltblauen Augen. »O Skippy, nicht *Aubrey*!«

O Alison, nicht diesen Scheiß!
Das dachte Skip. Doch sie sagte: »Bring mich bitte durch diese Menschenmasse.«
Dafür trug Alison die richtigen Schuhe. Die meisten hätten wohl Arschtritte verteilt; Alison legte es auf Fußriste an. Sie ließen die Verletzten hinter sich, und Skip schaffte es endlich nach draußen. Es war der 30. Juni, doch das Wetter entsprach mehr dem eines Augusttags. Die Luft war schwül und stickig. Man mußte mehr oder weniger durch sie schwimmen. Während sie zum Straßenrand lief, spürte Skip, wie ihr Kostüm dahinwelkte. Sie erreichte die Straße gerade noch rechtzeitig, um ein graues Auto um die Ecke biegen zu sehen.
Eine verirrte Brise fing sich in Alisons Hutband, das kunstvoll im Wind flatterte. »Nie hätte jemand gedacht, daß Buddy Carothers es ernst meinte. Ich meine, jeder sagt doch, daß er die neue Flamme seiner Freundin umbringen wird.«
»Moment mal, Alison. Weezee hat für Aubrey jemanden sitzengelassen?«
»Damals, auf dem Dreikönigsball, hat es doch die große Szene gegeben, hast du nicht davon gehört?«
Skip schüttelte den Kopf. Der Dreikönigsball fand immer am Abend vor dem Dreikönigsfest statt, was bedeutete, daß das Ganze fast ein halbes Jahr zurücklag. Genug Zeit für die Gemüter, sich zu beruhigen.
»Buddy sagte, er würde Aubrey an seinem Hochzeitstag umbringen. Wer hätte gedacht, daß er es ernst meinte?«
Skip hörte Sirenen.
Gut. Irgend jemand hatte daran gedacht, die Polizei zu benachrichtigen. Im Moment war sie allerdings noch deren einzige Repräsentantin. Sie ging in die Kirche zurück und kämpfte sich nach vorne. Dort stand Aubrey wohlbehalten am Rand einer Menschenmenge, die sich mit schüttelnden Köpfen um den zusammengebrochenen Trauzeugen versammelt hatte. Drei Ärzte hatten versucht, ihm zu helfen.

In jener für die Südstaaten typischen Art, die euphemistisch und voller falscher Pietät zugleich war, teilten sie ihr mit, daß sie »nichts mehr für ihn tun konnten«.
Außerdem informierten sie Skip, daß es sich bei dem Toten um Aubreys Vater Noël handele, den Patriarchen der Delacroix-Familie und Chef der familieneigenen Reederei.
Sie führte ein kurzes Telefongespräch mit der Mordkommission und kehrte umgehend zurück, um den Einsatzbeamten, die als erste ankommen würden, zu helfen. Da es ein Samstag war, konnte es eine Weile dauern, bis die Kriminalbeamten eintrafen. Als sie dann kamen, gab es eine gute und eine schlechte Nachricht. Die beiden Männer, die eintraten, waren Joe Tarantino, der einen besonderen Platz in Skips Herzen innehatte, und Frank O'Rourke, der voller persönlicher Probleme steckte und Skip immer wieder zu seinem privaten Sündenbock machte.
»He, Skip«, sagte Joe. »Du bist Zeugin?«
»Hallo, Langdon«, sagte Frank. »Schon mal mit den Weight Watchers versucht?«
Sie teilte ihnen die Gerüchte über Buddy Carothers mit, machte sich nützlich, indem sie Zeugenaussagen aufnahm. Dann schlich sie den beiden so lange wie ein junges Hündchen nach, bis Joe sie endlich fragte, ob sie mit zu Buddy fahren wolle.
O'Rourke war aufgebracht: »Sie kann nicht an der Untersuchung teilnehmen. Sie ist eine Zeugin!«
Joe zuckte nur die Schultern. »Dann kann sie den Knaben vielleicht identifizieren.«
Buddy lebte in einem röhrenartigen Bau in der Nähe von Carrollton. Vor dem Haus parkte ein kleines graues Auto, welches dasselbe sein konnte, das Skip bei der Kirche gesehen hatte. Buddy kam jedoch nicht an die Tür. Als Frank die Klinke hinunterdrückte, öffnete sich die Tür. Die drei sahen sich an und zuckten mit den Achseln. Sie wußten, daß sie eigentlich nicht eintreten sollten, und sie waren sich einig, daß sie es trotzdem tun würden.

Drinnen war es klamm und dunkel. Man hatte diese alten Häuser so gebaut, daß es in ihnen kühl blieb, egal, wie heiß es draußen wurde. Außerdem lief die Klimaanlage. Skip fröstelte.

Das Wohnzimmer war leer. Totenstille. Doch unter einem säuerlich riechenden Laken auf dem Bett fanden sie einen schwer atmenden Brocken. Überall im Zimmer lagen Bierflaschen herum, und eine offene, halb ausgetrunkene Flasche Bourbon stand auf dem Fußboden. Das ganze Schlafzimmer stank. Auf einer Kommode lag eine .38er. Skip roch an ihrem Lauf. Sie war erst vor kurzem abgefeuert worden.

In Buddys Schrank gestopft und in einem Haufen auf dem Fußboden fanden sie ein Paar schwarze Jeans, einen schwarzen Rollkragenpullover und einen schwarzen Seidenstrumpf – alles schweißfeucht. Wenn sie erst einmal getrocknet waren, würden sie stinken, jedoch nicht so sehr wie der Rest dieser Bude, dachte Skip. Die offene Tür gefiel ihr nicht.

Der Brocken bewegte sich nicht, hörte nichts – oder Buddy hatte Schauspielunterricht genommen. Die beiden Männer rüttelten ihn schließlich wach genug, um ihn über seine Rechte zu informieren.

Buddy erzählte, daß er seit zwei Tagen betrunken war, weil die Frau, die er liebte, heiratete. Er besäße weder eine .38er noch schwarze Klamotten. Am Tag zuvor sei ein Besucher vorbeigekommen, ein Zeuge Jehovas oder so was Ähnliches. Er habe die Tür geöffnet und mit dem Mann geredet. Dann habe er sie wieder geschlossen. Vielleicht zugesperrt, vielleicht auch nicht.

Skip konnte sich die Anklagepunkte einzeln ausmalen. Buddy hatte geschossen, und sein Komplize hatte das Reden übernommen, weil Buddys Stimme bekannt war. Der Komplize hatte Buddy abgesetzt und war in dem grauen Wagen fortgefahren. Buddy hatte die ganze Betrunkenen-Nummer bis hin zum entsprechenden Alkoholpegel im Blut vorgetäuscht, indem er einfach schnell getrunken hatte.

Vielleicht war er sogar schon in der Kirche angetrunken gewesen, was erklärte, warum er so schlecht geschossen hatte. Doch wenn Buddy nicht wirklich betrunken gewesen war – wenn das ganze Besäufnis nur eine Tarnung war –, warum hatte er dann das Beweismaterial herumliegen lassen? Gab es einen anderen Grund dafür, daß der Komplize das Reden übernehmen mußte? Vielleicht, weil der Schütze eine Frau war?

Es war nicht ihr Problem; es war Sache der Mordkommission. Das nächste, was sie von der ganzen Geschichte erfahren sollte, war das, was am nächsten Morgen in der *Times Picayune* stand: Man hatte Buddy festgenommen. Na und? Wenn er unschuldig war, würde das schon rauskommen. Es war einfach nicht ihr Problem.

In der Nacht hatte es geregnet, und die Luft war frischer. Es war sieben Uhr morgens an einem wunderschönen Sommertag, und sie hatte das einzige Revier in der Stadt, in dem sie ihre Runde zu Fuß machen konnte, einen der schönsten Stadtspaziergänge im ganzen Land. Ihr Revier war das V.C.D., das Vieux Carré, wie es die Einwohner von New Orleans nannten – das Französische Viertel, wie es von Auswärtigen bezeichnet wurde.

Zwei-Nasen-Louis fing sie kurz vor der Kreuzung Bourbon/Canal ab und schleppte sie mit zur Iberville, wo niemand sie sehen konnte. »Was machste, Skip?«

»Na, wie geht's, Louis?« Sie wußte nicht, wie alt er war. Vielleicht fünfzig, vielleicht auch erst fünfunddreißig. Ein vielschichtiges Muster überzog sein Gesicht; Rosarot ging auf dem Zinken, dem er seinen Namen verdankte, in Purpurrot über. An diesem Tag trug er einen Verband über der Stirn, wahrscheinlich war er gestürzt. Er hatte dringend eine Zahnbehandlung nötig und ungefähr eine Tonne grünes Blattgemüse. Und einen Monat im Betty Ford Center. Er sprach einen Dialekt, der ähnlich wie der in der Bronx klang und den die Einheimischen »yat« nannten. Tödliche Dämpfe begleiteten jedes seiner Worte.

»Hab was gehört, was de vielleicht brauchen kannst. Die ham den falschen Mann beim Kirchenmord.«
»Wie kommst du darauf?«
»Hab 'ne Unterhaltung gehört.«
Skip wartete.
»Interessiert?«
Sie zuckte die Schultern.
»Hab die beiden Typen den Mord planen hören.«
»Was für Typen?«
Er sah erstaunt aus. »Weiß nicht. Hab se nie zuvor gesehen.«
»Wie sahen sie aus, Louis?«
»Ein Schwarzer, ein Weißer.«
Sie wartete.
»Konnte se nicht genau anschauen. Wollte nicht, daß se mich beim Zuhören erwischen.«
»Woher willst du wissen, daß der Weiße nicht der Mann war, den wir festgenommen haben?«
»War doch ihr Ex, oder? Den mußte doch nicht anheuern, um sein eigenes Mädchen umzubringen. Macht keinen Sinn.«
»Also hat der Schwarze den Weißen angeheuert.«
Louis nickte.
»Louis, langsam verliere ich die Geduld. Was hat er gesagt?«
»Er hat die Kirche aufgezeichnet. Ham über eine Seitentür geredet, durch die der weiße Dandy reinkommen sollte, und daß sein Partner durch die Vordertür kommen sollte, um die Gemeinde in Schach zu halten. Das war'n die Worte, die mich aufmerksam gemacht haben – die Gemeinde in Schach zu halten. So 'n Gerede hörste hier nicht alle Tage.«
»Zum Teufel mit dir, Louis! Warum hast du dich nicht schon da an mich gewendet? Hast du nicht daran gedacht, die ganze Sache aufzuhalten?«
»Wußte nicht, daß se' 'nen Mord planten. Dachte, das

wär'n Schauspieler, die 'nen Auftritt besprechen oder so was.«

»Okay, okay.«

»Weißte, erst als ich davon gehört hab, ging mir ein Licht auf.«

»Louis, du weißt doch, was das bedeutet, oder?«

»Skip, is doch 'n guter Tip – isses kein guter Tip? Komm, Skip, is doch was wert, oder? Muß doch 'n bißchen was wert sein.« Verzweiflung entströmte seinen Poren, zusammen mit dem Thunderbird vom letzten Abend.

»Bis jetzt noch nicht. Komm mit, Louis.«

Sie nahm ihn mit in die Mordkommission zu Joe Tarantino und setzte ihn da ab, nicht ohne ihm vorher für später ein paar Dollar in die Hand gedrückt zu haben. Joe würde ihm Bilder von weißen und schwarzen Typen aus der Verbrecherkartei zeigen und eine Gegenüberstellung mit Buddy arrangieren. Es würde Louis noch leid tun, das Thema überhaupt angesprochen zu haben. *Na gut,* dachte Skip, *ich werde ihm morgen noch ein paar Dollar mehr geben.*

Sie ging in ihr Revier zurück und rief um drei Uhr nachmittags, am Ende ihres Arbeitstags, Joe an. Louis habe niemanden wiedererkannt, sagte Joe, und es täte ihm leid, aber er und Frank könnten seine Geschichte einfach nicht glauben – er wisse, daß Skip Buddy kannte, vielleicht mit ihm befreundet war, aber die Sache sei ein Reinfall.

Verdammt. Jetzt war es ihr Problem – Zwei-Nasen-Louis war vielleicht ein Säufer, und ein unzuverlässiger noch dazu, aber er hätte nie im Leben den Grips oder die Phantasie, so eine Geschichte zu erfinden.

Während sie Louis' überdimensionales Riechorgan und den Mist, in den er es zu stecken pflegte, verfluchte, tauschte sie ihre Uniform gegen das fliederfarbene Kostüm aus und machte sich auf den Weg zu den Delacroix.

Die Delacroix-Familie lebte am Audubon Place, ein schmaler Streifen Eleganz, der niemals auch nur einen Moment lang mit einer Straße hatte konkurrieren müssen. In seiner

Art war er ein genauso schreiender Anachronismus wie der Gramercy Park in New York – es war eine Privatstraße mit einem Wachposten und einem Pförtnerhaus.

Jeder, der sich irgendwann einmal bei den Delacroix eingeschmeichelt hatte, würde an diesem Tag anwesend sein, sein Beileid bekunden und trinken. Skip wußte, daß ihr Name ihr Eintritt verschaffen würde. Ihr Vater, der soziale Aufsteiger, hatte als Familiendoktor die Hälfte der alten Familien in der Stadt in Behandlung. Doch wenn sie erst einmal drinnen war und anfing, Fragen zu stellen, könnte sie rausgeworfen werden – das war ihr schon öfter passiert. Zum Glück war Alison da. Niemand würde sich mit Skip anlegen, solange ihre Gönnerin anwesend war. Während ihres kurzen und erfolglosen Gastspiels am Sophie Newcomb College war Alison eine ihrer Kappa-Schwestern gewesen. Damals hatten sie kaum miteinander gesprochen, doch jetzt, da Skip wieder in der Stadt und etwas so wunderbar Kurioses wie Polizeibeamtin war, ließ Alison sich nicht mehr aufhalten.

Sie war entschlossen, Skip herumzureichen. Oder ihre Seele zu retten. Oder eine Dame aus ihr zu machen. Skip hatte noch nicht herausfinden können, was es nun war. Alles, was sie wußte, war, daß Alison ihr ständig irgendwelche Einladungen verschaffte – wie die zur Hochzeit von Weezee Rounsaville – und sie überredete, auch hinzugehen.

Und warum war Skip so ein Waschlappen, daß sie dieser Luxusausführung einer jüdischen Mutter nichts abschlagen konnte? Weil Alison eine wirklich hervorragende Informationsquelle war.

Wie Skip schon früh in ihrer Laufbahn gelernt hatte, kamen nicht alle Kriminellen aus den unteren Schichten der Gesellschaft. In ihrer Abteilung war sie Expertin für die höheren Gesellschaftskreise, und es war Alison, der sie den größten Teil ihres Fachwissens verdankte. (Und, wie sie widerstrebend zugeben mußte, diesem Idioten von einem

Bruder, obwohl der Preis dafür nicht so hoch war. Er dachte, sie kümmere sich um seine Strafzettel. In Wirklichkeit aber zahlte sie diese selbst und verbuchte es als Schmiergeld.)

»Dieses Kostüm ist einfach wunderbar, Skippy. Hat Buddy irgendwas gestanden?«

Skip lächelte. »Mich wundert, daß du's nicht weißt, Göttin des Klatsches.« Schnell wechselte sie das Thema, um Alison erst gar keine Gelegenheit zu geben, in sie zu dringen. »Hör mal, ich kenne Aubrey und seine Mutter, aber vielleicht erinnern sie sich nicht mehr an mich. Könntest du mich ihnen noch einmal vorstellen?«

»Ich kann Aubrey nicht entdecken – Weezee sehe ich übrigens auch nirgendwo. Vielleicht haben sie sich zu einer stillen Trauerminute zurückgezogen.« Ihre Augenbrauen hoben sich gleichzeitig mit ihren Mundwinkeln. »Dort drüben ist Clarice.«

Aubreys Mutter war groß, dünn und nervös. Sie sah abweisend und unfreundlich aus. Als sie sich ihr näherte, bemerkte Skip, daß ihre Augen wütend funkelnde Punkte waren, die aus einem Gesicht hervorstachen, in dem sonst alle Linien nach unten zeigten. Skip bezweifelte, ob sie je mehr als zweimal in ihrem Leben gelächelt hatte. Sie fragte sich, warum soviel Wut in den Augen dieser Frau stand. War es, weil Clarice gerade ihren Ehemann verloren hatte oder weil Aubrey es wagte, sich für ein paar Minuten davonzustehlen? Alles war möglich. Doch wahrscheinlich sah sie immer so aus. Clarice starrte sie an, als sei sie eine Made oder vielleicht ein Kartoffelkäfer – irgend etwas Ekelhaftes, das man zerdrücken wollte.

»Sind Sie nicht Don Langdons Tochter?«

Skip nickte. »Ich weiß nicht, ob Sie wissen, daß ich jetzt bei der Polizei arbeite. Könnten wir einen Moment miteinander reden?«

»Ich meine wirklich nicht, daß das schicklich wäre.«

»Aubrey ist vielleicht noch immer in Gefahr.«

Skip glaubte, Angst in ihren Augen aufflackern zu sehen,

aber vielleicht war es auch alles Berechnung. »Offen gestanden wüßte ich nicht warum. Sie haben doch jemanden festgenommen, oder?« Ihre Stimme klang aggressiv.
»Wir wollen sichergehen, daß wir den richtigen Mann haben.«
»Wollen Sie andeuten, daß mein Sohn Feinde hat?«
Sicher hat er mindestens einen. »Natürlich nicht. Wir wollen nur unsere Untersuchung vervollständigen.«
»Ich denke, es ist besser, wenn Sie jetzt gehen.«
»Könnte ich erst mit Aubrey sprechen?«
»Ich denke, Sie gehen besser sofort. Alison, meine Liebe, könntest du Miss Langdon hinausbegleiten?«
»Aber Clarice . . .«
»Schaff diese Frau aus meinem Haus.«
Soviel zu Skips vermeintlicher Protektion. Als Clarice sich abwandte, seufzte Alison nur.
»Die Tarantel-Frau hat zugeschlagen. Tut mir leid, daß du das Opfer sein mußtest, aber vielleicht tröstet es dich, daß du nicht das einzige bleiben wirst. Zwei oder drei am Tage sind völlig normal für sie.«
»Weißt du, was mir gerade aufgegangen ist? Aubrey lebt, doch sein Vater ist tot.«
»Also wirklich, *das* nenne ich eine brillante Schlußfolgerung.«
»Vielleicht ist sie keine Tarantel – vielleicht ist sie eine schwarze Witwe.«
Alison lachte. »Weil sie ihn wegen seines Geldes umgebracht hat? Wozu? Um mit ihrem Liebhaber durchzubrennen? Wer würde Clarice denn nehmen?«
In Skips Kopf drehte sich alles, sie dachte über ihre eigene Dummheit nach. Aubrey mochte Feinde haben oder auch nicht, doch der reiche, mächtige Noël Delacroix hatte ganz sicher Dutzende – vielleicht sogar ein paar in der eigenen Familie. Sie hätte gern gewußt, wer ihn beerbte.
»Ist Aubrey ein Einzelkind?«
»Warum? Nein.« Alison sah so aus, als hätte sie gerade er-

kannt, daß sie genauso begriffsstutzig war wie Skip. »Da gibt es noch Gina. Sie ist ungefähr genauso alt wie du. Wo zum Teufel *ist* Gina? Und wo war sie gestern?«

»Wer?«

»Aubreys Schwester Gina. Kurzform von Regina.« Sie sprach beide Wörter mit langem »i« aus. »Ist das nicht widerlich? Vor ein paar Jahren hatte sie schlimme Drogenprobleme. Ich glaube, sie ist von der Schule geflogen. Hab sie seit Jahren nicht mehr gesehen. Wenn ich mir's recht überlege, sie wird von niemandem aus der Delacroix-Familie jemals erwähnt.«

Sie hatten fast die Tür erreicht. »Wer könnte über Gina Bescheid wissen?«

»Cammy, glaube ich – das Mädchen.« Alison schnippte mit den Fingern. »Tante Adelle und Tante Tay-Tay. Großtanten – Schwestern von Noëls Vater.« Ihr Kopf drehte sich. »Vor einiger Zeit waren sie noch hier ...«

Die beiden Tanten lebten in einem Haus an der Prytania Road. Adelle war Witwe und Tay-Tay ein »altes Fräulein«, falls es solche weibliche Wesen überhaupt noch gab. Als Skip ankam, hielten sie gerade Mittagsschlaf – offensichtlich hatten sie bei ihrem Neffen ein oder zwei Gläschen zuviel getrunken. Ein Mädchen, das sich wie die perfekte Gastgeberin gab, führte sie hinein, während die Tanten sich eilig zurechtmachten. Skip nahm jedoch nicht, wie gebeten, Platz, sondern zog es vor, herumzuwandern und sich Bücher und Bilder anzusehen.

Zuerst erschien Adelle, die sich noch den hastig übergestreiften Strickrock über dem Hintern, der unter ihrem Hüfthalter hervorquoll, glattstrich. Sie stand erhobenen Hauptes da. Sie hatte schulterlanges, schwarzes Haar mit einem weißen Streifen darin. Skip war ihr Mund ein bißchen zu verkniffen.

»Adelle Gibert«, sagte sie. »Sind Sie nicht Don Langdons Tochter?«

Früher einmal hatte Skip es gehaßt, dies zuzugeben. Sie wollte um ihrer selbst willen und nicht wegen ihrer Familie gekannt werden, doch in New Orleans war dies einfach nicht möglich.

»Nehmen Sie Platz«, sagte Adelle. »Ich höre Tay-Tay.«

Auch Skip konnte sie hören – es sei denn, ein Nashorn trabte gerade zum Angriff an. Die Lampenschirme wackelten, und der Fußboden vibrierte. Mit dem Gehabe einer Person, die eine Pfarrei, ja vielleicht sogar das ganze Land unter sich hat, betrat Tay-Tay das Zimmer. Jemand, für den Autorität kein Fremdwort war – Skip dämmerte es: eine pensionierte Lehrerin.

Sie war eine füllige Dame – grauhaarig, vollbusig und großmütterlich. Sie trug Shorts, die ihre Krampfadern zeigten, und ein T-Shirt, das seiner Aufgabe kaum gerecht wurde – ihre üppigen Brüste waren das Gegenstück zu Adelles vorstehendem Hintern. Sie war der Typ, dem alle Herzen zuflogen.

»Octavia Delacroix.« Ohne weiteres Zeremoniell ließ sie sich in einen Schaukelstuhl fallen. »Womit können wir Ihnen behilflich sein?«

»Ich habe mir Gedanken über Aubreys Schwester gemacht.«

Adelles Augenbrauen hoben sich. »Gina? *Gina?*« Entsetzen.

Tay-Tay blieb ruhig. »Die arme kleine Gina. Was ist mit ihr?«

»Ich dachte, Sie wissen vielleicht, wo sie sich aufhält.«

Adelle verharrte in eigensinnigem Schweigen. Tay-Tay lächelte. »Nun, ich denke, wir werden etwas länger zusammensitzen. Wie wär's mit einer Erfrischung, Miss Langdon? Oder sollte ich Officer sagen?«

»Wie wär's mit Skip?«

»Und Sie müssen Tay-Tay zu mir sagen. Oder Tante Tay-Tay, wenn Sie wollen. Alle nennen mich so.« Skip spürte, wie die Wärme, die ihr entströmte, sie einhüllte. Wahr-

scheinlich hatte sie im ersten oder zweiten Schuljahr unterrichtet, und die Kinder hatten auf ihrem Schoß sitzen dürfen. »Ich werde es Leeanna sagen.«
Als sie gegangen war, sagte Adelle: »Gina ist ein ganz reizendes Mädchen, Miss Langdon. Ich kann mir nicht vorstellen, worauf dies hinauslaufen soll?«
Tay-Tays schwerer Schritt kündigte ihre Rückkehr an. Sie sagte: »Sicher haben Sie bemerkt, daß sie nicht bei der Hochzeit war. Sie denken, sie könnte eine dieser schwarzen Figuren gewesen sein ... stimmt doch, oder?«
»Ich muß das fragen, das ist alles.«
»Nun, sie war es nicht. Sie ist nicht einmal in der Stadt. Gina lebt von ihrer Familie getrennt. Als er herausfand, daß sie Probleme mit Drogen hatte, konnte ihr Vater keine Minute mehr für sie erübrigen. Hat sie mit achtzehn aus dem Haus geschmissen.«
»Tay-Tay!«
»Adelle, sie wird das sowieso erfahren. Und dann doch lieber von jemandem, der Gina liebt.« Sie wandte sich wieder an Skip. »Wer hätte mit den beiden als Eltern nicht Drogen genommen?«
»Ich habe Clarice kennengelernt.«
»Nun ja, Noël ist ... ein Delacroix. Brave Kirchgänger, alle miteinander.«
Ein bißchen zu brav, folgerte Skip.
»Das nächste, was man von ihr hörte, war jedenfalls, daß sie ein Kind erwartete, aber er weigerte sich nach wie vor, ihr zu helfen. Sogar als das Baby zur Welt kam. Doch die Sache hatte auch ein Gutes, sie hat nämlich für das Baby die Drogen aufgegeben.« Tay-Tay lächelte. »Die süße kleine Heather. Das Niedlichste, was ich in meinem ganzen Leben gesehen habe.«
»Wir haben versucht, ihr zu helfen, aber Noël hat es rausgekriegt«, sagte Adelle.
»Hat er sie enterbt? Macht man so etwas heutzutage noch?«
Leeanna trat mit einem Tablett Eistee ein. Als sie die letzten

Fragen hörte, schnaubte sie verächtlich. Auch Adelles Lippen zogen sich wieder zusammen.
Doch Tay-Tay lachte. »Nun, in diesem Staat ist dies nicht ganz einfach, aber es ist möglich. Sie sehen hier zwei der wenigen ...«
»Tay-Tay, ich bitte dich!«
»Adelle, um Himmels willen. Jeder kennt doch die Geschichte. Weshalb stellst du dich denn so an?«
Skip ließ ihr Gesicht ein höfliches Fragezeichen werden.
»Adelle erzählt die Geschichte selbst auf jeder Party – oder hat es zumindest getan, bis jeder Mensch in New Orleans sie dreimal gehört hat. Sie wissen doch, daß es so etwas wie ein Pflichtteil gibt?«
Skip schüttelte verwirrt den Kopf.
»Nun, Louisiana ist der einzige Staat in der Union, in dem das gilt. Man kann ein Kind nicht vollständig enterben, außer unter zwölf recht außergewöhnlichen Bedingungen. Oder sagen wir besser elf außergewöhnlichen und einer nur zu gewöhnlichen. Weshalb es Adelle erwischt hat. Mit fünfzehn – sie war also noch nicht volljährig – ist sie von zu Hause weggelaufen und hat geheiratet.«
Adelle sagte: »Verdammt sei die ganze Delacroix-Familie und alle, die auf ihrer Seite stehen!«
»Hört, hört!« sagte Tay-Tay und hob ihr Glas mit Eistee. Skip vermutete, daß sie noch immer beschwipst war von dem, was sie bei der Totenwache getrunken hatte. »Selbst ihren Frauen lassen sie nur so viel zukommen, wie sie unbedingt müssen. Sie werden es sehen: Der Großteil von Noëls Besitz wird an Aubrey gehen. Clarice wird ein Haus kriegen – jedoch ganz bestimmt nicht das am Audubon Place – und gerade genug, um davon leben zu können, und Gina erhält das Viertel, das ihr laut Gesetz zusteht. Eine bittere Pille für Noël – ohne uns würde sie nicht einmal das kriegen. In der Kunst, sich sein Pflichtteil zu sichern, haben wir das Mädchen sehr sorgfältig unterrichtet – da sind wir Expertinnen. Sie hat immer darauf geachtet, daß sie wenig-

stens einmal alle zwei Jahre mit ihm Kontakt aufnahm – wenn sie das nicht getan hätte, hätte er sie enterben können. Das ist eine der zwölf Bedingungen, und zufälligerweise eine von den dreien, aus denen unser Vater uns einen Strick gedreht hatte.«

»Sind Sie beide enterbt?«

»Aber sicher. Und alles wegen unseres lieben Bruders Charles. Mittlerweile verschieden.« Tay-Tay schien darüber erfreut. »Wissen Sie, er war derjenige, der Daddy erzählte, daß und wie er es tun könnte – er war der Anwalt in der Familie.«

»Und derjenige, der dann als einziger erben würde.«

Adelle schniefte. »Doch das war sowieso nur nach Daddys Wunsch. Das Wort Chauvinist ist für die Delacroix-Männer erfunden worden.«

Tay-Tay schien das Ganze Spaß zu machen. »Mich haben sie auf zwei Arten gekriegt – eine davon war jedoch Betrug. Ein Kind kann enterbt werden, wenn es einen Elternteil schlägt. Daddy und Charles behaupteten, daß ich Daddy geschlagen hätte, als er Adelle sagte, er würde sie enterben – doch ganz ehrlich, ich habe nur mit einer Vase nach ihm geschmissen. Auf jeden Fall haben wir nach diesem Vorfall mit keinem von beiden jemals wieder ein Wort gesprochen. Und damals wußten wir nicht, daß *das* eine der besagten zwölf Bedingungen ist.«

»Welches sind die anderen Bedingungen?« Wie jeder Mensch in Louisiana wußte auch Skip, daß der berühmte Napoleonische Kodex ausgesprochen exzentrisch war, doch diese Absurdität war so verworren, daß es sie faszinierte.

»Oh, welche waren es, Adelle?«

Adelle schwieg sich aus.

»Also«, sagte Tay-Tay. »Die Weigerung, für einen Elternteil Lösegeld zu zahlen, ist einer. Und einen Elternteil eines schweren Verbrechens zu beschuldigen ein anderer. Außer Hochverrat allerdings, denn da ist es deine Pflicht. Meine

persönliche Lieblingsbedingung ist die Weigerung, einen Elternteil zu pflegen, der verrückt geworden ist. Wie soll man beweisen, daß er zurechnungsfähig genug ist, um sein Testament zu machen?« Sie wurde ernst. »Entschuldigen Sie. Das ist nicht witzig – ich bin nur so daran gewöhnt. Um auf unsere reizende Familie zurückzukommenm – Adelle hat etwas Geld von ihrem verstorbenen Ehemann, und ich habe meine Pension, doch für ein eigenes Haus waren wir auf Noëls guten Willen angewiesen.«
Adelle schnaubte. »Seine Launen, meinst du wohl. Clarice hat Noël *nur* dazu überreden können, uns dieses Haus hier zu überlassen, weil es schlecht ausgesehen hätte, wenn wir uns woanders ein Loch hätten suchen müssen.«
»Er hat es uns nicht überlassen, Adelle.«
»Er läßt uns hier wohnen. Deshalb konnten wir auch Gina nicht helfen und sie bei uns wohnen lassen, als sie es gebraucht hätte. Er hat es nicht erlaubt.«
»Haben Sie ihre Adresse?«
Adelle war der Meinung, sie sollten sie ihr nicht geben, doch Tay-Tay setzte sich durch. Als sie Skip zur Tür begleitete, entschuldigte sie sich leise für das abweisende Benehmen ihrer Schwester: »Sie muß sich so aufregen wegen Aubrey. Die geplatzte Hochzeit und all das.«

Gina lebte in Baton Rouge und arbeitete in einer Beratungsstelle für Drogensüchtige. Skip traf sie zu Hause an – mit roten Augen und leicht verdrecktem Haar. Sie sah nicht so aus, als hätte sie gut geschlafen.
Skip brummte ein paar Beileidsgeräusche.
Gina putzte sich die Nase. »Ich weine, weil ich selbst heute nicht ins Haus meines Vaters gehen konnte. Am Tag nach seinem Tod.«
»Hat man es Ihnen verboten?«
»Nein. Ich konnte mich nicht überwinden. Auch Mama ist katholisch. Sie hielten mich beide für eine Sünderin, der nicht vergeben werden kann.«

Und für eine gesellschaftliche Peinlichkeit.

Das Appartement war winzig klein und mit Möbeln vom Sperrmüll möbliert. Jede Oberfläche war mit den Spielsachen und Kleidungsstücken eines fünfjährigen Kindes bedeckt. Heather saß vor einem alten Schwarzweißfernseher, da es in der Wohnung kaum genügend Platz gab, um irgend etwas anderes zu tun.

»Auf der Hochzeit waren Sie dann wohl auch nicht. Warum haben Sie sich nicht einfach über ihre Eltern hinweggesetzt und sind trotzdem gegangen?«

Das löste eine neue Tränenflut aus: »Aubrey hat mich nicht eingeladen.« Sie zuckte die Schultern. »Er hat immer getan, was Daddy wollte.«

Skip versuchte sich vorzustellen, was in einem Menschen wie Noël wohl vorgegangen sein mochte – so hartherzig, so unbeugsam, so wenig in Einklang mit den herrschenden Moralvorstellungen –, als Gina sagte: »Das hat Tradition bei den Delacroix. Sie hassen die Frauen.«

Ihre Stimme klang bitter. »Sie haben mir sogar einen Namen gegeben, der wie Vagina klingt. ›Hier haben wir ein weibliches Wesen; kein Grund, sich wegen eines Namens den Kopf zu zerbrechen.‹ Kennen Sie meine Mutter?«

»Ja.«

»Meine Großmutter war genauso. Ihre Mütter waren Xanthippen, sie heiraten Xanthippen, und sie fahren fort, die Frauen zu hassen. Doch sie sind so stark in ihrer katholischen Tradition verwurzelt, daß sie sich selbst gegenüber niemals zugeben würden, was für Frauen sie geheiratet haben. Für sie ist jede Frau entweder eine Maria oder eine Maria Magdalena. Und eine Maria kann *niemals* eine Xanthippe sein. Deshalb werden sie ihr Leben lang von diesen weiblichen Sturmbannführern drangsaliert und geben vor, alles unter Kontrolle zu haben, indem sie über das Geld herrschen.«

»Sie scheinen sich ja Gedanken darüber gemacht zu haben.«

»Wenn Sie in meinen Schuhen stecken würden, hätten Sie das auch getan. Ich glaube nicht, daß Sie auch nur eine Ahnung davon haben, wie pathologisch meine Familie ist.«
Skip dachte an ihre eigene Familie. »Ich weiß nicht ...«
»Schauen Sie mal.« Gina reichte ihr einen Brief:

Liebe Regina,
hiermit möchte ich Dich davon in Kenntnis setzen, daß sich am 1. Juli 1990 das in Louisiana geltende Recht über den Pflichterbteil ändern wird. Von diesem Tag an können Kinder im Alter von 23 Jahren und mehr enterbt werden. Beiliegend findest Du eine Kopie des Testaments, das ich dann unterzeichnen werde.

»Mein Gott!«
»War doch ein richtiger Schatz, mein Vater, oder? Es reichte ihm noch nicht, es zu tun, er wollte auch verdammt sichergehen, daß ich es wußte.«
»Er wurde am 30. Juni getötet.«
»Schätze, das macht mich zur Erbin, hä? Jetzt kann ich in ein richtiges Haus ziehen und wieder aufs College gehen.« Sie putzte sich die Nase. »Ist das Leben nicht wunderbar?«
Ihre Lippen bewegten sich leicht, die Richtung war jedoch nicht zu erkennen. Skip glaubte, daß sie ein Lächeln versuchte, es aber nicht fertigbrachte.
»Gina, ich muß Sie jetzt etwas fragen. Wo waren Sie Sonntag nachmittag?«
»Meinen Kummer ertränken.«
Zusammen mit Buddy Carothers.
»Ich war mit einer Freundin zusammen, Alicia Ravenel. Wir waren in einer Bar, der Glasmenagerie. Ich glaube, daß sich einige Leute an mich erinnern werden. Ich habe dort eine ganz schöne Show abgezogen.«
Skip blieb bis zum Abend in Baton Rouge, besuchte die Glasmenagerie (die Getränke wurden dort in Gläsern serviert, die wie Tiere geformt waren) und rief Alicia Ravenel an.

Das Alibi war hieb- und stichfest.
Das Beweismaterial gegen Buddy Carothers sah besser aus. Doch wenn er es getan hatte, welche Rolle spielte dann der Schwarze? War er der Mann mit der Uzi gewesen? Er hatte nicht den Akzent eines Schwarzen gehabt. Doch das hatte Zwei-Nasen-Louis unmißverständlich klargemacht: Es war der Schwarze gewesen, der den Mörder angeheuert hatte, und er hatte zwei Männer angeheuert, den in der Bar und »seinen Partner«, der die Gemeinde in Schach halten sollte. Hatte Buddy einen Freund geschickt, um einen Killer für ihn zu engagieren? Oder Gina?
Skip telefonierte alle Nummern in Buddys Adreßbuch durch und zog sogar ihre unbeliebteste Quelle heran, ihren Bruder Conrad, der jeden kannte, der auch nur eine Spur von gesellschaftlicher Bedeutung hatte. Kein Mensch hatte Buddy jemals mit einem Schwarzen reden hören, außer vielleicht mit Dienern und Hotelpagen. Man war sich deshalb so sicher, weil er ein notorischer Rassist war.
Wie immer in solchen Situationen wünschte sich Skip, sie hätte sich irgendwann einmal aufgerafft und zu meditieren gelernt. Sie spürte die Notwendigkeit, sich ganz auf eine Sache zu konzentrieren. Sie konnte nicht glauben, daß Noëls rechtzeitiger Tod (in Anbetracht seines Briefes) ein Zufall gewesen sein sollte. Doch wenn es Gina gewesen war, die ihn hatte ermorden lassen, warum hatte sie Skip dann den Brief gezeigt? Und wer war der Schwarze? Sie kannte nur zwei Schwarze, die etwas mit der Delacroix-Familie zu tun hatten – Noëls Dienstmädchen Cammy und Leeanna; aber es mußte noch andere geben.
Sie telefonierte mit Alicia Ravenel, mit Ginas Chef und Ginas Freunden, deren Namen sie von Alicia erfahren hatte. Außerdem rief sie Alison an, die wiederum selbst herumtelefonierte. Noch am selben Nachmittag besuchte sie einen Mann namens Raybon Broussard.
Danach schaute sie noch einmal bei den Tanten vorbei. Diesmal trugen sie beide weiße Hosen. Die von Adelle war

ein elegantes Modell und die von Tay-Tay die schluderige Variante mit einem Gummiband in der Taille. Wegen der Hitze trug Adelle ihr Haar zurückgekämmt; sie sah jünger und leicht verletzlich aus. Tay-Tay stickte an einem Kissen.
»Ich habe heute mit Raybon gesprochen.«
Tay-Tay blickte erschreckt auf. »O nein! Leeanna ...«
Adelle sagte: »Ich werde sie einkaufen schicken.«
Als sie zurückkehrte, bemerkte Skip, daß die Farbe aus ihrem Gesicht gewichen war. Raybon war Leeannas Sohn.
»Er ist ganz schön ins Schwitzen geraten«, sagte Skip, »und nicht etwa, weil seine Klimaanlage nicht in Ordnung ist. Er ist einer der ängstlichsten jungen Männer, die ich in letzter Zeit gesehen habe.«
»Ist irgend etwas mit seiner Bewährung schiefgelaufen? Ich glaube, ich würde es nicht aushalten, wenn der Junge ins Gefängnis zurück müßte.« Tay-Tay sah aus, als würde sie jeden Moment in Tränen ausbrechen. »Raybon ist kein schlechter Junge, wirklich kein schlechter Junge.«
»Raubüberfall ...«
»Damals war er noch ein Kind. Er ist doch immer noch ein Kind – wird erst nächsten Januar einundzwanzig.«
Adelle sagte: »Tay-Tay vergißt nie seinen Geburtstag. Manchmal denke ich, daß sie Raybon mehr liebt als Gina.«
»Das stimmt nicht, Adelle, und du weißt das. Ich habe alle meine Kinder gleich lieb.«
Skip war sich jetzt sicher, daß sie mit Tay-Tay richtig gelegen hatte – sie *mußte* Lehrerin gewesen sein. »Er hat Sie sicherlich auch sehr lieb«, sagte sie. »Er bemüht sich wirklich, Sie zu schützen. Aber es wird nicht funktionieren. Ich habe den Namen des Mannes, zu dem er Sie geschickt hat.«
Das stimmte zwar nicht. Noch nicht. Raybon war ein harter Fall gewesen. Er hatte Angst, das stimmte, deshalb wußte Skip, daß sie auf der richtigen Spur war. Doch die Angst hatte seine Zunge nicht gelöst. Sie hatte ihm sagen müssen, Tay-Tay habe bereits alles gestanden, um ihn zum Reden zu bringen – und selbst da hatte seine Aussage nicht zu

einer Festnahme gereicht. Doch jetzt setzte sie alles auf eine Karte.

»*Wovon* um alles in der Welt reden Sie überhaupt?«

»Er sagte, *Sie* hätten ihn nicht angerufen.«

Jetzt fing Adelle zu reden an: »Ich mußte ihm sagen, es sei für Tay-Tay.«

Skip stoppte sie. »Noch nicht. Ich muß Sie erst über Ihre Rechte aufklären.«

Adelle nickte stoisch. Ihr Gesicht hatte jetzt wieder Farbe angenommen; offenbar ein Adrenalinstoß.

»Was geht hier vor?« fragte Tay-Tay aufs äußerste erschreckt. Eine Welt schien für sie zusammenzubrechen. Und so, dachte Skip voll Mitleid, war es auch. Nachdem sie Adelle über ihre Rechte aufgeklärt hatte, fragte sie, ob diese darauf verzichten wollte.

»Oh, verdammt, ja. Ich will reden und nicht irgendeinen pedantischen Anwalt dabeihaben, der mir den Mund verbietet.«

Auch wenn sie eine Mörderin war, gefiel Skip ihr Esprit. Jetzt erkannte sie, daß Adelle keine verkniffene Bibelstundenlehrerin war; sie hatte so steif gewirkt, weil sie unter der größten nervlichen Anspannung ihres Lebens gestanden hatte.

»Adelle, nein.«

»Sei still, Tay-Tay. Merkst du denn nicht, was sie macht? Sie erpreßt mich. Wenn ich rede, kommt Raybon davon.«

Skip sagte: »Ich kann mich auf keinen Handel einlassen.«

»Aber wenn ich rede, werden Sie ihn nicht in so ein scheußliches Verhörzimmer mitnehmen und ihm dort zusetzen, oder? Ich verspreche Ihnen, daß Sie von mir alle Informationen kriegen, die Sie brauchen. Und ich sage Ihnen gleich, daß er nicht die geringste Ahnung hatte, um was es überhaupt ging. Er hat mir lediglich einen Namen genannt, das ist alles. Wollte nicht einen Penny dafür annehmen. Er hat gedacht, er würde Tay-Tay damit einen Gefallen tun. Auf diese Weise habe ich ihn überreden können zu helfen.«

Sie sprach direkt zu Skip und wich dem Blick ihrer Schwester aus. »Gina rief mich an und erzählte von dem Brief – in Tränen aufgelöst und absolut hysterisch, das arme kleine Baby. Nun, Tay-Tay war gerade nicht zu Hause, und ich beschloß, ihr nichts von dem Anruf zu erzählen. Ich machte einfach meinen Plan. Raybon habe ich erzählt, Tay-Tay habe ein Problem, das ich für sie lösen wolle. Ich bat ihn, mir den Namen eines ganz schweren Jungen zu nennen, jemand aus dem Gefängnis. Er hat wahrscheinlich gedacht, ich wolle jemandem einen Schrecken einjagen, denn er verwies mich nicht an einen Mörder. Doch dieser Freund kannte ein paar Italiener. Ich mußte ihm fünftausend Dollar zahlen, damit er sie anheuerte; die Italiener kosten jeder zwanzig. Wußten Sie, daß es so billig ist, einen Killer zu engagieren?«

»Das ist ja dein ganzes Vermögen!« Skip merkte, daß Tay-Tay das Thema gewechselt hatte, weil sie nicht in der Lage war, den Tatsachen ins Auge zu sehen.

»Gina wird mir helfen. Ganz sicher.«

Adelles Blick wurde jetzt glasig. Doch Tay-Tay kehrte unvermittelt in die Realität zurück, begriff, was geschehen war.

»Adelle, Mord. Du hast gemordet!«

»Die arme, kleine Heather – jedesmal, wenn ich das Kind in dem winzig kleinen Schuhkarton sah, zerriß es mir einfach das Herz.« In ihrem kühlen Gesicht war jetzt ein Ausdruck, den Skip schon bei Gericht gesehen hatte: der eines Richters, der eine Strafe verkündet. »Irgend jemand mußte diese Familie wieder auf die richtige Bahn bringen.«

»Aber die Hochzeit – warum die Hochzeit von dem armen Aubrey?«

Zum ersten Mal lächelte Adelle. »Ich dachte, es müßte ein Ritualmord sein.«

In Tays-Tays gutmütigem Gesicht wich der Schock dem Entsetzen. Als ob sie es sich selbst erklären müsse, sagte sie: »Du bist wahnsinnig, Adelle, wirklich völlig verrückt.«

»Das stimmt, Schwesterlein. Ich bin wirklich wahnsinnig. Aber nicht verrückt.« Sie hielt einen Moment inne und holte Luft, um es so laut wie möglich hinauszuschreien: »Wahnsinnig *wütend*!«

Skip glaubte, daß die kleine Heather ihre Tante bis Baton Rouge hören konnte.

Die Verteidigerin

Lia Matera

»Ich bin deine Anwältin«, erinnerte ich ihn in fast demselben Tonfall, in dem ich in der nicht allzu fernen Vergangenheit gesagt hatte: »Ich bin deine Frau.«
Jack Krauder warf der Acryltrennwand zwischen uns und einem gähnenden Gefangenen einen finsteren Blick zu. »Howard Frost ist mein Anwalt.«
»Und Howard Frost ist mein Partner – mein *zweiter* Partner! Du hast eine Kanzlei beauftragt, Jack, nicht eine bestimmte Person.«
»Ich wollte Howard.«
»Er ist vor Gericht. Und ich habe Zeit.« Und außerdem bin ich die bessere Anwältin. »Durch ein Wunder der modernen Technik« – ich fummelte an einem kleinen Kassettenrecorder herum – »kann Howie jedes Wort hören, das du mir sagst. *Falls* du dich endlich entschließen solltest, mir zu erzählen, was passiert ist!«
»Du glaubst mir ja doch nicht.« Er achtete darauf, daß seine Stimme gelangweilt klang. Das war ein Maklertrick, den er mit Hilfe von verärgerten Hausbesitzern und störrischen Planungsausschüssen bis zur Vollendung kultiviert hatte.
»Wie lange hast du mit Mary Sutter zusammengelebt? Sechs Monate?« Sieben Monate und neun Tage, um genau zu sein. »Du mußt doch *irgendwas* wissen! Mehr, als hier drin steht!« Dabei klopfte ich auf den Polizeibericht. »Weißt du noch, wie oft ich mich über die Auslassungslügen meiner Klienten beschwert habe? Ransilov, erinnerst du dich noch? Wie er mir nichts gesagt hat über – Jack?« Ich schob

meine Hand mitfühlend über den gerillten Metalltisch, der uns trennte. »Versuch nicht, deine eigene Verteidigerin hinters Licht zu führen!«

Jack löste die Hand von der Stuhllehne und ließ sie auf den Tisch fallen wie ein Stück rohes Fleisch. Er runzelte die Stirn über seine wundgescheuerten roten Knöchel und war offenbar nicht dazu in der Lage, seine Hand so weit zu bringen, daß sie die meine berührte. Zwei Jahre ehelicher Hölle, dann sieht eine Beziehung so aus.

»Na schön, Jack, versuchen wir's mal so: Mary will dich und sich selbst umbringen, aber es geht etwas schief. Sie trinkt ihren Kaffee, doch du rührst deinen nicht an. Sie stirbt und du nicht.«

Seine Hand ballte sich zur Faust. »Nein!«

»Wie sehen die Alternativen aus? Irgend jemand haßte Mary – oder dich – so sehr, daß er euch beide umbringen wollte. Jemand, der euch nahe genug steht, um zu wissen, wo ihr den Kaffee aufbewahrt.«

Er sah die schmutzig lachsfarbenen Wände an, die umgitterten, fluoreszierenden Lampen, die angeschlagene Fläche des Metalltisches – alles, nur nicht mich. Sein Grübchenkinn war so angespannt, daß man es als Amboß hätte verwenden können.

»Das ist es, nicht wahr? Und du weißt genau, wer's war, oder? Oder, Jack?«

Er schlug einmal auf den Tisch und erwiderte meinen Blick. »Versuch nicht, mich herumzukommandieren, Janet!«

»Ich will nur die Wahrheit wissen!«

Da war es wieder, das Gespenst der ständigen Auseinandersetzung, das unsere Ehe langsam, aber sicher ausgehöhlt hatte.

»Na schön, Jack. Die Sitzung über deine Kaution ist morgen nachmittag. Ich regle alles.«

»Nein!« fuhr er mich an.

»Was meinst du mit ›nein‹? Es könnten sechs, acht Monate

bis zu deiner Verhandlung vergehen. Du kannst doch nicht hier drin bleiben!«
»Verdammt noch mal, klar kann ich das, wenn ich will. Ich besprech das mit Howard.«
»Jack! Ich weiß, du willst nicht zurück zu ... Du kannst bei mir bleiben!«
»Nein!«
»Oder in einem Hotel! Alles ist besser als ...«
Er stand unvermittelt auf und wandte mir den Rücken zu. »Laß mir meine Ruhe, Janet!«
Als der Hilfssheriff ihn aus dem Raum führte, sah sich Jack noch einmal nach mir um. Mein Exmann wirkte besorgt.

Jacks Küchentisch, seine Arbeitsplatte und die hintere Tür waren noch immer mit dem Graphitstaub der Spurensicherung überzogen. Kreidespuren verunstalteten den Hartholzboden. Den Umrissen nach zu urteilen, war Mary Sutter in sich zusammengesunken gestorben. Strychnin. Die Untersuchungsbeamtin hatte gesagt, sie habe sich so sehr zusammengekrümmt, daß sie sich beim Sturz leicht zwei Knochen gebrochen haben könnte.
Howard Frost stieß einen tiefen Seufzer aus und polierte das Objektiv seiner Kamera. Ich bin eine bessere Fotografin als Howie, aber ich bot ihm nicht an, die Bilder zu machen. Jedenfalls nicht diesmal.
»Hast hier selber mal gelebt, nicht wahr?« Howie hatte einen englischen Akzent, und seine Stimme klang höflich-unverbindlich wie immer. Das ist vor Gericht ein großer Nachteil.
»Den ganzen Kram da« – dabei deutete ich auf die vertrauten Americana, den Ahornholztisch, die Kommode mit der gefliesten Oberfläche und die Kommode in der Ecke – »hab ich ausgesucht.«
»Mmm.« Er hielt die Kamera vors Auge, drehte das Objektiv scharf und beugte sich tiefer über den Tisch mit dem Graphitstaub. Ein Gittermuster aus staubfreien Vierecken

zeigte an, wo die Polizei mit Klebestreifen die Fingerabdrücke abgenommen hatte.

Ich wandte mich der Kommode zu. Die Schubladen waren bereits durchsucht worden. Alte Baukostenvoranschläge, Großhändlerquittungen für Sheetrock, Belege für Marys Künstlerbedarf, nicht abgesandte Publishers-Clearing-House-Umschläge, einer davon an mich adressiert. »Ich frage mich, ob die Polizisten wissen, daß das Ding ein Geheimfach hat.« Ich schob das Durcheinander von Papieren beiseite und tastete nach dem versteckten Verschluß.

Hinter mir überlegte Howie laut: »Den Kaffee noch in der Dose zu vergiften!« Ein Anflug von Zorn; das war die stärkste Gefühlsregung, die ich dieser monotonen Stimme je angehört hatte. »Verdammt leichtsinnig! Und wenn sie jetzt Besuch bekommen hätten?«

»Jack ist ein Glückspilz! Ich kenne niemanden, der so koffeinsüchtig ist wie er! Und die Chance, daß er am Morgen zu spät dran ist und seine Tasse Kaffee stehenläßt . . .« Das Geheimfach gab nach. »Du meine Güte, Howie! Schau dir mal das an!«

Ich hielt ein Foto hoch. Darauf war eine junge Frau mit gespreizten Beinen neben einem Swimmingpool zu sehen. Ihre Haare waren naß, und ihre Augen waren hinter einer großen Sonnenbrille verborgen. Auf den ersten Blick sah die Frau wie Mary Sutter aus, aber Marys Haare hatten ihr bis zur Taille gereicht; auf dem Foto fielen die feuchten Strähnen gerade bis auf die Schultern. Außerdem war Mary hager gewesen und stolz auf ihre etwas schrumpelige, sonnengebräunte Haut. Die Frau auf dem Foto hatte eine vollere, jugendlichere Figur.

Bei ihr waren zwei Männer, der eine lag flach, der andere saß in der Hocke. Beide ließen ihre prächtigen Muskeln spielen. Jung, südländisch, dunkle Haare und Augen; möglicherweise Brüder. Alle drei waren nur mit einem vielsagenden Lächeln bekleidet. Vielleicht sonnten sie sich gerade; vielleicht machten sie auch etwas Interessanteres.

Howie trat hinter mich. »Komisch, daß die Polizei das übersehen hat.«
Ich ließ das Geheimfach zurückschnappen. »Genau wie im Kino. Bloß frage ich mich...« Ich betrachtete das Foto. »Eine jüngere Mary Sutter? Wäre das nicht toll, wenn jemand sie erpreßte? Da erzähl noch einer was von wegen vernünftigem Zweifel gegenüber der Anklage!«
»Weiß nicht so recht. Ist doch ziemlich zahm, die ganze Sache. Und es gibt keinen Grund, warum der liebe Jack den Mund halten sollte, wenn jemand Mary erpreßte. Jedenfalls nicht mehr.«
Ich drehte mich zu ihm um. Seine Babyhaut war ungewöhnlich blaß, als er das Foto ansah.
»Der liebe Jack« war erst kürzlich in Howies Fußballmannschaft eingetreten. Es hatte mich in den vergangenen Monaten ganz schön genervt, ständig zu hören, wie mein Mitarbeiter Jacks »Abwehrfallen« lobte. (Schließlich war Howie *mein* Partner und *mein* Freund. Es war schon schlimm genug, daß Jack das Haus und die Möbel bekommen hatte.)
»Ich war nicht umsonst zwei Jahre zu lang mit Jack Krauder verheiratet. Ich weiß, wann er etwas verheimlicht. Da steckt mehr dahinter.« Ich legte das Foto auf die geflieste Oberfläche mit der Graphitstaubschicht. »Irgendwie hab ich ein schlechtes Gefühl bei dem Bild, Howie. Wie wenn ich auf einer Falltür stünde.«
»Janet? Ich würde wirklich gern mit ihm reden. Heut' abend vielleicht? Oder morgen vor der Verhandlung?«
»Ich kümmere mich schon drum!« Wie oft mußte ich ihm das denn noch erklären? »Wenn wir von ihm was erfahren wollen, müssen wir es aus ihm rausprügeln! Was Jack braucht, ist Führung, nicht Freundschaft.«

Ich hatte Carole Bissett von Anfang an nicht leiden können, von dem Augenblick an, wo sie in das Haus neben dem von mir und Jack einzog. Eine Aerobiclehrerin, so was konnte auch bloß mir passieren. Oder eher Jack: Das Schicksal umgab ihn immer mit schönen Frauen. (Ich war die große Ausnahme von dieser Regel gewesen.) Ich konnte es zwar nicht beweisen, aber ich hatte den Verdacht, daß Jack den größten Teil unseres letzten Ehejahres mit Carole ins Bett gegangen war. Sie war einer der Gründe, warum ich ihm das Haus überlassen hatte; ich haßte den Anblick von Caroles glänzendem Trikot. Sie tupfte sich ihre glühenden Wangen mit einem Frotteeschweißband ab und holte zwei Flaschen Evian-Mineralwasser aus dem Kühlschrank. »Armer Jakkie! Ich wünschte, ich könnte ihm helfen!«

Ich nahm eine der Flaschen und wünschte mir statt des Wassers drei Fingerbreit Whisky darin. »Vielleicht können Sie das. Haben Sie nebenan irgend etwas Ungewöhnliches bemerkt, merkwürdige Besucher, Leute, die Sie nicht dort erwartet hätten?«

Carole legte ihre süße kleine Nase in Falten. »Ach, Sie kennen doch diese Künstler. Viele von Marys Freunden waren ein bißchen merkwürdig.« Dann fügte sie reuig hinzu: »Ich sollte nicht schlecht von ihr reden!«

»Irgendwelche Drogen?«

Ein tolerantes Lächeln. »Sicher nichts Hartes. Mary hat ein bißchen gehascht und auch mal geschnupft. Jackie macht das nicht – Sie kennen ihn ja!«

»Woher hatte Mary das Zeug?«

Sie zögerte. »Ich will niemanden in Schwierigkeiten bringen.«

»Jack steckt sowieso schon bis zum Hals in Schwierigkeiten.« Caroles Gehirn war mit Sicherheit der Körperteil, den sie am wenigsten betätigte. »Waren es diese zwei gutaussehenden Chicanos – wie heißen sie gleich?«

»Jaime und Andy?« Sie verzog das Gesicht bei dem Versuch nachzudenken. Na komm schon, drängte ich sie innerlich; wer nicht wagt, nicht gewinnt. »Vielleicht.«

»Haben Sie eine Ahnung, wo ich sie finden kann?«

»Versuchen Sie's bei Stacy. Sie sind die meiste Zeit mit ihr hergekommen.«

»Stacy?«
»Marys kleine Schwester.«

Wieder starrte ich Jack über den Metalltisch hinweg an. Kantiges Gesicht, grüne Augen, schwarze Haare, die ihm in die Stirn fielen wie bei Superman – er sah einfach blendend aus.
Schade, die Geschichte mit der Scheidung. Was sie aus ihm gemacht hatte.
Und aus mir.
»Ich weiß über Stacy Bescheid, Jack.«
Sein Gesichtsausdruck wurde mißtrauisch. »Was ist mit ihr?«
»Netter Versuch – *lieber Jack*. Aber ich hab sie besucht.«
Ich hatte sie tatsächlich besucht, und an der Tür hatte mich eine ziemlich mitgenommene Frau in Pflegerinnenkleidung abgewiesen. Offenbar nahm Stacy Sutter sich den Tod ihrer Schwester sehr zu Herzen. Vielleicht hatte sie guten Grund dazu.
»Ich hab mir gedacht, ich geh dem Schnappschuß, den ich in deiner Kommodenschublade gefunden habe, lieber noch mal nach. In dem Geheimfach.«
»Was für ein Schnappschuß?«
»Die kleine Orgie an deinem Swimmingpool; nackte Jungs und Koks.«
Seine Lippen preßten sich zu einem weißen Strich zusammen; seine Augen verengten sich zu funkelnden Schlitzen.
»Willst du wissen, was mir das Bild sagt? Entweder haben Mary und du sich erpressen lassen, damit das Negativ nicht an die Öffentlichkeit kommt – schließlich würde niemand so ein Bild gern veröffentlicht sehen, nicht mal jemand wie Stacy Sutter.«
Jacks Nasenflügel begannen sich zu blähen; sein Zorn wuchs.
»Oder, die zweite Möglichkeit: eine kleine pornografische

Anregung für dich. Ein nacktes Mädchen, das jung genug ist, um deine Tochter zu sein.«
Inzwischen war er fast zornig genug.
»Und dann ist da noch die Sache mit den Drogen. Stacy ist kokainsüchtig. Die beiden Männer auf dem Bild sind Pusher.«
Ich glaubte, ihn aus der Reserve gelockt zu haben, aber er unterdrückte, was er hatte sagen wollen.
»Jack, du kannst Stacy Sutter ruhig decken, wenn du willst. Vielleicht ist es dir egal, wenn sie Mary umgebracht hat und dich umbringen wollte! Aber ich frage mich, wie du sie so wütend gemacht hast. Oder hat es schon gereicht, daß du mit beiden Schwestern geschlafen hast?«
Er erhob sich, und dabei fiel sein Stuhl nach hinten um. Auf seinem Gesicht breiteten sich hektische Flecken aus; seine Hände zitterten.
Der Wärter kam sofort herbeigerannt und drehte ihm die Arme auf den Rücken.
»Du hast dich kein bißchen verändert!« zischte Jack mich an.

Ich lief auf Strümpfen im Büro auf und ab. Howie lag mit geschlossenen Augen auf meinem Sofa.
»Hör dir mal meine Theorie an«, sagte ich. »Jack schläft mit Stacy Sutter. Sie hat es satt, ihre Schwester mit deren Freund zu betrügen, und versucht, beide umzubringen. Jack fühlt sich verantwortlich und beschließt, Stacy zuliebe den Mund zu halten.«
»Bißchen weit hergeholt. Kaum zu glauben, daß Jack – oder irgend jemand sonst – so ritterlich sein soll.«
»Nicht ritterlich – altmodisch! Altmodisch genug, um zu glauben, daß das die gerechte Strafe für eine Affäre mit beiden ist.«
»Du hast ihn aber doch nie zu – äh – altmodisch gefunden, als du noch mit ihm verheiratet warst.«
Was für ein Ausbund an Takt, dieser Howie. »Wenn du da-

mit auf seine *Treue* anspielst, hast du recht. Die würde ich ihm nie vorwerfen. Aber er ist auf jeden Fall ein Familienmensch. Er hat mich geheiratet, als er dachte, daß ich ... Und hat das Haus für uns gekauft. Es ist ein großer Unterschied, ob man mit einer Nachbarin schläft, was ziemlich traditionelles Machoverhalten ist« – ich bemühte mich, die Verbitterung aus meiner Stimme zu verdrängen –, »oder mit der kleinen Schwester der Geliebten. Und, Howie, du hättest sein Gesicht sehen sollen, als ich ihn danach gefragt habe. Die Halsadern sind ihm fast geplatzt!«
»Das wundert mich nicht!« Howie rieb sich mit dem Handrücken über sein sauber rasiertes Gesicht. »Aber was bringt uns das? Nehmen wir mal an, Jack gibt's nicht zu und die kleine Schwester auch nicht?«
»Jaime und Andy.«
»Wie bitte?«
»Die beiden Männer, die zusammen mit Stacy Sutter auf dem Bild sind. Sie haben Stacy mit Drogen versorgt. Sie haben offensichtlich ein recht enges Verhältnis gehabt, und sie hat ihnen sicher vertraut. Es ist ziemlich wahrscheinlich, daß sie von der Geschichte mit Stacy und Jack gewußt haben.« Ich ging zu meinem Schreibtisch hinüber. »Das Problem ist nur, Drogenhändler sind verdammt schlechte Zeugen.«
»Ihre Glaubwürdigkeit wird oft angezweifelt«, stimmte Howie zu.
»Und sie sind nachtragend.« Das letzte Mal, als wir einen Koksdealer vorgeladen hatten, hatte er unseren Klienten ins Krankenhaus befördert.
»Du glaubst doch nicht ...?« In Howies Stimme schwang ein für ihn völlig uncharakteristisches Zögern mit. »Du glaubst, daß Jack freiwillig im Gefängnis versauert, um eine Frau zu beschützen. Hast du dich denn schon mal gefragt, ob er nicht vielleicht selbst schuldig sein könnte?«
Ich schlüpfte in meine Pumps. »Kannst du dir eine schlimmere Scheidung vorstellen als unsere, Howie? Wenn Jack

mich nicht umgebracht hat« – ich zuckte mit den Schultern –, »dann bringt er es auch bei keiner anderen fertig.«
Howie blinzelte zu mir hoch. »Komisch, daß *du* ihn verteidigen sollst.«
»Tja, das will er aber!« Das klang zu aggressiv. Ich sah weg. Draußen vor meinem Fenster hing ein Werbeplakat mit der Aufschrift: KATYS KAFFEEKANNE, FRÜHSTÜCK WIE AUF DEM LANDE UND MMMM MMMM KAFFEE.
Sollte Howard sich die Wahrheit doch später von Jack erzählen lassen. Bis dahin hätte ich Jack herausgeholt, den Fall vielleicht sogar schon gelöst.
»Schau, Howie«, ich lachte nervös, »als wir verheiratet waren, hab ich mich selber die ganze Zeit über den grünen Klee gelobt und Jack ständig erzählt, daß ich die beste Strafverteidigerin im ganzen Bundesstaat bin. Bloß, um Eindruck zu schinden bei ihm; du weißt ja, wie das ist.«
»Mmm«, murmelte er amüsiert. Howie wußte, daß ich selbst daran glaubte. »Und die, na ja, die Geschichte – *stört* ihn nicht?«
»Verdammt noch mal! Natürlich stört sie ihn!« Ich begann, in meiner Aktentasche herumzukramen. »Vor mir nimmt er sich in acht. Ist bissig. Wahrscheinlich glaubt er, daß ich es ihm immer noch nachtrage, weil er mich wegen Mary hat sitzenlassen.« Ich biß mir auf die Lippen und sortierte meine Papiere neu. »Und vielleicht tu ich das auch ein bißchen!« Ich knallte den Deckel der Aktentasche zu. »Aber Jack kann nichts Besseres finden als mich, und irgendwo weiß er das auch!« Warum sonst würde er meinen Juniorpartner wollen? Sicher, sie waren befreundet, aber mein Name kam zuerst auf dem Briefkopf. »Wovor ich wirklich Angst habe ...« Ich massierte mein Brustbein; es war heiß im Zimmer, und das Atmen fiel schwer. »Er will keine Kaution, Howie! Er will nichts davon hören.«
Howard richtete sich mit gerunzelten Brauen auf. »Ist er zu sehr mitgenommen, um sich noch was draus zu machen, was aus ihm wird? Ein Leben ohne Mary ...?«

Mary! Ich steckte die Fäuste in die Taschen. »Ich frage mich, ob er ...? Du glaubst doch nicht etwa, daß er drinbleiben will?« Sich weigerte, über seine Verteidigung zu sprechen; sich nur an die nackten Tatsachen hielt. »Howie, er wird doch nicht im Gefängnis bleiben *wollen*, oder?«
Howie legte den Kopf schief und dachte nach.
»Oder ...! Was ist, wenn er damit rechnet, daß wir die Sache vermasseln?« Heuert einen unerfahrenen Jungen an – den Angestellten seiner Exfrau. Vielleicht war das gar kein Vertrauensbeweis. Vielleicht war das Sabotage. »Er kann doch wohl nicht denken, daß ich seinen Fall absichtlich in den Sand setze, oder?«
Howie schwieg; offenbar war ihm diese Möglichkeit bereits in den Sinn gekommen!
»Du weißt, daß ich das nicht machen würde!«
»Janet, wenn er wirklich drinbleiben will? Kann er sich da selbst schützen?«
»Wovor? Wieviel tiefer als die örtliche Wanzenburg kann man denn noch sinken?«
»Unter die Erde?« Howie schielte aus dem Fenster; *Mmmm mmmm Kaffee*, versprach das Werbeplakat. »Jemand hat versucht, ihn umzubringen. Vielleicht fühlt er sich im Moment hinter Gittern einfach sicherer.«
»Sicherer? Mein Junge, Gefangene werden tagtäglich in ihren Zellen umge ...« Ich wandte mich erschüttert ab. »Wo zum Teufel ist meine Jacke?«

Ich traf eine halbe Stunde vor Jacks Kautionsverhandlung im Bezirksgefängnis ein. Als der Hilfssheriff und ich uns der kurzen Reihe von Zellen näherten, hörte ich jemanden würgen, einen Betrunkenen singen, Stimmen auf spanisch reden. Ich hoffte, daß Jack sich eingeengt genug fühlte, um sich den Vorschlag mit der Kaution noch einmal zu überlegen.
Als ich die anderen Gefangenen sah, packte ich den Hilfssheriff am Arm und fragte: »Warum sind die hier?«

Der Hilfssheriff wischte meine Hand von seinem Arm. »Die Verhandlung war vor ein paar Stunden. Kokain. Haben das Zeug verkauft.«
Einen Augenblick lang musterte ich die beiden gutaussehenden Südländer. Der Betrunkene hörte auf zu singen, um mich anzustarren. Ich suchte die übrigen Zellen nach Jack ab. Er lag mit dem Gesicht zur Wand in der Zelle, zwischen dem Betrunkenen und den Südländern.
»Mein Gott! Sie haben ihn *umgebracht*!«
Der Hilfssheriff sah mich an, als hielte er mich für verrückt, besonders, nachdem Jack sich herumgedreht und aufgesetzt hatte.
Ich lehnte mich gegen die Wand hinter mir und legte die Hand auf die Brust. »Hören Sie zu, diese beiden Männer haben Mary Sutter gekannt – sie haben ihr Drogen verkauft; vielleicht haben sie auch ihre Schwester erpreßt!«
Die jungen Südländer sahen mich fragend an. Der Größere murmelte dem Kleineren etwas auf spanisch zu.
Jack zischte mir zu: »Von was redest du überhaupt?«
»Das Problem ist, daß es dir egal ist, wenn sie dich umbringen, Jack, oder? Du willst mir die Informationen nicht geben, mit denen ich dich freibekommen könnte, aber du willst doch dein Leben auch nicht hinter Gittern verbringen!« Das war nicht gerade das, was man als Anwalt in der Öffentlichkeit sagte, aber ich konnte nicht aufhören. »Ich lasse jedenfalls nicht zu, daß du hier drin ermordet wirst!«
Der Hilfssheriff trat zwischen mich und die Gitterstäbe. »In meinem Gefängnis wird niemand ermordet!«
»Sie meinen wohl, niemand *mehr*?«
Vergangenen Monat war ein Drogenhändler am Abend vor seiner Aussage gegen seinen Mitangeklagten in seiner Zelle gestorben. Den Gefangenen in den Nachbarzellen war »nicht aufgefallen«, wie sein Schädel gegen die Gitterstäbe schlug. Der Sheriff hatte es als Unfall bezeichnet; der Gefangene war ausgerutscht und hingefallen.

Ich hatte die Leiche in der Stahlschublade gesehen. Wenn der Mann tatsächlich hingefallen war, mußte das mindestens ein halbes dutzendmal passiert sein.
Das Gesicht des Hilfssheriffs lief dunkelrot an.

»Euer Ehren, abgesehen davon, daß in diesem Fall keine Fluchtgefahr besteht, halte ich den Beklagten auch für körperlich gefährdet, wenn er weiterhin im Bezirksgefängnis bleiben muß.«
Auf den kirchenbankähnlichen Sitzen hinter mir lauerten die Reporter. Ich hörte aufgeregtes Flüstern. Ich fühlte den Zorn des Bezirksstaatsanwaltes und die übellaunige Abneigung des Richters gegen jede Art von Melodram. Aber ich glaubte, keine andere Wahl zu haben. Ich sprach über Jaime und Andy und gab dem Staatsanwalt und dem Richter jeweils einen Abzug des Fotos, das ich in Jacks Geheimfach gefunden hatte. »Diese beiden Männer befinden sich gegenwärtig in der Zelle neben der von Mr. Krauder, Euer Ehren. Ich bin der Überzeugung, daß sie sich absichtlich haben verhaften lassen, um so meinen Klienten vor seiner Verhandlung umbringen zu können.«
Der Richter schlug mit seinem Hammer auf den Tisch, um die Anwesenden zum Schweigen zu bringen.
»Euer Ehren!« Der Bezirksstaatsanwalt hörte sich – wie nicht anders zu erwarten – skeptisch an. »Wir werden gegen die Zulässigkeit und die Relevanz dieses Fotos ein andermal Widerspruch einlegen. Ich würde jedoch gerne zu Protokoll geben, daß ich die beiden erwähnten Männer persönlich kenne. Sie heißen Julio und Silvio Marcos. Sie wurden aufgrund eines verläßlichen Informanten wegen Drogenbesitzes festgenommen.«
Verläßlicher Informant – das ist im Polizeijargon jeder anonyme Schleimer, der sie anruft.
»Zumindest« – ich bemühte mich, ruhig zu bleiben – »sollten sie in einem anderen Gefängnis untergebracht werden, bis über die Kaution entschieden ist!«

»Ich hab diese Männer noch nie gesehen!« mischte sich Jack ein. »Das sind nicht Jaime und Andy!«
Der Richter, ein alter Griesgram, starrte mich wütend an. »Dann sehe ich eigentlich keinerlei Veranlassung, warum wir die Gefangenen unbedingt trennen sollten, oder, Miss Dale?«
Ich hätte nie gedacht, daß ich so etwas einmal über einen eigenen Klienten sagen würde: »Er lügt, Euer Ehren!«
Der Bezirksstaatsanwalt konnte ein Keuchen gerade noch unterdrücken.
»Treten Sie vor an den Tisch des Richters!« bellte der Richter. Sein Tonfall klang eher nach: Auf der Stelle raus mit Ihnen, junge Frau!
Ich hielt mich an der Eichenumrandung seines Tisches fest und reckte den Hals vor, um ihn anzuflehen. »Bitte! Ich will hier noch nicht die Einzelheiten meiner Verteidigung verraten, Euer Ehren, aber diese beiden Männer sind . . .«
Der Bezirksstaatsanwalt schlug mit der Hand auf das Foto, das ich ihm gegeben hatte. »Das sind andere Männer! Sogar Krauder selbst sagt das!«
»Sie haben die Sonne im Rücken! Schauen Sie das Bild nur einmal genauer an. Es sind die gleichen.«
»Janet!« Der Bezirksstaatsanwalt und ich waren im Gericht schon zu oft aufeinandergetroffen, als daß es zwischen uns bei einer bloßen Zufallsbekanntschaft geblieben wäre. »Ich weiß, daß Sie mal mit dem Kerl verheiratet waren, aber was Sie jetzt hier machen, grenzt an Paranoia!«
Wütend wandte ich mich von ihm ab. »Euer Ehren, es tut doch niemandem weh, wenn wir diese Männer . . .«
»Jetzt reicht's!« Der Richter knallte die Kladde mit seiner verhutzelten Hand zu. »Wir sind hier nicht in Los Angeles! Sie wissen ganz genau, daß wir nur ein Gefängnis haben! Und ich werde den Prozeß gegen diese beiden Männer mit Sicherheit nicht dadurch gefährden, daß ich sie in eine andere Stadt verlegen lasse, Miss Dale!«
An seinem Gesicht war deutlich abzulesen, daß jeder wei-

tere Kommentar zwecklos war. Ich sah den Bezirksstaatsanwalt an. Seine besorgte Miene war demütigend.
Ich marschierte zum Verteidigertisch zurück. Jacks Mund verzog sich zu einem spöttisch-frostigen Grinsen. Er sagte laut und vernehmlich: »Die Frau ist nicht meine Verteidigerin! Ich will nicht, daß sie mich verteidigt!«
Der Richter bellte: »Was? Miss Dale, hat der Angeklagte Sie bevollmächtigt, hier als seine Verteidigerin aufzutreten?«
Ich zwang mich, Jack nicht anzusehen. Idiot! »Mein Partner Howard Frost ist der eingetragene Verteidiger, Euer Ehren. Mr. Frost konnte heute nachmittag nicht hier erscheinen. Er ist in einer Verhandlung, und ich vertrete ihn.«
»Dann will ich nicht auf Kaution raus!« Jacks Stimme schäumte vor Boshaftigkeit. »Ich bleibe lieber hier, wo ich bin, bis . . .«
»Sei still, Jack!«
Die Unruhe auf den Bänken wurde größer. Der Richter rief verzweifelt: »Miss Dale, warum stehlen Sie dem hohen Gericht die Zeit mit einer Kautionsverhandlung, wenn Ihr Klient – Mr. Frosts Klient! – gar nicht . . .« Er schlug ein paarmal mit dem Hammer auf den Tisch. »Ruhe! Alle! Wir sind hier nicht bei einem Fußballspiel, das ist ein Gerichtssaal!«
Ich hatte so gut wie keine Zweifel, daß der Richter Jack als nächstes in seine Zelle zurückschicken würde. Ich sah Jack an und haßte ihn für das, wozu er mich zwang.
»Ich will nicht indirekt an Mr. Krauders Selbstmord beteiligt sein, Euer Ehren!« beharrte ich. »Und genau das verlangen Sie von mir!« Ich sprach lauter und übertönte den wilden Ruf des Richters, ich mißachtete die Ehre des Gerichts. »Jack weiß, daß man ihn im Gefängnis umbringen wird, und das ist ihm egal! Er fühlt sich moralisch verantwortlich. Er will . . .« Ich schluckte. Ich verlor die Beherrschung. Das durfte ich nicht. »Sie müssen Jack kennen, um das zu verstehen! Jemand, der ihm wichtig ist, jemand, dem er seiner Ansicht nach Unrecht getan hat, hat mit Drogenhändlern zu tun – mit diesen beiden Gefangenen, Jaime und Andy! Ver-

stehen Sie denn nicht: Sie haben Angst, daß Jack sie mit seiner Aussage belastet ...«

Ich sah mich im Gerichtssaal um: die Wut des Richters; das schockierte Mitleid des Bezirksstaatsanwaltes. Hysterische Exfrau dachten sie wohl. Und ich erinnerte mich an den toten Gefangenen mit dem blutigen Kopf und dem Schädelbruch. Nur noch ein paar Augenblicke, dann wäre das Verfahren vorbei, und man würde Jack wegführen. Ich spielte meine Trumpfkarte aus.

Jack klappte die Kinnlade herunter. »Verdammt«, flüsterte er und blickte in die Mündung des Revolvers, den ich gerade aus meinem Aktenkoffer geholt hatte.

Ich sah, wie der Bezirksstaatsanwalt versuchte, dem Amtsdiener durch eine Geste etwas mitzuteilen, und zielte instinktiv mit der Waffe auf ihn, bevor ich zu dem Schluß kam, daß es wohl sicherer wäre, sie nur auf eine Person zu richten. Und weil ich Jack mit mir nehmen wollte, mußte diese eine Person Jack sein.

»Bitte«, flehte ich den Richter an, »versuchen Sie zu verstehen, warum ich das tue. Wenn sich herausstellen sollte, daß die Gefangenen nicht Jaime und Andy sind, okay. Ich bringe Jack wieder zurück. Aber ich kann einfach nicht zusehen, wie er wieder ins Gefängnis zurückgeht und umgebracht wird!«

Die Stille veränderte sich, als der Richter die Arme hob. Einen Augenblick stand er bewegungslos da, wie eine Vogelscheuche im Talar. Dann krächzte er: »Bitte machen Sie die Gänge frei. Ich will den Angeklagten nicht durch unser Eingreifen gefährden.«

»Ich werde nicht gehen«, knurrte Jack. Er senkte stur den Kopf, wandte den Blick aber nicht von der Waffe ab.

Ich streckte den Arm aus, bis der Revolver nur noch wenige Zentimeter von seinem Gesicht entfernt war. Vorsicht, *toro*.

»Ich werfe meine ganze Karriere für dich weg, Jack! Meine *Karriere*! Um dein erbärmliches Leben zu retten! Verdammt, so hilf mir doch ein einziges Mal!«

Die Hand, in der ich die Waffe hielt, zitterte nicht. Ich hatte für meine Zielsicherheit Auszeichnungen bekommen; und ich hoffte, daß Jack sich daran erinnerte. Nach einer langen Pause, die mir vorkam wie Jahre, drehte er sich um und ging mir voran aus dem Gerichtssaal.

Die Zuschauer regten sich, ein Blitzwürfel knallte. Meine Hand zitterte nicht. Niemand hatte das Bedürfnis, den Helden zu spielen.

Die Gänge waren nahezu leer; ich hatte mich absichtlich um einen Termin am späten Nachmittag bemüht. Der Protokollführer; eine Frau mit einem Stück Gebäck in der Hand; ein Anwalt, der zusammengesunken auf einer Bank saß – sie alle beobachteten uns mit erschrecktem, fahlem Gesicht, machten aber keine Anstalten, sich einzumischen. Wir gelangten ohne Schwierigkeiten zu meinem Wagen, den ich unrechtmäßig vor dem hinteren Eingang abgestellt hatte. Ich fuhr mit quietschenden Reifen aus dem Parkplatz und sah mich nach Polizeipatrouillen um. Die meisten von ihnen waren noch in der Stadt unterwegs, weil ich vor der Verhandlung einen falschen Alarm ausgelöst hatte. Ich lenkte den Wagen mit einer Hand und drückte Jack die Mündung des Revolvers in den Unterleib.

»Versuch nicht, mir die Waffe abzunehmen, Jack. Wenn sie losgeht, bist du vielleicht nicht tot, aber wahrscheinlich schrecklich unglücklich.«

Ich warf ihm einen Blick zu. Er war weiß wie Vanillepudding und hatte die Augen wie im Gebet geschlossen.

Es war wichtig, daß ich das Auto loswurde; die Polizei würde die Nummer schon bald haben. Ich steuerte den Wagen in eine Tiefgarage. Ich hatte Glück; es war gerade niemand dort unten. Also mußte ich mir keine Gedanken darüber machen, wie ich die Waffe am besten versteckte, als ich Jack aus dem Auto und in den Aufzug dirigierte.

Wir stiegen ganz oben aus und fanden uns auf einem zugigen Dach wieder. Jack wich rückwärts ein, zwei Meter von mir zurück, bevor ich die Waffe wieder hob. »Fangen wir

noch mal von vorn an, Jackie. Und erzähl mir jetzt keinen Stuß mehr! Sag mir, was du weißt.«
»Das Gebäude hat nur vier Stockwerke. Vielleicht bin ich nicht tot, wenn ich runterfalle.«
»Wenn du runterfällst«, wiederholte ich.
»Das hast du doch vor, oder? Du wirst sagen, ich habe den Mord gestanden und bin aus Reue gesprungen. Du wirst sagen, du hast versucht, mich aufzuhalten, aber ich habe dich überwältigt. Du wirst weinen und sagen, wie sehr du mich geliebt hast, und alle werden dir das abkaufen, weil du für mich sogar das Risiko eingegangen bist, daß man dir die Zulassung entzieht.« Sein Gesicht verzerrte sich vor Verachtung, und zum erstenmal spürte ich, wie die Waffe in meiner Hand zitterte. »Ich soll dir sagen, was ich weiß? Ich weiß, daß ich dich nur geheiratet hab, weil du mich reingelegt hast. Du hast mich fast erstickt mit deinen ständigen Klagen und deiner Klettenhaftigkeit. Du warst doch auf jede Frau eifersüchtig, mit der ich je gesprochen habe, und durch unsere Scheidung hat sich daran nicht das geringste geändert. Glaubst du vielleicht, ich hätte nicht gesehen, wie du mir und Mary nachspioniert hast? Du und dein verdammtes Teleobjektiv! Du hast doch das Foto von Stacy und ihren Freunden an unserem Swimmingpool gemacht, oder? Weil du gedacht hast, das ist Mary.«
Die Distanz zwischen uns schien größer zu werden. »Nein!«
»Du hast gesagt, du hast es in meinem Haus gefunden. Wenn das stimmt, hast du es zuerst da hingelegt.«
»Warum sollte ich das tun?«
»Damit die Polizei glaubt, Jaime und Andy sind bei mir im Gefängnis. Du weißt ganz genau, daß die beiden nicht Jaime und Andy sind! Wahrscheinlich hast du sie selbst auffliegen lassen. Durch deinen Job hast du Kontakte zu allen Drogenhändlern der Stadt. Du mußtest nur darauf achten, daß du zwei Männer erwischst, die ein bißchen wie die auf dem Foto aussehen, und hast ihnen dann die Polizei auf den Hals gehetzt.«

»Warum sollte ich ...«
»Damit du einen Grund für den ganzen Zirkus hier hast: Damit du mich aus dem Gefängnis herausbekommst und den Plan zu Ende führen kannst, den du mit dem Gift im Kaffee begonnen hast.«
Ich sah ihn über die rußige Oberfläche des Daches hinweg an. Breite Brust, lange Beine, wehendes schwarzes Haar; was für ein verdammt gutaussehender Bastard!
»Du hast's geschafft, mir ein paar meiner Beziehungen ordentlich zu vermiesen, was, Janet? Ich hab mich oft gefragt, was du zu meiner Buchhalterin gesagt hast, daß sie mich so hat sitzenlassen! Aber du hast gesehen, Mary und ich ...« Er massierte sich den Brustkorb, als schmerze er. »Wir haben einander zu sehr geliebt, als daß du dich zwischen uns hättest drängen können. Und das hast du nicht ertragen. Du wolltest uns beide umbringen. Aber ich hab an dem Morgen keinen Kaffee getrunken. Und du weißt, ich bin nicht dumm. Über kurz oder lang mußte ich merken, daß du es warst; du bist die einzige, die verrückt genug für so was ist. Ich wünschte nur, ich hätte erkannt – ich hab so vieles am Hals gehabt ...« Er fuhr sich mit beiden Händen durch die Haare, faßte sich am Kopf, ließ die Schultern hängen. »Ich hab gedacht, das ist einfach nur wieder mal typisch für dich. Bis du die Waffe gezückt hast, habe ich nicht ...«
»Ich liebe dich, Jack!« Wenn er es nur zuließe, daß ich ihn tröstete.
»Liebe!« Aus dem Wort klang Abscheu. Er preßte die Arme an den Körper wie ein Soldat. »Du hättest mich umgebracht, wenn sie mich auf Kaution freigelassen hätten, oder? Wer würde schon meine Anwältin verdächtigen? Und als ich dir gesagt habe, daß ich nicht auf Kaution raus will, mußtest du diese ganze Farce hier inszenieren. Das Foto ins Haus schmuggeln, die beiden Chicanos auffliegen lassen, vor dem Gefängniswärter die Show abziehen, damit er später zu deinen Gunsten aussagt. Und, natürlich, mich heute ›retten‹. Vielleicht entzieht man dir dafür die Zulassung, aber es

werden auch eine Menge Leute Mitleid mit dir haben – selbst wenn sie herausfinden, daß du dich mit den beiden Typen im Gefängnis ›getäuscht‹ hast. Du wirst einen kleinen Nervenzusammenbruch haben, der vielleicht sogar aufrichtig gemeint ist, wenn ich tot bin. Und dein Freund, der Bezirksstaatsanwalt, wird dich mit Nachsicht behandeln. Vielleicht mußt du nicht mal ins Gefängnis – verdammt, wenn irgend jemand genau weiß, wie das Spiel läuft, dann bist du das!«

»Du hättest mich nicht verlassen sollen, Jack. Mary hat dich nicht so geliebt wie ich.«

Er spuckte mich an.

»Na schön, du Schwein! Spring, oder laß dich erschießen. Such dir's aus.«

»Und was erzählst du ihnen, wenn du mich erschießt?«

»Daß du mich umbringen wolltest.«

»Nachdem ich alles gestanden habe?«

Ich nickte.

»Nein, Janet, so funktioniert das nicht. Es gibt nämlich einen Zeugen.«

Und tatsächlich, hinter mir stand Howie Frost, das Gesicht vor Erstaunen verzogen. »Janet?« Er schüttelte ungläubig den Kopf. »Meine Verhandlung ist verschoben – ich habe ihren Sachverständigen für inkompetent erklären lassen.« Tja, ja, er hatte schon was dazugelernt. »Ich bin herausgekommen und habe deinen Wagen am Hintereingang gesehen. Und weil ich weiß, was du für Jack empfindest, hab ich mir gedacht, ich fahr dir lieber nach und paß ein bißchen auf.« Howie schlang die Arme um seinen Körper. »Nicht, daß ich wirklich geglaubt hätte ... O Janet! Du brauchst Hilfe!«

Ich spürte, wie meine Unterlippe zitterte und mein Kinn sich verkrampfte.

»Gib mir die Waffe, Janet, komm, gib sie mir! Es wird alles wieder gut. Wir sorgen dafür, daß du einen guten Therapeuten und jede erdenkliche Hilfe bekommst!«

»›Hilfe‹!« wiederholte Jack. In seiner Stimme schwang mehr mit als bloßer Abscheu; sie klang nach kaltem, geballtem Haß. »Du glaubst, weil du jeden Psychiater und jeden Richter der Stadt kennst, kommst du ungeschoren davon, oder, Janet? Du denkst, du kannst das System hintergehen wie dieser ganze Abschaum, den du immer verteidigst!« Er machte einen Schritt auf mich zu und hob die Faust. »Tja, das wird dir *nicht* gelingen! Jedenfalls nicht, solange ich...«

»Howie – hör dir das an! Er verdient den Tod! Er hat mich die ganze Zeit über schlecht behandelt, all die Jahre. Er hat mich angelogen, mich reingelegt. Er *muß* dafür zahlen!«

»Ich denke bloß an dich, Janet.« Howie trat zwischen mich und Jack und streckte die Hand aus. Er sah aus wie ein verängstigtes Reh. »Um Himmels willen!« schrie er mit schriller Stimme. – Wer hätte das von Howie erwartet? »Dir zuliebe! Bitte! Gib mir die Waffe!«

Ich sah, daß Jack heimlich näher kam und Howie als Dekkung benutzte. Ich machte einen Schritt zur Seite und versuchte, ein freies Schußfeld zu bekommen, aber auch Howie duckte sich seitwärts und versperrte mir die Sicht.

Verdammter Howie! Er war *mein* Partner, *mein* Freund – und er hatte sich mit Jack verbündet! Alle Welt verbündete sich mit Jack!

Howie streckte die Hand nach der Waffe aus, Jack drei Schritte hinter ihm. Nur noch eine Sekunde, dann hatten sie mich. Wenn nicht...

Ich hatte einige Verfahren gewonnen, indem ich auf Unzurechnungsfähigkeit plädierte; ich wußte, worauf die Psychiater aus waren. Und ich war eine gute Schauspielerin; als Anwältin mußte ich das sein. Mit ein bißchen Glück würde ich damit durchkommen.

Es waren nur zwei Schüsse nötig.

Stimmen unter dem Dach

Irene Rodrian

Das Haus lag weit außerhalb des Dorfes auf einer kleinen Anhöhe. Direkt dahinter ragte der Wald auf, düster und vielleicht noch unberührt. Davor senkten sich hügelige Wiesen bis zur Straße hinunter, man konnte über die Felder bis aufs Moor hinübersehen. Im Frühling und Sommer war es schön, dann blühte alles und strotzte vor Leben und Farben. Es glich einem Wunder, daß es so nah bei dem Dorf mit seinen Hotels und der Straße mit den Kolonnen der Touristenautos noch so ein kleines Naturparadies gab.
Jetzt aber, im Oktober, waren die Äcker kahl und die Wanderwege verwaist. Über dem Moor stieg Nebel auf, und ungehindert heulte der Nordwind über die nackte Erde und die kurzgeschorenen Wiesen. Im Vorgarten faulte das Laub, und die Tannen bogen sich ächzend, als wären sie das alles schon lange leid. Es wurde früh dunkel.
Sie fröstelte.
Es war nicht kalt, nur unfreundlich. Feucht und kühl. Das richtige Wetter für ein flackerndes Kaminfeuer. Aber das Feuer anzuzünden wäre so, als würde es ihre Einsamkeit nur noch betonen. Sie schenkte sich den Champagnerrest ins Glas und öffnete eine Flasche. Sie verabscheute das Gefummel mit dem Drahtzeug, aber sie trank selten etwas anderes.
Hinter dem Haus heulte das Motorrad auf. Dieser Schwachkopf machte das extra, da war sie ganz sicher. Immerhin hatte Rosl gefragt, ob sie ihr noch eine Flasche aufmachen oder ob sie ein Feuer anmachen sollte. Rosl war

dumm, aber freundlich, und schließlich brauchte die ihren freien Tag, sonst ging sie auch weg wie die anderen. Sie sah grotesk aus, den fetten Arsch in diese schwarze Lederkluft gezwängt, einen roten Sturzhelm unter dem Arm. Und natürlich würde sie erst morgen wiederkommen, dieser Schwachkopf mit seiner Honda würde sich kaum mit Kino und Händchenhalten begnügen.
Das schwere Motorrad kam auf dem Seitenweg hervorgeschossen, die beiden jungen Leute darauf hockten so dicht beieinander, daß sie wie ein einziger Körper wirkten. Der Himmel war grau, nur eine Schattierung dunkler als die Nebel, die jetzt immer näher herkrochen und die Straße schon fast erreicht hatten. Das Motorrad bremste kurz, bog ab und raste davon.
Es begann zu regnen. Leicht zuerst, dann heftiger. Der Wind nahm zu und peitschte erste dicke Tropfen gegen die Scheiben. Sie empfand so etwas wie Schadenfreude und wandte sich vom Fenster ab.
Es war dunkel im Haus. Sie ging fast hastig von einer Lampe zur anderen und schaltete sie ein, aber es schien, als bliebe noch ein Rest Dunkelheit oben unter den Dachbalken hängen.
Das Haus stammte aus dem achtzehnten Jahrhundert und war wohl einmal von einem reichen Bauern gebaut worden. Ihm hatten die umliegenden Felder und Wälder, die sich bis zum Dorf erstreckten, gehört, und er hatte diese Räume groß und hoch angelegt. Sie hatte viel verändert, Wände einreißen und neue ziehen lassen, aber sie hatte versucht, etwas von dem Charme des alten Hauses zu erhalten. Die alten Türen und Treppen zum Beispiel und das Gebälk. Manchmal flüsterte es dort oben, als würden sich die Geister der früheren Bewohner über sie und ihre seltsame Art zu leben unterhalten. Mit Erwin hatten sie darüber immer gelacht und ganze Dialoge in altertümlichem Deutsch erfunden.
»Seht nur, wie mager die Dirne ist!«

»Krank sieht sie aus, verhungert. Und der Knecht kann auch nie und nimmer ein Fuder Heu stemmen.«
»Und wie verschwenderisch sie einheizen, sie werden uns noch das Dach über dem Kopf anstecken!«
»Papperlapapp, meinem Rheuma und dem Podagra tut's gut, auch heute noch . . .«, und dann ächzten die alten Balken, und Erwin schenkte Champagner nach.
Das Zeug war viel zu kalt, und das Knarzen der Dachsparren unheimlich. Der Wind hatte zugenommen. Irgendwo klapperte ein loser Fensterladen, aber sie hatte keine Lust, jetzt hinauszugehen in die Dunkelheit. Sie setzte sich neben das Telefon und blätterte etwas ziellos in ihrem Adreßbuch. Die Nummer von Erwin kannte sie auswendig, obwohl sie ihn so gut wie nie anrief. Wozu auch, nur um sich anzuhören, wie süß der Kleine war oder daß er schon Papa sagen konnte?! Wie unendlich lächerlich, mit fast sechzig noch ein Kind zu machen. So abgeschmackt.
Sie hatten sich damals gegen Kinder entschieden. Dieses Elend bei den Kollegen. Diese armen Würmchen. Schauspieler sind nun mal keine guten Eltern. Sie leben für die Bühne, sie müssen frei sein. Aber diese – Gabi hieß sie – diese neue, die studierte noch. Was auch immer. Fast dreißig Jahre jünger als er, da mußte sie ja einen klinikreifen Vaterkomplex haben. Mein Gott, wie mußte er sich langweilen mit diesem Hühnchen. Sie hatte die Nummer gewählt, ohne es zu merken. »Ja, hier bei Roth.« Die Schwiegermutter!
Barbara Roth, könnte sie sagen, die eigentliche Frau Roth. Sie legte auf. Allein schon die Vorstellung, daß da eine Bruthenne mit ihrem Namen rumlief. Gabi Roth, du meine Güte! Und die Mutter hütete das Kind und war gerade eben mal zwei Jahre jünger als Erwin. Es war zum Kotzen. Barbara stellte ihr Glas ab und ging nervös auf und ab. Sie konnte auch die Elektroheizung anstellen, aber das dauerte ewig und kostete ein Vermögen. Sie zögerte, als sie an dem venezianischen Spiegel vorbeikam. Er verzerrte etwas, sie

hatte ihn damals hauptsächlich wegen dem wunderschönen Rahmen gekauft. Sie war schlank und schön, daran gab es keinen Zweifel. Überhaupt war es die Zeit der reifen Frauen. Fünfzig, das war heute so wie früher einmal dreißig. Der Höhepunkt. Sie fühlte sich schon sehr viel besser. Holte ihr Glas und lief fast beschwingt zu dem kleinen Alkoven hinüber, in dem das Tischchen mit der Schreibmaschine stand.

Das war der absolute Wahnsinn! Wie die sich da im Uhrwerk festklammerten und fast zerquetscht wurden. Diese gigantischen grauen Zähne und der winzigkleine Basil. Endlich hatte die Spannung auch Evi erfaßt, und sie klammerte sich an ihn. Natürlich weil sie Angst hatte. Er hatte selber feuchte Finger. Irre, jetzt stürzte Basil ab. Tiefer und immer tiefer. Und dann kommen die anderen angeflogen. Der große Mäusedetektiv ist gerettet. Bernd liebte Zeichentrickfilme, und Walt Disney war für ihn der Größte und ein Genie. Oder eben echte Action. Er küßte Evi und zog sie mit aus dem Kino.
Mit Evi war er jetzt seit über einem Jahr zusammen, so gut wie verheiratet. Manchmal führte sie sich auch so auf. Wie eine Gattin, die das Sagen hat. Aber bitte nicht mit ihm. Zeichentrick fand sie blöd, ausgerechnet sie mit ihrem IQ von dreizehn Komma sieben. Kindisch nannte sie das. Es war schon schlimm. Vor allem, weil er mit dem geklauten Porsche ein paar Stunden untertauchen mußte; jedenfalls, bis es dunkel wurde.
Er spielte Evi die romantische Nummer vor, das zog immer. *Just Cola, Popcorn and you.* Er mußte sie richtig reinknutschen in die Nachmittagsvorstellung. Und dann wollte sie natürlich weitermachen, ausgerechnet, während da oben auf der Leinwand der geilste Film seit »Hamish, der Sklavenhändler« losging. Allein schon der Anfang, mit dem Rattern der Kutsche über regennasses Kopfsteinpflaster und Dr. Wasdenn mit der *Times* auf dem Trittbrett. Evi

quatschte dauernd dazwischen, faßte ihm in die Hose und war voll infantil. Begriff null. Dann war sie sauer, und er schaute gar nicht mehr zu ihr rüber, bis er dann merkte, daß es sie auch gepackt hatte. Wie der große Rattenzahn kam und wie der kleine Champagnerschlucker von der fetten rosa Katze gefressen wurde. Echt. Das kam gut.
Der Porsche sprang sofort an, und wieder kapierte Evi nichts. Er konnte hier nicht mit ihr rummachen, direkt unter der Straßenlaterne, er mußte raus aus der Stadt. Der Motor röhrte auf. Er ließ die Kupplung zu schnell los, die Karre sprang fast aus dem Stand auf hundert. Evi wurde in ihren Sitz zurückgedrückt wie ein Falter an die Windschutzscheibe und hielt erst mal die Luft an. Bernd konzentrierte sich darauf, diesen mitternachtsblauen Kindertraum so unauffällig wie nur möglich auf die Landstraße rauszubekommen. Bremsen bei Gelb, anhalten bei Rot und keine alten Mütterchen umfahren, bloß weil sie aussahen wie zu groß geratene Pinguine.
Das Jaulen der Polizeisirene drang wie ein körperlicher Schmerz direkt durch den Magen. Er zuckte zusammen und drückte automatisch das Gaspedal durch. Fing sich sofort wieder und fuhr gemäßigt rechts ran. Zwei Streifenwagen rasten an ihm vorbei, dicht gefolgt von einem Krankenwagen. Bernd atmete tief durch. Evi sah ihn an, sie schien etwas gemerkt zu haben, er wandte sich ihr zu. »Ich mag dich«, flüsterte sie und schmiegte sich an ihn. Er umarmte sie und hielt sie fest an sich gedrückt. »Ich dich auch«, sagte er leise und meinte es auch so. Evi war schon verdammt süß.

»Ein steiler Zahn«, das war doch ein witziger Titel. Gerade jetzt, wo die fünfziger Jahre plötzlich in allen Bereichen so stilbildend waren. Die kurze Zeit bei Gründgens in Düsseldorf und das aufregende Jahr bei Barlog in Berlin hatte sie abgeschlossen. Sie hatte damals keine großen Rollen gespielt, meine Güte, sie war ja auch so jung gewesen. Bar-

bara nahm einen tiefen Schluck und tippte weiter. Die Szene, in der sie sich bei dem Filmproduzenten vorstellte, der gar keiner war. Sie hatte einen rosa Angorapulli mit Nickitüchlein an und einen weiten Glockenrock. Zuerst nannte er sie einen steilen Zahn, dann, als sie sich nicht ausziehen wollte, eine verklemmte Pute. Er war ein Betrüger, der durch Zeitungsannoncen junge Mädchen in sein sogenanntes Studio lockte.
Barbara lehnte sich zurück. Der Champagner war schal. Draußen jaulte der Wind über die Dachziegel und rauschte in den Wald hinter dem Haus. Es klang wie Flüstern und Wimmern, wie schleichende Schritte und lauernder Atem.
Sie holte sich das Telefon an den Tisch und wählte Tommys Nummer. Auch die kannte sie auswendig, sie konnte ihn immer anrufen, wenn sie nicht weiterwußte. Er war freiberuflicher Journalist und ihr Ghostwriter.
»Ja?« Seine Stimme klang mißtrauisch und kurz angebunden. Sie hörte Stimmen im Hintergrund, Musik, Lachen. Sie erzählte ihm von der lustigen Episode, an die sie sich eben erinnert hatte, ihre Idee für einen Titel. Er fand das alles blöd. Er sagte es nicht so direkt, versuchte höflich zu bleiben, sprach mit jemand im Hintergrund. »Ja, ich komme schon.« Sie knallte den Hörer auf die Gabel. Widerlicher Abkocher! Zu Anfang, als er dauernd um sie herumgedienert war, nur um an den Auftrag für ihre Memoiren ranzukommen, da hätte er nie im Leben eine Party gegeben, ohne sie einzuladen. Stolz rumgezeigt hatte er sie überall. Sie schenkte sich nach und trank. Verträge kann man schließlich kündigen. Sie überlegte kurz, ob sie Gellert anrufen sollte. Gellert war sicher zu Hause und gab auch ganz bestimmt keine Party für junge Leute, zu denen sie nicht paßte. Ganz im Gegenteil, Gellert wurde langsam selber alt. Mein Gott, war sie damals glücklich gewesen, der große Gellert war ihr Agent, und sie war ihm immer, all die Jahre hindurch, treu geblieben. Aber, das war ja wohl noch lange kein Grund für ihn, sich jetzt als ihr Papa und Erzie-

her aufzuspielen. Trink nicht soviel, denk an deine Gesundheit, geh lieber mal früher ins Bett. Blödmann! Und, wenn er gnädig war, dann würde er wieder mit so einer mittelmäßigen Fernsehserie fürs Vorabendprogramm ankommen.
Nein. Dafür war sie sich wirklich zu schade. Man nutzte sich zu schnell ab, und, wenn dann einmal eine große Rolle zu vergeben war, dann galt sie als verbraucht. Sie kannte die unmenschliche Art, in der sich Redakteure und Regisseure über einen unterhielten, wenn man nicht dabei war. Das war früher auch anders gewesen. In den fünfziger Jahren, als sie der große Filmstar war, da wurden Schauspieler noch hofiert, Stars noch geachtet. Eben wie in Hollywood.
Die Flasche war fast leer. Sie mußte beim Einschenken etwas verschüttet haben. Egal, sie stand auf.
Das Haus schien zu atmen. Die Wände bewegten sich im sanften Rhythmus ihres eigenen Pulsschlages. Sie könnte das Haus auch verkaufen und wieder in die Stadt ziehen. Aber das wäre so etwas wie eine Kapitulation. Barbara Roth gab nicht auf. Sie hatte noch nie aufgegeben. Sie holte aus, um die leere Flasche gegen die Wand zu schleudern, als sie das Geräusch hörte.
Es war nicht im Haus, sondern draußen. Und es war nicht der Wind. Wie ein Rufen. Meine Güte, jetzt hörte sie schon Stimmen. Sie stellte die Flasche vorsichtig auf den Tisch. Da, wieder. Sie wich langsam an die Wand zurück, weg von den Fenstern, gegen die der Sturm den Regen und die Zweige der Spalierbirne peitschte.
Das Klopfen wiederholte sich, und auch die Stimmen. Es dauerte einige Minuten, so schien es ihr, bis ihr klar war, daß jemand vor der Tür stand. Jemand, der in der Dunkelheit den Klingelknopf nicht fand. Jemand, der nicht wußte, daß es gar kein Knopf war, sondern eine altmodische Kette links neben der Tür. Jemand, der das Haus nicht kannte. Ein Fremder.
Sie bewegte sich noch immer nicht. Das Klopfen wurde

stärker, wieder Rufe. »Hallo! Ist jemand da?« Dann Schritte im Kies, jemand versuchte, um das Haus herumzugehen. Die Fenster waren nicht gesichert. Bei uns passiert nichts, hatten die Leute im Dorf gesagt, als sie Gitter bestellen wollte. Und die Alarmanlage stellte sie nie an. Entschlossen ging sie zur Tür und schaltete die Außenbeleuchtung an, bevor sie öffnete.

Ein junges Mädchen. Sie war hübsch, fast schön. Schmal und zierlich, blond mit einem lieben Kinderlächeln. Aber die Stimme hatte zu einem Mann gehört. Wieder Schritte auf dem Kies. Barbara wollte die Tür wieder zudrücken. »Bitte«, sagte das Mädchen, »bitte!« Es klang lieb, unschuldig und ängstlich. Barbara zögerte. »Wir hatten einen Unfall«, fuhr das Mädchen leise fort, »eine Panne. Mein Freund und ich.« Sie drehte sich halb um. »Bernd!« Sie lächelte wieder. »Ich weiß, es ist schon spät, aber, wir ...« Sie brach ab, unter den Büschen neben dem Haus tauchte ein junger Mann auf. Er sah gut aus, groß, mit einem schlanken athletischen Körper. Dunkle Haare, intensive Augen und ein breiter Mund. Barbara öffnete unwillkürlich die Tür etwas weiter. Der junge Mann blieb stehen. Er war doch schon etwas älter, Mitte Dreißig vielleicht. »Es tut mir so leid, daß wir Sie stören, aber wir hatten ein ... entschuldigen Sie die Frage, aber sind Sie nicht Barbara Roth?«

Sein Gesicht strahlte vor Freude, vor Bewunderung, er wandte sich dem jungen Mädchen zu. »Stell dir vor, Barbara Roth!« Das Mädchen reagierte nicht, hatte anscheinend den Namen noch nie gehört. Barbara lächelte den jungen Mann an.

»Kommen Sie rein. Sie wollen sicher telefonieren.« Erst jetzt merkte sie, daß die beiden tropfnaß waren. »Sie müssen ja ganz durchgefroren sein, es ist eine scheußliche Nacht!«

Der junge Mann ließ zwar das Mädchen zuerst eintreten, schob sich dann aber sofort nach vorn neben Barbara. »Ehrlich, ich kann's gar nicht fassen! So ein absoluter Wahnsinn!

Barbara Roth! Ich habe alle Ihre Filme gesehen. Ich bin ein echter Fan.« Sie erwartete, daß er jetzt bemerken würde, daß er den ersten ihrer Filme mit drei Jahren oder so gesehen haben mußte und daß sie sich gar nicht verändert hätte. Nichts davon. Nur sein strahlendes Lächeln unter regennassen Locken. »Ach du Scheiße!« Er blieb stehen und schaute auf den Boden, auf dem sich eine erdige Pfütze auszubreiten begann. »Jetzt versauen wir Ihnen auch noch das ganze Haus!«

»So ein Blödsinn«, sagte Barbara. Sie fühlte sich plötzlich gut, heiter und energisch. »Das kann man wegputzen, ist doch nur Wasser. Wenn ihr es nicht so eilig habt, dann zieht eure Schuhe aus und geht ins Wohnzimmer rüber. Wir machen Feuer im Kamin, und ihr könnt euch ein bißchen aufwärmen, bis ein Mechaniker kommt. Am besten ruft ihr den ADAC an, unsere Werkstatt hier im Dorf hat längst geschlossen.« Sie ging voraus und machte eine einladende Handbewegung. Der junge Mann streifte seine Schuhe ab und forderte das Mädchen mit einer Geste auf, ihre Schuhe auch auszuziehen. »Ich bin schrecklich unhöflich, wir haben uns noch nicht einmal vorgestellt. Mein Name ist Bernd Massmann, und das hier ist Evi Forster. Mein Wagen steht ziemlich weit unten an der Straße. Wir waren so froh, als wir noch Licht bei Ihnen hier oben gesehen haben. Tausend Dank!« Er war mit drei Schritten neben ihr und nahm ihr die Streichhölzer aus der Hand, mit denen sie das von Rosl vorbereitete Zeitungspapier unter dem Kaminholz anstecken wollte. »Darf ich das machen?« Ihre Hände berührten sich einen Sekundenbruchteil. Barbara richtete sich auf. »Setzt euch doch. Da drüben ist das Telefon. Und wie wär's mit einem Gläschen Champagner oder Wein oder lieber Bier?« Sie zögerten, machten die üblichen Höflichkeitsbemerkungen, aber Barbara ließ sich davon nicht irritieren. Sie sang leise vor sich hin, als sie in die Küche ging, um eine neue Flasche und Gläser zu holen. Sie stellte noch ein Schälchen mit Kräckern und Käsegebäck dazu. Sie hörte das

Klicken nicht, mit dem der Telefonhörer abgenommen wurde, aber vermutlich suchten die beiden noch nach der richtigen Nummer. »Kann ich Ihnen helfen?« Das junge Mädchen stand plötzlich hinter ihr in der Küche. Evi. Sie reichte ihr das Tablett.

»Meinst du, das genügt? Ich könnte auch schnell ein paar Brote machen, wenn ihr Hunger habt, ihr zwei. Ich darf doch du sagen oder? Du bist so jung, du könntest meine Tochter sein.« Evi schwieg, sie widersprach nicht einmal pro forma, sie lächelte nur.

»Sie haben ein tolles Haus, ehrlich. Irre!«

Das Feuer brannte und begann zu wärmen. Kleine und größere Holzscheite lagen in einem Korb daneben. Bernd baute einen kleinen Scheiterhaufen, der sicherlich für eine Stunde reichte, und sah sich dann in dem Raum um. Geld. Alles hier roch nach Geld. Allein der Umbau mußte ein Vermögen gekostet haben, überall nur das Feinste vom Feinsten. Die Teppiche lagen fast schon übereinander, die Möbel waren zum Teil Handwerksarbeit und zum Teil Antiquitäten. Bernd kannte sich aus, er hatte einen Freund, der das Zeug massenweise aus England herholte, allerdings Fälschungen, sehr gute Fälschungen. Kunstwerke, wenn man's genau nahm. Aber der Kram hier war echt alt. Die Bilder konnte Bernd nicht so gut beurteilen, eins sah aus wie ein Picasso, ein anderes war ganz wild, sicher auch echt und teuer. Und dann das Silber. In einem Eckschrank standen hinter Glas gut drei Porsches, umgerechnet und locker geschätzt.

Bernd hörte Evi mit der Frau in der Küche reden und mit Geschirr klappern. Wohlige Wärme stieg hinter seinem Rücken auf und trocknete sein Hemd. Er schlenderte langsam durch das Zimmer und schaute sich ein bißchen genauer um. ADAC, das war ja wohl der Witz des Tages. Hey, können Sie mal herkommen, ich hab einen Porsche geklaut und nicht gemerkt, daß der Tank beinahe leer war. Ja, sicher, bringen Sie die Polizei gleich mit, das spart uns die Münzen fürs Telefon.

Er hätte höchstens versuchen können, bei Max anzurufen, aber ob der um die Zeit noch hierher in die Wüste gekommen wäre, um ihn abzuholen, war sehr fraglich. Stand sicher schon schwer unter Strom um die Zeit. Und das ganze Theater nur wegen Evi. Er würde den Porsche da unten am Moor im Gebüsch stehen lassen. Wenn das in der Branche rum war, daß er sich einen leeren Eimer gekrallt hatte, dann kaufte ihm hier und im Umkreis von sieben Meilen keiner mehr auch nur einen rostigen Dosenöffner ab. Max hatte recht, man durfte sich nie mit Weibern einlassen, die nicht irgendwie selber zum Geschäft gehörten. Oder erst später, wenn man es geschafft hatte und auch in so einem Haus wie diesem hier wohnte. Wenn die Kohle schon wieder clean war. Und natürlich hätte er sie nie im Leben mit der kochendheißen Karre mitnehmen dürfen. Und dann noch nachts so weit außerhalb. Die hatte ja da unten einen Aufstand gemacht, wie er im Buche stand. Wollte nicht ums Verrecken raus aus dem Auto in den Regen.

Jetzt hörte er sie sogar in der Küche drüben mit der alten Schachtel lachen. Das war wieder mal astrein gewesen, daß er sie vorhin gleich erkannt hatte. Nur, weil letzte Woche so ein alter Streifen aus den fünfziger Jahren im Fernsehen gelaufen war. Sie hatte so eine kesse Krankenschwester gespielt, die unheimlich in den Chefarzt verknallt ist, der hat aber überall Bräute und will auch mit ihr, aber sie ist cool und läßt ihn nicht ran. Bis er sie heiraten will. Damals sah sie immerhin ganz niedlich aus. Was die damals eben sexy nannten, tralala. Er hätte sie nie auf der Straße wiedererkannt. Aber als er da vorhin ums Haus geschlichen war und in die Fenster geschaut hatte, da hatte er in einem Zimmer das alte Filmposter gesehen.

Bernd setzte sich in den großen Ohrensessel, lehnte sich zurück und wartete. Der Tag war noch lange nicht zu Ende.

»Das ist wirklich stark! Bernd, schau bloß mal!«

Barbara ließ Evi vorausgehen. Sie fand ihre Begeisterung so rührend, daß sie sogar über dieses dauernde echt und scharf und toll und irre hinweghören konnte. Evi trug das inzwischen vollbeladene Tablett vorsichtig zu dem Tisch, an dem Bernd schon saß, und setzte es ab. Sie hatte ihr geholfen, die Brötchen und kleinen Happen vorzubereiten. Das Feuer im Kamin brannte jetzt hell, und die lodernden Flammen erfüllten den Raum mit weichem Licht. Die Schatten unter dem Dach waren verdrängt, die wispernden Stimmen verstummt. Barbara deckte den Tisch, stellte die Gläser und Teller hin und gab Bernd die Flasche zum Öffnen. Er machte das sehr geschickt, es war ganz offensichtlich nicht seine erste Champagnerflasche. Sie hielten die Gläser darunter, tranken.

»Auf unsere Bekanntschaft«, sagte sie und ging zum Plattenspieler. Miles Davis, Coltrane, es war die richtige Stimmung für schönen alten Jazz.

»Wunderbar«, sagte er leise. »Das Haus, die Musik, der Champagner, alles, aber vor allem Sie.« Sie lachte und hob ihr Glas leicht an.

»Ich habe gerne Gäste. Und jetzt greift zu!«

Sie aßen und tranken, als hätten sie an diesem Tag noch nichts zwischen die Zähne bekommen. Barbara hätte gern genauer gewußt, ob die beiden ein Verhältnis miteinander hatten. Evi hatte sich auf das Sofa gesetzt, in die Ecke, die seinem Sessel am nächsten war. So war ihr nur der Sessel gegenüber geblieben. Das hatte den Vorteil, daß sie nicht so direkt unter der Lampe saß. So saßen die beiden vor ihr nah, aber doch mit einer gewissen Distanz, wie Publikum in einem kleinen Zimmertheater.

Sie waren ein gutes Publikum, sie wollten immer neue Geschichten von früher hören, und sie bemühte sich, nicht allzuweit in die Vergangenheit abzuschweifen. Jetzt erschien der Mann ihr noch älter, vielleicht schon Ende Dreißig, Vierzig. Sein Gesicht war nicht ohne Falten, er hatte kein leichtes Leben hinter sich. Er war freundlich und auf eine spöttische Art nett zu Evi, aber verliebt war er sicher nicht. Es schien, als hätte er nur Augen für Barbara.

Bernd stand auf und ging zu dem Plattenspieler hinüber und besah sich die LPs. Es mußten Hunderte sein, daneben eine CD-Anlage mit fast ebensovielen. Aber die Frau hatte recht, es war eher eine Stimmung für alte LPs, er fand eine Billy-Hollyday-LP und legte sie auf. Er wandte sich um und begegnete ihrem Blick.

Er hatte vorhin ausgerechnet, daß sie schon satt über fünfzig sein mußte. Irgend etwas mußte in der Zwischenzeit passiert sein. Entweder hatte sie ein raffiniertes Make-up aufgelegt, oder es war das Licht. Sie sah gut aus, schön, reif und erotisch. Sie war nicht das dumme kleine Häschen aus einem drittklassigen Film. Er streckte ihr eine Hand entgegen, und sie stand auf und tanzte mit ihm. Bing, das war ein Gefühl. Er drückte sie unmerklich näher an sich und spürte ihren Körper. Kein BH, kein Mieder, alles Natur. Sie wich ihm nicht aus, aber sie kam ihm auch nicht entgegen. Er spürte Lachreiz in sich aufsteigen, fühlte sich als der scharfe Chefarzt in dem ältlichen Film und gleichzeitig als Zuschauer. Er war richtig gespannt, wie es weiterging. Er bemerkte das Gesicht von Evi. Mist, die hatte er beinahe vergessen. Er mußte sich um sie kümmern, sonst drehte die wieder durch. Telefonierte womöglich durch die Gegend. Mit dem ADAC zum Beispiel. Es war, als hätte Barbara denselben Gedanken. Sie löste sich von ihm, spielte die Atemlose und ließ sich auf das Sofa neben Evi fallen. »Los, tanz du jetzt!«

»Liegt mir nicht, diese Schiebermusik«, maulte sie.

»Ich hab alles da, auch Pop oder Reggae. Such dir was raus.«

»Keine Lust, danke.« Das klang schon etwas freundlicher. Evi konnte nie lange sauer sein, das war einer ihrer Vorteile. Keine Frage. Barbara berührte mit einer kleinen Geste ihre Schulter.

»Das ist eine besonders hübsche Bluse. Wo ist die her?« Evi blühte sichtlich auf und begann zu erzählen. Sie hatte mit einer Freundin zusammen eine Boutique, klein, aber mein,

haha. Sie entwarfen ihre Sachen zum Teil selber, diese Bluse zum Beispiel hatte sie selber gezeichnet und den Stoff dazu ausgesucht. Deshalb entstand nie ein und dieselbe Bluse. Jede hatte eine andere Farbe oder ein anderes Material. Jetzt bewunderte Barbara auch ihren Rock. »An dir ist ja eine richtige Designerin verlorengegangen.«
»Hoffentlich nicht«, Bernd lachte, »sie hat die Modeschule besucht.«
»Aber danach hab ich nie einen Job bekommen . . .« Sie erzählte, was sie alles seitdem gemacht hatte. Barbara war sich ziemlich sicher, daß Evi lieber gleich telefoniert hätte, sie wollte nicht hierbleiben, aber sie war es wohl gewohnt zu tun, was Bernd sagte. Oder vielleicht war sie auch einfach nur träge. Sie blieb, wenn man sie setzte, es mußte nur ausreichend weich und bequem sein. Jetzt genoß sie es, von sich und ihren Plänen zu erzählen, und Barbara ließ sie, ermunterte sie von Zeit zu Zeit, bezog auch Bernd in das Gespräch mit ein, ohne auch nur mit dem Hauch einer Andeutung auf die Beziehung zwischen den beiden anzuspielen.
Dieser Mann interessierte sie. Die Nacht war noch lang, und sie fühlte sich so gut wie schon lange nicht mehr. Bernd Massmann. Er war nicht sehr gebildet, aber gewandt. Dieses Haus war nicht das erste Haus reicher Leute, das er betrat. Er war nicht beeindruckt, hatte nur einmal eine lobende Bemerkung über die wirklich sehr schön erhaltenen und renovierten Dachbalken gemacht. Er bewegte sich, als wäre er schon oft hier gewesen. Um's genau zu sagen, er lief hier herum, als gehöre ihm alles.
Barbara wandte sich wieder Evi zu. Im Moment war sie gerade dabei zu berichten, wie sie sich als Model Geld dazuverdient hatte. Das klang durchaus glaubhaft. Evi war schön. Sie hatte ein fast vollkommenes Gesicht mit großen dunkelblauen Augen und einem vollen Mund. Barbara hatte auch früher einen volleren Mund gehabt, sie mußte heute darauf achten, daß sie die Lippen nicht zu sehr einzog, das machte sonst alt und streng. Auch Evis Körper war

schön auf eine klassische Weise. Schlank in der Taille, aber sonst weich und rund, nicht so knabenhaft knochig, wie es heute offenbar modern war. Evi erinnerte Barbara ein wenig an das junge Mädchen, das sie selbst einmal gewesen war.

»Du wirst es schaffen«, sagte sie, »glaub mir nur, ich hab einen Riecher für Gewinner. Eines Tages wirst du deine eigene Kollektion vorstellen.«

»Ehrlich? Glauben Sie das echt, oder sagen Sie das bloß so?«

»Ganz echt und ehrlich!« Barbara lachte und umarmte Evi. Evi schmiegte sich für einen Moment dicht an ihre Schulter, ihre Haut war zart und warm wie die eines Kindes.

Barbara sprang auf und ging zur Tür. »Bin gleich wieder da!« Sie lief hinaus und die schmale Bauerntreppe hinauf. Im Schlafzimmer stellte sie sich einen Moment vor die breite Spiegelwand. Das Licht hier war gemein. Es machte sie alt. Sie schaltete das Deckenlicht aus und öffnete den Schrank. Das rote Seidenkleid. Das war heute eine Nacht für das rote Kleid. Es zeigte sehr deutlich, daß ihre Figur noch immer die einer Zwanzigjährigen war.

Evi lag zurückgelehnt auf dem Sofa und wartete darauf, daß Bernd etwas sagte, daß er den Moment ohne die Alte irgendwie ausnutzen würde. Sie kapierte überhaupt nicht, wieso er sich dauernd so um sie bemühte. Er hatte sie noch nicht ein einziges Mal geküßt, seit sie hier in dem Haus waren. Andererseits war es schön. Evi liebte Luxus, und dann noch bei einem echten Filmstar, das war geil irgendwie, sie drehte sich träge nach Bernd um. Er stand bei einem alten Schrank, hinter dessen Glastüren silberfunkelnde Pokale, Schalen, Leuchter und Becher standen. »Hey, komm doch mal her«, forderte sie ihn auf, aber er reagierte nicht. Er hatte die Glastür leise geöffnet und holte einen flachen Holzkasten heraus. »Bernd!«

»O Mann!« Er hatte den Deckel des Kastens hochgeklappt und hielt eine Münze in der Hand. Sie war nicht sehr groß,

und sie funkelte auch nicht besonders. Im Gegenteil, sie sah aus wie ein dreckiges altes Zehnpfennigstück.
»Jetzt komm schon«, maulte sie ungeduldig, »stell endlich das blöde alte Ding weg und komm her.«
»Schrei nicht so rum! Weißt du, was das hier wert ist?« Er hielt die Münze hoch. Evi zuckte mit den Achseln. Er schloß den Kasten wieder, und sie konnte nicht erkennen, ob er die Münze vorher wieder zurückgetan hatte, das war auch nicht wichtig, fand sie. Ihr Vater sammelte Kronenkorken und Bierdeckel.
»Willst du hier übernachten? Weißt du, wie spät es ist?«
»Gefällt es dir nicht, oder was ist los?« Sie hörte den aggressiven Unterton in seiner Stimme und schwieg lieber. Draußen hatte der Sturm etwas nachgelassen, und der Regen hatte sich zu einer gleichmäßigen Dauerdusche eingerichtet.
»Ja, aber wir können doch nicht einfach so hierbleiben.«
»Was denn sonst! Du glaubst doch nicht im Ernst, daß uns jetzt mitten in der Nacht auch nur irgendeiner abschleppt, oder wie?!«
»Nein, wenn du meinst, ich weiß auch nicht ...«, sie sah sich in dem großen Raum um, plötzlich schien er ihr fremd, der flackernde Widerschein des Kaminfeuers an der weiß gestrichenen Decke erweckte den Anschein, als würde der Dachstuhl brennen. Sie spürte einen kalten Schauer und kuschelte sich tiefer in die Sofakisssen.
Bernd hatte den Schrank wieder geschlossen, stand jetzt davor mit beiden Händen in den Hosentaschen. Irgend etwas an seinem Gesichtsausdruck verwirrte sie. Eine Idee blitzte kurz auf, sie zögerte, bevor sie beiläufig fragte:
»Was ist jetzt mit diesem Ding, dieser Münze, wieviel ist sie nun wert?«
»Nichts, war nur ein Scherz«, er sah sie nicht an, hatte sich abgewandt und hob die Flasche auf. Sie war leer.
»Hier ist eine neue! Keiner darf verdursten!«
Sie stand in der Tür wie ein Gemälde. Barbara Roth. Sie sah

gewaltig aus, ein bißchen wie Elisabeth Taylor, groß, schlank mit schmalen Hüften und einem großen Busen, das dunkle Haar jetzt anders frisiert, offen. Sie lachte und kam herein, gab Bernd die Flasche. »Heute wird durchgemacht. Einverstanden?«

Bernd hielt die Flasche in der Hand, starrte mit offenem Mund auf diese unglaubliche Erscheinung. Jetzt konnte Evi seinen Gesichtsausdruck zweifellos deuten, so hatte er sie damals angesehen, als er sie zum erstenmal getroffen hatte. Evi fand das widerlich, das war so wie Alexis in Denver Clan, die war auch über fünfzig und hatte dauernd so junge Lover um sich rum. Bloß weil sie Geld hatte. Sicher war die Kuh hier auch schon x-mal geliftet. Evi kam sich plötzlich klein und bieder vor.

Bernd mußte tief Luft holen, erst dann konnte er sich daranmachen, die Flasche zu öffnen. Er hätte gern irgend etwas Charmantes, Lustiges, Intelligentes gesagt. Ihm fiel nichts ein, nicht mal ein plattes Kompliment. Er hatte so etwas noch nie erlebt, es war, als käme man mit dem Surfbrett in einen Taifun. Man wußte nicht mehr, wo oben und unten war. Endlich hatte er den Draht vom Verschluß gefummelt, der Korken knallte krachend wie ein Pistolenschuß aus der Flasche, Bernd drehte sich hastig um, und der Champagner schäumte über Evi.

Sie quiekte wie eine Maus auf und sprang hoch. Kreischte und rieb und fuhrwerkte an ihrer albernen Bluse herum, die vorhin im Regen doch sowieso schon versaut worden war.

»Halts Maul«, fauchte er sie an, und seine Hand krampfte sich um den Flaschenhals.

»Komm, Kindchen«, Barbara streckte Evi eine Hand entgegen. »Du kannst dich umziehen. Wir schauen mal, ob wir in meinen Schränken etwas für dich finden.« Sie nahm Evi mit hinauf, Evi folgte ihr, immer noch leise jammernd.

Bernd sah ihnen nach. Dann goß er sein Glas voll und trank es auf einen Satz aus. Ließ sich in den Sessel fallen, sprang

wieder auf und legte eine neue Platte auf. Ella Fitzgerald und Louis Armstrong. *Dancing cheek to cheek.* Er fühlte sich vollkommen schnulzig und aufgeweicht. Wenn er die Luft einzog, dann war sie voll von ihrem schweren Parfüm.
Barbara hatte den Schrank und die Kommode geöffnet und das Oberlicht wieder eingeschaltet. Evi wurde sofort wieder selbstbewußter, als sie sich im Spiegel so direkt neben der anderen sah. Barbara beobachtete sie von der Seite und holte ihr ein paar Sachen heraus. Es wirkte, als würde sie all ihre Kleider zur Verfügung stellen, in Wirklichkeit aber war die Auswahl klug bedacht. Es waren Blusen, die einen volleren Busen erforderten, als ihn Evi hatte, Hosen, die für ihre Hüften zu breit waren, und immer Farben für dunkles Haar und kräftigen Teint. Evi verstand etwas von Mode, aber sie ging bei ihrem eigenen Typ auf Nummer Sicher, und hier war nichts dabei, was wirklich zu ihr gepaßt hätte. Sie entschied sich für ein Jakkenkleid aus Naturleinen.
»Wunderbar siehst du aus«, sagte Barbara voller Bewunderung. Evi sah dürftig aus, provinziell, blaß. Beige in beige. Barbara schaltete im Hinausgehen das Deckenlicht wieder aus und ließ Evi allein.
Als sie ins Wohnzimmer kam, saß Bernd wieder in dem Sessel. Vorhin hatte sie für einen kurzen Moment das Gefühl gehabt, daß sich irgend etwas verändert hatte. Das Gefühl, daß jemand hier im Raum etwas umgestellt hatte. Sie hatten natürlich herumgeschnüffelt, das war zu erwarten. Die Frage war nur, wo die Neugier aufhörte und die Finger lang wurden. Das Mädchen war dumm, ehrlich, aber dumm. Der Mann hatte eine ganz andere Ausstrahlung. Aggressiv, schlau und durchaus kriminell. Vermutlich hatte er sich vorhin aus dem Silberschrank ein paar Münzen gekrallt, aber das würde ihm nicht genügen. Er wollte mehr. Als sie sich zurechtgemacht und das rote Kleid angezogen hatte, war es noch ein Scherz gewesen.

Aber seine Reaktion fiel stärker aus, als sie je erwartet hätte. Er wollte nicht nur mehr, er wollte alles. Das Spiel konnte beginnen. Kein Limit für die Einsätze.
Er sprang auf und kam ihr entgegen. Einen Moment lang blieben sie stehen, knapp einen Meter voneinander entfernt. Sahen sich tief in die Augen. Mit einem leisen Knakken schaltete sich der Plattenspieler aus. Es war still bis auf das Rauschen der Bäume draußen und das Atmen des Hauses. Er hatte hellgrüne Augen, fast türkis, seine Haut war braungebrannt und straff, und an seinem Hals konnte sie seinen Pulsschlag erkennen. Kurz und heftig wie bei einem Tier. Sie bewegten sich nicht. Chemie, Hormone, was immer da wirkte, es wirkte stark. Barbara machte den ersten Schritt, kaum mehr als ein paar Zentimeter. Dann war er bei ihr, packte sie und riß sie an sich. Heftig zuerst, dann plötzlich spürte sie ihn weich werden, zärtlich, schwach.
Sie küßten sich.
Vermutlich war er ein guter Liebhaber. Im Moment hatte er alles vergessen, alle Techniken und alle Tricks. Er war ein kleiner Junge bei seinem ersten Kuß.
Das Knarren der alten Holztreppe warnte sie. Evi kam zurück. Bernd wäre das egal gewesen, für ihn gab es nur noch diese Frau und diesen Augenblick. Aber Barbara löste sich von ihm und wandte sich Evi zu.
Er blieb erst mal einfach nur stehen und wartete, bis sein Atem wieder einigermaßen normal ging. Er zitterte, seine Knie waren aus Pudding, sein Gesicht brannte. Verdammt noch mal, er war doch nicht mit Evi verheiratet. Sie war es, die sich immer so monogam aufführte. Er wußte nicht, woher sie diesen Anspruch nahm.
Sie blieb in der Tür stehen und lächelte dümmlich. »Na, wie sehe ich aus?«
Er konnte gar nicht hinsehen. Da stand ein kleines mageres Mädchen in einem viel zu großen Kleid und wollte mit den Großen mitspielen. Ihm war nie aufgefallen, wie einfach sie

aussah, nichtssagend. Sie hatte weder Ausstrahlung noch Persönlichkeit. Sie war ein freundliches Nichts, eine hübsche Maske. Neben Barbara wurde sie fast unsichtbar. Und das hatte nichts mit dem Alter zu tun, so etwas kann man nicht lernen. Er steckte sich eine Zigarette an und füllte sein Glas nach.

Evi spürte es, als sie ins Zimmer kam. Etwas hatte sich verändert, es war, als hätte sich die Temperatur unmerklich erhöht. Barbara war freundlich, gab ihr ein frisches Glas und strich ihr über die Wange. »Steht dir entschieden besser als mir«, sagte sie, aber es half nicht. Im Gegenteil. So wollte man sie trösten. Ihre Mutter hatte das immer getan, wenn sie als junges Mädchen Angst vor Partys hatte. Du bist nicht häßlich, das bildest du dir nur ein. Dabei wußte sie es besser. Sie war zu klein, hatte einen fetten Arsch und keine Titten. Bügelbrett nannten sie die Jungen oder Schaufelbagger. Aus lauter Kummer aß sie zuviel, vor allem zuviel Schokolade, und ihr Gesicht war voller Akne. Es war eine schreckliche Zeit. Sie hatte mit niemandem darüber reden können, zweimal hatte sie versucht, sich umzubringen, nicht einmal das hatte sie geschafft.

Und wie durch ein Wunder war das alles eines Tages vorbei gewesen. Keine Gebete, keine Geheimdiät, keine große Liebe. Sie war siebzehn und besuchte die Schule für Modedesign, sie dachte nicht mehr an ihr Aussehen. Sie wohnte mit einem anderen Mädchen zusammen, sie hatten keine Zeit und kein Geld mehr für Schokolade. Als der Chef ausgerechnet sie das Model spielen ließ, dachte sie zuerst, er wollte sie verarschen wie früher die Jungen in der Schule. Schau doch mal in den Spiegel, sagte er nur. Und da merkte sie, daß sie richtig hübsch geworden war.

Und jetzt war alles mit einem Schlag wieder wie früher. Da stand sie als plumpes Provinzkalb zwischen den eleganten und selbstsicheren Großstadterwachsenen und kapierte nicht, wo's langging.

Bernd sah sie nicht mehr an. Er hatte da irgend etwas mit

dieser nachgemachten Denver-Alexis laufen, irgend etwas, bei dem er sie nicht dabeihaben wollte. Aber wieso sagte er nichts, wieso tat er nur so, als wäre sie gar nicht vorhanden. Das machte sie noch verrückt.
Bernd legte eine neue Platte auf. Begann sich neben dem Plattenspieler im Rhythmus zu wiegen. So was hatte Evi noch nie gesehen, er tanzte nie. Hatte er jedenfalls behauptet.
»Komm«, sagte die Frau leise und nahm sie am Arm. Sie tanzte mit ihr, führte sie wie ein Mann. Mein Gott, war die Alte etwa lesbisch? Steuerte sie auf irgendeine Art Dreier hin?! Evi hätte sie gern zurückgestoßen, aber das schien ihr dann doch wieder zu spießig, sie lächelte verkrampft und machte sich los. Tanzte allein, wiegte sich und bewegte sich auf Bernd zu. Sie tanzte gern, und viele hatten ihr schon gesagt, daß sie richtig gut tanze. Aber heute kam sie sich schwerfällig und unbeholfen vor. Der Rock war zu lang, die Jacke schlotterte. Das war nicht lässig, das war schlicht beschissen. Sie ließ sich auf das Sofa fallen und trank ihr Glas aus, schenkte sich nach und trank.
Barbara war jetzt bei ihm, blieb einen Moment neben ihm stehen und wartete, bis er sich ihr zuwandte, um sich im selben Moment umzudrehen und zu tanzen. Sie tanzte langsam und nur für ihn. Er blieb in der Nähe, bewegte sich um sie herum wie ein Tier, er hatte kein Gefühl für die Musik, nur für die Schwingungen, die sie aussandte. Barbara.
Die Musik war zu Ende, und wieder stand er dicht neben ihr. Sie neigte sich ihm zu, und er küßte sie.
»Haha«, Evi klatschte in die Hände und stieß ein paar gespielte Stöhnlaute aus. Bernd fuhr zu ihr herum.
»Hör auf, was soll der Scheiß?!«
»Na, was wohl? Soll ich hier auf dem Sofa pennen oder wie?«
»Penn doch, wo du willst, verdammt!«

»Ach ja? Sehr freundlich! Damit du hier freie Bahn hast, ja? Sehr komisch!«
»Wär besser, du würdest jetzt bald mal die Schnauze halten«, er ging langsam auf sie zu, sie wich zurück.
»Weswegen bin ich denn hier? Doch nur wegen dir, oder! Wegen deinem Scheißauto!« Er blieb stehen, sie kniff die Augen zusammen.
»Wenn's überhaupt deins ist.«
Einen Augenblick lang war es totenstill, dann sagte Barbara ruhig: »Aber Kinder, streitet doch nicht. Wenn ihr müde seid, dann zeige ich euch das Gästezimmer, und ihr geht ins Bett. Das ist doch nun wirklich kein Problem.«
»Nein«, Bernd musterte Evi mit einem seltsamen Gesichtsausdruck. »Das ist es nicht.«
»Wollt ihr ernsthaft streiten? Das könnt ihr dann auch in eurem Zimmer machen.«
»Ich will nicht streiten«, sagte Evi leise, wie hypnotisiert von Bernds Blick. Barbara wandte sich ab, damit die beiden ihr Lächeln nicht sehen konnten. Etwas mit dem Auto war nicht in Ordnung. Bernd war ein Dieb, und die kleine Evi durfte davon nichts wissen. »Kommt mit in die Küche. Ich hab Hunger. Was haltet ihr von Lasagne? Ich liebe Lasagne um Mitternacht.«
»Zu jeder Tages- und Nachtzeit!« Bernd rannte lachend hinter ihr her und hielt ihr die nicht vorhandene Tür auf. »Wie Garfield!« Er drehte sich zu Evi um. »Und Kinder können ja schon ins Bettchen gehen.«
»Und du bist kein Kind mehr?« fragte Barbara ihn leise.
»Ich bin ein Kater«, er beugte sich vor und schnurrte ihr einen Kuß in die Halskuhle.
»Soll das den ganzen Abend so weitergehen?« Evi war aufgestanden und latschte hinter ihnen her, betont nachlässig, so als wäre es ihr nun vollkommen egal, wie sie aussah. »Ich find das echt beknackt, wie ihr zwei da rummacht.«
»Keine Angst«, Barbara holte tiefgefrorene Lasagne her-

vor und stellte die Zutaten für Salat und Krabbencocktail auf den Tisch. »Ich nehm ihn dir schon nicht weg.«
Evi sagte nichts, schnaubte nur verächtlich durch die Nase. Bernd griff nach ihrem Arm und drückte ihn kurz zwischen Zeigefinger und Daumen zusammen. Evi schrie vor Schmerz auf. Bernd ließ den Arm wieder los. Sah nur Barbara an. »Ich gehör ihr nicht. Da gibt es keinen Besitzanspruch oder Kaufvertrag oder auch nur ein Leasingabkommen.« Er wandte sich wieder Evi zu. »Oder siehst du das anders?«
»Du bist ein Arsch.« Evi begann den Salat zu schneiden, aber sie stellte sich ungeschickt an, sie ließ ihre Wut an den Salatblättern aus. Er konnte nicht mehr hinschauen. Barbara kochte und arbeitete mit weicher Gelassenheit, ihre Bewegungen schienen so selbstverständlich, als würde sie oft in der Küche arbeiten.
»Kann ich dir was helfen?« fragte er.
»Was könntest du denn tun?«
»Dir zuschauen. Es ist schön, dir zuzuschauen.«
»Hättest du wohl nicht erwartet, wie? Schauspielerinnen sind grundsätzlich schlechte Hausfrauen und ernähren sich von Pillen und Whisky.«
»Ich dachte, ihr schnupft alle Kokain. Macht nicht dick.«
»Ach, weißt du, ich trage lieber Gold am Finger als in der Nase.« Er verstand nicht, was sie meinte, sah nur ihren geschmeidigen Körper, die leichten Falten, mit denen sich die rote Seide um ihre Hüften legte. Allein das. Wie sie da in ihrer Küche Lasagne fertigmachte und in das Backrohr schob – mit einem roten Seidenkleid. Bernd hatte eine Nase für teure Sachen, und dieses Kleid war locker einen halben Kleinwagen wert. Sie rührte die Soße für die Krabben an, schmeckte sie ein bißchen mit Zitrone ab und gab ihm zu probieren.
Es war eine richtige kleine Inszenierung, wie sie zu seinem Platz an den Tisch kam, sich zu ihm herunterbeugte und ihm das Löffelchen mit der Soße zu probieren gab. Ihr Bu-

sen wölbte sich prall und sonnengebräunt aus dem leuchtenden Dekolleté ihm entgegen, er leckte mit der Zungenspitze ein wenig von der rosaroten Soße auf und setzte ihr einen Kuß auf die Haut. Sie wischte ihn mit dem Finger weg. »Du verwechselst da was. Ich bin keine Krabbe.«

»Wenn schon, dann Hummer.«

Sie lachte und wandte sich wieder ihren Schüsseln zu.

Evi hockte am Tisch wie ein Bauernmädchen, den Kopf in beide Hände gestützt. Sie war stocksauer. Sie grummelte und maulte unentwegt leise vor sich hin. So eine Quadratscheiße. Aber echt. So ein vollkommen beschissener Abend. Und dann noch das Wetter. Aber ehrlich. So eine Kacke . . .

»Hör zu«, er packte sie wieder grob am Arm und drückte zu, bis sie aufstöhnte. »Du hast genau drei Möglichkeiten: Du läufst ins Dorf runter oder auch heim, du gehst ins Bett, oder du hältst die Schnauze. Ist das klar?!«

»Nein«, sie riß ihren Arm los, »du verblödeter Machoarsch! Ich werde dir sagen, was ich jetzt mache. Ich rufe mir ein Taxi.«

»Geht leider nicht«, Barbara füllte Krabben in Schalengläser. »Die Autowerkstatt im Dorf ist auch das einzige Taxiunternehmen, und jetzt im Herbst haben die nachts keinen Dienst. Und aus der Stadt kommt keiner nur wegen einem Telefonanruf hierher.«

Evi schwieg. Sie war überzeugt davon, daß so eine reiche und prominente Hausbesitzerin sehr wohl Möglichkeiten hatte, auch jetzt an ein Taxi zu kommen. Die Lasagne begann verlockend zu duften. Evi beschloß, erst einmal zu bleiben und weiter abzuwarten. Die Frau war verrückt, aber das waren Reiche ja oft, und vielleicht würde sie von nun an auch mal in ihrer Boutique einkaufen und ihre Bekannten mitbringen. Mit Bernd war sie fertig, das war ja wohl das allerletzte, wie der sich aufführte.

Als sie die Teller in das Wohnzimmer hinübertrugen, kam wieder so etwas wie Stimmung auf. Evi deckte den Tisch,

Bernd legte neues Holz auf das verlöschende Feuer, und Barbara trug mit großem Trara das fertige Essen auf. Sie zündete Kerzen an und legte Play Bach auf. Sie merkten, wie hungrig sie waren, und begannen zu essen.
Barbara hielt sich zurück. Sie hatte vergessen, ihre Gallentabletten einzunehmen, und mußte aufpassen. Evi saß neben ihr. Sie aß mit dem Hunger junger Menschen. Sie mußte weder an ihre Figur noch an ihre Gesundheit denken, sie konnte sich voller Wonne und Wohlbehagen den Wanst vollschlagen. Sie schien ihren Unmut vergessen zu haben, lachte mit vollem Mund und legte sich noch eine Portion auf den Teller. »Schmeckt toll! Absolut super!«
Axel hieß er, oder war es Reinhardt gewesen? Der Fotograf, der sie zum Essen eingeladen hatte. Er war schon vierzig, und sie wußte natürlich, was er von ihr wollte, so naiv war sie auch mit zwanzig nicht gewesen. Aber sie hatte Hunger, sie hatte seit Tagen nicht richtig gegessen. Er bestellte ein richtiges Menü für sie. Mit Suppe, Vorspeisen, Steak, Salaten und Eisbecher hinterher. Er selbst aß kaum etwas, trank Wein und begnügte sich damit, ihr beim Essen zuzusehen. Damals dachte sie, er wartete nur darauf, mit ihr ins Bett zu kommen, aber das stimmte nicht. Du bist jung, sagte er, und schön. Du hast eine sinnliche Art zu essen. Das ist sehr ästhetisch. Er fotografierte sie und sagte ihr eine große Zukunft voraus. Er war der erste, der sie weder Bärbel noch Basi nannte. Barbara. Sie hatte ihn bald aus den Augen verloren, aber die Fotos besaß sie immer noch. Wie sie Spaghetti aß, im Bikini am Strand.
Evi nahm sich zum drittenmal. Ihr Gesicht hatte Farbe bekommen, ihre Haut schien von innen her zu glühen. Die Poren waren so fein, daß man sie mit bloßem Auge kaum erkennen konnte. Ein zarter Flaum hellblonder Härchen schimmerte im Licht der Kerzen und des Feuers. Barbara stand abrupt auf und begann den Tisch abzuräumen. Evi sprang auch auf, um ihr zu helfen. Bernd beobachtete sie

mit einem müden Lächeln. Sie mußte sich etwas einfallen lassen.
»Was haltet ihr von einem Spielchen?« fragte sie, als alles abgeräumt war. Evi gähnte hemmungslos, Bernd grinste anzüglich. Barbara ging zu dem antiken Wandschrank und begann darin herumzukramen. Canasta-Karten in einem Etui aus rotem Saffianleder, BackGammon in einem Kasten mit Holzintarsien, ein Schachspiel mit Elfenbein- und Ebenholzfiguren, grüner Spielfilz und ein Roulette. Der kleine Kasten aus dunkel poliertem Mahagoni stand weit hinten. Sie holte ihn hervor und stellte ihn wie zufällig zusammen mit dem BackGammon und dem Scrabble auf den Tisch.
»Das geht ja alles nur zu zweit«, stellte Evi gelangweilt fest. Ganz offensichtlich hatte sie vor, nicht vorzeitig aufzugeben. Barbara nahm das Scrabble von dem Mahagonikästchen. Die Messingbeschläge blinkten matt und ließen es kostbar erscheinen.
»Wir spielen Scrabble«, sie baute das Brett auf und verteilte die Hölzchen. »Unanständige Wörter zählen doppelt.«
Bernd hatte den Kasten entdeckt. Er zog ihn vorsichtig zu sich hin und strich mit einem Finger über das seidenglatte Holz. »Was für ein Spiel ist das?«
»Oh, das«, Barbara schien den Kasten erst jetzt wahrzunehmen, »das hab ich aus Versehen rausgeholt. Das ist kein Spiel.«
»Was dann? Ein Schatz?«
Barbara schwieg. Lächelte.
»Darf ich es aufmachen?«
»Fangen wir an. Der Gewinner darf reinschauen.«
Das Spiel lief zäh und mühsam an. Barbara fing an und setzte DAFFKE. Evi wollte wissen, was das hieß, und behauptete, nur allgemein bekannte Wörter würden gelten. Sie grübelte mit gerunzelter Stirn und dachte stundenlang über jeden Buchstaben nach. Bernd setzte FUCK und konnte sich darüber kaputtlachen.

»Ausländisch gilt nicht«, stellte Evi fest und legte KY, grinste kleinmädchenhaft und holte sich einen neuen Buchstaben. Barbara sah unauffällig auf die Uhr. Es war Viertel nach fünf, noch knapp zwei Stunden, bevor es hell wurde. Unmerklich drückte sie ihr Knie gegen das von Bernd und legte LOVE.
»Das ist englisch!« jaulte Evi auf, Bernd erwiderte mit seinem Knie den Druck.
»Hör auf, rumzumaulen, alles gilt.«
»Von mir aus«, Evis Gesicht verspannte sich, sie legte KRATERBEIN.
»So eine Scheiße. Du bist echt bescheuert.« Bernd wollte die Buchstaben für BEIN wieder von KRATER wegnehmen. Evi schlug ihm mit der Handkante auf die Finger. Barbara fühlte, wie sein Knie zurückzuckte, zog ihren Pumps aus und krabbelte ihm mit dem nackten Fuß unter das Hosenbein. Er erstarrte für einen Sekundenbruchteil, schob ihr dann sein Bein entgegen, grinste Evi gemein an und setzte BÖHMENWAX.
Evi wollte auffahren, da lachte Barbara dazwischen und legte XAVERSEI. »Alles gilt.«
»Das ist doch kindisch«, Evis Gesicht verhärtete sich vor Zorn. »Was soll das denn sein?« Sie klatschte die Buchstaben für LAND so heftig auf das Brett, daß alles verrutschte.
»Das Ei vom alten Xaver«, Bernd lachte, drückte heftig gegen Barbaras Fuß und legte UNDHERZ hinten an XAVERSEI dran.
»Das ist ja wohl die Endstation!« Evi warf ihr Brettchen und die Hölzer um. »Ihr könnt mich doch alle beide am Arsch lecken! Wenn ihr bumsen wollt, dann tut's doch endlich. Aber dieses Getue! Das ist ja nicht zum Aushalten!«
»Sag mal, bist du noch ganz dicht?« Bernd beugte sich vor und studierte Evi mit dem interessierten Gesicht eines Insektenforschers. Evi verzog den Mund.
»Also los, worauf wartet ihr?«
»Du gibst also auf?«

»Ja, Mann. Ihr könnt alleine weiterspielen!«
»Das ist also meins.« Bernd legte eine Hand auf den Mahagonikasten. Evi hatte ihn völlig vergessen. Nagte jetzt an ihrer Unterlippe.
»Halt mal. Wir zählen erst die Punkte. Danach hab ich nämlich gewonnen. Haushoch.«
»Du gibst auf.«
»Nein«, sie griff nach dem Kasten. Bernd war schneller und zog ihn zu sich herüber, bevor sie ihn berührte.
Barbara sagte nichts. Saß nur da, beobachtete und drückte mit ihrem Fuß gegen Bernds Wadenmuskeln. Sie spürte sein leichtes Zittern, gab kurz nach, näherte sich ihm wieder. Bernds Hand lag auf dem Kasten. Er behielt Evi und ihre Hand im Auge, als wollte er einen gefährlichen Fisch angeln oder fürchtete, von einem tollwütigen Hamster angefallen zu werden. Er nahm sie nicht ganz ernst.
Ihre Hand schnellte plötzlich hervor, und sie hatte den Kasten. Evi sprang auf, lachte schrill und wirbelte den Kasten durch die Luft. Bernd war mit einem Satz bei ihr, packte sie und drehte ihr die Arme nach hinten. Sie schrie auf, wollte den Kasten nicht loslassen. Sie stürzten beide zu Boden, wälzten sich herum und kämpften um den Kasten wie zwei junge Hunde.
Bernd drückte ihr mit dem Knie das Blut aus dem Oberarm. Evi schrie auf und ließ endlich den Kasten los.
Bernd hatte Probleme mit dem Messingschlößchen. Seine Finger zitterten, endlich hatte er den feinen Haken aus der Öse gezogen und klappte den Deckel auf.
Der Kasten war innen mit blauem Samt ausgeschlagen, darin eingebettet lagen zwei fein ziselierte und silberbeschlagene Duellpistolen aus dem vorigen Jahrhundert.
Fasziniert nahm Bernd eine der Pistolen und hielt sie mit beiden Händen hoch. Die Schlösser und Beschläge funkelten im warmen Kerzenlicht. Bernd war erstaunt über das Gewicht. Die Pistole war schwerer, als er es vermutet hatte. Ein gutes Gewicht. Gut und glatt. Er strich zärtlich über die

Verzierungen, und das Metall erwärmte sich unter seiner Berührung.
»Rasend komisch«, keifte Evi. »Kannst du gern behalten, wenn das der Preis sein soll.«
»Das ist so schön«, sagte Bernd leise, »so wunderschön. Du bist nur viel zu blöd, so was zu begreifen.«
»Ach, ich bin zu blöd. Das ist ja wohl das neueste. Du Arsch, du bescheuerter! Glaubst du denn im Ernst, ich wüßte nicht, was mit dir los ist?«
»Von wem sind die?« Er hielt die Pistole fragend hoch, schußbereit in seine rechte Hand geschmiegt. Barbara hob die Schultern.
»Keine Ahnung, mein Mann hat sie irgendwann einmal ersteigert. Man kann sie nicht mehr laden, es gibt keine Munition, die müßte man mühsam von Hand anfertigen.«
»Sicher sind sie wertvoll. Sie sollten sie ihm schenken. Sonst nimmt er sie sich einfach. Wie die Silbermünzen vorhin.« Evis Stimme stockte.
Es war so still, daß man das Ticken der Swatch an Bernds Handgelenk hören konnte. Evi begegnete seinem Blick. Ihr Mund war nur noch ein Strich. »Schieß doch. Na los, das willst du doch, oder?«
»Peng, Peng«, sagte er, hob die Pistole und drückte ab.
Der Krach war betäubend, dunkler Qualm stieg auf, Bernd hielt sich seinen schmerzenden Arm. Erst dann sah er Evi. Sie saß noch immer, schwankte erst jetzt und fiel dann wie in Zeitlupe zurück. Sehr, sehr langsam. Er hatte sie am Hals getroffen. Das Blut sprudelte in einem hohen hellroten Geysir aus ihr heraus.
Er schrie auf und stürzte sich über sie.
Barbara wandte sich ab. Widerlich. Sie würde alles erneuern müssen und den Teppich wegwerfen. Sie nahm den Telefonhörer ab und wählte die Nummer der Polizei. Es dauerte ein paar Minuten, bis sich jemand meldete. »Hier spricht Barbara Roth. Bitte kommen Sie sofort, hier ist ein Mord geschehen.«

Während sie wartete, hob sie etwas auf, stellte Gläser und Aschenbecher fort, fegte die Scrabblesteinchen zusammen und packte die Spiele weg. Bernd heulte über Evis reglosem Körper, er war mit ihrem Blut besudelt.
Sie kamen zu viert, zwei Streifenwagen, bis auf einen neuen Kollegen kannte Barbara alle. »Es ist so schrecklich«, sagte sie, »die beiden jungen Leute kamen zu mir, weil sie telefonieren wollten, sie haben da unten irgendwo ein Auto stehen, gestohlen, vermute ich. Sie haben versucht, auch ein paar Sachen mitgehen zu lassen. Dann bekamen sie Streit. Bitte nehmen Sie den Mörder mit.«
»Das ist doch nicht wahr!« Bernd sprang auf, schrie, war außer sich. Er sah furchterregend aus, brüllend und blutbeschmiert. Sie packten ihn, drehten ihm die Arme nach hinten. Handschellen klickten.
Es dauerte noch länger, bis der Krankenwagen kam, der Arzt, die Kripobeamten aus der Kreisstadt. Draußen wurde es hell. Es hatte aufgehört zu regnen, auch der Wind hatte sich gelegt. Der Himmel war grau. Alles war grau.
Sie war wieder allein in ihrem Haus. Es roch nach kalter Asche und Reinigungsmitteln. Über dem Moor lag weißer Nebel wie unbeschriebenes Papier. Er kam bis zum Haus und drang durch die Fenster herein. Hängte sich in dünnen Fäden unter die Dachbalken.
Die Stimmen flüsterten.
So allein war sie gar nicht.

Das Verlies

Antonia Fraser

»Ziemlich selten heutzutage, schätze ich«, sagte Joss Benmuir und starrte in das gähnend-schwarze Loch zu seinen Füßen.
»Selten scheußlich, würde ich sagen! Wirklich, Joss, ich begreife einfach nicht, wie du ...« Lady Martin hielt kurz inne, um dann um so heftiger fortzufahren: »... wie du nur etwas derart Gräßliches dulden kannst.«
»Du mußt hier nicht auf die Barrikaden, Tante May. Menschenrechte sind nicht in Gefahr. Zumindest jetzt nicht.« Robbie Benmuirs Absicht war offensichtlich. Er versuchte zu sticheln. May Martin war eine reiche Witwe: Seit dem Tod ihres Mannes trat sie unermüdlich für alle erdenklichen liberalen Ideale ein. Sie prangte immer wieder auf den Titelseiten der Zeitungen mit dem unvermeidlichen Protestplakat in der Hand.
Jemima Shore erschauderte, als sie hinunterblickte. Das Verlies war im wahrsten Sinne des Wortes aus Stein gehauen. Es bestand aus einem schmalen, senkrechten Schacht, der sich in erschreckender Tiefe zu einem runden Raum erweiterte. Dieser wurde von oben erst sichtbar, nachdem Joss Benmuir mit seiner Taschenlampe in den Schacht leuchtete. Die Wände waren glatt und ohne Tritte. Der Ein- oder Ausstieg konnte lediglich mit Hilfe eines Taus erfolgen, das an einem überdimensionalen, im Fels verankerten Eisenring befestigt war und sorgfältig aufgerollt zu ihren Füßen lag.
Jemima war derselben Meinung wie Lady Martin. Der gäh-

nend schwarze Schacht erregte in ihr nur Grauen. Außerdem hatte sie diesen ekligen Gestank in der Nase. Ohne Tageslicht, ohne ausreichend Sauerstoff und ohne jegliche sanitäre Vorrichtung – von einer schmalen Öffnung im Felsboden des Kerkers mit Verbindung zum Meer einmal abgesehen – war es wohl kein Wunder, daß im gewölbeartigen Eingang zum Kerker der Geruch von Moder und Verwesung hing. Doch Jemima fühlte sich unter den übrigen Gästen der Benmuirs eher als Außenseiterin und sagte daher nichts. Sie hatte in den letzten Monaten zusammen mit May Martin an einem Projekt für eine TV-Serie gearbeitet. Die Serie hatte den Arbeitstitel »Das Recht der Frau, überhaupt etwas zu sagen« (die politische Stimme der Frau in diversen totalitären Regimes). Dabei hatte Jemima sich mit der etwas skurrilen alten Dame angefreundet, die in den Medien wegen ihrer Ansichten schon oft Ziel des Spottes war und trotzdem stets großmütig für jene eintrat, die nicht in der Lage waren, für sich selbst zu sprechen. Als Jemimas Silvesterpläne ins Wasser gefallen waren, hatte sie Lady Martins Einladung, sie nach Schottland zu begleiten, angenommen.

»Rechnen Sie nicht mit einem rauschenden Fest«, hatte Lady Martin gesagt. »Da draußen gibt es weit und breit keine Nachbarn. Dafür bleibt uns herrlich viel Zeit zum Arbeiten.« Sie zögerte. »Ein Glück, daß Sie nicht verheiratet sind. Sie lenken Joss vielleicht von dieser schrecklichen Clio Brown ab. Und Robbie ist natürlich auch noch da.«

Robbie Benmuirs flapsige Bemerkung über Menschenrechte wurde mit betretenem Schweigen quittiert. Zumindest May Martin verstand in diesen Dingen keinen Spaß. Schließlich war es Joss, der den Faden wiederaufnahm. »Es ist eine Touristenattraktion, Tante May«, erklärte er, während er weiter in den schwarzen Kerkerschlund starrte. »Weshalb sollte sich sonst jemand an diesen gottverlassenen Ort verirren? Gibt doch zahllose attraktivere Schlösser in der Gegend, oder? Und du weißt, wie dringend ich Geld brauche.« So gelassen und ruhig Joss auch klang, seine Worte verstärkten nur die allgemeine Verlegenheit. Joss provozierte ganz bewußt. Jemima Shore kannte die Benmuir-Familie inzwischen gut genug, um den Grund zu ahnen.

May Martin hätte über ausreichend Mittel verfügt, um das reparaturbedürftige Schloß (oder das, was davon übrig war) restaurieren zu lassen. Aber May Martin gab ihr Geld vorzugsweise für gute Zwecke aus – und Castle Crask fiel offenbar nicht in diese Kategorie. In diesem Punkt war sie unbelehrbar. Joss und Robbie waren zwar die Kinder ihres verstorbenen Bruders und ihre einzigen Blutsverwandten, doch ihr Vermögen kam allein von der Seite des Mannes, den sie verhältnismäßig spät in ihrem und sogar sehr spät in seinem Leben geheiratet hatte; nämlich von Sir Ludwig Martin, dem Gründer von LudMart. Auf der Fahrt hatte sie Jemima anvertraut: »Joss möchte, daß ich mein Geld in Crask ›investiere‹, wie er das nennt. Der Junge sollte mittlerweile wissen, daß ich ausschließlich Investitionen mache, die den Menschen dienen. Alte Gemäuer sind da nicht inbegriffen. Auch wenn sie sich in Familienbesitz befinden.«

Dabei gibt es unter den Gästen schon genug Spannungen, dachte Jemima. Clio Brown zum Beispiel war Robbies Exfreundin. Clio Brown hatte inzwischen einen Ehemann: Gerald, übergewichtig und überängstlich; und sie hatte ihn vermutlich nur seines Geldes wegen geheiratet. Jetzt hatte sich offensichtlich – an diesem Nachmittag sogar ganz offensichtlich – eine andere Konstellation ergeben: Clio Brown und Joss. Jemima Shore hatte eine starke Abneigung gegen Clio Brown gefaßt. Sie hoffte, daß das nichts mit Eifersucht zu tun hatte. Clio, die Katzenfrau, mit modisch kurzem, dunklem Haar, groß und schlank und doch sehr weiblich, sah ohne Zweifel verblüffend aus. Trotzdem war sie eine unangenehme Person. Hauptzielscheibe ihrer Launen war Gerald: Der Anblick seines geröteten, schweißglänzenden Gesichts – selbst in dem nicht zentralgeheizten Schloß schien es ihm permanent heiß zu sein – erinnerte Clio daran, daß sie unbedingt ein Taschentuch aus ihrem Schlafzimmer benötigte. Es schien ihr ein boshaftes Vergnügen zu bereiten zuzusehen, wie sich der korpulente Gerald die enge Wendeltreppe hinaufquälte.

Joss Benmuir hatte recht: Crask war wirklich ein gottverlassener Ort. Das Schloß lag auf einer schroff in die Nordsee ragenden Landzunge, und selbst die heiseren Schreie der Seevögel vermittelten hier den Eindruck von Einsamkeit und Verzweiflung. Das war allerdings nicht immer so gewesen. Der Schloßgraben, der Crask umgab, war mittlerweile zwar trockengelegt, doch seine Tiefe verriet, daß das Schloß einst eine wichtige Bastion gegen fremde Eroberer und einheimische Aufrührer gewesen war. Die strategische Bedeutung des Ortes ließ vermuten, daß dort seit jeher eine Verteidigungsanlage existiert haben mußte. Und tatsächlich gab es sogar Spuren einer prähistorischen keltischen Festungsanlage, eines sogenannten *dun*. Das Schloß in seiner gegenwärtigen Form war im 15. Jahrhundert entstanden. Während Cromwells Feldzug gegen Schottland war es jedoch fast vollständig zerstört worden und hatte erneut während der Jakobitenaufstände schwer gelitten.

Wie Colonel Benmuir, der Vater von Joss und Robbie, zu klagen pflegte: »Es ist Jahrhunderte her, daß wir Benmuirs auf der Seite der Sieger standen.« Und gelegentlich fügte er hinzu: »Vielleicht hat die arme May deshalb soviel für Verlierer übrig – das macht der Geist ihrer Ahnen.«

Von der Schloßanlage aus dem 15. Jahrhundert waren zwei Türme komplett erhalten geblieben. Lediglich der große Festsaal, der sie einst verbunden hatte, fehlte. Jetzt war die Lücke von Gras überwuchert. Die Mauerbrocken, die sich darin versteckten, hatten schon manch unaufmerksamen Gast ins Straucheln gebracht, der zwischen den beiden Gebäuden hin und her laufen mußte, die mittlerweile die einzig bewohnbare Behausung der Familie Benmuir darstell-

ten. Die Landzunge war Wind und Wetter schutzlos preisgegeben – Berge ragten erst in der Ferne auf –, und die Windböen fegten die Gischt landeinwärts und rissen erfahrungsgemäß sogar Schirme mit sich. Jemima Shore zum Beispiel hatte genau das am Vorabend erlebt, und ihr schöner plissierter Samtrock war völlig naß geworden. Als sie schließlich alle im Haus versammelt waren, wagte Ellie MacSoundso, die offenbar mit Robbie befreundet war und deren Schottenrock dasselbe Schicksal erlitten hatte, Joss zu fragen, weshalb es keinen überdachten Verbindungsgang zwischen den Gebäuden gäbe.
»Weil es den genauso wegpusten würde wie deinen Schirm«, erwiderte Joss prompt. »Stimmt's, Robbie? Sei froh, daß du nicht über ein Schaf gestolpert bist. Mein Vater hat hier früher Schafe weiden lassen, um das Gras kurz zu halten. Ich habe sie abgeschafft. Robbie und ich ... wir sind gern für uns. Jeder hat seinen Turm. Robbie hat hier stets ein Zuhause. Solange ich unverheiratet bin, versteht sich.«
»Und dann? Wollen Sie und Ihre zukünftige Frau jeder einen eigenen Turm bewohnen?« Ellie MacSoundsos aufdringliche Frage klang durchaus provokativ. Jemima kam es so vor, als spielte Ellie mit dem Gedanken, ihre Zuneigung von Robbie auf den älteren Bruder zu übertragen. Auf Joss mit dem hellen Teint und dem schwarzen Haar, das ihm verwegen über die schweren Augenlider fiel, Joss, der eher etwas von einem spanischen Granden als von einem Schotten hatte. Robbie dagegen, mit frischer Gesichtsfarbe, Sommersprossen, braunen Locken, die über der Stirn bereits schütter wurden, und kräftiger Statur, ähnelte vom Typ her seiner Tante May. Jemima schätzte die intellektuellen Fähigkeiten des witzigen Robbie zwar höher ein, doch welcher Benmuir besser aussah, stand außer Zweifel. Außerdem war Joss der Herr von Crask (was auch immer das bedeuten mochte).
»Getrennte Wohntürme für Ehepaare! Eine glänzende Idee!« bemerkte Clio Brown unvermittelt. »Gerald, auf

diese Weise kämen wir bestimmt viel besser miteinander aus. Türme mit dicken Mauern. Zu dick, um dein Schnarchen durchzulassen.« Sie lächelte auf ihre katzenhafte Art, wobei sie die Mundwinkel ihrer perfekt geschwungenen Lippen hochzog wie ein Raubtier in Betrachtung der Beute. Die Maus war in diesem Fall ihr kräftiger Ehemann. Man konnte zwar kaum behaupten, daß Gerald rot wurde, denn sein Gesicht war bereits stark gerötet, doch es war unschwer zu erkennen, wie sehr Clio ihn verletzt hatte – was zweifellos auch ihre Absicht gewesen war.

Wie in stillschweigendem Einvernehmen wandten die anderen Gäste ihre Aufmerksamkeit wieder dem Kerker zu. Der Gastgeber hatte sie alle nach dem Essen, sozusagen zum Dessert, zu der bekannten Attraktion von Crask geführt – falls man ein Burgverlies so bezeichnen durfte. An Winternachmittagen in Schottland wurde es früh dunkel, und Joss Benmuir sagte im Spaß: »Seien Sie vorsichtig. Wir wollen keinen Gast an diesen Schacht verlieren, zumindest nicht am Silvesterabend. Sonst sind unsere bescheidenen Festpläne hinfällig.«

Er berührte den Rand des Schachts mit der Schuhspitze. »St. Andrews Castle hat auch ein solches Verlies, aber unseres ist tiefer – einen Meter tiefer. Insgesamt gut zwanzig Meter.«

Jemima erschauerte erneut. Die Vorstellung, daß ein Gefangener in diese Tiefe verbannt wurde ... allein, ohne Licht, Heizung und Nahrung, abgesehen von dem, was seine Kerkermeister ihm zukommen ließen, allein im Dreck, Beute der Ratten ...

Betroffen hörte Jemima sich plötzlich fragen: »Ist je einer entkommen?« Etwas Besseres fiel ihr nicht ein, um die Stimmung aufzuheitern. Bevor Joss antworten konnte, sagte May Martin heftig: »Schlimm ist, daß die Menschen dort unten lebten, nicht daß sie starben. Der Tod war im Vergleich zu ihren Leiden geradezu eine Erlösung. Und das ging manchmal Jahre. Erstaunlich, wozu Menschen fähig sind: Manche sind wirklich Überlebenskünstler. Joss, ich finde wirklich, daß du den Kerker ein für alle Male schließen solltest, anstatt ihn zur Schau zu stellen. Mehr Ehrfurcht vor dem Leid der Menschen . . .«

Joss ergriff die günstige Möglichkeit, nicht darauf zu reagieren, indem er Jemimas Frage beantwortete. »Nein. Keiner ist entkommen.« Er deutete auf eine Inschrift in der Felswand der Eingangszelle: »*Initus non abeat.* Mittelalterliches Latein. Es heißt: ›Wer einmal hineingegangen ist, kommt nie mehr heraus.‹ Der Spruch soll nach Fertigstellung des Schlosses in den Stein gemeißelt worden sein . . . sagt man jedenfalls.« Joss hielt inne. »Ohne Hilfe von außen ist noch niemand entkommen. Einem Gefangenen ist die Flucht gelungen. Man hatte ihn als Anhänger von John Knox während der Reformation in das Verlies geworfen. Später stellte sich heraus, daß ihm die Tochter des Kerkermeisters mit einem Seil herausgeholfen hatte. Ansonsten: *Initus non abeat.* Es gibt kein Entrinnen.«

»Genau wie in der Ehe«, bemerkte Clio Brown. »Einmal gefangen, immer gefangen. Es sei denn, es kommt Hilfe von außen.« Zuerst nahmen alle übrigen an, es handle sich lediglich um eine von Clios Unfreundlichkeiten, die hauptsächlich den Zweck hatten, ihren Mann zu ärgern. Doch wie sich herausstellte, hatte sie noch anderes im Sinn. »Ich möchte da runter, Joss. Möchte erleben, wie das ist. Könnte eine interessante Erfahrung werden. Ich will die Nacht da unten zubringen. Man dürfte . . .«, sie verzog die Lippen erneut zu ihrem katzenhaften Lachen, ». . . herrlich ungestört sein. Seht nur, wie eng der Schacht ist. Gerald, ich glaube kaum, daß du da durchpaßt. Nicht mal, wenn das Seil dich halten würde.«

Ellie und Jemima reagierten mit höflichem Lachen. Beide hatten beschlossen, das Ganze als Scherz zu betrachten. Gerald zischte Unverständliches. Diesmal jedoch war Jemima sicher, daß er ernsthaft wütend war. Es sah allerdings nicht so aus, als sei Clio sich der Wut ihres Mannes bewußt. Im

Gegenteil. Sie redete weiter von ihrer Absicht, ins Verlies hinabzusteigen, entlockte Joss das Geständnis, daß für Notfälle eine Strickleiter bereitlag, schmal, aber nützlich, verschlossen im Schrank in der Ecke des Kerkergewölbes, und reizte Gerald schließlich so weit, daß er sie anschrie:
»Wenn du Neujahr unbedingt so erleben willst ... verdammt, dann rechne ja nicht damit, mich morgen gut gelaunt anzutreffen.«
»Ich bin überhaupt nicht scharf drauf, dich morgen anzutreffen, wenn du weiter so brüllst, Gerald«, entgegnete Clio zuckersüß. »Du echauffierst dich nur unnötig. Du weißt, was der Arzt gesagt hat. Ärgern ist ungesund.« Aus Clios Mund klang das auf so spießige Weise vorwurfsvoll, daß man beinahe vergessen hätte, daß sie mit der vorausgegangenen Szene diesen Ärger provoziert hatte.
»Das könnte dir so passen«, zischte Gerald. »Die reiche Witwe spielen! Könnte sein, daß du dich verrechnest.«
Die Szene wurde immer peinlicher.
Erst später sollte die Sache eine andere Bedeutung bekommen. Wer hatte von der Wette angefangen? War es Joss gewesen, dessen schwarze Augen Clio so eindeutige Anträge machten? Und das mitten am Nachmittag, zu einer höchst unerotischen Zeit? Oder war es vielleicht die frivol kichernde Ellie, die die Situation weiter anzuheizen versuchte? Oder der stillere, beherrschtere Robbie in seinem Bemühen, die Atmosphäre zu entspannen? Jemima jedenfalls blieb unbeteiligt ... sie starrte nur weiterhin voller Abscheu in das Verlies hinunter. Lady Martin dagegen ließ ihrem Unmut freien Lauf.
»Diese Sensationslüsternheit!« sagte sie zu Jemima – leise, aber so deutlich, daß alle es hören mußten. »Aus diesem Stoff sind die Leute gemacht, die zum Spaß Nazi-Souvenirs sammeln.«
Gerald war der erste, der das Wort Wette laut aussprach.
»Ich gehe jede Wette ein, daß du es dort unten keine Stunde aushältst, Clio ... geschweige denn eine ganze Nacht.«

Dann stapfte er mit den Worten davon: »Mach, was du willst. Wie immer.« Zur eigentlichen Wette war es erst später gekommen. Clio sollte via Strickleiter, warm angezogen und versehen mit Schlafsack, Taschenlampe und einem Taschenöfchen zum Wärmen der Hände, in den Schacht steigen. Und zwar um elf Uhr abends. Nach einer Stunde, nämlich mit Beginn des neuen Jahres, sollte sie offiziell wieder heraufgeholt werden.

»Und was kriegt sie, wenn sie die Wette gewinnt?« erkundigte sich Ellie, die sich inzwischen wieder intensiv um Robbie bemühte.

»Als Belohnung darf ich mir aussuchen, wie ich den Rest der Nacht verbringen möchte.« Jemima hätte schwören können, daß Clio sich dabei die Lippen leckte. Zweifellos schnalzte sie leicht mit ihrer rosaroten Zunge, als sie lächelte. »Und das bedeutet ...«, Clio sah von einem Mann zum anderen, bis ihr Blick auf Gerald ruhte, »... daß ich sie allein beenden darf.«

Erst beim Abendessen, nachdem sich alle umgezogen hatten, einschließlich Clio, die jetzt einen hautengen schwarzen Hosenanzug trug, sprach Robbie den kritischen Punkt an:

»Gerade ist mir klargeworden, daß Clio die Wette in jedem Fall gewinnt. Es sei denn, sie stirbt vor Angst oder es passiert sonst was Schreckliches. Wenn Clio nämlich heraufwollte – und zwar früher, als die Wette es erlaubt –, hätte sie gar keine Möglichkeit, sich bemerkbar zu machen. Sie muß in jedem Fall die vereinbarte Zeit absitzen, bis wir kommen, um sie zu holen. Im nächsten Jahr.«

Also beschloß man, Clio mit einer großen, lautstarken Glocke auszustatten. Sie war früher dazu benutzt worden, die Landarbeiter zum Essen zu rufen. Das Klingeln sollte signalisieren, daß Clio Hilfe brauchte und die Wette beendet war.

»Gut zu wissen, wem die Stunde schlägt ...« Robbie mimte wieder den Witzbold. »... es muß in jedem Fall Clio sein.

Wer einmal drin ist, kommt nicht mehr raus. Nicht ohne fremde Hilfe. Übrigens ein guter Familien-Wahlspruch, Joss. Wir sollten ihn beherzigen. Schließlich geraten wir Benmuirs immer wieder in was rein, aus dem wir nicht mehr rauskommen. Stimmt's? Ich meine Beziehungen, Schulden und so weiter.« Lady Martin und Joss runzelten die Stirn.

Wegen der Glocke mußte die Tür zum Kerkergewölbe offengelassen werden. Robbie war nämlich nicht sicher, ob sie sonst das Klingeln aus dem Schacht im Turm hören würden. Alle waren einverstanden. Am Ende der ungepflegten Rasenfläche war die Tür vom Big Tower aus deutlich sichtbar. Dort hatte sich die Silvestergesellschaft im großen Salon im ersten Stock versammelt, der bei festlichen Gelegenheiten auch als Speisesaal benutzt wurde. Hier gab es hohe Fenster und Sitzpolster in den ehemaligen Schießscharten. Niemand hätte Clio unbeobachtet vorzeitig befreien können – vorausgesetzt, jemand spielte überhaupt mit dem Gedanken.

»Nicht mal einen winzigen belebenden Schluck Whisky könnte Clio heimlich erhalten«, sagte Robbie, der hartnäkkig versuchte, die Stimmung aufzulockern. Doch richtig unbeschwert klang das alles nicht. Die Situation war außer Kontrolle geraten, hatte eine Eigendynamik entwickelt, und niemand wußte so recht, wann und wie es geschehen war. Eine streitsüchtige junge Frau, eine dumme Wette ... eine explosive Mischung für eine Silvesterparty! (Jemima Shore wünschte, sie wäre zu Hause geblieben, um mit ihrer Katze zu feiern, die passenderweise auf den Namen Midnight hörte.)

Gegen halb elf beschlossen Gerald Brown und Lady Martin, sich zurückzuziehen und auf die Begrüßung des neuen Jahres zu verzichten. Das Schlafzimmer der Browns lag im Little Tower – oder Robbies Tower –, wo auch Ellie und Robbie schliefen. Lady Martin und Jemima waren in einem der oberen Stockwerke des Big Tower untergebracht. Joss

ließ es sich als Gastgeber nicht nehmen, Lady Martin hinaufzubegleiten, obwohl diese heftig protestierte – schließlich kenne sie den Weg im Schlaf.
»Aber Joss, ich bin hier aufgewachsen!« rief sie. Vielleicht hat er die Absicht, einen letzten Trumpf auszuspielen, überlegte Jemima. Günstig schien der Augenblick angesichts ihrer heftigen Abwehr allerdings kaum zu sein. Geralds bullige Gestalt überquerte die rauhe Grasfläche, die Schultern leicht gebeugt gegen den Wind.
Kurz darauf sagte Clio ärgerlich: »Hoffentlich hat er sich nicht gleich schlafen gelegt. Ich muß schließlich noch 'ne Menge mehr anziehen.« Sie räkelte sich in ihrem hautengen schwarzen Hosenanzug. Ihre kleinen festen Brüste zeichneten sich unter dem elastischen Gewebe ebenso deutlich ab wie ihre schmalen Schenkel und endlos langen Beine, die jedem Model Ehre gemacht hätten. Sie konnte diesen gewagten Hosenanzug tragen. Das mußte man ihr lassen.
»Bin gleich wieder da«, verkündete Clio. »Hoffentlich schnarcht er nicht. Mehr verlange ich ja gar nicht.«
Ein fast perfekter Vollmond war mittlerweile aufgegangen, und wenige Minuten später konnte die Silvesterrunde beobachten, wie Clio die Wiese überquerte; sie hatte einen dicken Parka übergezogen, und der Wind riß an ihren kurzen Haaren. Was immer zwischen den Browns im ersten Stock des Little Tower vorgefallen war, es muß eher versöhnlichen Charakter gehabt haben, denn sie sahen Gerald am Fenster stehen, die Hand heben und winken. Seine Laune schien sich gebessert zu haben, seitdem er den Salon verlassen hatte. Kurz darauf trat Clio wieder ins Zimmer.
»Natürlich ist er besser gelaunt!« rief sie. »Er glaubt, ich verliere. Da liegt der Hund begraben. Er ist ein gerissener alter Gauner. Er ist überzeugt, daß ich in Panik gerate und zur Glocke greife. Sehr ermutigend, wirklich. Ich weiß wirklich nicht, warum ich ausgerechnet ihn geheiratet habe.« Jemima sah Clio an. Clio hatte sich mit Hilfe mehrerer dicker Pullover in das weibliche Pendant eines Miche-

lin-Männchens verwandelt. Tja, und warum hat Gerald Clio geheiratet? überlegte Jemima. Legen bestimmte Männer es vielleicht darauf an, gedemütigt zu werden? Vermutlich.

Clios Abstieg über die Strickleiter in den Schacht war dann eher ernüchternd unspektakulär. Ihr schmaler Kopf verschwand im Dunkel des Schachts, dann ertönte ganz undramatisch ihre Stimme: »Ist großartig hier! Wie im Sanatorium. Mir unverständlich, was die Gefangenen daran auszusetzen hatten.«

»Was ist mit Ratten?« rief Robbie.

»Scheinen oben geblieben zu sein«, schrie Clio zurück. »Oder sie schlafen.« Clio war bester Stimmung. Wir sahen, wie die Taschenlampe nach oben gerichtet und die Glocke getestet wurde (sie klang sehr laut), dann konnten wir nichts mehr tun, als uns gegen den Wind zum Big Tower zurückzukämpfen und zu warten.

Dort wußte keiner so recht, wie wir die Zeit totschlagen sollten. Die ungehinderte Aussicht auf die offene Tür des Kerkergewölbes machte es uns praktisch unmöglich, Clio zu vergessen. Joss, der Gastgeber, war in düsteres Schweigen versunken. Er war in Gedanken sicher bei Clio. Alles deutete darauf hin, daß sich die Stunde bis Mitternacht endlos hinziehen würde. Schließlich wurde Robbie aktiv.

»Da sitzen wir also . . . vier Personen, die nicht wissen, was sie miteinander anfangen sollen. Also los, Leute! Was machen wir? Tanzen wir, oder spielen wir eine Partie Bridge?«

Während Ellie in die Hände klatschte und für Tanz votierte, gab Jemima hastig zu verstehen, daß sie's lieber ruhiger hätte. Also entschied man sich für eine Partie Bridge.

Danach verging die Zeit schneller; wenn auch das hohe Fenster, vor dem der Bridgetisch im Erker stand, Jemima irgendwie an das Verlies und Clio gemahnte. Und die Partie Bridge entwickelte sich auch nicht gerade zu der faszinierenden Ablenkung, die Jemima und Ellie sich vorgestellt hatten. Die Brüder Benmuir – Joss war Jemimas,

Robbie war Ellies Partner – bestritten praktisch jedes Spiel allein, und ihre ganze Spielweise war darauf angelegt, es auch dabei zu belassen. Während des einzigen Spiels, das Jemima allein bestritt, starrte Joss ihr die ganze Zeit eher mißtrauisch über die Schulter. Ellie dagegen kam erst gar nicht dazu, ein Spiel allein zu spielen.
Während Robbie gerade vier Stiche mit Pik als Trumpf machte – er hatte eine Glückssträhne –, hörten sie plötzlich die Glocke. Sie tönte laut, bis der Klang im Wind verhallte und sie erneut anschlug. Instinktiv warf Jemima einen Blick auf ihre Uhr. Sie zeigte zehn Minuten vor Mitternacht. Die anderen sprangen auf. Dann rannten sie alle gleichzeitig die enge Wendeltreppe hinunter. Joss stieß die Tür auf und sprintete im Mondschein über die Wiese. Ellie strauchelte zweimal, doch Robbie machte nicht halt, um ihr zu helfen. Die Brüder erreichten das Gewölbe über dem Schacht gleichzeitig und mit einem Vorsprung von gut fünfzehn Metern vor Jemima. Als Jemima kam, wurde die Strickleiter gerade in den Schacht hinuntergelassen, und Joss redete beruhigend auf Clio ein ... beruhigend und unverhohlen zärtlich. Allerdings war Gerald ja nicht anwesend.
»Keine Angst, Liebes. Ich bin ja da. Vertraue deinem Joss. Ganz ruhig. Komm jetzt, mein Liebling.«
Wenige Augenblicke später tauchte Clios Kopf über dem Schachtrand auf: Aber es war eine ganz andere Clio ... Tränen- und schmutzverschmiert im Gesicht, übelriechend und völlig durcheinander. Jemima empfand kleinerlei Genugtuung. Im Gegenteil; sie hätte die alte, selbstbewußte, wenn auch unangenehme Clio diesem mitleiderregenden Geschöpf jederzeit vorgezogen. Clio hatte sich ganz offenbar überschätzt. Im entscheidenden Augenblick hatten ihre Nerven sie im Stich gelassen. »Die Schatten, die Geister der toten Gefangenen wollten mich umbringen«, brabbelte sie unter anderem. Die Leiden der Gefangenen hatten letztendlich doch noch Eindruck auf sie gemacht. Lady Martin

wenigstens wäre zufrieden gewesen. Noch immer leicht hysterisch wurde Clio in Richtung Little Tower geführt; und es war jetzt Robbie und nicht Joss, der ihren Arm nahm. Der Little Tower galt eben als Robbies Territorium. Joss, Ellie und Jemima gingen hinter ihnen her.

»Niemand hat je gefragt, was passiert, wenn sie die Wette verliert!« rief Ellie plötzlich. Jemima vermutete, daß Robbies Fürsorge gegenüber Clio ihre Eifersucht erregt hatte.

»Sie gewinnt eine Nacht mit Gerald!« fuhr Joss Ellie an. Offensichtlich machte Robbies Arm um Clios Schultern Joss ebenfalls gereizt. Ellie starrte den beiden unverwandt nach.

»Mein Zimmer liegt im Parterre. Von dort kann ich das Meer sehen«, sagte sie. »Und diese Aussicht beabsichtige ich jetzt zu genießen. Es muß inzwischen Mitternacht sein. Frohes neues Jahr.« Ellie machte nicht einmal den Versuch, herzlich zu klingen. Über ihren Köpfen wurde eine Tür geöffnet und wieder geschlossen. Im nächsten Moment kam Robbie die Treppe heruntergepoltert. Er hatte Clio taktvollerweise mit Gerald allein gelassen – vorausgesetzt, letzterer war überhaupt noch wach. Ellies Miene hellte sich etwas auf. Dann begann Clio zum zweiten Mal in dieser Nacht zu schreien. Diesmal war es kein Schluchzen – das blanke Entsetzen brach sich Bahn. Während Clio die Treppe halb hinunterfiel, halb hinunterrannte, bis sie bei Robbie (und Joss) angelangt war, schrie sie immer wieder:

»Er ist tot! Er ist tot!« Und dann: »Gerald, Gerald!« Es folgten weitere Schreie. Robbie gab Clio schließlich eine Ohrfeige, und Joss brüllte sie an: »Was soll das heißen, Mädel? Wie kann er denn tot sein?«

»Er ist tot!« jammerte Clio, schon etwas ruhiger. »Ich kam ans Bett, habe etwas gefühlt. Es war ein Schal. Ein langer Wollschal! Ein gräßliches Ding. Rotkariert!« Sie schluckte. »Ich habe daran gezogen. Aber er steckte irgendwie fest. Ich habe das Licht angemacht. Er hatte den Schal um den Hals. Er ist tot. Gerald ist tot.«

»Mein Schal!« kreischte jetzt Ellie. »Das ist mein Schal!«

Es folgte einer der schrecklichsten Neujahrstage, die Jemima je erlebt hatte. Die Landzunge von Crask mitsamt dem Schloß schienen unter einem bösen Stern zu stehen. Die Morgendämmerung kam spät und mit durchscheinenden roten Streifen am Horizont: diabolische Farben, dachte Jemima.
Die Polizei erschien in Person eines einzigen Beamten, der sich viel Zeit ließ. Das nächste Polizeirevier war über dreißig Kilometer entfernt. Eigentlich waren Autopannen, Trunkenheit am Steuer und andere Alkoholdelikte das einzige, womit es die Beamten hier normalerweise zu tun hatten.
Der Polizeiarzt, vom Polizisten verständigt, brauchte noch länger, bis er endlich eintraf. Und es sollte eine halbe Ewigkeit dauern, bis die Leiche – Gerald war tatsächlich mit Ellies Wollschal erdrosselt worden – fortgebracht werden konnte. Bis dahin hatte man den Toten im Zimmer der Browns eingeschlossen. Robbie, Ellie und natürlich auch Clio zogen in den Big Tower um.
Niemand durfte das Schloß verlassen. Aussagen mußten zu Protokoll gegeben werden. Die Silvestergesellschaft auf Crask saß benommen im großen Salon.
Ellie wurde wohl am wenigsten von allen mit dieser Situation fertig, der so jedes Amüsement abging. Irgendwann brach es aus ihr heraus: »Das muß irgendein Landstreicher getan haben. Vermutlich ist er durch die Hintertür und durch die kleine Küche hereingekommen. Irgendein Wahnsinniger! Vielleicht lungert er noch in der Nähe herum. Und er hat ausgerechnet meinen Schal benutzt!«
Niemand sagte ein Wort, Robbie tätschelte ihr beruhigend die Hand. Keiner konnte sich entschließen, schlafen zu gehen.
Als Lady Martin von Joss geweckt wurde und von der Tragödie erfuhr, gesellte sie sich zu ihnen: Mit ihren grauen Locken und dem karierten Morgenmantel wirkte sie beinahe wie eine gutmütige Gouvernante.

Was Lady Martin allerdings später am Vormittag zu Jemima sagte, war alles andere als gutmütig. Joss sprach mit der Polizei. Clio hatte sich hingelegt. Robbie und Ellie waren in der Küche und versuchten, eine Mahlzeit zusammenzustellen. Das Personal hatte am Neujahrstag frei.
»Sie hat's getan! Natürlich war es diese Hexe Clio Brown.« Lady Martins Stimme bebte vor düsterer Gewißheit. »Ich kenne das Böse. Die Leute denken, ich sehe immer nur das Gute. Aber was wissen die schon von mir? Nichts. Im Gegenteil; ich habe so viel Böses gesehen, daß ich es bereits von weitem rieche. Clio Brown ist zutiefst unmoralisch. Sie hat nicht die Spur von Anstand. Zuerst hat sie Robbie schöne Augen gemacht und ihn dann wegen Gerald wie eine heiße Kartoffel fallengelassen – Brown hatte eben Geld. Und dann war sie Gerald nicht einmal dankbar dafür ...«
Jemima wurde klar, daß May Martin, die ebenfalls einen reichen Mann geheiratet hatte, unbewußt Clios Verhalten mit ihrem eigenen verglich. Und Jemima nahm an, daß May während ihrer kurzen und harmonischen Ehe ein ausgesprochen liebevolles Verhältnis zu Sir Ludwig gepflegt hatte.
»Jetzt hat sie ihren Mann aus dem Weg geräumt, um Joss heiraten und Herrin auf Benmuir spielen zu können.« Lady Martin hielt in ihrer Tirade inne. »Ja, Jemima, ich fürchte, mit der Moral meines Neffen Joss ist es auch nicht weit her. Clio und Joss: Die beiden sind sich da sehr ähnlich. Mein Gott! Immer ist es das Geld! Dafür tut der Mensch wirklich fast alles!«
Jemima kam unfreiwillig der Gedanke, daß Lady Martin »alles« hätte verhindern können, wenn sie ihrem Neffen finanziell entgegengekommen wäre. Sie schob den Gedanken hastig beiseite. Wie konnte sie, Jemima, sich anmaßen, Familiensinn über den Kampf für Menschenrechte zu stellen? Sie selbst hatte keine Familie.
»Hören Sie, meine Liebe«, sagte Jemima im sanftesten In-

terviewton. »Es ist völlig ausgeschlossen. Clio kann es nicht gewesen sein. Gerald lebte noch, als sie in den Kerker hinunterstieg. Das wissen wir. Und als sie herauskam, war er tot. Sie kann es nicht gewesen sein. Niemand kommt ohne Hilfe aus dem Verlies. Da ist doch diese Inschrift – in den Fels gemeißelt –, wie lautet sie noch gleich?«

Jemima gab sich gelassen, aber insgeheim arbeitete es fieberhaft in ihr. Ich habe doch recht, überlegte sie. Oder? Clio kann es nicht getan haben. Oder? Sie ist zum Little Tower gegangen. Wir haben sie gesehen. Gerald hat ihr noch nachgewinkt. Auch das haben wir gesehen. Wenige Minuten später war sie wieder bei uns. Anschließend ist sie in den Kerkerschacht gestiegen. Wir haben das beobachtet, und in unserer Anwesenheit wurde die Strickleiter hochgezogen und beiseite gelegt. Der Eingang zum Gewölbe war für jeden von uns vom Big Tower aus die ganze Zeit über sichtbar. Ausgeschlossen, daß sie allein herausgekommen ist. Unmöglich, daß jemand da rausgekommen sein kann, ohne bemerkt zu werden. Die Männer ... allen voran Joss? Nein, er war hier. Wir alle waren hier. Selbst als Joss nur Strohmann beim Bridge war, hat er mir ständig über die Schulter geschaut. Robbie hat den Bridgetisch nicht verlassen. Wenn jemand den Raum verlassen hat und auf die Toilette gegangen sein sollte ... könnte vielleicht auf Ellie zutreffen, als sie Strohmann gewesen ist, aber dann muß sie auf der kleinen Toilette auf derselben Etage gewesen sein. Eine längere Abwesenheit wäre aufgefallen.

Jemima dachte nach. Als sie Clio aus dem Verlies holten, war Gerald jedenfalls schon tot. Und er muß schon länger tot gewesen sein. Robbie hatte Clio bis zum Schlafzimmer der Browns gebracht und war sofort wieder heruntergekommen. Wir haben ihn gehört. Clio hatte keine Gelegenheit, ihn umzubringen. Dazu war gar keine Zeit. Davon abgesehen, hatte bei Gerald bereits die Leichenstarre eingesetzt. Jemima erschauerte. Ich habe ihn berührt, schoß es ihr durch den Kopf.

Um sich abzulenken, wiederholte sie: »Wie lautet die Inschrift?«
»*Initus* ... wer einmal hineingegangen ist ... *non abeat* ... kommt nie mehr heraus. Mehr Latein kann ich nicht.« Lady Martin klang müde. »In unserer Familie haben Mädchen kein Latein gelernt. Hätte mir sowieso nichts genützt, wie sich herausstellte. Ich habe Erste Hilfe und Krankenpflege gelernt. Das war sinnvoll. So konnte ich wenigstens immer gleich helfen.« Sie verstummte.
Später erinnerte sich Jemima an diese Unterhaltung als an das für die Lösung des Falles entscheidende Gespräch. Lady Martin hatte in aller Unschuld darauf hingewiesen ... Zum Zeitpunkt der Unterhaltung spürte Jemima allerdings nur, daß ihr etwas dämmerte – als könnten die Ereignisse der vergangenen Stunden, aus einem anderen Blickwinkel betrachtet, plötzlich richtig gesehen werden ...
Jemima sprang auf. »Ist alles in Ordnung mit Ihnen, May? Ich brauche ... etwas frische Luft.« Auf ihrem Weg aus dem Big Tower zögerte Jemima in der offenen Wohnzimmertür. Joss stand am Fenster und starrte hinaus. Als sie ins Erdgeschoß hinunterkam, hörte sie Robbie und Ellie in der Küche. Jemima schnappte die Worte auf: »mein Schal«. Ellie beschwerte sich noch immer. Jemima griff sich ihren Mantel, der mit vielen anderen Kleidungsstücken auf einem Berg in der Diele lag, und eilte hinaus. Sie lief, leicht gegen den Wind gebeugt, über die ungepflegte Rasenfläche zum Eingang des Gewölbes. Jemima war sich wohl bewußt, daß Joss sie vom Fenster aus beobachtete, wie die Silvesterrunde am Vorabend zuerst Gerald und dann Clio beobachtet hatte. Die Tür zum Gewölbe stand noch auf. Keiner hatte daran gedacht, sie zu schließen.
Jemima trat ein. Der faulige Gestank aus dem Schacht schien stärker denn je: Es war der Geruch des Todes. Wenn auch einige Gefangene die Qualen dort unten überlebt hatten, so waren die meisten doch gestorben. Sie erinnerte sich

an Clios provozierenden Vergleich des Kerkers mit der Ehe – offenbar ein Zustand, dem sie nicht ohne fremde Hilfe entfliehen konnte. Gerald hatte sich diesem Gefängnis – wie viele der Kerkerinsassen in der Vergangenheit – durch den Tod entzogen. Die steinerne Inschrift war knapp über Augenhöhe im Zwielicht erkennbar. Jemima fuhr mit den Fingerkuppen über die Buchstaben.

Initus . . . Und plötzlich begriff sie.

Fast gleichzeitig hörte sie ein Geräusch hinter sich. Jemima drehte sich vorsichtig um. Sie fürchtete, sonst das Gleichgewicht zu verlieren. »Joss! Hast du mich erschreckt! Ich hätte in den Schacht stürzen können.«

»Das hätte ich zu verhindern gewußt. Für heute habe ich genug von Tragödien.« Joss stand im Gegenlicht, so daß Jemima sein Gesicht nicht sehen konnte.

»Wie geht's Clio?«

»Den Umständen entsprechend.« Ohne in Joss' Gesicht lesen zu können, war es Jemima unmöglich festzustellen, ob die Platitüde sarkastisch gemeint war. Auf jeden Fall verspürte sie den dringenden Wunsch, ins Freie zu kommen und die frische Meeresluft einzuatmen, weg von dem Schacht, fort von dem penetranten Gestank. Sie machte einen Schritt auf die Tür zu, doch Joss blockierte noch immer den Ausgang.

»Irgendwelche Theorien?« fragte er. »Irgendwelche Vermutungen von Jemima Shore, der Detektivin?« Er benutzte den Titel ihrer Fernsehserie, die ihr Image beim Publikum entscheidend geprägt hatte. Doch seine Worte klangen irgendwie drohend. »Schlucken Sie Ellies Landstreicher oder Ellies entsprungenen Irren?«

»Gibt es in dieser gottverlassenen Gegend überhaupt Landstreicher? Mit Wahnsinnigen muß man allerdings überall rechnen.«

»Genau wie mit Verbrechern.«

»Richtig.« Jemima wußte, daß ihre Stimme unnatürlich gepreßt zu klingen begann. »Die Luft hier, Joss«, begann sie.

»Die Luft hier...« Dann wurde ihr klar, was sie sagen mußte. »Eines weiß ich allerdings bestimmt: Von den Silvestergästen kann es niemand getan haben.« Gott mochte ihr die Lüge verzeihen. Sie mußte irgendwie aus dem Gewölbe rauskommen.
»Wirklich nicht?«
»Wie denn? Wir sind die ganze Zeit zusammengewesen, stimmt's? Bis auf Clio natürlich.«
»Und die war ... hier.« Joss machte einen Schritt vorwärts, als wolle er einen Blick in den dunklen Schacht werfen.
»Selten scheußlich«, wiederholte Jemima Lady Martins Charakterisierung und war froh, daß ihre Stimme wieder ganz normal klang. »Kein Wunder, daß Clio die Nerven verloren und geläutet hat.«
Joss trat zur Seite. Jemima ging hinaus ins Freie. Von diesem Moment an war sie vom Big Tower aus wieder deutlich zu sehen. Und hinter einem Fenster hatte sie Robbie und Ellie entdeckt. Sie war in Sicherheit. Trotzdem ging Jemima einige Meter in Richtung Big Tower, um mehr Abstand vom Kerkereingang zu gewinnen. Dann sah sie Clio aus dem Portal treten. Der Wind spielte mit ihrem kurzen schwarzen Haar. Sie hatte den Parka über den schwarzen Hosenanzug vom Vorabend gezogen. Sie kam näher und lehnte sich gegen Joss. Joss schien es völlig gleichgültig zu sein, welche Schlüsse andere aus der Geste ziehen mochten. Jemima spürte den dringenden Wunsch, seine Gelassenheit zu erschüttern. Sie holte tief Luft.
»Ja, Sie beide sind sich sehr ähnlich!« wandte sie sich scharf an Joss. »Ihre Tante hatte recht. Nicht nur, was den Charakter betrifft ... auch im Äußeren. Sie sind beide groß und haben kurzes schwarzes Haar. Wie hätten wir da den Unterschied vom Big Tower aus erkennen sollen? Ein Parka über einer schwarzen Hose. Wir dachten, es sei Clio. Dabei waren Sie es, Joss. Sie, nachdem Sie May zu ihrem Zimmer begleitet hatten. Sie haben ihn getötet, stimmt's?« Jemima sprach noch immer ausschließlich zu Joss. »Sie haben Ellies

Schal aus ihrem Zimmer genommen, um ihn damit umzubringen. Dann haben Sie ihn aus dem Fenster winken lassen, haben seinen Arm genommen, ihn wie eine Marionette bewegt. Wir sollten ganz sicher sein, daß Gerald zu diesem Zeitpunkt noch lebte. Minuten später kam Clio ins Wohnzimmer zurück. Sie hatte die ganze Zeit über unten gewartet. Und gemeinsam haben Sie die Wette inszeniert. Ein schlaues Manöver.«

»Was sagt sie da, Liebster? Warum sagt sie diese schrecklichen Dinge?« Clio klang nur beleidigt. Sie sah noch immer perfekt, beherrscht und schön aus.

Joss sagte nichts. Er wirkte völlig ungerührt. Jemima war froh, im schützenden Blickfeld von Robbie und Ellie zu stehen.

»*Initus non abeat.* Wer einmal hineingegangen ist, kommt nie mehr heraus. Die Inschrift!« rief Jemima. »Aber Clio ist gar nicht unten im Verlies gewesen, als Gerald starb. Das gehörte alles zum Plan, war ein Ablenkungsmanöver, um uns zu täuschen. Clio hatte sich in der Garderobe zwischen unseren Mänteln versteckt, hat sich dort Pullover herausgesucht und Sie die Dreckarbeit machen lassen, Joss. Clios panische Angst später unten im Verlies mag echt gewesen sein. Jedenfalls hat sie die Glocke geschwungen. Sie war allein, sie hatte den Mord ihres Mannes geplant. Und die Glocke diente natürlich auch als Ablenkungsmanöver.«

»Das müssen Sie schon beweisen«, sagte Joss kalt zu Jemima. Und zu Clio gewandt fuhr er fort: »Hör nicht auf sie. Sie ist verrückt. Journalisten! Wir hätten nicht zulassen dürfen, daß May sie mit herbringt. Sie tickt nicht ganz richtig.«

»Ich kann's nicht beweisen. Das überlasse ich der Polizei.« Wie auf Kommando tauchte die beruhigende Silhouette eines Streifenwagens im Schloßtor auf. »Ich weiß nur eines. Ihr beide habt das gemeinsam ausgeheckt und durchgeführt. Ihr sitzt im selben Boot. Ihr habt euer gemeinsames Gefängnis ... einen Kerker, aus dem es kein Entrinnen

gibt. Ihre Worte, Clio. Da sitzt ihr so lange drin, bis sich einer von euch gegen den anderen wendet.«
Als der Streifenwagen näher kam, sah Jemima, wie sich Clios katzenhafter Blick von Joss löste. Clio steckte tief mit drin, so tief, wie sie unten in jenem faulig riechenden Schacht gesessen hatte. Aber Clio sann bereits auf Befreiung. Sie wird ihn verraten, dachte Jemima. Schließlich hatte er getötet. Was hatte May Martin am Nachmittag vor dem Verlies gesagt? Manche Menschen sind wirklich Überlebenskünstler.

Die Macht der Witwen

Margaret Yorke

Mrs. Watson sah zu, wie der Gärtner, auf der obersten Sprosse der Leiter stehend, die Zweige der hochgewachsenen Palme im Park des Hotels stutzte. Beeren fielen in schweren Trauben zu Boden, und dort, wo er seine Schnitte gesetzt hatte, trug der Stamm des Baumes sanft geschwungene weiße Narben. So kam der Tod und mähte all jene hinweg, die zu lange gelebt oder mit der Gefahr geliebäugelt hatten oder dem Untergang geweiht waren.

Sie saß in einem bequemen Sessel im Schatten des Granatapfelbaums, ein Buch auf den Knien. Eine sanfte Brise bewegte die Blätter des roten Hibiskus und die blauen Blüten der Plumbago, ein Bleiwurzgewächs, das sich an einem Spalier neben den Stufen, die zur Terrasse führten, emporrankte. Obwohl es November war, wurde es auf der vom Golfstrom erwärmten Insel niemals kalt und selten unerträglich heiß. Entlang der zerklüfteten Küstenlinie reihte sich eine endlose Kette bombastischer Hotels. Das Hotel, in dem Mrs. Watson residierte, zählte zu den ältesten; es war nicht nur das teuerste, sondern bot auch die größten Annehmlichkeiten. Hier war das Verhältnis von Personal und Klientel beinahe eins zu eins, und eingehüllt in dienstbeflissene Aufmerksamkeit spürten die umsorgten Gäste, wie Kummer, Beschwernisse und Schmerzen von ihnen abfielen, gleichsam vergessen waren.

Mrs. Watson und ihr Mann hatten die Insel zum ersten Mal während einer Kreuzfahrt besucht. Ihr Schiff war bei Tagesanbruch in den Hafen eingelaufen, und sie hatten einen kurzweiligen Tag verbracht, die Kathedrale besucht und in einem Taxi einen Ausflug über Land gemacht. Sie waren an Bananenplantagen und Wasserfällen vorüber in Bergregionen gefahren, wo die Luft frisch und klar war. Sie hatten Tee in ebendiesem Hotel getrunken, in dem sie nun alleine saß. Ihr Mann war zu der Ansicht gelangt, dies sei ein Ort, der sich für künftige Urlaube eigne. Nur hatte es für Mr. Watson keine Zukunft gegeben, denn in derselben Nacht, als das Schiff Kurs auf Gibraltar nahm, hatte er einen Herzanfall in ihrer gemeinsamen Kabine auf dem A-Deck erlitten und war innerhalb weniger Minuten gestorben. Mrs. Watson war mit dem Sarg nach Hause zurückgeflogen. An der Trauerfeier im Krematorium vor Ort hatten viele Menschen teilgenommen: Repräsentanten der zahlreichen Organisationen, mit denen der Verstorbene in geschäftlicher Verbindung stand, Angehörige seines Mitarbeiterstabes und mehrere Handwerker, die im Auftrag seiner Firma an den derzeitigen Bauprojekten mitwirkten, bildeten die Trauergemeinde.

Aus ihrer Verbindung waren keine Kinder hervorgegangen; es gab keinen Sohn, der sie zu ihrem Sitzplatz geführt hätte, und so ging Mrs. Watson mit stolz erhobenem Kopf den Weg allein.

Mr. Watson war Inhaber einer Baugesellschaft gewesen, und gemäß seinem Letzten Willen war gut für sie gesorgt, solange die Firma florierte. Nun befand sie sich jedoch in den Händen seines Geschäftspartners. Die beiden Männer waren einst Rivalen gewesen, als eine besonders begehrenswerte Immobilie im Zentrum einer neu entstandenen Trabantenstadt zum Verkauf anstand. Eine »holländische Auktion« – bei der der Preis so lange niedriger wird, bis sich ein Käufer findet – war zum damaligen Zeitpunkt sinnlos erschienen. Also waren sie übereingekommen zu fusionieren, und seither hatten sie gut zusammengearbeitet. Nun sah sich der Geschäftspartner der Verpflichtung gegenüber, Mrs. Watson alljährlich einen beachtlichen Teil seiner Gewinne zu zahlen. Dieses Arrangement erwies sich einige Jahre lang als recht zufriedenstellend, bis der Geschäftspartner zu risikoreich spekulierte, die Bank ihre Darlehen aufkündigte und damit den Niedergang des Geschäftes besiegelte.

Mrs. Watson war erst 45 Jahre alt, als sie Witwe wurde. Sie war noch immer eine stattliche Frau, rank und schlank, mit glatter Haut. In ihren Haaren schimmerten Goldreflexe, die regelmäßig von Sandra – Mitglied des Bandbox-Coiffeurteams – mit einer Tönungswäsche hineingezaubert wurden. Das Alleinsein fiel ihr schwer, denn Mr. Watson, fünfzehn Jahre älter als sie, hatte sie während der fünfundzwanzig Jahre ihres gemeinsamen Lebens stets verwöhnt und umsorgt. Sie hatte als Buchhalterin in seinem Büro gearbeitet; sie war gut im Umgang mit Zahlen und sehr hübsch, und bald weckte sie die Aufmerksamkeit des aufstrebenden Mr. Watson. Er suchte nach einer Frau, die zu ihm paßte, da er früher zu beschäftigt gewesen war, um sich auf Brautschau zu begeben. Was für einen Sinn hatte es schließlich, ein Vermögen anzuhäufen, wenn es niemanden gab, dem man es zu Füßen legen konnte?

Mrs. Watson, damals Madge Fraser, war in einer Doppelhaushälfte in Luton aufgewachsen, wo ihr Vater als Bankangestellter arbeitete und ihre Mutter als treusorgende Ehefrau das Hauswesen besorgte. Sie nähte Kinderkittelchen für Madge auf ihrer Singer-Nähmaschine, bereitete nahrhafte Mahlzeiten zu und hielt zwischendurch das Haus makellos sauber. In jenen Tagen verlangte man von Frauen noch nicht, daß sie sich als Mutter, Ehefrau und Berufstätige gleichermaßen bewähren mußten. Ehepaare, die feststellten, daß sie nicht füreinander geschaffen oder einander überdrüssig waren, blieben für gewöhnlich unter Bedingungen beisammen, die einem Waffenstillstand unter zivilisierten Nationen glichen, bis einer von beiden durch eine neue Liebe zur Trennung verlockt wurde. Madges Eltern waren einander jedoch noch immer zugetan; sie liebten ihr einziges Kind und setzten ihren ganzen Ehrgeiz und ihre Hoffnungen auf ihre Tochter. Als sie dann ihren Chef heiratete, genauso, wie es in den Illustrierten manchmal vorkam, waren Freude und Stolz ihrer Eltern grenzenlos.

Madge siedelte nach Bletchley um, in ein neues Haus mit vier Räumen, zwei Badezimmern, Abstellkammer sowie einem weitläufigen Wohn- und Speisezimmer. Es stand inmitten eines Gartens von annähernd zwei Hektar Größe, angelegt und gepflegt von einem Gärtner. Wie ihre Mutter, so besorgte auch Madge das Putzen und Backen, und in ihren Mußestunden verlegte sie sich auf Gros-Point-Stickereien. Sie hatte keine Tochter, für die sie nähen oder die sie zum Ballettunterricht bringen konnte, und da sie in gesicherten wirtschaftlichen Verhältnissen lebte, sah sie keinen Grund, ihre eigene Garderobe zu schneidern. Sie besuchte Ikebana- und Malkurse, um ihre Zeit auszufüllen, und allmählich entwickelte sie eine Liebe zur Gartenarbeit. Sie verwarf die Pläne, die der Gartenbauarchitekt gehabt hatte, und skizzierte neue lauschige Winkel und Grotten. Sie wurde Mitglied in einem Gartenbauverein und unternahm mit den übrigen Angehörigen Ausflüge zu prächtigen Herrenhäusern, wo sie in aller Heimlichkeit Pflanzentriebe abbrach, die sich durch Stecklinge vermehrten. Auf diese Weise legte sie sich eine beachtliche Sammlung von Sträuchern zu, die in ihrer Wohngegend einzigartig waren. Mr. Watson war stolz auf den »grünen Daumen« seiner Frau und hatte nicht die geringste Ahnung von der wahren Quelle ihrer Errungenschaften.

Nachdem Madges Vater gestorben war, blieb ihre Mutter in dem Haus in Luton. Aber sie begleitete die Watsons auf ihren Urlaubsreisen, übernachtete in spanischen Hotels und griechischen Landhäusern, in Klimazonen, die sie als recht heiß empfand. Schließlich verstarb sie nach einem Grippeanfall sanft im Schlaf. Sie bereitete anderen im Tod

ebensowenig Mühen wie im Leben und vermachte Madge ihre weltlichen Besitztümer, das Haus, das nun von Hypotheken frei war, und einige wenige Schmuckstücke.
Madge verkaufte das Anwesen und erstand mit dem Geld einen Blumenladen, dem sie den Namen *Rose* gab. Als Gehilfin stellte sie eine Frau ein, die sie in ihrem Ikebanakurs kennengelernt hatte. Mr. Watson verfolgte das geschäftliche Wagnis zunächst mit Belustigung und dann mit Befriedigung ob seines Erfolgs. »Madges Spielzeug« nannte er es, »ihr Baby, angesichts dessen, daß wir keine eigenen Kinder haben.« Das Geschäft florierte, und sie eröffnete einen zweiten Laden in einem anderen Bezirk, danach einen dritten. Ihre Raubzüge in fremden Gärten wurden nach und nach seltener, da das Unternehmen sowohl ihre überschüssige Energie als auch ihre administrativen Fähigkeiten voll beanspruchte. Zum Zeitpunkt von Mr. Watsons Ableben hatte sie es aus eigener Kraft zu etwas gebracht; als sein Partner offiziell Konkurs anmeldete – ungeachtet der Tatsache, daß er ausreichende Mittel auf den Namen seiner Frau und Tochter beiseite geschafft hatte, genug jedenfalls, um ihm einen Neubeginn zu ermöglichen, nachdem seine Gläubiger ihr Geld abschreiben mußten –, war sie also in der Lage, ihren gewohnten Lebensstandard aufrechtzuerhalten. Sie wohnte weiterhin in Greenways, dem hübschen Anwesen, dessen Grundstück allein inzwischen eine beträchtliche Summe wert war; genug, um Madge ein angenehmes Leben zu ermöglichen, falls sie mit ihren Blumenläden scheitern sollte. Aber das genaue Gegenteil trat ein: Die Ladenkette wurde ständig erweitert und gedieh, denn Madge stellte fähige Geschäftsführer ein, die sie am Umsatz beteiligte.
Doch es gefiel ihr gar nicht, Witwe zu sein.
Es lag nicht einfach daran, daß sie die Behaglichkeit, die Mr. Watsons Schutz ihr geboten hatte, seinen großen, warmen Körper, seine Zuwendung und Zärtlichkeit vermißte. Was ihr zu schaffen machte, waren die äußeren Umstände,

die ihre Witwenschaft mit sich brachte. Sie war ohne Partner, fühlte sich nur noch als Hälfte dessen, was einst ein Ganzes gewesen war, als Ausgestoßene in einer Gesellschaft, die sich an Paaren ausrichtete. Wenn sie sich auf Reisen befand, erschien ihr der Status einer alleinstehenden Frau wie ein Verbrechen. Die Leute mieden sie. Man wies ihr in den Hotels, mit Ausnahme jener der Luxusklasse, ein minderwertiges Zimmer zu, und sie zahlte dafür weit mehr als die Hälfte des Preises, der Paaren berechnet wurde. Ihr Tisch im Speisesaal befand sich für gewöhnlich nahe dem Eingang zur Küche oder in einer zugigen Ecke. Der Weinkellner pflegte sie zu ignorieren, obwohl sie stets eine halbe Flasche des erlesensten Tropfens bestellte, der in der Region gekeltert wurde. Manchmal wurde sie bei Tisch schnellstmöglich abgefertigt; ein Gang folgte unmittelbar auf den nächsten, so daß sie gezwungen war, in kürzester Zeit den Speisesaal zu verlassen; zu anderen Zeiten schenkte man ihr kaum Beachtung. Mrs. Watson kehrte nie in ein Hotel zurück, in dem man sie auf solche Weise behandelt hatte. Aber heute gab es nichts zu beanstanden; man wartete ihr mit formvollendeter Höflichkeit auf.

Hier waren es die Gäste, für die sie unsichtbar zu sein schien, und Mrs. Watson kannte den Grund: Es war Angst. Die Frauen sahen sich mit der Isolation konfrontiert, die auf sie wartete, wenn sie dasselbe Schicksal ereilen würde, was den Statistiken zufolge ziemlich wahrscheinlich war, und die Männer wurden an ihre eigene Sterblichkeit erinnert.

In jüngeren Jahren hatte Mrs. Watson eine Bedrohung ganz anderer Art dargestellt, obwohl es ihr damals nicht bewußt war, weil sie sich niemals auf einen Seitensprung eingelassen hätte. Rückblickend erkannte sie nun jedoch, daß sie immer noch recht hübsch, ja sogar begehrenswert gewesen war, als sie alleine zu reisen begann. Zu Hause stellte ihr, was sie in ihrer Naivität überraschend fand, ein Kamerad ihres verstorbenen Mannes nach, ein Witwer, der verfrüht seine Frau verloren hatte, doch sie hatte ihm sehr bald ihr mangelndes Interesse klargemacht. Sie brauchte keinen Ernährer, der ihr materielle Sicherheit bot, und ihre Kräfte konzentrierte sie auf ihr Geschäft und auf ihren Garten, wo ein alter Mann ihr dabei half, das Unkraut in Schach zu halten und den Rasen zu mähen.

Sie beobachtete die Paare, die während ihres Aufenthalts in verschiedenen Luxushotels kamen und gingen, und sie fragte sich, welches wohl noch im kommenden Jahr beisammen und welches durch Tod oder Scheidung getrennt sein würde. Da die Hotels kostspielig waren, handelte es sich zumeist um Paare älteren Semesters, deren Kinder herangewachsen und dem Nest entflogen waren. Manchmal traf sie auch Paare auf der Hochzeitsreise, gehemmt und erschreckend jung in Gesellschaft soviel älterer Gäste, die sie wohlwollend belächelten. Und dann gab es noch diejenigen, die ganz offenkundig keinen Trauschein besaßen.

Mrs. Watson beobachtete, wie ein älterer Mann und seine Frau den Rasen überquerten und mit steifen Beinen die Treppenstufen erklommen, die vom Garten zur weitläufigen Veranda führten, auf der man den Tee servierte. Der Mann trug das Strickzeug seiner Frau in einem geblümten Beutel: Mrs. Watson hatte bemerkt, wie sie die Maschen für die Ferse einer Socke in einem warmen, olivgrünen Farbton aufnahm. Ihre eigene Mutter hatte Strümpfe wie diese gestrickt, als Mrs. Watson noch ein Schulmädchen war, während des Krieges war das. Mrs. Watson hatte nicht gewußt, daß die Leute noch immer handgestrickte Socken trugen. Sie fragte sich, welchen Beruf der Ehemann – falls überhaupt – wohl ausgeübt haben mochte; er war längst über das Rentenalter hinaus. In ihrer Begleitung befand sich der Sohn – unverkennbar aufgrund der Ähnlichkeit mit seiner Mutter – und die Schwiegertochter, eine blasse, elegante Frau, die eine blasierte Miene zur Schau trug. Muß aus einem erstklassigen Stall stammen, dachte Mrs. Watson, während sie einen Zweig des roten Hibiskus abbrach: Er sollte – wenn er anging – den Steckling ersetzen, der ihr im letzten, bitterkalten Winter eingegangen war. Nur wenn man in einer Familie mit hohem gesellschaftlichem Rang großgeworden ist, kann man sich diese Aura leiser Überheblichkeit zulegen. Aber war das wirklich eine Hilfe, wenn der Ehemann vorzeitig dahingerafft und seine Frau auf sich selbst gestellt zurückgelassen wird? Wer würde ihr dann die Türen öffnen, das Handgepäck tragen, sie an dem Ort ihrer Wahl absetzen und den Wagen für sie parken, sich beschweren, wenn ein Zimmer unannehmbar oder der Service schlecht war? Sie würde nicht völlig mittellos dastehen, diese elegante Frau; sie konnte vermutlich auf Versicherungen, wenn nicht sogar auf das Vermögen der Familie zurückgreifen; aber das war sicher nicht die einzige Vorsorge, die sie verlangt hatte.

Das jüngere Paar schritt an Mrs. Watsons Platz vorbei, und die Frau sah, wie Mrs. Watson den Hibiskuszweig in ihre Handtasche fallen ließ.

Beim Abendessen saß Mrs. Watson nicht weit von dem Quartett entfernt. Bereit, sich von ihrer liebenswürdigen Seite zu zeigen, lächelte sie ihnen zu, wurde jedoch keines Blickes gewürdigt, während sie ihre Hummercremesuppe, ihre Gnocchi, ihr Hühnchen und ihre Mousse au Chocolat verzehrte.

Sie verließ den Speisesaal, als die vier noch mit ihrem Essen beschäftigt waren, und als sie hinter dem Stuhl der jüngeren Frau vorüberging, hörte Mrs. Watson sie reden.

»Diese Frau hat Zweige von den Pflanzen gestohlen«, sagte sie mit schwacher, klarer Stimme. »Ich habe sie dabei beobachtet. Heute war es ein Hibiskusschößling. Was wird morgen an der Reihe sein? Ein Granatapfel möglicherweise? Vielleicht kann sie einen Steckling aus der Frucht ziehen.«

»Charlotte, wie kannst du nur! Sie wird dich hören«, zischte die Mutter, deren eigene Stimme noch durchdringender war als die ihrer Schwiegertochter.

»Na und?« lautete die Antwort. »Man sollte den Vorfall

melden. Wenn jeder Gast das machen würde, bliebe bald nichts mehr übrig. Sie hat Ähnlichkeit mit diesen gräßlichen Touristen, die Ferbingham besichtigen. Sie haben ganze Äste von dem Maulbeerbaum mitgehen lassen, und einige unserer kostbarsten Sträucher sind stark dezimiert. Wir mußten Warnschilder aufstellen, und wenn das so weitergeht, werden wir Wachpersonal einstellen müssen, das Patrouillengänge macht.«

Mrs. Watson ging sehr langsam und hatte den größten Teil des Gesprächs mitgehört. Sie lebten also in Ferbingham! Sie hatte diesen Park besucht und einen Schößling des weithin bekannten Maulbeerbaumes in ihrem Garten eingepflanzt, der nun zu keimen begann. Ferbingham war ein Landsitz im Tudor-Stil, der zu bestimmten Zeiten im Jahre Besuchern zugänglich gemacht wurde. Mrs. Watson wußte, daß das ältere Ehepaar vor einiger Zeit umgesiedelt war und dem Sohn die Verwaltung des Besitzes übertragen hatte.

In dieser Nacht faßte Mrs. Watson einen Entschluß. Die hochmütige Charlotte sollte dieses Jahr ihr Opfer sein. Jedesmal, wenn sie sich auf Reisen befand, wählte sie eines aus. Nur ein einziges Mal war ihr Vorhaben vereitelt worden, als ihr Zielobjekt abreiste, bevor sie ihren Plan in die Tat umzusetzen vermochte, und ihr daher keine Zeit blieb, einen Ersatz zu suchen. Mrs. Watson logierte niemals ein zweites Mal im selben Hotel, ungeachtet, wie angenehm der Aufenthalt auch gewesen sein mochte. Es war nicht ratsam, auf den gleichen Spuren zu wandeln, denn ein erneuter Zwischenfall wäre vielleicht nicht mehr als zufällig betrachtet worden.

Im letzten Jahr, in Montreux, war Ungezogenheit der Auslöser gewesen. Sie hatte Scham empfunden, als sie Zeuge des ungehobelten Benehmens wurde, das dieses Pärchen an den Tag legte. Die beiden mochten Geld und den damit verbundenen, scheinbaren gesellschaftlichen Rang erworben haben; aber sie besaßen keine entsprechenden Manieren. In diesem Jahr war ein Übermaß an Dünkelhaftigkeit und Herablassung der Ausschlag für ihre Entscheidung.

Im vergangenen Jahr hatte es unweit einer Seilbahnstation einen verhängnisvollen Sturz von einer Klippe gegeben. Niemand hatte die weißhaarige Witwe verdächtigt – Madge war schon vor Jahren von ihrer Goldtönung abgekommen –, die sich der Polizei als Zeugin zur Verfügung stellte und den Hergang des Unfalls schilderte. Der Mann war getrennt von seiner Frau herumgestreift; der Berg fiel an dieser Stelle steil ab, und der jähe Stoß kam für ihn völlig unerwartet ...

Dieses Jahr würde es vielleicht nicht so leicht sein, eine Gelegenheit, beziehungsweise die richtige Methode zu finden.

Mrs. Watson pirschte sich an ihre Beute heran. Sie hörte, wie die vier ein Taxi bestellten, das sie zum Botanischen Garten bringen sollte, der, wie sie wußte, hoch oben auf einem Hügel lag. Sie selbst hatte ihn bereits besucht.

Mrs. Watson war dort, eine Stunde, bevor die kleine Gruppe eintraf. Sie hatte das Gelände in Augenschein genommen, nach möglichen Risiken Ausschau gehalten und die Lilien und Orchideen, die glänzende, scharlachrote Anthurium, die wächsern aussah, die Strelitzien – auch Paradiesvogelblumen genannt – und die herabhängenden Trompeten des Stechapfels, einer giftigen Pflanze, bewundert. Sie lehnte sich schwer auf den Spazierstock, den sie manchmal mit sich trug – ein äußerst vielseitiges Zubehör –, und spähte zur anderen Seite der Schlucht hinüber, die den Hügel teilte, zum fernen Horizont, wo das Meer blau schimmerte. Heute wurde kein Luxusschiff erwartet, und an diesem Tag gegen Ende der Saison hatten nur wenige Besucher den Weg in den Botanischen Garten gefunden. Dann sah sie, wie sich die ältere Mutter auf einem Seitenpfad näherte und anhielt, um verschiedene Pflanzen zu begutachten; sie befand sich in Begleitung ihres Sohnes. Als

Mrs. Watson ihren Blick umherschweifen ließ, konnte sie keine Spur von Charlotte oder deren Schwiegervater entdecken. Vielleicht hatten sie beschlossen, auf den Ausflug zu verzichten?
Allem Anschein nach war es so. Mrs. Watson suchte mit den Augen sorgfältig die Umgebung ab und vergewisserte sich, daß die beiden fehlten: um so besser für ihren Zweck. Die alte Frau und ihr Sohn – sein Name war Hugo, hatte Mrs. Watson vernommen – unterzogen die Hinweisschildchen, die an den Pflanzen angebracht waren, einer eingehenden Betrachtung. Sie bewegten sich schrittweise auf eine Aussichtsplattform zu, wo man, geschützt von einer niedrigen Steinbrüstung und weniger als einen Meter vom Steilhang entfernt, das Panorama genießen konnte. Sie machte einen Eintrag in ihr kleines rotes Notizbuch, in dem die Pflanzen aufgelistet waren, die sie gesehen und bestimmt hatte. Als sie den Namen einer ungewöhnlichen Kakteenart schrieb – sie mochte Kakteen nicht besonders –, spielte Mrs. Watson das Schicksal in die Hände, denn Hugo, der vorausgeeilt war und sich dem Fleck näherte, an dem Mrs. Watson wartete, rief seiner Mutter etwas zu.
»Hier werden wir einen wundervollen Ausblick haben.«
»Geh du nur alleine«, erwiderte sie. »Du weißt ja, daß ich Höhenangst habe. Ich warte in der Nähe der Lilien, die uns so gut gefallen haben, auf dich. Vielleicht sollten wir die eine oder andere Sorte notieren und in Erfahrung bringen, ob sie die Knollen auch auf Bestellung liefern.«
Sie machte kehrt und ging einen kleinen Weg hinunter; als sie die erste Kurve erreichte, war sie dem Blick entschwunden, und Hugo näherte sich der Stelle, an der Mrs. Watson wartete. Sie ließ das Notizbuch verstohlen über die Brüstung fallen, lehnte sich vornüber und schob es mit ihrem Spazierstock hin und her, bis es in einem schmalen Gebüsch am Rande der Schlucht verborgen war, bevor sie kleine unmutige Schreie ausstieß.

Hugo, stets auf Höflichkeit bedacht und trotz des Wissens, daß es ebendiese alte Dame war, die seine Frau beim Abschneiden der Pflanzenableger im Hotelgarten beobachtet hatte, erkundige sich besorgt, was denn geschehen sei.
»Mein Notizbuch«, jammerte Mrs. Watson. »Meine Liste mit den Namen der Pflanzen, die ich gesehen und bestimmt habe, um dem Gartenbauverein in meinem Heimatort Bericht zu erstatten. Es ist mir hinuntergefallen. Wie dumm von mir!« Sie lehnte sich über die Brüstung und starrte auf den Fleck, wo, just außerhalb der Reichweite, das kleine Notizbüchlein lag.
»Es ist wichtig für Sie, nicht wahr?« fragte Hugo.
»Lebenswichtig. Es sind die einzigen Aufzeichnungen, die ich habe«, erklärte Mrs. Watson. »Ich muß einen Vortrag vor den Mitgliedern unseres Vereins halten, wenn ich nach Hause komme.« Sie sah ihn an. »Sie sind sehr groß. Könnten Sie nicht versuchen . . .?«
»Kaum«, antwortete Hugo und schnitt eine Grimasse. »Ich würde es möglicherweise den Hügel hinunter in die Schlucht stoßen.«
»Ich werde hinüberklettern und es holen«, sagte Mrs. Watson. »Vielleicht könnten Sie währenddessen meinen Arm festhalten, um mir einen sicheren Halt zu geben?«
»Das kann ich nicht zulassen«, rief Hugo und starrte entgeistert auf Mrs. Watson, knapp 1,55 m groß und keineswegs mehr jung. »Ich werde es versuchen. Ich habe längere Arme.«
»Nein«, zierte sich Mrs. Watson und schlug die Hand vor den Mund.
Hugo sah sich wieder in seine Jugend und die Zeit der Mutproben zurückversetzt; er schwang zunächst ein Bein über die niedrige Mauer, dann das andere, und kauerte geduckt nieder, außer Sichtweite für jeden, der des Weges kommen mochte. Das Felsgesims war schmal, und er klammerte sich an die Einfriedung; doch dann stellte er fest, daß er das Notizbuch nicht erreichen konnte, ohne seinen Griff zu lösen.

Er hatte es gerade gepackt, als er einen jähen Stich in seinem Rücken verspürte. Mrs. Watson, die mit voller Wucht zustieß, hatte zunächst befürchtet, ihr fehle die Kraft, um ihn aus dem Gleichgewicht zu bringen. Aber es gelang, und er stieß nicht mehr als einen einzigen, erstickten Schrei aus und klammerte sich an das Strauchwerk, das in seiner Hand abriß, als sein Körper nach unten wirbelte.
Mrs. Watson hielt ihre herzzerreißenden und schrillen Schreie einige entscheidende Sekunden zurück; sie vergewisserte sich, daß er so tief hinuntergestürzt war, daß ihm keine Überlebenschance blieb, bevor sie Alarm schlug.
Als Hugos Leiche geborgen wurde, wies der Körper unzählige Prellungen auf, und die scharfgezackte Wunde, verursacht durch den Ringbeschlag ihres Spazierstocks, erregte keine besondere Aufmerksamkeit. Sie sagte wahrheitsgemäß aus, er habe darauf bestanden, über die Brüstung zu klettern, um ihr Notizbuch wiederzubeschaffen, das sie törichterweise habe fallen lassen.
»Ich habe versucht, ihn davon zu überzeugen, daß es nicht so wichtig sei«, erklärte sie, noch immer leise vor sich hin weinend. »Aber er ließ sich nicht von seinem Vorhaben abbringen.«
Seine Hand umklammerte noch immer das Notizbuch. Es enthielt, wie sie zu Protokoll gegeben hatte, eine Liste zahlreicher Pflanzen, aber nicht nur diejenigen, die sie auf der Insel zu Gesicht bekommen hatte. Das Buch besaß für sie weit größere Bedeutung, denn jede darin notierte Pflanze stellte etwas ganz Besonderes dar. Der Oleander war eine Erinnerung an Kreta und an einen Unfall im Swimmingpool; hinter der afrikanischen Lilie verbarg sich ein tödlicher Sturz auf Lindos. Ein Enzian rief ihr Lausanne ins Gedächtnis zurück und die Schlaftabletten im Cognac, gefolgt von einem Spaziergang am See bei Einbruch der Dämmerung. Und es gab noch einige andere.
Der Kaktus sollte Hugo repräsentieren.

Es zahlt sich nicht aus, über Witwen zu spotten. Ihre Anzahl nahm stetig zu. Nun war Charlotte an der Reihe.
Wer würde die nächste sein?

Riskante Spiele

Celia Fremlin

»Liebling, ich würde ja so gerne noch bleiben. Das weißt du doch. Ich bin genauso enttäuscht wie du. Aber . . .«

Aber, aber, aber. Was würde es *diesmal* sein, fragte sich Stella verdrießlich. Was auch immer es war, sie hatte es schon einmal gehört, so viel war sicher. Nach fünf Jahren mit einem verheirateten Mann kannte eine Geliebte sein Repertoire auswendig.

Aber ich muß Wendy beim Wochenendeinkauf helfen. *Aber* heute nachmittag kommt der Mann, um den Heizkessel zu reparieren. *Aber* ich muß Carol von den Brownies abholen. *Aber* Simon liegt mit Fieber im Bett und konnte heute nicht zur Schule gehen. *Aber* ich muß Tante Esmé vom Flughafen abholen.

Diese letzte Ausrede war von allen die dreisteste gewesen. Im Rückblick konnte sich Stella kaum ein bitteres, sarkastisches Lachen verkneifen, obgleich ihr damals überhaupt nicht zum Lachen zumute gewesen war. Es war so plötzlich gekommen, so grausam schnell nach jenem sonnendurchfluteten Septembertag, als sie jenseits von Marlow am Flußufer im hohen Gras gelegen hatten und Gerald ihr, wie das alle verheirateten Männer bei ihren Geliebten tun, von seiner inneren Einsamkeit erzählt hatte. Schon als Kind schien er einsam gewesen zu sein.

»Keine Geschwister. Noch nicht einmal Onkel oder Tanten«, hatte er traurig erklärt. »Ich habe mich manchmal so richtig nach einer großen, hektischen, streitsüchtigen Familie gesehnt, nach Hochzeitsessen, Beerdigungen und großen Familienfesten mit Brathähnchen und Bratensoße, nach Anstandsbesuchen bei allen möglichen Verwandten. Ich habe mich nach allem gesehnt, was außerhalb der engen Kleinfamilie lag, in der ich aufgewachsen bin, aber es gab immer nur mich und meine Eltern. Was hätte ich nicht alles für ein paar sauertöpfische Tanten oder einen zwielichtigen Onkel gegeben! Besonders zu Weihnachten ...«

Stella konnte sich nach der langen Zeit nicht mehr erinnern, wie es dem armen Gerald zu Weihnachten immer ergangen war – es hatte etwas mit Mandarinen zu tun und dem Großvater irgendeines Freundes, der draußen im Schnee immer Holzscheite sägte oder so ähnlich. Es war nicht wichtig, deshalb hatte sie es auch vergessen. Wichtig war der riesige Widerspruch, der ihr sofort ins Auge gesprungen war und den sie bis zu ihrem Todestag nicht vergessen würde – der Widerspruch zwischen seinen rührseligen Erinnerungen und der Lügengeschichte, die er ihr keine drei Monate später auftischte, als er sagte, er müsse »Tante Esmé« vom Flughafen abholen.

Keine Geschwister. Der arme, einsame kleine Junge, der noch nicht einmal Tanten oder Onkel hatte. Wer zum Teufel war dann diese »Tante Esmé«?

O doch, sie hatte ihm eine faire Chance gegeben. »Warum kann *Wendy* sie nicht abholen?« hatte sie gefragt und ihn dabei genau beobachtet. »Schließlich ist es Wendys Tante, nicht deine ...«

»Aber nein, Liebling, nein, wie bist du denn darauf gekommen? Sie ist *meine* Tante. Als ich noch ein kleiner Junge war, war sie immer so lieb zu mir. Sie vom Flughafen abzuholen ist wirklich das mindeste, was ich für sie tun kann. Du verstehst mich doch, oder, Liebling?«

Natürlich verstand sie ihn. Dafür sind Geliebte ja da.

»*Natürlich,* Liebling!« sagte sie, ohne mit der Wimper zu zucken. Wie hatte sie hinterher darüber gelacht, als ihre Tränen endlich versiegt waren.

Sie mußte sehr vorsichtig sein, das war das Wichtigste.

Wenn sie es auch nur ein einziges Mal darauf ankommen ließ, könnte sie es für immer verderben. Er hatte ihr schon ganz zu Anfang ihrer Beziehung deutlich klargemacht, daß Mißtrauen, Eifersucht und Besitzansprüche zu den Vorrechten der Ehefrau gehörten und auch nur ihr zustünden. Es war ganz natürlich (schien Gerald zu glauben), daß *Wendy* ihn über seine Geschäftsreisen ausfragte, in seinem Büro anrief, um zu überprüfen, ob er tatsächlich Überstunden machte, und seine Taschen nach Briefen und verdächtigen Theaterkarten durchsuchte. Bei *Stella* hingegen sah er dies als Schandtat an, als Beleidigung der natürlichen Ordnung der Dinge.

»Schau, Liebling«, hatte er gesagt (und die Härte seines Tonfalls war ihr angesichts ihres geringen Vergehens – eines einzigen vorsichtigen Anrufs bei seiner Sekretärin, um sich zu erkundigen, wann er aus Wolverhampton zurückerwartet wurde – ziemlich unangemessen erschienen). »Schau, Liebling, wenn ein verheirateter Mann ein Verhältnis eingeht, dann deshalb, weil er diesen Dingen *entfliehen* will, nicht weil er mehr davon braucht. Es ist für ihn schwierig genug, ein paar Stunden der Freiheit abzuzwakken, da kann er es nicht gebrauchen, daß seine Geliebte jedesmal, wenn er aus seiner Haustür tritt, auf ihn lauert wie die Katze vorm Mauseloch!«

Eine sowohl grausame als auch ungerechtfertigte Gardinenpredigt, die Stella schrecklich kränkte. Aber mit Gekränktsein kam man bei Gerald nicht weit, es führte nur dazu, daß er gar nicht mehr ans Telefon ging. Und nach einer Weile hörte sie auf, gekränkt zu sein, und nahm sich vor, ihre Schritte in Zukunft noch vorsichtiger zu planen. Deshalb ließ sie, als die Sache mit Tante Esmé zur Sprache kam, die Angelegenheit ohne jedes Anzeichen des Protests auf sich beruhen. Sie gab sich naiver als das naivste Blondchen, das sie mal gewesen war, warf ihr schwarzes, glänzendes Haar zurück und hörte mit großen, vertrauensvollen, dunklen Augen zu, wie er sich tiefer und immer tiefer in ein Labyrinth von Lügen und Ausflüchten verstrickte, aus dem er sich ohne ihre Hilfe nie wieder würde befreien können.

Denn die Lügen hatten mit Tante Esmés Eintreffen am Flughafen nicht aufgehört, sie waren wochenlang weitergegangen. Der Besuch der imaginären alten Dame zog sich länger hin als erwartet, und er war vollgestopft mit allen möglichen Ereignissen. Sie mußte ausgerechnet an dem Abend ins Theater ausgeführt werden, an dem Gerald normalerweise mit Stella ausging; sie holte sich genau an dem Wochenende eine Grippe, als Gerald und Stella einen Ausflug aufs Land geplant hatten; und als Stella selbst eine Grippe bekam, mußte sie sie allein auskurieren, weil Tante Esmé zufällig zu einer alten Schulfreundin nach Bournemouth kutschiert werden mußte.

Aber Stella hatte alles hingenommen, hatte endlos ins Telefon gelächelt, verständnisvolle Laute von sich gegeben, hatte nie gefragt, nie protestiert. Erst über ein Jahr später (und ein Jahr ist doch sicherlich lang genug? Es kann ihr doch wohl niemand vorwerfen, daß sie nach einem Jahr endlich die Wahrheit wissen wollte?) hatte sie es gewagt, vorsichtig und mit gesenkten Augenlidern nach Tante Esmé zu fragen. Ob er sie in letzter Zeit noch mal gesehen oder eine Weihnachtskarte von ihr bekommen hätte, fragte sie mit Unschuldsmiene an einem späten Dezemberabend, an dem der überaus beschäftigte und von seinem Familienleben sehr beanspruchte Gerald kurz mit einem Geschenk bei ihr erschienen war. Es war wieder einmal Schmuck, und zwar sehr teurer. In dieser Hinsicht war Gerald nicht zu überbieten.

Stella bedankte sich artig, ja fast herzlich; dann ließ sie, noch immer ganz unschuldig, die Bombe platzen, an der sie so lange gebastelt hatte.

»Hast du eigentlich mal wieder was von Tante Esmé gehört?« fragte sie wie beiläufig. Und während sie ihn beobachtete, die Verblüffung und offene Verwirrung auf seinen rosigen, selbstzufriedenen Gesichtszügen sah, empfand sie einen so intensiven Genuß, wie sie ihn bei seinen Liebesspielen nur selten verspürte. Er ließ noch nicht einmal besondere Vorsicht walten, so gründlich hatte er die Sache vergessen.

»Tante Esmé? Wer zum Teufel ist Tante Esmé?« fragte er überrascht, ohne jedes Mißtrauen.

Stella hatte vorgehabt, es damit bewenden zu lassen, es mit einem leichten »Ach, dann muß ich das wohl mit irgendeiner anderen Familie verwechseln« wieder fortzuwischen, ihn unversehrt zu lassen, unberührt von jeglicher Schuld, um ihren Triumph im stillen auszukosten. Aber die Versuchung, noch einen Schritt weiter zu gehen und die Falle genüßlich zuschnappen zu lassen, war unwiderstehlich.

»Tante Esmé, Liebling! Du weißt doch – die Tante, die im letzten Winter so lange bei euch war ...« Und während sie sprach, sah Stella mit einer Mischung aus Schrecken und Schadenfreude, wie sich auf seinem glatten, zufriedenen Gesicht das schlechte Gewissen auszubreiten begann. Angst, Berechnung und Panik schnellten wie wendige Fische auf seinem runden Gesicht hin und her, bis er wieder die Beherrschung fand.

»Natürlich! Wie dumm von mir! Die gute alte *Esmé*. Sie ist eigentlich gar keine Tante, sondern die Haushälterin von Wendys Mutter ... Die Kinder nennen sie ›Tante‹, weil ... na ja, du weißt schon ...«

Natürlich, Stella wußte schon. Gnädig befreite sie ihn vom Angelhaken. Auch sie habe als Kind so eine »Tante« gehabt, eine Tante Polly, improvisierte sie hastig, sie habe immer Tiere aus Lebkuchenteig gebacken ... Mit erfinderischen Plaudereien gab sie dem Gespräch einen harmonischen Ausklang, aber innerlich schmiedete sie Zukunftspläne. In etwa einem Jahr würde sie ihn fragen: »Wie geht's denn eigentlich der alten Haushälterin deiner Schwiegermutter?« und sein Gesicht beobachten, während er nichtsahnend in ihre Falle tappte: »*Haushälterin?* Aber Wendys

Mutter hatte nie eine Haushälterin ...« Und während er noch unbeholfen Ausflüchte stammelte, würde sie die Augen nicht von ihm wenden, würde sehen, wie sich seine Überheblichkeit in Schrecken, Verwirrung und schlechtes Gewissen auflöste.

Das schlechte Gewissen war ihr am wichtigsten. Er hatte es so reichlich verdient, es stand schon so lange aus, lag zwischen ihnen wie eine unbeglichene Schuld. Es verschaffte ihr ein herrliches Gefühl der Macht, daß sie in der Lage war, ihn von Zeit zu Zeit in diesen Zustand zu stürzen, und dieses Gefühl der Macht entschädigte sie in gewisser Weise für die schreckliche Schwäche ihrer tatsächlichen Position, für die furchtbare Unsicherheit, mit der ihre Beziehung befrachtet war. Daß sie ihn dazu bringen konnte, sich verlegen hin und her zu winden, wann immer sie es wollte, stellte zwischen ihnen eine Art Gleichgewicht her. Manchmal glaubte Stella, ohne die Gewißheit, wenigstens gelegentlich den Spieß umdrehen zu können, einfach nicht weitermachen zu können.

Es machte aber auch Spaß! Es war eine Art Katz-und-Maus-Spiel, ein lustiger Zeitvertreib. Allerdings war es bald nicht mehr so lustig wie früher, denn Gerald wurde im Laufe der Zeit vorsichtiger, ließ sich nicht mehr so leicht in die Falle locken. Er verhielt sich ausweichender, war weniger voreilig mit verräterischen Rückfragen wie: »*Welche* Reise nach Manchester, Liebling?« oder »Aber die Kinder hatten doch nie Masern ...« Sie konnte jetzt sehen, wie er, distanziert und verschlagen, in Gedanken alle Lügen und Ausflüchte der letzten Wochen durchging, ehe er seine Antwort formulierte.

Und während Gerald vorsichtiger wurde, wurde Stella immer gerissener. Die Fragen, mit denen sie ihn in die Falle lockte, waren nicht mehr direkt, sondern unendlich subtil und hinterhältig. Es war ein riskantes Spiel geworden, und wie alle riskanten Spiele erforderte es Fingerspitzengefühl und Urteilsvermögen, ein sicheres Auge und ein perfektes

Timing. Wenn sie Gerald zu sehr unter Druck setzte, würde das Ganze in einem schrecklichen Streit enden. »Besitzansprüche!« – »Krankhafte Eifersucht!« – sie kannte all die uralten Vorwürfe auswendig. Setzte sie ihn andererseits nicht genug unter Druck, wäre ein gegensätzlicher Effekt zu befürchten. Er würde den Eindruck gewinnen, er könne sich alles erlauben, sie tagelang ohne einen einzigen Anruf allein lassen, um dann plötzlich strahlend vor ihrer Tür zu stehen, als sei nichts gewesen, von ihr erwarten, daß sie ihm ein Steak briet und seine Schuhe polierte. Er würde all das als selbstverständlich betrachten, als ob sie verheiratet wären. Und welche vernünftige Frau würde schon die Nachteile *beider* Möglichkeiten, verheiratet und nicht verheiratet zu sein, ganz bewußt auf sich nehmen?

Es war eine Gratwanderung, ein äußerst gefährliches Unterfangen. Erst vor wenigen Monaten hatte Gerald allen Ernstes damit gedroht, sie für immer zu verlassen, wenn sie nicht aufhören würde, ihm nachzuspionieren. War »nachspionieren« nicht ein unverhältnismäßig hartes Wort für Stellas harmloses Interesse an der Geschäftskonferenz, auf der er angeblich das zurückliegende Wochenende verbracht hatte?

»Aber Liebling, Lord Berners kann doch gar nicht beim Dinner gewesen sein!« hatte sie mit einem besänftigenden Lächeln eingeworfen, und das auch nur, um Gerald die Mühe zu ersparen, noch weitere geistreiche Zitate aus einer Tischrede erfinden zu müssen, die niemals gehalten worden war. »Ich habe am nächsten Morgen in der *Times* gelesen ...« Daraufhin war er, plötzlich und unberechenbar, vollkommen außer sich geraten, war auf sie losgegangen wie ein in die Enge getriebenes Tier. Sein Zorn, seine furchtbaren, durch nichts zu rechtfertigenden Vorwürfe hatten eine noch nie dagewesene Schärfe besessen und sie in Angst und Schrecken versetzt, so daß sie kaum wußte, was sie tun oder sagen sollte. Zum Schluß war er aus der Wohnung gestürmt, hatte ungeachtet ihrer bitteren Tränen

die Tür hinter sich zugeschlagen und geschworen, nie wieder einen Fuß in ihre Wohnung zu setzen.
Es hatte keines geringeren Mittels als einer Selbstmorddrohung bedurft, um ihn wieder an die Kandare zu nehmen. Es war eine so edelmütige Selbstmorddrohung, wie sie eine Frau einem widerspenstigen Liebhaber nur schreiben kann, und Stella erinnerte sich noch immer mit einer gewissen Genugtuung daran, trotz der verzweifelten Lage, die zu der Abfassung dieses Briefes geführt hatte.

»Du darfst Dir keine Vorwürfe machen, Liebling«, hatte sie geschrieben, »es ist meine Entscheidung, sie liegt ganz allein bei mir. Ich kann mir ein Leben ohne Dich einfach nicht vorstellen, und das ist *mein* Problem, nicht Deins. Du brauchst also nicht zu mir zu eilen, Liebster, wenn Du diese Zeilen bekommst; das letzte, was ich will – und je gewollt habe –, ist, Dir in irgendeiner Weise Umstände oder ein schlechtes Gewissen zu machen. Wenn Du diese Zeilen liest, wird es ohnehin zu spät sein. Wenn Du sie liest, werde ich schon . . .«

Die Post muß in jener Woche besonders lange gebraucht haben, denn es dauerte fast drei Tage, bis sie endlich Geralds Schritte auf der Treppe vernahm. Mit vollen Händen stopfte sie die Pillen in den Mund und war gerade fertig, als er ins Zimmer stürzte.
Aber es hatte sich gelohnt. Er war tagelang ganz besonders lieb zu ihr, besuchte sie regelmäßig im Krankenhaus, und als sie wieder zu Hause war, überhäufte er sie mit Blumen und Geschenken, rief beinahe täglich an und legte genau den Grad an Reue, Zerknirschtheit und Zärtlichkeit an den Tag, den eine Frau in dieser Situation von einem Mann erwarten kann.
Nach einer Weile wurde ihm das natürlich langweilig. Dann wurde er ärgerlich. »Erpressung«, nannte er es jetzt, wenn Stella versuchte, ihn zu etwas zu bewegen, das er ei-

gentlich nicht wollte, und Stella begann allmählich zu begreifen, daß sie wieder am Ausgangspunkt angekommen war und noch vorsichtiger sein mußte, ungeheuer vorsichtig. Sie konnte ihn jetzt nur noch halten, indem sie jedem Streit aus dem Weg ging, sich unendlich tolerant und verständnisvoll zeigte – kurz, indem sie ihm alles, aber auch wirklich alles durchgehen ließ.

Und so kam es, daß Stella an einem heißen Sommernachmittag lächelnd und ohne zu murren Geralds üblichen Ausflüchten lauschte. Das Schlimme ist, daß verheiratete Männer immer so ehrenwerte Gründe haben, aus denen sie ihre Geliebte im Stich lassen: kranke Ehefrauen, Kinder, die für ein paar Tage aus dem Internat zu Besuch sind, längst fällige Verwandtenbesuche ... All diese Gründe waren sowohl unüberprüfbar als auch unangreifbar; sie zeigten, was für ein netter, treusorgender, tugendhafter und pflichtbewußter Mensch doch eigentlich in dem verräterischen Wesen steckte, das diese Lügen erfand.

Was würde es diesmal sein?

Simons Sportfest. Gerald war für den Jungen ganz Feuer und Flamme.

»Das verstehst du doch, Liebling?« bat er flehentlich. Natürlich verstand sie ihn. Sie verstand, daß er die Aussicht, einem Neunjährigen zuzuschauen, wie er in Turnschuhen über einen staubigen Sportplatz keuchte, der Aussicht vorzog, einen ganzen Samstagnachmittag in der kühlen, abgedunkelten Wohnung seiner Geliebten zu verbringen, in der nur schmale Sonnenstreifen durch die Stabjalousien auf das breite Bett drangen ...

»Das Tolle ist, Liebling, er hat gute Chancen zu *gewinnen*! Er ist erst neuneinhalb und hat die Chance, den Zweihundertmeterlauf der unter Elfjährigen zu gewinnen! Er ist ein hervorragender kleiner Läufer, hat Mr. Foulkes gesagt, und er hat einen herrlichen athletischen Körper!«

Einen herrlichen athletischen Körper. Dieses Leuchten in Geralds Augen hatte Stella noch nie gesehen, nicht einmal auf den absoluten Höhen ihres Liebesspiels. Ein paar Sekunden lang versuchte sie sich vorzustellen, wie es wäre, die Mutter dieses kleinen athletischen Körpers zu sein, ihn gemeinsam mit Gerald gezeugt zu haben, das Recht zu haben, diesen idiotischen Stolz mit ihm zu teilen . . . Beim Anblick dieses Leuchtens, das auf seinem rundlichen, zufriedenen Gesicht lag, spürte Stella, wie sie eine große Dunkelheit überkam. Sie überrollte sie wie eine riesige schwarze Welle, verschlang sie, raubte ihr den Atem, ließ sie sprachlos zurück.

»Ich möchte es für eine Million Pfund nicht versäumen!« hörte sie ihn von irgendwo außerhalb der wirbelnden Dunkelheit sagen. »Ich möchte hören, wie sein Name ausgerufen wird – Simon Graves – mein Sohn! Und dann der Beifall und die Bravorufe . . .! Und dabei ist er erst neuneinhalb Jahre alt! Die anderen sind alle über zehn! Er ist der einzige Neunjährige, der sich qualifizieren konnte . . .«

Seine Lügen waren ihr lieber, tausendmal lieber. Woher hätte sie wissen sollen, daß ihr die Wahrheit, als sie endlich über seine Lippen kam, so weh tat?

Die Schultore waren weit geöffnet, um all die Besucher einzulassen, die Mütter und Väter, Schwestern, Freundinnen und Tanten, die in Scharen herbeiströmten, um beim Sportfest zuzusehen. Rund um das Sportgelände tummelten sich so viele junge Frauen in weißen Sandalen, hellen Sommerkleidern oder pastellfarbenen frischgebügelten Hosen, daß Stella gar nicht auffallen würde – es sei denn, daß sie sich irgendwie verriet, womöglich zu schnell ging oder ihre Augen allzu offensichtlich hin und her wandern ließ.

Die Väter waren weniger zahlreich als ihre Frauen, und das machte es für Stella sehr viel einfacher; zwischen den hellen Kleidern stachen sie hervor wie dunkle Baumstämme. Stellas Blicke schossen von einem zum anderen, denn er konnte überall sein – nicht auszudenken, was geschehen würde, wenn er sie sah, ehe sie ihn ausfindig gemacht hatte!

Das Risiko war allerdings nicht allzugroß. Sie hatte den Vorsprung des Jägers vor seiner Beute: Sie wußte, wonach sie suchte und was sie tun würde, wenn sie es gefunden hatte. Gerald hingegen sah sich nicht nur nicht nach ihr um, er hatte auch nicht den geringsten Verdacht, daß sie überhaupt hier sein könnte. Außerdem hatte sie sich ein wenig verkleidet, hatte eine große, runde Sonnenbrille aufgesetzt und ein weißes Seidentuch um ihr glänzendes schwarzes Haar gebunden.

Über die große Wiese und die Lindenallee hinauf wand sich die langsame Prozession. Die Leute plauderten, riefen sich Neuigkeiten zu, tauschten Grüße aus, einige fächelten sich wegen der großen Hitze ein wenig Luft zu. Ebenso langsam, doch mit klopfendem Herzen paßte Stella ihre Schritte den anderen an. Erst als sie sich am hinteren Ende einer langen Reihe von Liegestühlen im Gras niedergelassen hatte, atmete sie etwas entspannter. Eingerahmt von all den Stühlen, war sie aus ein oder zwei Meter Entfernung kaum noch zu erkennen, und doch hatte sie, wenn sie ein wenig den Hals reckte, einen guten Überblick über die Menschenscharen, die noch immer vom Schulgebäude herüberkamen. Hier und da ließ sie ein dunkler Haarschopf, der die Menge überragte, den Atem anhalten; doch es war jedesmal falscher Alarm.

Dann ging der Sportlehrer mit seinem Megaphon auf und ab und sagte die Reihenfolge der Wettkämpfe an. Die Menge verfiel in ein erwartungsvolles Schweigen, wellenförmig erstarben Tausende von Stimmen, verstummten wie das Gezwitscher der Vögel in der Dämmerung.

Und Gerald war noch nicht gekommen.

Hatte er doch gelogen? Hatte seine Absage am Ende gar nichts mit Simons Sportfest zu tun, trotz der leidenschaftlichen Appelle väterlichen Stolzes? Dieses Schwein! Dieses verlogene, verräterische Schwein! All die Aufregung, die qualvollen Gefühle waren vergeblich, ein glühendheißer, todlangweiliger Nachmittag war vertan!

Aber ich werde es dir zeigen, Gerald Graves! Ich werde dich lehren, mich anzulügen, mich zum Narren zu halten! Hast wohl gedacht, du würdest damit durchkommen, was? Aber ich werde es dir heimzahlen, wart's nur ab!
Sie fühlte ein feines Rinnsal aus Schweißtropfen unter dem Tuch an ihrer Schläfe herunterlaufen. Sie hatte so ein Tuch noch nie getragen, und bei Gott, dachte sie, ich werde es auch nie wieder tun!
»Hürdenlauf der unter Sechzehnjährigen ...«
»Fünfhundertmeterlauf der unter Vierzehnjährigen ...«
Die Veranstaltung war todlangweilig, und Stella fühlte sich immer unbehaglicher; ihr Rücken tat weh, ihre Augen schmerzten, und ihr Gehirn dämmerte vor Hitze und Langeweile vor sich hin.
Weitsprung. Hochsprung. Die monotone Stimme sprach unermündlich weiter, Pfeifen ertönten, Rufe stiegen in die schimmernde Luft und erstarben, Beifall erhob sich und verebbte wieder. Einen Pokal für ... Einen Preis für ... Die Sonne strahlte erbarmungslos hernieder, die Stimmen schwollen an und verstummten, und Stella begann gerade in einen dumpfen Schlaf zu versinken, als sie plötzlich seinen Namen hörte.
»Simon Graves! Gewinner des Zweihundertmeterlaufs der unter Elfjährigen! Simon Graves!«
Mit einem Ruck saß Stella aufrecht und blinzelte durch den dichten Wald aus Liegestühlen, um einen Blick aufs Sportfeld zu erhaschen. Doch kaum hatte sie den kleinen, dunkelhaarigen Jungen erspäht, der stolz den Preis entgegennahm, wurde sie von einer hellen Stimme abgelenkt, die wenige Meter rechts von ihr ertönte.
»*Simon*! Unser Simon! Er hat es geschafft, Mummy! Genau, wie Daddy es vorausgesagt hat! Hallo, Simon! ... Simon!«
»Ganz ruhig, Liebling, Carol, du mußt dich setzen ...« Eine dickliche Frau zupfte lächelnd am Ärmel eines wild gestikulierenden, etwa siebenjährigen Mädchens und zog es auf

seinen Platz zurück. »Psst, Carol, schrei nicht so laut, das ist Simon bestimmt nur peinlich. Aber du hast recht, Daddy wird sich riesig freuen!«

»Daddy hat gesagt . . .« und »Daddy wird sich freuen . . .« Und wo zum Teufel steckte Daddy, wenn diese Frage erlaubt war? »Ich möchte es für eine Million Pfund nicht versäumen«, hatte er gesagt. Er steckte irgendwo, um mit irgend jemandem, der mehr zu bieten hatte als eine Million Pfund, diesen sonnigen Nachmittag zu genießen.

Durch die Stuhlreihen konnte Stella sehen, wie die stolze Mutter und die jubelnde kleine Schwester ihren Helden empfingen. Er kam die Zuschauerreihen heraufgestürmt, drahtig und braungebrannt, mit einem triumphalen Lächeln, von allen Seiten mit Glückwünschen überhäuft.

Hinter den Stühlen, hinter den begeisterten Menschen saß Stella und schaute zu. Welches Recht hatten diese drei Menschen auf diese Freude, dieses vollkommene, unverfälschte Glück? Wußten sie denn nicht, daß das Fundament längst verfault war, daß ihr gemütliches kleines Familienleben auf einer bröckelnden Grundlage von Lügen und Betrügereien ruhte? »Daddy dies . . .« und »Daddy das . . . .«! Die grundlose Bewunderung in den hellen, schrillen Kinderstimmen machte sie krank.

Langsam, unauffällig stand Stella auf und bahnte sich ihren Weg durch die Stuhlreihen. Sie erreichte das kleine Mädchen gerade, als Mutter und Bruder sich einen Moment lang abgewendet hatten, um weitere Gratulationen entgegenzunehmen. Rasch ging Stella vor dem Kind in die Knie, so daß ihre Gesichter auf gleicher Höhe waren. »Weißt du, warum dein Daddy heute nicht hier ist?« fragte sie sanft. »Er ist nicht hier, weil er den Nachmittag mit mir verbracht hat! Im Bett, verstehst du?«

Der leere, verständnislose Ausdruck auf dem Gesicht des Kindes trieb sie zum Wahnsinn. Sie beugte sich weiter vor.

»Im Bett! Beim Sex!« zischte sie. »Sex, Sex, Sex! Weißt du

nicht, was Sex ist? Habt ihr an eurer verdammten Schule denn keinen Aufklärungsunterricht?«
Das Gesicht des Kindes blieb bis zum Schluß völlig ausdruckslos. Doch Stella hatte die Genugtuung, nachdem sie sich Stuhlreihe für Stuhlreihe wieder nach hinten durchgearbeitet hatte, Carol endlich in lautes Schluchzen ausbrechen zu hören.

Es war fast zehn, als sie Geralds Schritte auf der Treppe hörte; selbst nach all den Stunden hätte sie nicht sagen können, ob sie mit seinem Kommen gerechnet hatte.
Natürlich würde er wütend sein. Aber doch sicherlich auch erleichtert? Fünf Jahre Geheimnistuerei waren genug; es würde für alle eine Wohltat sein, endlich mit offenen Karten spielen zu dürfen.

»Findest du denn nicht, Liebling, daß es höchste Zeit war, deiner Familie reinen Wein einzuschenken?« fragte sie die stumme, zusammengesunkene Gestalt im Sessel zum vierten oder fünften Mal. Seit seiner Ankunft hatte sie versucht, irgendeine Art von Reaktion aus ihm herauszuquetschen. Sie hatte alles versucht – hatte ihm sogar zum sportlichen Erfolg seines Sohnes gratuliert.
»Schade, daß du nicht da warst, um es dir anzuschauen«, hatte sie, weil sie es sich nicht verkneifen konnte, hinzugefügt. Doch selbst diese Provokation hatte Gerald nicht mehr entlocken können als die knappe Aussage, daß er es gesehen *hatte*, und zwar vom Pavillon aus, wo einige der Väter bei der Betreuung der Jungen geholfen hatten.
Dann wieder Schweigen. Sie versuchte es noch einmal.
»Es tut mir leid, Gerald, Liebling, wenn die kleine Carol sich erschreckt hat. Ich wollte ihr nicht weh tun. Ich dachte nur, daß die Kinder über uns Bescheid wissen sollten. Ich halte nichts davon, Kinder zu belügen, ich finde, sie haben ein Recht, die Wahrheit zu erfahren. O Liebling, bitte, schau mich nicht so an! Es war ein Schock, ich weiß, aber wenn du

erst einmal in Ruhe darüber nachgedacht hast, wirst du einsehen, daß es für alle so am besten ist. Am besten für uns und auch für Wendy. Für sie war der ganze Lug und Trug in den letzten Jahren bestimmt auch nicht schön. Ich bin sicher, daß sie lieber wissen möchte, woran sie ist, damit sie vernünftig für die Zukunft planen kann. Sie macht doch wirklich einen netten Eindruck, ich glaube nicht, daß sie uns großen Ärger machen wird, wenn sie erst einmal verstanden hat, daß wir uns lieben. Liebling! Was ist denn bloß mit dir los? Warum sagst du nichts? Komm, wir nehmen einen Drink und entspannen uns und denken darüber nach, was wir machen, wenn die ganzen Unannehmlichkeiten vorbei sind. Meine Wohnung hier ist vielleicht ein bißchen klein für uns beide, aber da du bestimmt die Hälfte vom Wert eures Hauses bekommst, könnten wir zusammenlegen ...«

Endlich rührte er sich. Seine Glieder wirkten etwas steif, als er langsam aufstand. Stella dachte, er würde ihnen beiden ein großes Glas Whisky einschenken. Statt dessen ging er zum Schreibtisch am Fenster, wo Stellas Schreibmaschine stand. Mit einem Finger begann er, umständlich zu tippen.

Stella ließ ihm ein, zwei Minuten Zeit, dann ging sie zu ihm und schaute ihm über die Schulter.

»Gerald B. Graves
27 Firfield Gardens
Sydenham Way ...«

Der große, braune Briefumschlag steckte steif im Wagen der Schreibmaschine. Verblüfft schaute sie zu, wie er die letzten Buchstaben seiner Adresse tippte. Dann ...

»Um Himmels willen, Liebling, was machst du denn da?« fragte sie beklommen. »Schreibst du etwa einen Brief an dich *selbst* ...?«

Und dann sah sie den Zettel, neben seiner rechten Hand.

Ihre Selbstmorddrohung vom letzten Herbst. »Wenn Du diese Zeilen liest, werde ich tot sein ...«
»Niemand wird bezweifeln, daß es deine Handschrift ist«, sagte er im beiläufigen Plauderton. »Und die Adresse ist auf deiner Schreibmaschine geschrieben. Der Poststempel wird auch stimmen, weil ich den Brief auf dem Heimweg selbst einwerfen werde. Übermorgen zur Frühstückszeit wird er bei mir sein, gerade rechtzeitig, um die Polizei zu alarmieren. Und jetzt, meine Liebe, nur noch eine Kleinigkeit, und wir haben die Sache ein für allemal erledigt.«
Als er aufstand und sich zu ihr umdrehte, fiel das Licht der Lampe direkt auf sein Gesicht, und sie sah den Blick in seinen Augen.
»Nein ... nein ...!« keuchte sie, trat einen Schritt zurück und drückte sich ängstlich an die Wohnzimmerwand.
»Ich will, daß es wie Selbstmord aussieht«, sagte er, wie um sie zu beruhigen. Und als er über den Teppich auf sie zukam, war Stellas letzter zusammenhängender Gedanke: Es wird ihm gelingen! Er wird ungestraft davonkommen, er wird sich herauslügen, wie er es immer getan hatte.
Was für ein ausgezeichneter Lügner er war, wußte sie natürlich selbst am besten. Sie hatte es ihm beigebracht. Sie hatte ihn, wie ein Zirkuspferd, fünf lange Jahre darauf dressiert.

Eine befreite Frau

Claretta Cerio

»*Bar Superga,* Ecke Via Subiaco – Via Teano«, hatte er gesagt. Die Straßennamen klangen bekannt, trotzdem wollte sie sich vergewissern. Richtig, da war die Kreuzung in der vermuteten Gegend. Sie würde zwei Busse nehmen müssen. Je abgelegener, um so besser. Ein Glück, daß Turin so groß war und sich von Jahr zu Jahr noch ausbreitete.
Angelina Tafuri klappte die gelben Seiten zu, öffnete den Kleiderschrank und wählte mit Bedacht, was ihr für heute passend schien: ein helles Sommerkleid in frischen Farben, aber nicht knallig. Sie legte Wert darauf, gepflegt und modisch zu sein, ohne in den Verdacht zu geraten, die Jugendliche spielen zu wollen. Mit einer gewissen Koketterie erwähnte sie manchmal in Modegeschäften ihre fünfundfünfzig Jahre, um dann zu hören: »Tatsächlich? Man würde Sie mindestens zehn Jahre jünger schätzen!« Man vermutete, ihrer jetzigen Erscheinung nach, sie müsse ein ausnehmend hübsches Mädchen gewesen sein, was sie nicht abstritt, obwohl sie wußte, daß sie sich erst seitdem sie vor fünfzehn Jahren nach Turin gezogen – genauer: geflüchtet – war, so herausgemacht hatte, während man sie in ihrer Jugendzeit bestenfalls unscheinbar hätte nennen können.
Angelina warf einen letzten prüfenden Blick auf ihr Spiegelbild und schloß ihre Dreizimmerwohnung hinter sich ab.
Am Eingangstor stieß sie auf die Hausmeisterin, die die Klinke und Griffe aus Messing polierte.
»*Buon giorno, Signora Pautasso!* Auch am Sonntag wollen Sie

arbeiten! Bei der nächsten Versammlung unserer Wohngemeinschaft werde ich mich unbedingt für Ihre Gehaltserhöhung einsetzen.«

»Ja, wenn in diesem Haus alle wären wie Sie, Signorina!« sagte die Pautasso mit einem Seufzer und dachte: So rücksichtsvoll und wohlerzogen, man würde sie nie für eine Sizilianerin halten. Der erste Bus kam sofort und brachte Angelina bis zur Piazza Statuto. Der zweite ließ zehn Minuten auf sich warten, durchquerte aber rasch die Innenstadt, nicht wie an Wochentagen vom Verkehrsstau behindert, und außerdem waren jetzt, Anfang Juli, schon viele Einheimische im Urlaub. Angelina blickte aus dem Fenster und verfolgte den Wechsel der Aussicht: von den Geschäftsstraßen, den Plätzen mit Denkmälern und öffentlichen Gebäuden, durch das behäbige und solide Stadtviertel der gehobenen, alteingesessenen Bourgeoisie zu der Grauzone der Neubauten, in der meist neu zugezogene kleine Beamte, Kaufleute und andere Vertreter des Mittelstandes ihre Wohnungen auf Abzahlung erstanden hatten. Die nächste Haltestelle und sie war angelangt. Der Bus würde noch weiterfahren bis zu den Fiatwerken mit ihren Mietskasernen und Arbeitersiedlungen, wußte sie, denn sie kannte sich in ganz Turin gut aus, aber innig vertraut war ihr vor allem dieser weitläufige Bereich kleinbürgerlicher, wohlanständiger Mittelmäßigkeit, der den Stadtkern, bis zum Fluß, dem Po, umschließt. Die reizlose Monotonie der Häuserfronten mit den Sockeln aus imitiertem Travertin und den staubigen Ziersträuchern davor, die immer wiederkehrende Reihenfolge der Läden – Salumeria, Alimentari, Sale e Tabacchi, Macelleria, Frutta e Verdura – und alle paar hundert Meter eine Espressobar, die ganze triste Gleichförmigkeit, die dazu führte, daß sich Neuankömmlinge dauernd verliefen, hatte hingegen für sie besondere Merkmale in der Erinnerung. Wie ein Friedhof, dachte sie und mußte bei dem Vergleich unwillkürlich lächeln, während sie ausstieg.

Sie sah sofort die *Bar Superga* an der Straßenkreuzung und den Mann, der an einem der drei runden Aluminiumtischchen saß. »Rüstiger Sechziger« hatte er in seinem Inserat angegeben. Den Siebzigern war er zweifellos näher, aber sie schummelten ja alle, wenn sie ihre Annoncen aufsetzten. »Der Einsamkeit müde, sehne ich mich nach einer lieben fraulichen Gefährtin. Spätere Heirat nicht ausgeschlossen. Finanzielle Unabhängigkeit erwünscht.« Keiner, der geradeaus zugab: »Suche kostenlose fleißige Haushälterin, die ich eventuell, wenn sie es verdient, damit entlohne, daß sie meinen Namen tragen darf.«
Angelina lächelte wieder und zeigte noch dieses Lächeln, das ihr gut stand, als sie ohne Eile in die Bar trat.
Er hatte sich schon erhoben. »*La signorina Tafuri? Piacere, Orlando Crisafulli!*« Linkisch versuchte er ihre Hand zu küssen und rückte ihr einen Stuhl zurecht.
Er trug einen dunkelgrauen Anzug, der warmen Jahreszeit nicht angepaßt, aber der einzige wahrscheinlich, der präsentabel war. Sein Hemd, blütenweiß und neu, hatte er bestimmt gekauft, um auf sie einen guten Eindruck zu machen; die anderen häuften sich vermutlich wasch- und reparaturbedürftig in einer Kommode. Die kurzen Socken gaben ein Stück seines übergeschlagenen blassen, haarigen Beines frei. Warum die meisten Männer diese unkleidsamen kurzen Socken trugen und nicht wadenlange, hatte sie schon immer unbegreiflich gefunden.
»Was darf ich Ihnen bestellen?«
Un aperitivo, wäre es nach ihr gegangen, statt dessen sagte sie: »*Una limonata*«, denn auch für sie galt es, einen guten Eindruck zu erwecken, vor allem fügsam zu wirken, obwohl sie das Spiel dirigierte.
»*Una limonata e un espresso*«, rief er dem Barmann zu. »Mein erster heute, mehr als zwei täglich darf ich nicht trinken, ich hatte einen leichten Herzinfarkt vor zwei Jahren.« Er beeilte sich hinzuzufügen: »Sonst bin ich kerngesund.«
Als ob mich das interessierte! Dennoch fragte sie, leicht

vorwurfsvoll zu der halbleeren Zigarettenschachtel auf dem Tisch deutend: »Und das Rauchen, sollten Sie das nicht lieber auch aufgeben?«

»Ja, schon ... vielleicht können Sie mich dazu überreden, Signora Ta ... Angelina, ich darf Sie doch so nennen?«

»*Ma certamente, Orlando.*« Es kam ihr vor, daß er freudig verwirrt errötete. Ihr Aussehen mußte seine Erwartungen übertreffen, denn sein Blick glitt immer wieder verstohlen über ihren Halsausschnitt, die bloßen Arme bis zu den artig nebeneinandergesetzten Beinen. Jetzt würde er gleich mit seinen Fragen herausrücken.

»Sizilianerin, aus Patti bei Messina, sagten Sie gestern am Telefon? *Molto bene,* ich bin auch Sizilianer, in Trapani geboren, wie meine verstorbene Frau. Wir sind vor über dreißig Jahren hergezogen, und sie ist seit drei Jahren tot. Seitdem lebe ich allein. Freiheit ist ganz schön, nur auf die Dauer ... Da sehnt man sich, wieder eine Frau im Haus zu haben. Aber mit einer Turinerin könnte ich nie zurechtkommen. Die sind zu, wie soll ich sagen, zu frei, *troppo libere ...*«

»*Emancipate?*« warf sie ein.

»Ja, ja«, er nickte eifrig. »Soll ich Ihnen was sagen? Diese Feministinnen gebärden sich wie Männer, das ist nichts für mich. Eine Frau muß eine Frau sein, verstehen Sie?«

»Weiblich, häuslich, nicht über ihre Grenzen hinauswollend?« bot sie ihm zuvorkommend an.

»Das meine ich, dann wird der Mann sie auch beschützen und respektieren. Diese emanzipierten Furien hingegen wollen die Welt umkrempeln mit ihren verrückten Forderungen nach Befreiung, Gleichberechtigung. Nächstens verlangen sie noch, wir Männer sollen die Kinder gebären!«

Sie lachte beifällig, was ihn sehr zu befriedigen schien. »Sie sind eine intelligente Frau, unsere Ansichten stimmen genau überein, das freut mich. Und leben Sie ständig in Patti?«

»Ja, seit meiner Geburt. Ich habe nicht heiraten wollen, um meine alten Eltern pflegen zu können. Leider sind sie nun beide gestorben, und ich wohne bei einem verheirateten Bruder. Wie Sie wissen, kann eine ledige Frau bei uns in Sizilien nicht allein leben.«
Er nickte zustimmend, und sie fuhr gleich fort: »Natürlich wohne ich nur anstandshalber bei ihm, denn finanziell bin ich völlig unabhängig. Ich bin Lehrerin in einer von Nonnen geleiteten Mädchenschule.«
»Da müssen Sie sich aber sofort nach hierher versetzen lassen! Das wird doch möglich sein?«
Sie begegnete seiner Voreiligkeit mit bewußter Zurückhaltung. »Möglich schon, man müßte bloß einen Antrag stellen. Ich könnte mich auch vorzeitig pensionieren lassen, dann hätte ich natürlich eine niedrigere Rente. Doch das will alles reiflich überlegt sein, jetzt wäre jede Entscheidung verfrüht. Wir kennen uns doch gar nicht.«
Impulsiv wollte er ihre Hand fassen, was sie verhinderte, indem sie das Limonadenglas ergriff.
»Wir werden uns garantiert verstehen, das habe ich gleich gewußt, vom ersten Blick an!« versicherte er lebhaft. »Ich habe nichts dagegen, daß Sie arbeiten, in dieser Hinsicht denke ich vollkommen modern. Und Lehrerin ist ein fraulicher Beruf, der läßt genug Zeit für Haushalt und Familie. Unbedingt nötig hätten Sie es allerdings nicht, denn als meine Frau kann ich Sie auch ernähren – ich war dreißig Jahre Buchhalter einer großen Strickwarenfirma und habe eine gute Rente –, aber natürlich, wenn Sie selbst verdienen und später Ihre Pension kriegen, wäre es für beide Teile besser.«
»Ja, wir werden sehen ...« Sie hielt diese erste Phase ihrer Annäherung für beendet, sah auf ihre Uhr und griff zur Handtasche. »Schon elf! Da muß ich jetzt unbedingt gehen, um eine kranke Kollegin zu besuchen, die im Ospedale delle Molinette liegt und gestern operiert worden ist.«
»Oh ...«, sagte er enttäuscht, »ich hätte Ihnen gern noch

meine Wohnung zeigen wollen, gleich um die Ecke, nur zweieinhalb Zimmer, Küche und Bad, aber mit allem Komfort ausgestattet. Sie werden sich doch noch in Turin aufhalten?«
»Ja, ein paar Tage, vielleicht eine Woche. Ich werde Sie jedenfalls morgen anrufen, gegen Mittag. Ah, da kommt gerade mein Bus!« Leichtfüßig lief sie zur Haltestelle. Im Rückspiegel sah sie ihn am Bareingang stehen und ihr nachblicken.

Am nächsten Morgen verließ Angelina Tafuri früh ihre Wohnung. Sie hatte ein schieferblaues Kostüm aus Rohseide und eine weiße Bluse an und trug einen Handkoffer, den die Pautasso, die gerade den letzten Treppenabsatz fegte, sofort wahrnahm.
»Sie verreisen, Signorina? Hoffentlich diesmal ein angenehmer Anlaß?«
»Leider nicht! Man hat mich gestern abend von zu Hause angerufen, mein Vater hat einen neuen Anfall gehabt ...«
»*Dio mio,* und da müsen Sie schon wieder diese lange Reise bis nach Sizilien machen, um ihn zu pflegen! Aber Ihre Brüder, Ihre Schwägerinnen, können die nicht mal ...«
»Er verlangt, mich zu sehen, und ich bringe es einfach nicht übers Herz, ihm diesen Wunsch abzuschlagen. Nun wird er bald achtzig, da fragt man sich doch: Wie oft werde ich noch das Glück haben, ihn pflegen zu dürfen?«
»Ja, wenn alle so opferbereit und selbstlos wären wie Sie, unsere Welt würde weiß Gott anders aussehen!« sagte die Pautasso mit Überzeugung.
Angelina fuhr mit dem Bus bis zum Hauptbahnhof und ging eine kurze Strecke zu Fuß bis zu einem Haus, das seitlich vom Eingang ein Schild hatte, auf dem »*Pensione Vecchia Torino,* zweiter Stock« stand.
Als sie eintrat, sah der Pensionsinhaber hinter dem Anmeldetisch im kleinen Vorraum hoch und begrüßte sie

strahlend: »Professoressa, *bentornata*! Sind Sie gerade aus Sizilien angekommen?«
»Ja, soeben. Ich muß wieder in einer Prüfungskommission sitzen. Man kann sich diesen Aufträgen in unserem Beruf nicht entziehen, so leidig sie einem auch sind. Das heißt, nach Turin kehre ich immer gern zurück, aber diese Reise! Ich bin den ganzen gestrigen Tag und Nacht durchgefahren, noch dazu bei dieser Hitze ...«
»Man würde Ihnen das wirklich nicht anmerken, hübsch und frisch wie Sie aussehen«, sagte er galant. »Aber warum fliegen Sie nicht?«
»Sagen Sie das mal unserem Schulministerium! Man bewilligt uns ein lächerliches Tagesgeld, und die Reisekostenvergütung erstreckt sich nur auf gewöhnliche Bahnfarten in der zweiten Klasse. Den Zuschlag für den Expreßzug habe ich aus eigener Tasche zahlen müssen. Jetzt will ich mich unbedingt erst einmal ein paar Stunden hinlegen. Sie haben doch ein Zimmer für mich?«
»Für Sie, Professoressa, steht immer eines zur Verfügung!«
Er trug ihr selbst den Koffer ins Zimmer, das, wie die ganze Pension, ordentlich und leicht schäbig war.
Sie rief Orlando pünktlich um zwölf Uhr an, er saß offenbar schon am Apparat, und sie verabredeten sich vor einer Gaststätte, in der Nähe des gestrigen Treffpunkts.
Er trug wieder denselben Anzug, was ihre Annahme bestätigte, daß es sein bester sein mußte. Als der Kellner fragte, ob sie *»vino della casa«* oder einen Markenwein wünschten, bestellte er den letzteren.
»Zur Feier des Tages. Ich dürfte ja eigentlich nicht, wegen eines kleinen Magengeschwürs, aber heute will ich mir eine Ausnahme erlauben.«
»Essen Sie oft hier?«
»Manchmal. Sonst gewöhnlich in der Pizzeria unter meiner Wohnung. Da ist Selbstbedienung, und es geht schneller.«
Sie machte eine besorgte Miene. »Das kann Ihnen auf die Dauer nicht bekommen. Die Kost in diesen Lokalen, vor

allem die schlechten Fette, die jetzt überall verwendet werden, ist bestimmt Gift für Ihren Magen.«
»Ja, ja, ich weiß. Hin und wieder versuche ich, mir selbst etwas zu machen, nur gelingt das nie so richtig. Ich weiß, wie die Dinge schmecken sollen, aber von der Zubereitung versteh ich nichts. Meine Frau war eine gute Köchin ...« Er zögerte einen Augenblick, bevor er fragte: »Sie können doch kochen?«
»Welche Sizilianerin kann das nicht, vor allem was unsere typischen Gerichte betrifft! *Pasta e sarde, cassatta siciliana, timballo di maccheroni, riso e seppie* ...«
»Ah, *riso e seppie,* ich hab es gleich gewußt, wir verstehen uns, Angelina!« unterbrach er sie bewegt, hob sein Glas und prostete ihr zu.
Sie willigte ein, als er anbot, sich zu duzen, rückte aber ab, als er beim Verlassen der Gaststätte seinen Arm unter den ihren schieben wollte, denn sie verspürte kein Verlangen, mit ihm in Berührung zu kommen, und außerdem wären bei einem Sizilianer ohne Widerstand genehmigte Vertraulichkeiten eine schlechte Taktik gewesen.
Sein Haus sah aus wie alle anderen in der Straße: ein Wohnklotz mit den ästhetischen Ansprüchen des Mittelstandes in billiger Ausführung. Es gab keinen Hausmeister, stellte sie befriedigt fest.
»Wir haben statt dessen eine Sprechanlage installiert. Für die Reinigung von Treppe und Eingang sorgt ein Unternehmen«, sagte er, während sie mit dem Aufzug zum fünften Stock fuhren. »Ich lebe nun seit fünfzehn Jahren in diesem Haus und, du wirst es nicht glauben, ich kenne keinen einzigen der Mitbewohner. Wir grüßen uns nicht mal, wenn wir uns zufällig im Fahrstuhl begegnen.« Diese Auskunft fand sie ebenfalls beruhigend.
In Erwartung ihres Besuchs hatte er die Wohnung so gut aufgeräumt, wie es seinen Fähigkeiten entsprach, sogar eine Vase mit frischen Blumen hatte er auf den Wohnzimmertisch gestellt, doch ihrem geübten Blick entgingen nicht

die Schmutzspuren unter den Möbeln, die Staubschicht auf dem Fernseher, die Fettspritzer hinter dem Kochherd, der speckige Abwaschlappen am Haken und alle anderen Kennzeichen alteingebeizter Vernachlässigung. Er sah sie erwartungsvoll an.
»Eine hübsche Wohnung«, sagte sie.
»Ja, und ich bin sicher, du würdest dich hier wohl fühlen, Angelina! *La casa è il regno della donna.*«
Sie durchmaß »das Reich der Frau« mit wenigen Schritten – zweieinhalb ungepflegte, geschmacklos eingerichtete Zimmer (»halb« bezog sich auf eine mit Kram vollgestopfte Kammer), Küche und Bad. Mit einem kaum angedeuteten Lächeln fragte sie: »Und welches ist das Reich der Männer?«
»Na, wir treiben uns mehr draußen herum üblicherweise – die Bar, die Osteria, eine Partie Karten oder Kegeln –, aber hätte ich ein richtiges Heim, würde ich mich natürlich auch gern zu Hause aufhalten, wenn es dir lieber wäre.«
»Ich würde dich nie von deinen Gewohnheiten abbringen wollen«, sagte sie; er schien erleichtert, und sie ergänzte: »*Un uomo è un uomo.*«
Er wiederholte überzeugt: »Ein Mann ist ein Mann, daran können diese verdrehten Weiber mit ihrer Gleichberechtigung nichts ändern.«
Im Schlafzimmer wies er etwas befangen auf das Ehebett. »Es ist noch alles so geblieben, wie es war. Ich habe immer gehofft, mal wieder jemand zu finden, eine wie dich, Angelina. Wenn ich auch nicht mehr jung bin, ein hundertprozentiger Mann bin ich noch immer und kann eine Frau glücklich machen ...«
Sie entzog sich seiner tolpatschigen Umarmung. »Orlando, für was hältst du mich denn? Nur weil ich so unbedacht bin, in deine Wohnung zu kommen ...«
Der traurig-gekränkte Vorwurf war wohlgezielt und bestärkte seinen Eindruck von ihrer Ehrbarkeit.
»Verzeih, ich dachte ... Aber du hast recht, warten wir da-

mit, bis wir verheiratet sind. Du sollst nur wissen, daß du einen vollwertigen Mann kriegst.« Eitel, geradezu rührend. Sie verkniff sich ihre Belustigung und schlug verschämt die Augen nieder.
Am nächsten Tag zog sie eine Schürze aus ihrer Schultertasche und band sie gleich vor. »Heute wird hier gründlich saubergemacht. Geh du lieber spazieren inzwischen oder in die Bar. Das Haus ist das Reich der Frau, du hast es selbst gesagt.«
»Das Gasthaus, in dem wir gestern waren, hat im Hinterhof eine Kegelbahn, da verbringe ich manchmal ein paar Stunden«, sagte er bereitwillig.
Dieser Dreck überall, ein Glück, daß die Wohung so klein war und sie bei ihrer Flinkheit in ein paar Stunden das Schlimmste beseitigt haben würde. Heillose Unordnung in Schränken und Regalen, genau wie sie es geahnt hatte, ungewaschene Hemden, zerlöcherte Strümpfe, graue Hauswäsche. Was hineinpaßte, stopfte sie in die Waschmaschine und hängte es dann zum Trocknen vors offene Küchenfenster. Sie prüfte gründlich, was sich in den Möbeln befand. Die kleine Kommode im Schlafzimmer enthielt in der oberen Schubalde einen Wust Krawatten und Taschentücher und eine verstreute Anzahl von Familienfotos. Seine Frau, ein rundes Gesicht mit sanften Kuhaugen; mit den Jahren war sie fettleibig geworden, und der hohe Blutdruck hatte schließlich zu dem tödlichen Schlaganfall geführt. Seine Tochter Rosalia in verschiedenen Altersstufen. Jetzt war sie dreiundvierzig, lebte mit Mann und Kindern in Vercelli, hatte er erzählt und sich beklagt, daß sie sich nicht genug um ihn kümmere. Ihr letzter Besuch lag ein Jahr zurück. Zwar hätte er zu ihr ziehen können, aber er wollte sein eigener Herr sein, und außerdem hatte er sich an Turin gewöhnt. Angelina ordnete die Krawatten, stapelte die Taschentücher und bündelte die Fotos. Die untere Schublade war verschlossen, stellte sie fest, vielleicht verwahrte er darin seine Wertsachen und trug den Schlüssel deshalb bei sich.

Als Orlando zurückkam, zeigte er sich freudig überrascht. »Es sieht hier schon ganz anders aus! Putzen ist eben Sache der Frauen, ein Mann macht sich dabei nur lächerlich.«
Bis zur nächsten Phase ihrer Annäherung beschloß sie, eine Pause einzulegen, um selbst auszuspannen und sein Interesse noch stärker anzufeuern. »Heute nachmittag muß ich unbedingt wieder ins Krankenhaus zu der operierten Kollegin und morgen früh dann aufs Landesschulamt, dort habe ich etwas für meine Direktorin zu erledigen.« Als er verstimmt aufbegehren wollte, kam sie ihm zuvor und sagte schelmisch: »Wir müssen meiner Direktorin dankbar sein, in ihrem Auftrag bin ich doch nach Turin gereist, und weil sie mich hergeschickt hat, habe ich dein Inserat in der Zeitung entdeckt. Sonst wären wir uns nie begegnet. Morgen nachmittag bin ich jedenfalls frei, komme her, plätte die gewaschene Wäsche, und weißt du was, zum Abendessen koche ich dir *risotto con le seppie!*«
Der Reis mit Tintenfischen wurde ein großer Erfolg. Sie füllte seinen Teller und löffelte reichlich von der Soße darüber.
»Dreißig Jahre habe ich dieses Gericht nicht mehr gekriegt! Meine Frau sagte immer, hier in Turin gibt's keine Tintenfische.«
»Es sind auch nicht frische, nur tiefgekühlte, man muß sich behelfen«, gestand sie.
»Und diese Soße dazu gibt dem Reis erst richtig Geschmack. Die kannte ich gar nicht ...«
»Reichlich kleingehackte schwarze Oliven, Paprika und Öl, das ist alles. Eine typische Speisezugabe in Patti, die kommt fast zu jeder Mahlzeit auf den Tisch. Bei uns in Sizilien hat ja bekanntlich auch das kleinste Dorf seine Spezialitäten ...«
Er ließ sich noch einmal den Teller füllen und leerte den Saucierеninhalt darüber. »Oh, nun hast du von der Tunke überhaupt nichts abgekriegt!«
»Was macht das schon, in Patti kann ich sie jeden Tag essen.«
Er hatte eine Flasche sizilianischen Wein besorgt – einen

schweren dunklen Salaparauta –, den er fast allein austrank, und danach kam er in eine sehr gehobene und redselige Stimmung.

»Heiß ist es, du hast doch nichts dagegen, wenn ich es mir ein bißchen bequemer mache?« Ohne ihre Antwort abzuwarten, entledigte er sich der Jacke und Krawatte und krempelte die Hemdärmel hoch. Einen kleinen Schritt weiter in der Vertraulichkeit, und er würde im Unterhemd dasitzen, wußte sie.

»Ich habe mir erlaubt, in Schränken und Fächern deine Sachen in Ordnung zu bringen, so gut es bei der knappen Zeit ging. Nur die eine Schublade der Kommode im Schlafzimmer, die klemmte; und ich habe sie nicht aufbekommen.«

»Weil sie abgeschlossen ist und ich den Schlüssel immer bei mir trage«, er lächelte verschmitzt und klopfte sich auf die Hosentasche. »Dir kann ich es ja sagen: Dort bewahre ich nämlich meine Wertsachen auf, in Fiataktien angelegte Ersparnisse, 355 Gramm Barrengold, von der Liquidation gekauft, als ich pensioniert wurde, und den Erlös von einem Grundstück in Trapani, der in Staatsanleihen investiert ist. Alles in allem vierzig Millionen. Dazu noch den Schmuck von meiner Frau. Nicht mal meine Tochter weiß darüber genau Bescheid, ich meine die Wertpapiere und die Goldbarren, den Schmuck kennt sie natürlich und hat schon mehrmals danach gefragt. Allerdings sehe ich nicht ein, warum sie den kriegen soll und nicht jemand anders, zum Beispiel du als Hochzeitsgeschenk ...«

»Ich denke, deine Tochter hat ein größeres Anrecht als ich auf den Schmuck ihrer verstorbenen Mutter«, sagte Angelina mit leichtem Vorwurf. Sie seufzte kaum hörbar: »Morgen ist mein letzter Tag in Turin. Freitag muß ich zurück nach Patti.«

»Aber du gibst doch sofort deine Stelle dort auf und läßt dich nach hier versetzen, damit wir so bald wie möglich heiraten können?« drängte er erregt.

»So einfach, wie du es dir denkst, wird es nicht gehen. Natürlich werde ich meine Versetzung gleich in die Wege leiten«, versprach sie und dachte dabei, daß er ihr Einverständnis zu der Ehe voraussetzte, als könne sie sich gar nichts anderes wünschen.

»Mußt du schon gehen? Dann will ich dich wenigstens begleiten. Du hast mir doch nicht mal gesagt, wo du hier wohnst.«

Es wäre ihr lieber gewesen, sich nicht mehr draußen in seiner Gesellschaft zu zeigen, doch sie konnte ihm den Wunsch nicht abschlagen, und zu dieser späten Stunde würde in seiner Gegend kaum noch jemand in den Straßen sein.

Er schien beeindruckt, als der Besitzer der *Pensione Vecchia Torino* sie beim Eintreten mit *»Buona sera,* Professoressa« begrüßte. Um ihn nicht ohne weiteres abzufertigen, bot sie ihm an, noch etwas zu trinken in dem kleinen Aufenthaltsraum, den der Inhaber pompös *»il salone«* nannte. Er bestellte einen Magenbitter und sie Kamillentee.

Am nächsten Morgen mußte sie eine Weile warten, bevor sich durch die Sprechanlage seine Stimme meldete, die sehr schwach und undeutlich klang, und das Haustorschloß aufschnappte.

Normalerweise traten die Symptome erst nach achtzehn Stunden in Erscheinung, und es waren kaum vierzehn verstrichen, überlegte sie im Fahrstuhl, aber er hatte unmäßig viel gegessen, deshalb also.

Er öffnete die Wohnungstür und war noch im Schlafanzug.

»Verzeih ... ich hatte eine schlechte Nacht ... und fühle mich schrecklich schlapp. Halte mich kaum auf den Beinen ... Weiß nicht, was mit mir los ist.« Er sprach mit großer Mühe und schien auch nicht mehr deutlich sehen zu können, denn er mußte sich an den Wänden entlangtasten, während er ins Schlafzimmer zurückschlurfte, wo er gleich ins Bett kroch.

»Ah, *poveretto! Il riso con le seppie,* ich hätte daran denken müssen. Bei deinem Magengeschwür und noch dazu als

Abendessen, wie unbedacht von mir! Aber ein Tag Bettruhe, ganz leichte Kost, und du wirst sehen, ich pflege dich sofort gesund!«

Es würde diesmal sehr schnell gehen, kein Zweifel. Sie merkte, wie sich seine Sehstörungen rapide verschlimmerten, und gegen Mittag, wie erwartet, setzten die Schluckbeschwerden ein. Wenn Schleim und Speichel, in Mundhöhle und Nase angesammelt, durch die behinderte Atmungsregulation in die Luftröhre drangen, war eine Lungenentzündung die sichere Folge.

Sie setzte sich an sein Bett und wartete. Er sah nicht mehr und konnte auch nicht sprechen, aber sein Bewußtsein blieb klar, das war immer so bis kurz vor dem Ende, wußte sie. Was dachte er wohl? Er sollte wissen, daß sie da war, und sich nicht verlassen fühlen. Wenigstens das. Deshalb streichelte sie ihn hin und wieder und redete ihm beruhigend zu: »*Passerá, passerá,* Orlando . . .«

Die Bewegungsfähigkeit der Gliedermuskeln und des Rumpfes ließen zusehends nach, und mit mühsamem Röcheln drang der Atem durch die von Absonderungen verstopften Luftwege. Sie sah, wie sich seine Haut bläulich zu verfärben begann. Hoffentlich kein Erstickungstod, dachte sie und war erleichtert, daß es nicht dazu kam, denn gegen Abend versagte sein Herz. Ein rasches Ende und nicht sehr qualvoll. Verhältnismäßig. Er sah entspannt und fast wie ein normal Schlafender aus, bis auf den halboffenen Mund. Sie hätte ihn gern geschlossen und die in die Bettdecke gekrallten Hände über der Brust falten wollen, doch diese pietätvollen Gesten hatte sie sich zu versagen.

Das Klingeln des Telefons ließ sie zusammenzucken, und sie wartete, bis es verstummte, bevor sie ohne Hast den Schlüssel aus der Hosentasche nahm und die untere Schublade der Kommode aufschloß.

Sie nahm die Umschläge mit den Aktien und Staatsanleihen und ein kleines Kunststoffetui mit den Goldbarren und verstaute sie in ihrer geräumigen Schultertasche. Dann öff-

nete sie das Kästchen, in dem die Schmuckstücke lagen. Der Ehering, Ohrenklips, zwei Armbänder, einige Broschen, vier Halsketten – Koralle, Malachit, Turmalin, nur eine aus Zuchtperlen etwas wertvoller –, prüfend hob sie ein Stück nach dem anderen heraus und legte alles zurück. Üblicherweise nahm sie auch Schmucksachen mit, versetzte sie sofort in einem Leihhaus und vernichtete den Pfandschein, auf diese Weise hatte sie nie Unannehmlichkeiten gehabt. Diesmal zog sie vor, lieber zu verzichten. Für den geringen Wert lohnte sich das Risiko nicht.
Sie schloß die Schublade ab, steckte den Schlüssel wieder in die Hosentasche und ging noch einmal durch die Wohnung. Das Geschirr vom gestrigen Abend hatte sie schon abgewaschen. Von den für die Soße verwendeten schwarzen Oliven hatte sie absichtlich ein paar übrigbehalten, die sie nun gut sichtbar in einem Näpfchen auf dem Küchentisch stehen ließ. Für alle Fälle, dachte sie dabei. Sie selbst hatte noch davon zu Hause.
Im Schlafzimmer beugte sie sich kurz über sein Bett und streichelte flüchtig seinen Kopf. Er war schon kalt.
»*Ciao,* Orlando . . .«, sagte sie halblaut.

Als sie am Samstag morgen im schieferblauen Reisekostüm mit dem Handkoffer wieder ihren Hauseingang betrat, hielt die Pautasso beim Scheuern inne.
»Signorina Tafuri! *Ha fatto buon viaggio? E suo padre?*«
»Die Reise war anstrengend«, hauchte Angelina matt mit der ihr eigenen vornehmen Zurückhaltung, »es sind immerhin fast zwanzig Bahnstunden, und man leidet bei Nacht noch mehr unter der Hitze als tagsüber. Doch ich konnte wenigstens beruhigt von Patti abfahren, mein Vater hat den Anfall glücklich wieder überstanden. Schon als ich in sein Zimmer getreten bin, ist ihm wohler geworden, hat er gesagt.«
»Das kann ich mir denken, die Freude, Sie zu sehen . . .«
»Ja, es muß schon so sein, denn die Ärzte hatten ihn bereits

aufgegeben. Hoffentlich bleibt er mir noch recht lange erhalten ... Aber jetzt muß ich mich selbst eine Weile erholen.«
Sie fühlte sich tatsächlich erschöpft; diese Spannung mehrere Tage hindurch, sich andauernd in acht nehmen müssen, alles abwägen, um keinen Fehltritt zu begehen und dennoch oft in Sekundenschnelle eine Entscheidung treffen zu müssen, dieser ständige Einsatz äußersten psychologischen Fingerspitzengefühls und dazu immer die Möglichkeit eines unvorhersehbaren Hindernisses – das zerrte an den Nerven.
Die Wertpapiere und das Gold hatte sie gleich gestern in ihrem Bankschließfach hinterlegt, und jetzt konnte sie sich die verdiente Ruhe gönnen. Sie verbrachte den restlichen Tag im Bett, Nahrungsmittel waren noch genug vorhanden, und sie verspürte sowieso keinen Appetit.
Auch am Sonntag morgen fühlte sie sich noch entkräftet. Merkwürdig, das war früher nicht so gewesen, im Gegenteil, die ersten Male, nachdem sie vor fünfzehn Jahren von Patti nach Turin geflüchtet war und noch in einem möblierten Zimmer wohnte, hatte sie dann hinterher eine Hochstimmung, einen beflügelnden Elan empfunden. Der Grund dafür lag in ihrem damals noch so frischen Haß. Später war dieser Haß nicht etwa erloschen, er hatte sich nur sedimentiert und war von kühler, professioneller Routine überlagert worden. Mit jeder neuen Mission (*»la missione«*, so etwas wie ein innerer Auftrag, diese Benennung bot sich ihr von allein an) hatte sie an Selbstbeherrschung und Nüchternheit gewonnen.
Ihr Leben ließ sich genau in zwei Teile gliedern, die man, zeitlich ausgedrückt, als vorher und nachher, räumlich als Patti und Turin und seelisch als unterjocht und frei bezeichnen konnte. Immer wenn, wie jetzt wieder, eine Mission erledigt war, dachte sie an ihre Jugendzeit zurück, und die Erinnerungsbilder spulten sich gleich einem Film ab, den man damals gedreht hatte.

In diesem Film sah man die kleine Angelina, die nicht dümmer war als ihre vier Brüder, aber schon nach der dritten Volksschulklasse nicht mehr weiterlernen durfte, weil sie der Mutter im Haushalt helfen mußte, denn es gab fünf männliche Wesen zu bedienen, deren gottgewollte Auserlesenheit darin bestand, daß sie eben männlich waren.

»Angelina braucht nicht mehr in die Schule zu gehen. Sie wird heiraten, Kinder kriegen, und dazu hat sie keine Bücher nötig«, sagte der Vater.

Der Vater war nicht nur ein Mann, sondern auch Carabiniere, deshalb hatte er in allem immer doppelt recht. Die Mutter war nur eine Frau und zeigte sich damit zufrieden, weil auch ihre Mutter zufrieden gewesen war und ihr folglich nichts anderes einfallen konnte.

Im weiteren Verlauf des Films, der Angelinas Wandlung vom Kind zum jungen Mädchen vorführte, wurde etwas Unsichtbares, aber ständig Gegenwärtiges von größter Wichtigkeit, nämlich *»l'onore«*, die Ehre. Sie war die Trägerin dieser Kostbarkeit, wie sie dunkel begriff, denn *l'onore* befand sich in ihrem Bauch und durfte auf keinen Fall vor der Hochzeit kaputtgehen. Mehr wußte sie nicht darüber, weil es sich für eine Jungfrau nicht schickte, eingehender informiert zu sein.

L'onore – obwohl es sich um ihre Ehre handelte – war auch dem grammatischen Geschlecht nach männlich, was bezeugte, daß es sich vor allem um eine Angelegenheit handelte, die die Männer betraf. So achteten der Vater und die Brüder scharf darauf, daß Angelina nicht ihre Ehre verlor, weil sie sonst »ihr Gesicht verlieren« würden – eine unausbleibliche Kettenreaktion.

Wie in ganz Sizilien durfte ein junges Mädchen auch in Patti nur in Begleitung einer Verwandten oder der Patin ausgehen, und wenn es einem jungen Mann ins Auge stach, so sandte er erst einen vertrauenswürdigen Botschafter zur Familie, um zu ermitteln, ob er als Heiratskandidat erwünscht sei, bevor er das Mädchen selbst, immer in Anwesenheit ihrer achtsamen Angehörigen, sprechen durfte.

Mit Salvatore jedoch sollte es anders kommen. Salvatore trat in Angelinas Film nur kurz auf, da er in ihrem Leben nur eine kurze, wiewohl entscheidende Rolle gespielt hatte.

Sie waren mehrmals auf der Straße aneinander vorbeigegangen, und er hatte dabei Angelina angeblickt, daß ihr fast das Herz stillstand. Als sie eines Abends die Hühner hinter dem Elternhaus in den Schuppen schloß, kam er plötzlich hinzu und küßte sie. Und in demselben Schuppen, ein paar Tage später – die Mutter stattete gerade der kranken Patin einen Besuch ab, und Vater und Brüder waren auf Wachteljagd –, verlor sie ihren *onore.*

»La prova d'amore!«, den Liebesbeweis, hatte Salvatore gefordert. Sie war nicht gewohnt, sich dem Gebot eines Mannes zu verweigern, und außerdem liebte sie ihn ja und wollte es ihm beweisen. Aufmerksame Nachbarn sorgten dafür, daß sich das heimliche Verschwinden des Paares im Schuppen in ganz Patti herumsprach. Aber inzwischen hatte sich Salvatore schon längst spurlos entfernt, nach Amerika ausgewandert, hieß es. Amerika war weit weg, sonst hätten Angelinas Vater oder die Brüder ihn bestimmt umgebracht, wie es der Brauch vorschreibt und wie es auch von höchster Stelle gebilligt wird, denn das italienische Strafgesetzbuch hat für das *»delitto d'onore«* einen eigenen Paragraphen, den §587, der dem Totschläger aus Ehrengründen eine milde Strafe, wenn nicht sofortigen Freispruch gewährt.

Der Rest des Films war nur ein grauer Streifen. Daß die entehrte Angelina nun ledig bleiben würde, bezweifelte niemand, und daß durch ihren Fehltritt alle Männer der Familie *»avevano perduto la faccia«*, das Gesicht verloren hatten, war ebenfalls eine unumstößliche Tatsache. Ohne *onore,* Beruf und Vermögen würde ihr nichts übrigbleiben, als bis

zum Lebensende im Elternhaus dienend ihre Schuld abzubüßen.
Die Mutter starb schon nach einem Jahr – aus Kummer, wurde behauptet, aber in Wahrheit an einer Thrombose. Die Brüder heirateten; der Älteste blieb mit seiner Frau und der jährlich heranwachsenden Kinderschar im elterlichen Haus. Angelina hatte für alle zu sorgen, aber vor allem für den Vater, ihm war sie besonders verpflichtet, weil ihn als Mann, Carabiniere und Familienoberhaupt die von ihr verursachte Schande am schwersten getroffen hatte.
Sie umsorgte und pflegte ihn demütig und diensteifrig, ertrug seine Herrschsucht, Vorwürfe und Launen. Da er sich bester Gesundheit erfreute, kam es für alle wie ein überraschender Schlag, als er nach einer Jagdpartie, bei der er nur Brot und eingemachte schwarze Oliven – seinen bevorzugten Imbiß – verzehrt hatte, plötzlich erkrankte und binnen kurzer Zeit hinweggerafft wurde. In der Schlußszene des Films strich die nunmehr vierzigjährige Angelina ihr bescheidenes Erbteil ein und floh aus Patti.

Sie beschloß, auch den Sonntag noch im Bett zu bleiben, um sich gründlich auszuruhen. Gegen Mittag rief sie die Pautasso an und ließ sich die Zeitung heraufbringen.
Üblicherweise nahm die Presse vom Ableben alleinstehender alter Rentner keine Notiz. In einer so großen Stadt geschah es häufig, daß einsame bejahrte Leute unbemerkt ihren meist chronischen Leiden erlagen und man die Leiche erst nach Tagen oder Wochen entdeckte. Wenn so ein Fall in der Zeitung überhaupt erwähnt wurde, dann als Aufhänger für den Journalisten zu einer sozialkritischen Reportage über die zunehmende Vereinsamung und Hilflosigkeit alter Menschen.
Doch diesmal brachte das Tageblatt zu Angelinas Erstaunen auf der Seite »*Cronaca di Torino*« über drei Spalten einen Artikel mit der Schlagzeile: »*Misteriosa morte di un pensionata. Omicidio?*«

Sie las den Bericht mit ruhiger Aufmerksamkeit. Der einundsiebzigjährige Rentner Orlando Crisafulli war am Freitag von seiner in Vercelli ansässigen Tochter Rosalia Triboli tot im Bett liegend aufgefunden worden. Am Donnerstag abend hatte sie ihn angerufen, um ihren Besuch anzukündigen, erklärte die Tochter, habe aber keine Antwort erhalten und gedacht, er sei, wie es gelegentlich vorkam, in der Bar an der Ecke beim Kartenspiel.

Der Artikel erging sich ausführlich über den Schmerz der Tochter und ihren Verdacht, es handle sich nicht um einen natürlichen Tod. Ihre Zweifel griff die Triboli nicht aus der Luft, sie konnte sie begründen. Die ungewohnte peinliche Ordnung in der väterlichen Wohnung war ihr sofort aufgefallen und mußte von weiblicher Hand stammen. Sie hatte herumgefragt, und ihre Nachforschungen in der *Bar Superga* und einer kleinen Gaststätte, in der sie bei ihren Besuchen mit dem Vater zu essen pflegte, schienen ein Indiz für ihre Vermutungen zu geben. Signor Crisafulli war dort während der letzten Woche in Begleitung einer distinguierten Dame mittleren Alters gesehen worden, und beide Inhaber gaben eine übereinstimmende, detaillierte Beschreibung der Fremden. Den Schmuck der Mutter habe sie zwar vorgefunden, erklärte Rosalia Triboli, aber von den Ersparnissen, die der Vater zurückgelegt haben mußte, sei keine Spur vorhanden, und vor allem wünsche sie Gewißheit über die Ursache seines Todes. Anschließend teilte der Bericht mit, daß auf Anordnung des Untersuchungsrichters die Leiche zur Obduktion weggebracht worden sei.

Die nächste Nachricht über den Fall stand vier Tage später in der Zeitung und war kurz:

»Der Rentner Orlando Crisafulli ist, wie während der Leichenöffnung bei Untersuchung des Darminhalts einwandfrei festgestellt wurde, einer Lebensmittelvergiftung erlegen, und zwar Botulismus, von verdorbenen Oliven hervorgerufen. Eine kleine Schüssel auf dem Küchentisch in der Wohnung des Verstorbenen enthielt noch einen Rest der von ihm verzehrten schwarzen Oliven, die eine üppige Kultur von Colistridium botulinum aufwiesen, des Bazillus nämlich, der das tödliche Toxin absondert. Dieser Fund bringt eine zusätzliche Bestätigung der schon durch die Autopsie ermittelten Diagnose. Das Untersuchungsverfahren zum Tod des Orlando Crisafulli ist infolgedessen eingestellt worden.« Angelina ließ die Zeitung auf die Knie sinken und blickte von der Bank in der Parkanlage ihres Wohnbezirks, auf der sie saß, sinnend hinauf in die Baumkronen.

Auch nach dem ersten Artikel am Sonntag hatte sie nie ernsthafte Befürchtungen gehabt. Besonders im Sommer bei der Hitze, wenn nachlässig verwahrte Lebensmittel rasch verdarben, konnte jeder aus Unkenntnis oder Mangel an Vorsicht, ohne das verbrecherische Zutun anderer, einer Botulismusvergiftung zum Opfer fallen. Wie zum Beispiel ihr Vater. Durch seinen Tod war sie überhaupt erst auf die Idee gekommen, die sie dann so erfolgreich verwendet hatte. Irgendwie muß sich eine unverheiratete, alleinstehende, berufslose Frau doch durchschlagen. Schuldgefühle hatte sie nie empfunden, wohl aber mit den Jahren eine Art Mitleid. Diese dummen, alten, hilflosen, einsamen Männer und dennoch so unverbesserlich selbstherrlich! Über kurz oder lang wären sie alle ohnehin gestorben – mit ihrem Beistand ging es nur etwas früher, und wenigstens waren sie in ihrer Todesstunde nicht allein, das mußte immerhin tröstend sein.

Angelina ging gemächlichen Schritts nach Hause. Sie dachte an die Beschreibung, die die Besitzer der *Bar Superga* und der Gaststätte von ihr gegeben hatten und die jetzt vermutlich in einem Polizeiprotokoll verwahrt lag. Turin war doch nicht mehr groß genug für sie, vielleicht sollte sie lieber wegziehen, nach Mailand zum Beispiel, denn ein paar Jahre wollte sie noch aktiv bleiben, bevor sie sich zur Ruhe setzte.

Sie richtete das Abendbrot und warf einen raschen Blick

auf das Einmachglas mit schwarzen Oliven in einer Ecke des Küchenschranks. Sie würde es nachfüllen müssen, damit immer genug vorrätig war, und lächelnd wiederholte sie, was die Zeitung gesagt hatte: ». . . eine üppige Kultur Colistridium botulinum . . .«

Ein abgeschlossener Fall

P. D. James

1

Man schaffte Munters Leichnam mit einer Eilfertigkeit fort, die Cordelia geradezu peinlich vorkam. Gegen zehn Uhr wurde die Metallkiste mit den langen, seitlich angebrachten Griffen mit einer Gleichgültigkeit von der Anlegestelle aufs Deck der Polizeibarkasse geschoben, als befinde sich darin ein Hund. Aber wie hätte es auch anders sein sollen? Munter war einst ein Mensch gewesen. Jetzt aber war er nur etwas, das bald verwesen würde, ein Fall, den man mit einer Nummer versehen und zwischen zwei Aktendeckeln darlegen würde, ein Problem, das gelöst werden mußte. Deswegen war es unsinnig zu erwarten, daß die Männer – waren es Polizeibeamte? Leute vom Leichenschauhaus? Totengräber? – Munter mit feierlichem Gebaren wie bei einem Begräbnis forttragen würden. Sie verrichteten nur emotionslos und ohne viel Getue eine alltägliche Arbeit.

Bei diesem Todesfall konnten sie übrigens, obwohl sie alle unter Verdacht standen, der Polizei bei ihrer Spurensicherung zusehen. Sie taten es verstohlen vom Fenster in Cordelias Zimmer aus, wo sie beobachten konnten, wie Grogan und Buckley langsam um die Leiche herumschritten, als seien sie Meeresbiologen, die ein von der Flut angetriebenes, ein wenig ramponiertes Tier studierten. Sie sahen, wie der Fotograf seine Aufnahmen machte, sich um die Polizisten kaum kümmerte, auch nicht mit ihnen sprach, sondern sich allein auf seine Aufgabe konzentrierte. Dr. Ellis-Jones war diesmal nicht gekommen. Cordelia fragte sich, ob es daran lag, daß die Todesursache bereits feststand, oder daran, daß er anderswo eine Leiche zu untersuchen hatte. Statt seiner war ein Polizeiarzt erschienen, der den Tod offiziell bestätigen mußte und die erste Untersuchung vornahm. Er war hochgewachsen, machte einen umgänglichen Eindruck und trug derbe Gummistiefel und eine Strickjacke mit Lederflicken am Ellenbogen. Er begrüßte die Polizisten wie vertraute Trinkkumpane. Seine fröhliche Stimme war in der stillen Morgenluft deutlich zu hören. Erst als er sich niederkniete und aus seiner Tasche ein Thermometer hervorholte, zogen sie sich unauffällig vom Fenster zurück und suchten den Salon auf, als schämten sie sich ihrer pietätlosen Neugier. Zehn Minuten darauf sahen sie dann vom Salonfenster aus, wie Munters Leiche durch den Torbogen und über den Kai zur Barkasse getragen wurde. Einer der Träger rief seinem Kollegen etwas zu, worauf beide lachten. Vermutlich hatte er über die Last geflucht.

Bei diesem zweiten Todesfall dauerte selbst die Vernehmung durch die Polizei nicht lange. Schließlich konnten sie ja nicht viel aussagen, und die wenigen Angaben, vermutete Cordelia, klangen verdächtig ähnlich. Als sie dann an der Reihe war, betrat sie das Büro mit der Überzeugung, daß man ihr nichts glauben würde, was sie auch mitteilen mochte. Grogan musterte sie über den Schreibtisch hinweg mit seinen hellen, unfreundlichen Augen, die rotgerändert waren, als habe er diese Nacht nicht geschlafen. Vor ihm standen nebeneinander die beiden Spieldosen.

Nachdem sie von Munters Auftauchen hinter der Terrassentür, dem Auffinden der Leiche und der Bergung der Spieldose berichtet hatte, herrschte Schweigen.

»Warum suchten Sie eigentlich am Freitag nachmittag das Turmzimmer auf?« fragte er nach einer Weile.

»Ich war neugierig. Miss Lisle wollte nicht, daß ich bei der Probe zugegen war, und Mr. Whittingham und ich waren kurz zuvor von einem Spaziergang zurückgekehrt. Da er müde war und sich hinlegen wollte, hatte ich sonst nichts zu tun.«

»Und da vertrieben Sie sich die Zeit, indem Sie den Turm besichtigten?«
»Ja.«
»Und hernach tändelten Sie mit den Spielsachen?«
Er sagte es, als sei sie ein unartiges Kind, das die Spielsachen eines anderen nicht hatte in Ruhe lassen können. Aufgebracht und zugleich niedergeschlagen erkannte sie, daß es ihr unmöglich war, ihm die Regung zu erklären, die sie veranlaßt hatte, all die Spielsachen aufzuziehen, ihre Verstörtheit in metallischem Lärm zu ersticken. Aber hätten ihre Angaben, selbst wenn sie ihm den Grund für ihre Niedergeschlagenheit – Whittinghams Bericht über den Tod von Tollys Tochter – gestanden hätte, glaubhafter geklungen? Wie konnte man einem Polizisten, einem Richter, einem Schöffengericht solche scheinbar unsinnigen Regungen klarmachen, diese kümmerlichen Behelfe gegen den Weltschmerz, die einem ja selbst kaum verständlich waren? Und wenn es ihr, die sie sich ja noch in einer vorteilhaften Lage befand, schon schwerfiel, wie konnten sich dann die anderen behelfen, die Unwissenden, die Ungebildeten, die Gehemmten, wenn sie auf die abgeschottete, unerbittliche Gesetzesmaschinerie stießen?
»Ja, ich habe mit dem Spielzeug getändelt«, sagte sie.
»Und Sie wissen genau, daß die Spieldose, die Sie im Turmzimmer fanden, ›Greensleeve‹ spielte?« Grogan legte seine Pranke auf die linke Spieldose und hob dann den Deckel. Die Walze begann sich zu drehen, und die feinen, kammartig angeordneten Metallzähne klimperten abermals die nostalgische, wehmütige Weise.
»Da bin ich mir sicher.«
»Äußerlich sind sie sich ja ähnlich: fast die gleiche Größe, die gleiche Form, beinahe das gleiche Holz und der gleiche Zierat auf dem Deckel.«
»Ich weiß. Aber sie spielen verschiedene Melodien.«
Sie konnte seinen Ärger und seine Gereiztheit gut verstehen, auch wenn er sie zu verbergen trachtete. Wenn sie ihn

sympatisch gefunden hätte, hätte sie es ihm nachfühlen können. Wenn sie die Wahrheit sagte, dann hatte Munter gelogen. Er mußte in der fraglichen Zeitspanne von einer Stunde und vierzig Minuten das Erdgeschoß verlassen haben. Der einzige Zugang zum Turm befand sich auf der Galerieetage.

Er war also nur wenige Schritte von Clarissas Zimmertür entfernt gewesen. Doch Munter war tot. Selbst wenn Grogan von seiner Unschuld überzeugt war, selbst wenn ein anderer Verdächtiger vor Gericht gestellt werden sollte, würde ihre Aussage über die Spieldose der Verteidigung zupaß kommen.

»Sie haben Ihren Besuch des Turms bei der ersten Vernehmung nicht erwähnt.«

»Sie haben mich auch nicht danach gefragt. Sie wollten vor allem wissen, was ich am Samstag getan und beobachtet habe. Und ich hielt ihn für unwichtig.«

»Gibt es vielleicht noch etwas, das Sie für unwichtig gehalten haben?«

»Ich habe Ihre Fragen so wahrheitsgetreu beantwortet, wie ich es vermochte.«

»Das mag schon sein. Aber damit ist meine Frage nicht beantwortet, nicht wahr, Miss Gray?«

Seine Worte bereiteten ihr Gewissensqualen. Denn er hatte ja recht. Unvermittelt neigte er sich über den Schreibtisch, so daß sich ihre Gesichter beinahe berührten. Sie bildete sich ein, daß sie sein säuerlicher, nach Bier riechender Atem streifte, und mußte sich zwingen, nicht zurückzuweichen.

»Was hat sich am Samstag vormittag im Teufelskessel eigentlich ereignet?«

»Ich hab's Ihnen doch schon gesagt! Mr. Gorringe berichtete von einem Lagerinsassen, den man da ertränkt hatte. Und ich fand einen Drohbrief mit einem Zitat aus dem Theaterstück.«

»Das ist alles?«

»Das reicht doch, oder?«
Er lehnte sich zurück, und sie wartete ab. Er schwieg.
»Ich habe vor, heute nachmittag nach Speymouth zu fahren«, sagte sie dann, »mal von Courcy loszukommen.«
»Wer möchte das nicht, Miss Gray?«
»Dann haben Sie nichts dagegen? Ich brauche Ihre Erlaubnis nicht? Ich kann also gehen, wohin ich möchte, solange Sie mich nicht verhaften?«
»Dergleichen würden Sie wohl Ihren Klienten empfehlen, falls Sie welche hätten. Aber Sie haben recht. Ich kann Sie nicht daran hindern. Allerdings sollten Sie morgen um zwei Uhr nachmittags wegen der amtlichen Feststellung der Todesursache in Speymouth sein. Nur eine Formalität, die nicht lange dauert. Ich werde eine Verschiebung beantragen. Aber Sie haben die Leiche entdeckt. Sie waren die letzte, die Miss Lisle noch lebend gesehen hat. Der Coroner wird Sie befragen wollen.«
Sie überlegte, ob das eine verkappte Drohung war.
»Ich werde dort sein«, erwiderte sie.
Er schaute hoch und sagte so freundlich, daß man sich hätte einbilden können, er meine es ehrlich: »Amüsieren Sie sich gut in Speymouth, Miss Gray. Ich wünsche Ihnen einen schönen Tag.«

2

Es war nach halb eins, als sie endlich gehen durfte. Sie gesellte sich zu den anderen, die auf der Terrasse vor dem Lunch einen Sherry tranken, und erfuhr, daß Oldfield zum Festland hinübergefahren war, um die Post und Lebensmittel zu holen. Gorringe erwartete ein Paket mit Büchern aus einer Londoner Bibliothek. Als Cordelia ihn fragte, ob die »Shearwater« gegen zwei Uhr zu ihrer Verfügung stehen würde, sicherte er es ihr ohne jegliche neugierige Frage zu und wollte nur wissen, wann die Barkasse sie von Spey-

mouth wieder zurückbringen sollte. Cordelia bestellte sie für sechs Uhr.
Sie verspürte noch keinen Hunger, bei den anderen schien es ebenso zu sein. Mrs. Munter hatte im Speisezimmer ein kaltes Büfett angerichtet. Viel zuviel, das meiste war für die Party bestimmt gewesen und war nun lieblos und in Mengen, die einem den Appetit verschlugen, aufgetragen worden. Ein Wunder war, dachte sich Cordelia, daß Mrs. Munter überhaupt daran gedacht hatte. Seit dem Auffinden ihres toten Mannes hatte niemand über sie gesprochen. Nachdem sie von der Polizei vernommen worden war, hatte sie etliche Stunden einsam in ihrer Wohnung verbracht und war hernach stumm und unauffällig zwischen der Küche und dem Speisezimmer hin und her geeilt. Gorringe schien sich nicht um sie zu kümmern. Auch die anderen ließ ihr Schicksal gleichgültig. Cordelia nahm sich vor, sie vor ihrer Abfahrt zu fragen, wie es ihr gehe, ob sie etwas für sie in Speymouth erledigen könne. Sie bezweifelte allerdings, daß ihre Anteilnahme willkommen war. Wie konnte sie oder irgendein anderer Mrs. Munter schon helfen? Aber sie wollte sich immerhin erkundigen.
Sie setzte sich nicht an den Tisch, sondern schnitt ein paar Scheiben von dem kalten Braten ab und machte sich Sandwiches. Sie entschuldigte sich bei Gorringe, nahm noch einen Apfel und eine Banane und picknickte am Strand. In Gedanken hatte sie die beängstigende Insel bereits hinter sich gelassen, sie war schon auf dem Festland. Sie hatte das Gefühl, als sei sie geflüchtet, und wartete nun darauf, diese verseuchte Insel und ihre gewalttätigen Bewohner zu verlassen. Deswegen saß sie hier und hielt verzweifelt nach einem Schiff Ausschau, das sie in Sicherheit, in die Geborgenheit der Heimat bringen könne, fort von dem Gestank nach verwesenden Leichen, dem Gegröle und Tumult, fort von den am Strand hingestreckten Menschen. Das Festland, das sie noch vor drei Tagen mit Freude hatte zurückweichen sehen, kam ihr nun wie ein verlockendes Paradies

vor. Sie konnte die Abfahrtszeit um zwei Uhr kaum erwarten.
Gegen halb zwei ging sie durch den gefliesten Korridor am Büro vorbei zu der bespannten Tür, die zur Dienstbotenwohnung führte. Während sie noch überlegte, wie sie sich bemerkbar machen sollte, da sie keine Glocke oder einen Türklopfer sah, erschien Mrs. Munter, einen Korb mit Wäsche gegen die Hüfte gestemmt. Wortlos drückte sie die Tür auf und ließ Cordelia eintreten. Sie durchquerte eine schmale Diele und gelangte in ein kleines Wohnzimmer. Wie alle viktorianischen Architekten hatte Godwin darauf geachtet, daß die Dienstboten von keinem ihrer Räume aus die Herrschaft beobachten konnten, ob sie nun im Hause oder draußen die Zeit vertrieb. Von dem einzigen Fenster aus sah man nur den geräumigen Wirtschaftshof und die sich anschließenden Stallungen mit einer hübschen Turmuhr und einer Wetterfahne. Quer über den Hof war eine Wäscheleine gespannt, an der ein riesiger Pyjama hing, der sicherlich Munter gehört hatte. Es war ein rührender, aber zugleich peinlicher Anblick, so daß sie wegschaute, als habe man sie bei unziemlicher Neugierde ertappt.
Der Raum war einfach, doch nicht unbehaglich eingerichtet. Aber trotz der kunstvollen Schlichtheit der Jugendstilmöbel sagte er nichts über die Bewohner aus. Sie sah ein Fernsehgerät in der Ecke, aber keine Bücher, Bilder oder Fotografien noch irgendwelche Nippes auf der Kommode. Es war, als hätten die Bewohner keine Vergangenheit, derer sie gedenken wollten, und auch keine Gegenwart, die es hin und wieder zu feiern galt. Allem Anschein nach hatte hier noch nie eine dritte Person gesessen. Es gab nur zwei Sessel – beiderseits des stilvoll verzierten eisernen Kamins – und nur zwei Eßzimmerstühle an den Schmalseiten des Tisches.
Mrs. Munter bot ihr keinen Platz an.
»Ich möchte Sie nicht stören«, sagte Cordelia. »Ich wollte nur nachsehen, wie es Ihnen geht. Ich fahre in wenigen Mi-

nuten nach Speymouth. Kann ich etwas für Sie besorgen oder erledigen?«
Mrs. Munter wuchtete den Korb auf den Tisch und begann die Wäschestücke zusammenzulegen. »Ich wüßte nichts. Außerdem fahre ich wahrscheinlich mit Ihnen. Ich verlasse nämlich Courcy, Miss. Ich verlasse die Insel.«
»Ich kann mir gut vorstellen, wie Ihnen zumute ist. Wenn Sie Angst haben, könnte ich heute nacht bei Ihnen schlafen.«
»Ich habe keine Angst. Wovor sollte ich Angst haben? Ich ziehe nur weg. Das ist alles. Ich habe die Insel nie gemocht, und jetzt, wo er tot ist, brauche ich nicht länger zu bleiben.«
»Selbstverständlich nicht, wenn Sie's nicht möchten. Ich kann mir freilich denken, daß Mr. Gorringe Ihnen raten wird, nicht überstürzt zu handeln. Er möchte sicherlich noch gern mit Ihnen reden. Schließlich muß ja noch manches geregelt werden.«
»Da gibt es nichts zu regeln. Mr. Gorringe war uns kein schlechter Herr. Aber er war im Grunde nur an Munter interessiert. Ich bin bloß mitgekommen. Und jetzt sind wir halt getrennt.«
Und das für immer, dachte Cordelia. Der befriedigte, geradezu triumphierende Unterton war nicht zu überhören gewesen. Und sie war in ihrer Unerfahrenheit aus Mitgefühl hierhergekommen, um Trost zu spenden! Dabei war er weder erwünscht noch notwendig. Aber Mrs. Munter bekam sicherlich noch ausstehenden Lohn. Man mußte ihr weiterhelfen. Das Begräbnis war noch zu regeln. Gorringe würde ihr gewiß zusichern, daß sie auch weiterhin im Schloß wohnen konnte, falls sie es wollte. Und da war auch noch die Polizei – Grogan und seine allgegenwärtigen Experten für derartige Todesfälle, deren Handwerk es war, zu verdächtigen und zu argwöhnen. Wenn jemand Munter mit Absicht ins Schwimmbecken gestoßen hatte, konnte es nicht sie gewesen sein? War es nicht ein günstiger Zeitpunkt, einen verhaßten Ehemann loszuwerden, solange der Mörder auf der Insel nicht dingfest gemacht worden war? Cordelia zweifelte

nicht daran, daß Grogan diese Witwe, die keinerlei Trauer empfand, auf seiner Liste der Verdächtigen obenan setzen würde. Auch ihre überstürzte Abreise mußte der Polizei höchst verdächtig vorkommen.
Cordelia überlegte gerade, ob sie Mrs. Munter nicht warnen sollte, als diese sagte: »Mit der Polizei habe ich schon gesprochen. Es gibt keinen Grund, mich hier festzuhalten. Außerdem wissen sie, wo sie mich finden können. Mr. Gorringe soll sich ums Begräbnis kümmern. Mich geht das nichts an.«
»Aber Sie waren doch seine Frau.«
»Wir waren nicht verheiratet. Er hielt nichts von der Ehe, ich auch nicht. Ich verlasse die Insel mit der Barkasse, sobald Oldfield soweit ist.«
»Haben Sie genug Geld? Ich bin sicher, daß Mr. Gorringe . . .«
»Ich brauche seine Hilfe nicht. Munter hat Geld gespart. Er machte nebenbei so seine Geschäfte. Ich weiß, wo er es aufbewahrt hat. Ich nehme bloß, was mir zusteht. Ich komme schon zurecht. Eine gute Köchin findet immer ihr Auskommen.«
Cordelia fühlte sich fehl am Platze. »Da haben Sie recht. Wissen Sie schon, wo Sie heute übernachten werden?«
»Sie bleibt bei mir.«
Tolly hatte mittlerweile geräuschlos das Zimmer betreten. Sie trug einen dunkelblauen Maßmantel mit wattierten Schultern und ein Hütchen mit einer langen Feder. Ihr Aufzug erinnerte an die Mode der dreißiger Jahre und verlieh ihr ein leicht verruchtes, altmodisches Aussehen. Sie hatte einen prall gefüllten Koffer bei sich, der von einem Lederriemen zusammengehalten wurde. Sie stellte sich mit abweisendem Gesicht neben Mrs. Munter – Cordelia wäre nie aufgefallen, sie anders zu nennen –, worauf beide Frauen sie musterten.
Cordelia hatte das Gefühl, daß sie Mrs. Munter zum erstenmal sah. Bisher war sie ihr kaum aufgefallen, es sei denn

durch ihre unaufdringliche Dienstbeflissenheit. Sie war kaum mehr als ein Anhängsel Munters gewesen. Selbst ihr Äußeres war unscheinbar: struppiges Haar, weder hell noch dunkel, mit steifen, gekräuselten Locken, stämmige Gestalt, derbe, verarbeitete Hände. Und der dünnlippige Mund, der so wenig verraten hatte, war wie vor unerschütterlicher Siegesgewißheit verkniffen. Die Augen, die sonst ergeben zu Boden geblickt hatten, sahen sie nun mit einem Ausdruck von herausforderndem, geradezu dreistem Selbstvertrauen an, als wollten sie ihr kundtun: »Du weißt nicht einmal, wie ich heiße. Und jetzt wirst du es erst recht nicht erfahren.« Tollys Miene dagegen drückte nach wie vor selbstsichere Heiterkeit aus.

Sie wollten also zusammen weggehen. Wo würden sie wohnen, überlegte Cordelia. Tolly besaß sicherlich ein kleines Haus oder eine Wohnung irgendwo in London, wo ihre Tochter behütet aufgewachsen war. Auf einmal hatte Cordelia eine verblüffend klare Vorstellung von den beiden: Die zwei Frauen würden fortan nicht von Erinnerungen heimgesucht leben, sondern sich in einem hübschen Haus in einer Vorstadtsiedlung einrichten, nicht allzu weit entfernt von U-Bahn und Geschäftszentrum, mit gerafften Stores vor dem Erkerfenster, die sie vor neugierigen Blikken schützten, einem kleinen Vorgarten, dessen Zaun nicht nur ungebetene Gäste, sondern auch die Vergangenheit fernhielt. Sie hatten ihre Dienstbotenstellung aufgegeben. Aber hatten sie nicht aus freien Stücken gedient? Beide waren doch erwachsene Menschen. Es war sicherlich nicht die Angst vor Arbeitslosigkeit gewesen, die sie vor persönlicher Selbständigkeit abgeschreckt hatte? Welche rätselhaften Beweggründe mochten Menschen gegen alle Vernunft, gegen alle Neigungen und Interessen aneinanderbinden? Der Tod hatte nun das Band zerrissen, das die eine an Clarissa, die andere an Munter gefesselt hatte. Die Polizei könnte durchaus auf den Gedanken kommen, daß beiden dieser Bruch zupaß kam.

Ich habe nun eine klare Vorstellung vom Leben der beiden, dachte sich Cordelia, weiß aber noch immer nichts über sie. Ein Ausspruch von Henry James kam ihr in den Sinn: »Glaubt nur nicht, daß übers menschliche Herz schon das letzte Wort gesprochen ist!« Sie, die sich doch eine Detektivin nannte, kannte nicht einmal das erste. Aber war es nicht eine weitverbreitete Sucht, sich mit den Motiven, den Antrieben, den faszinierenden Ungereimtheiten anderer Menschen zu beschäftigen? Wir spielen doch alle gern den Detektiv, selbst bei denen, die wir lieben, bei denen sogar bevorzugt. Sie sah es jedoch als ihren Beruf an und machte es des Geldes wegen. Zwar hatte sie die Faszination nie geleugnet, aber nun kam ihr erstmals der Gedanke, daß es vielleicht auch anmaßend war. Noch nie hatte sie sich bei einem Auftrag so unzulänglich gefühlt, bei dem sie nur ihre Jugend, ihre Unerfahrenheit, ihr kärgliches, angelerntes Wissen der Rätselhaftigkeit der menschlichen Psyche entgegenzusetzen hatte.

»Könnte ich mit Miss Tolgarth unter vier Augen sprechen?« wandte sie sich an Mrs. Munter.

Statt einer Antwort schaute Mrs. Munter Tolly an, die ihr zunickte, worauf sie die beiden wortlos allein ließ.

Tolly wartete gleichmütig, verschlossen, die herabhängenden Hände gefaltet, ab. Zwar gab es da etwas, das Cordelia gern von ihr erfahren hätte, aber das brauchte sie jetzt nicht mehr. Außerdem war sie nun weniger von sich überzeugt als zu Beginn des Falls. Mittlerweile war ihr klargeworden, daß sie nicht das Recht hatte, bestimmte Fragen zu stellen oder bestimmte Fakten zu erfahren. Nichts, weder menschlich verständliche Neugier noch das Bestreben, alle vorhandenen Mosaiksteinchen zu einem Bild zu fügen, als könnte sie so Ordnung im wirren menschlichen Dasein schaffen, rechtfertigte die Frage, deren Antwort sie ja ohnehin kannte: Ob Whittingham der Vater von Tollys Kind gewesen war. Denn nur er hatte dermaßen gut unterrichtet und liebevoll von Viccy gesprochen; er hatte zudem gewußt, daß Tolly jegliche Unterstützung vom Kindsvater abgelehnt hatte; er allein hatte sich die Mühe gemacht, das Krankenhaus anzurufen, um die Wahrheit über das Telefongespräch zu erfahren. Schon ein merkwürdiges Paar, dieser Whittingham und Tolly! Was hatten die beiden voneinander erhofft? Hatte Whittingham dadurch Clarissa treffen oder eine tiefsitzende Kränkung verwinden wollen? Gehörte Tolly zu den Frauen, die sich nach einem Kind sehnen, sich aber nicht mit einem Ehemann belasten wollen? Sie hatte die Geburt, die Schwangerschaft doch sicherlich gewollt. Doch das ging sie, Cordelia, nichts an. Von all den menschlichen Beziehungen gehörten die sexuellen zu denen, die aus den unterschiedlichsten Motiven angeknüpft werden. Die Sinneslust war wohl der häufigste Grund, aber das bedeutete nicht, daß sie auch der einfachste war. Cordelia brachte es jedenfalls nicht über sich, freimütig von Viccy zu sprechen. Allerdings gab es da noch etwas, das sie erfahren mußte.

»Sie waren doch bei Clarissa, als die ersten Drohbriefe kamen«, sagte sie. »Das war während der Aufführung von ›Macbeth‹. Können Sie mir die Botschaften beschreiben?«

Tolly schaute sie ernst und nachdenklich an, aber keineswegs verärgert oder ablehnend.

»Wissen Sie«, redete Cordelia weiter, »ich glaube nämlich, daß Sie diese Briefe geschickt haben. Und Clarissa hat es erraten und auch den Grund gekannt. Aber Clarissa konnte ohne Sie nicht auskommen. Deswegen verstellte sie sich lieber. Außerdem wollte sie die Drohbriefe niemandem zeigen. Sie war sich bewußt, was sie Ihnen angetan hatte. Sie wußte, daß es Dinge gab, die ihr nicht einmal ihre Freunde nachsehen würden. Und danach geschah das, was sie erhofft hatte. In Ihrem Leben muß eine Änderung eingetreten sein; Sie kamen deshalb zu der Ansicht, daß Sie nicht richtig gehandelt hatten. Die Drohbriefe blieben aus. Doch dann muß jemand aus dem kleinen Kreis, der darüber Bescheid wußte, die Sache mit den Briefen fortgeführt haben. Es waren nun andere Briefe. Sie sahen anders aus. Sie wur-

den aus einem anderen Grund geschrieben. Und sie führten auch zu einem anderen, einem schrecklichen Ende.«
Tolly schwieg noch immer.
»Ich habe kein Recht, Sie auszufragen«, sagte Cordelia leise. »Sie brauchen mir auch nicht zu antworten, wenn Sie nicht möchten. Sie sollten mir nur sagen, wie die ersten Botschaften aussahen. Ich weiß dann schon Bescheid.«
»Es war liniertes Papier mit handgeschriebenen Blockbuchstaben«, erwiderte Tolly. »Es waren Seiten aus dem Schulheft eines Kindes.«
»Und die Botschaften? Waren es Zitate?«
»Es war stets der gleiche Wortlaut. Eine Passage aus der Bibel.« Cordelia war sich klar darüber, daß sie glücklich sein konnte, immerhin so viel erfahren zu haben. Und selbst diese vertraulichen Angaben hätte sie nicht erhalten, wenn nicht Tolly ihr Verständnis, ihr Mitgefühl registriert hätte. Deswegen konnte sie noch eine Frage wagen.
»Miss Tolgarth, haben Sie eine Ahnung, wer die Sache mit den Briefen fortgeführt haben könnte?«
Der Ausdruck von Tollys Augen wurde nun abweisend. Sie hatte alles mitgeteilt, was sie hatte sagen wollen.
»Nein. Meine eigenen Sünden machen mir genug zu schaffen. Für die anderen Menschen bin ich nicht verantwortlich.«
»Ich werde niemandem erzählen, was Sie mir eben anvertraut haben«, sagte Cordelia.
»Ich hätte es Ihnen auch nicht erzählt, wenn ich anderer Meinung gewesen wäre.« Sie schwieg einen Augenblick und fragte dann beiläufig: »Was wird aus dem Jungen?«
»Aus Simon? Er sagte mir, daß Sir George ihm das letzte Jahr in Melhurst bezahlen wird und daß er sich hinterher um einen Studienplatz an einer Musikakademie bewerben will.«
»Jetzt, da sie tot ist, wird es ihm bessergehen«, erwiderte sie. »Sie übte einen schlechten Einfluß auf junge Men-

schen aus. Und jetzt entschuldigen Sie mich, Miss. Ich möchte meiner Freundin beim Packen helfen.«

3

Mehr konnte sie nicht erfahren oder tun. Cordelia ließ die beiden Frauen allein und suchte ihr Zimmer auf, um sich für den nachmittäglichen Ausflug zu rüsten. Da sie ja lediglich den Zeitungsausschnitt ausfindig machen wollte, brauchte sie die Tasche mit ihrem kriminalistischen Handwerkszeug nicht. Sie steckte nur das Vergrößerungsglas, die Taschenlampe und ihr Notizbuch in die Schultertasche und zog noch ihre Strickjacke über das T-Shirt. Auf der Rückfahrt könnte es kalt werden. Dann schlang sie den Ledergürtel zweimal um die Taille und hakte ihn fest. Wie immer hatte sie das Gefühl, als trage sie einen Talisman, als sei dieser Gürtel das sichtbare Zeichen ihrer Entschlossenheit. Als sie von der Westseite des Schlosses aus die Terrasse überquerte, sah sie, daß Mrs. Munter und Tolly schon auf dem Weg zur Barkasse waren. Jede schleppte einen Koffer. Oldfield mußte soeben gekommen sein. Er trug gerade Kisten mit Wein und Vorräten auf den Landesteg. Erstaunlich war, daß ihm Simon dabei half. Der Junge war wohl froh, daß er sich nützlich machen konnte.

Plötzlich stürmte Roma aus dem Eßzimmer und hastete über die Terrasse. Sie eilte Oldfield entgegen und redete auf ihn ein. Der Leinensack mit der Post lag oben auf dem Wägelchen. Oldfield öffnete ihn und holte ein Bündel Briefe hervor. Als Cordelia sich den beiden näherte, merkte sie, wie ungeduldig Roma war. Am liebsten hätte sie Oldfield das Bündel aus der knöchernen Hand gerissen. Endlich fand er, wonach sie gefragt hatte, und überreichte ihr einen Brief. Roma rannte davon, verlangsamte dann den Schritt, riß den Umschlag, ohne Cordelia zu bemerken, auf und las das Schreiben. Einen Augenblick lang stand sie wie

erstarrt da. Dann schluchzte sie laut auf, ging schwankend an Cordelia vorbei die Terrasse entlang und stieg die Stufen zum Strand hinunter.
Cordelia überlegte kurz, ob sie ihr nachgehen solle. Sie rief Oldfield zu, daß er warten möge, daß sie gleich zurückkomme, und folgte Roma. Die Nachricht, die sie erhalten hatte, mußte sie zutiefst verstört haben. Vielleicht konnte sie Roma helfen. Und selbst wenn das nicht der Fall war, konnte sie nicht einfach die Barkasse besteigen und davonfahren, als sei nichts geschehen. Sie versuchte, die innere Stimme zu überhören, die nörgelte, daß der Zeitpunkt nicht ungünstiger hätte sein können. Sollte sie die Insel nie verlassen dürfen? Warum mußte sie sich in ihrem Pflichteifer überall einmischen? Trotzdem war es ihr unmöglich, jemand in seiner Notlage allein zu lassen.
Roma torkelte den Strand entlang und fuchtelte mit den Armen. Cordelia bildete sich ein, daß sie einen langezogenen Schrei hörte, aber vielleicht war es nur das Gekreisch der Möwen. Sie hatte die dahinhastende Gestalt fast erreicht, als Roma stolperte, zu Boden fiel und, wie von Krämpfen geschüttelt, liegenblieb. Cordelia eilte zu ihr. Die sonst so stolze und verschlossene Roma in dieser Verfassung zu sehen, war ein Schock für sie. Cordelia war ratlos, wußte nicht, wie sie ihr helfen konnte. Sie kniete sich neben Roma in den Sand, legte die Arme um Romas Schultern und hoffte, daß diese Geste sie vielleicht beruhigen würde. Sie redete begütigend auf sie ein wie auf ein kleines Kind oder ein Tier. Nach einer Weile ließ das Zucken nach. Roma lag so still, daß Cordelia schon meinte, sie hätte zu atmen aufgehört. Doch dann richtete sie sich schwerfällig auf und stieß Cordelias Arm zurück. Leicht schwankend ging sie ans Wasser, bückte sich und benetzte das Gesicht. Dann straffte sie sich, blickte kurz aufs Meer hinaus und wandte sich Cordelia zu.
Ihr Gesicht war kaum wiederzuerkennen – angeschwollen, die Augen zu schmalen Schlitzen verengt, die Nase gerötet.

Als sie zu reden begann, klang ihre Stimme heiser und rauh, als hätte sie entzündete Stimmbänder. »Tut mir leid. Das muß für Sie ein peinlicher Augenblick gewesen sein. Aber ich bin froh, daß Sie es sind.«
»Kann ich Ihnen irgendwie helfen?«
»Nein. Niemand kann mir helfen. Sie werden es sich vielleicht schon gedacht haben, daß dahinter die übliche schäbige Tragödie steckt. Er hat mir den Laufpaß gegeben. Am Freitag abend hat er den Brief geschrieben. Am Donnerstag waren wir noch beisammen. Da muß er schon gewußt haben, wie er sich entscheiden würde.« Sie zog den Brief aus der Tasche und wollte ihn Cordelia geben. »Lesen Sie ihn!! Lesen Sie ihn ruhig! Ich würde gern wissen, wie oft er ihn aufgesetzt hat, bis dieser flüssig runtergeschriebene Wisch voll selbstgerechter Heuchelei fertig war.«
Cordelia wollte den Brief nicht lesen. »Wenn er nicht soviel Anstand und Mut hatte, es Ihnen ins Gesicht zu sagen, ist er's nicht wert, daß Sie um ihn weinen, daß Sie ihn noch weiter lieben«, erwiderte sie.
»Was hat der Wert eines Menschen mit Liebe zu tun? Warum konnte er nicht noch etwas warten?«
Worauf, dachte Cordelia. Auf Clarissas Geld? Auf Clarissas Tod? »Selbst wenn er's getan hätte, wären Sie doch seiner nie sicher gewesen«, sagte sie.
»Sie meinen, was seine Beweggründe betrifft? Warum sollte mich derlei bekümmern? Diesen Stolz habe ich nicht. Aber jetzt ist's zu spät. Er hat den Brief einen Tag zu früh geschrieben. Warum nur hat er nicht länger gewartet? Ich hab ihm doch gesagt, daß ich das Geld bekommen würde! Ich hab's ihm doch gesagt!«
Eine Welle, etwas höher als die vorhergehenden, brach sich zu Cordelias Füßen und spülte eine silbrige Abendsandalette auf die hellen, vom Meer blank gescheuerten Kiesel. Sie betrachtete die Sandalette mit angespannter Aufmerksamkeit und überlegte krampfhaft, was für eine Frau sie getragen haben mochte, wie sie ins Wasser geraten war, auf

welcher wilden Party, von welcher Jacht sie über Bord gegangen sein konnte. Oder war die Trägerin hier irgendwo in der Nähe, eine schlanke, kaum bekleidete Gestalt, die im Meer dahintrieb? Dieser Gedanke, selbst dieser Gedanke konnte ihr helfen, Romas heisere, unnatürlich klingende Stimme zu überhören, die jeden Augenblick etwas Verhängnisvolles sagen konnte, etwas, das sich nicht mehr zurücknehmen ließ, das sie beide nicht mehr vergessen würden.

»Als junges Mädchen besuchte ich eine Gemeinschaftsschule. Überall bildeten sich Pärchen heraus. Wenn sich nach einer Weile die Freundschaft abkühlte, schickte man einander einen Abschiedsbrief. Ich habe nie einen bekommen. Ich habe auch nie einen Freund gehabt. Damals dachte ich mir, daß man so einen Abschiedsbrief durchaus ertragen könne, wenn man vorher, wenigstens für ein Schuljahr, so eine Freundschaft hat erleben dürfen. Wenn ich nur jetzt auch so denken könnte. Er war der einzige Mann, der mich je begehrt hat. Ich weiß auch, warum. Denn auf die Dauer kann man sich nichts vorgaukeln. Seine Frau machte sich nicht viel aus Sex, und ich sprang da sozusagen in die Bresche. Schauen Sie mich nicht so an! Ich weiß, Sie können das nicht verstehen. Ihnen fällt doch die Liebe in den Schoß!«

»Das ist nicht wahr!« erwiderte Cordelia heftig. »Das trifft auf mich nicht zu. Auf niemand.«

»Ach nein? So war's jedenfalls bei Clarissa. Sie brauchte einen Mann nur anzublicken. Ein einziger Blick genügte. Ich habe lange genug beobachten können, was sie mit ihren Blicken alles erreichte. Aber das wird ihr nie mehr gelingen. Nie, nie, nie mehr!«

Sie redete in ihrem Seelenkummer wie im Fieber. Cordelia spürte, wie ihr Romas Worte unter die Haut gingen. Sie blieb unschlüssig auf dem Kies stehen, wagte nicht, sich ihr zu nähern, da sie eine tröstende Berührung sicherlich zurückweisen würde, wollte sie aber auch nicht allein lassen, obgleich ihr peinlich bewußt war, daß Oldfield sicher schon ungeduldig auf sie wartete.

»Sie sollten jetzt gehen, wenn Sie mit der Barkasse fahren wollen«, sagte Roma schroff.

»Und was ist mit Ihnen?«

»Machen Sie sich da keine Sorgen! Sie können sich beruhigt trollen. Ich mache schon keine Dummheiten. So verharmlost man es doch, nicht wahr? So sagt man doch? Mach nur keine Dummheiten! Nein, das wird mir eine Lehre sein. Roma macht keine Dummheiten mehr. Falls es Sie interessiert, kann ich Ihnen sagen, wie meine Zukunft aussehen wird. Ich werde Clarissas Geld annehmen und in London eine Eigentumswohnung kaufen. Den Laden veräußere ich und suche mir eine Teilzeitbeschäftigung. Hin und wieder mache ich mit einer Freundin irgendwo im Ausland Urlaub. Wir werden einander zwar nicht besonders mögen, aber das ist immerhin noch besser, als allein zu reisen. Wir werden uns auch etwas gönnen: einen Theaterbesuch, eine Kunstausstellung, ein Dinner in einem Restaurant, wo alleinstehende Frauen nicht wie Parias behandelt werden. Und an den Herbstabenden werde ich die Volkshochschule besuchen und Interesse für Töpferei, georgianische Architektur in London oder vergleichende Religionswissenschaften heucheln. Und im Laufe der Jahre werden mir meine kleinen Annehmlichkeiten immer unentbehrlicher werden, werde ich über die jüngere Generation immer mehr maulen, meine Freundin immer mehr bekritteln, werde ich immer konservativer, verbitterter, einsamer und abgestumpfter werden.«

Cordelia hätte gern darauf geantwortet: Aber Sie werden genug zu essen und ein eigenes Dach über dem Kopf haben. Sie werden nicht frieren. Sie sind gesund und intelligent. Geht es Ihnen nicht besser als der Mehrheit der Menschen? Sie sind doch keine Frau aus der viktorianischen Epoche, die aus Langeweile am Strand Muscheln sammelt und auf einen Mann wartet, der ihrem Leben

Sinn und Status verleiht. Liebe ist doch nicht lebenswichtig!
Aber sie wußte, daß solche Einwände ebenso sinnlos und kränkend gewesen wären, als sagte man zu einem Erblindeten, daß die Sonne wieder früher untergehe.
Sie wandte sich ab und verließ Roma, die wieder aufs Meer hinausblickte. Sie kam sich als Deserteurin vor. Da ihr jede Hast unhöflich erschienen wäre, wartete sie ab, bis sie die Terrasse erreicht hatte, bevor sie zu laufen anfing.

4

Die Fahrt hinüber zum Festland verlief still. Cordelia saß vorne am Bug und schaute zur Küste hinüber, die sich allmählich näherte. Mrs. Munter und Tolly hatten es sich, das Gepäck zu ihren Füßen, am Heck bequem gemacht. Nachdem die »Shearwater« angelegt hatte, wartete sie, bis die beiden an Land gegangen waren. Erst dann verließ sie die Barkasse. Sie blickte den beiden Frauen nach, die wortlos und langsam hügelauf zum Bahnhof gingen.
Die Stadt kam ihr weniger belebt und geschäftig vor als am Freitag vormittag, aber sie wirkte noch immer anheimelnd altertümlich, heiter, sonnenlichtüberflutet, bieder. Was sie merkwürdig fand, war, daß niemand von ihr Notiz nahm. Sie war schon darauf gefaßt gewesen, daß sich die Leute nach ihr umdrehen, sich hinter ihrem Rücken das Wort Courcy zuflüstern würden, daß sie gleichsam ein deutlich sichtbares Kainsmal trug. Es war jedenfalls herrlich, Grogan und seine Handlanger, wenn auch nur für wenige Stunden, losgeworden zu sein, nicht mehr der bänglichen, grübelnden Schar der Verdächtigen anzugehören, sondern wieder eine völlig normale, junge Frau zu sein, die eine völlig normale Straße entlangging, unerkannt unter all den einkaufenden Passanten am frühen Nachmittag, den Stadtbesuchern am letzten Urlaubstag, den Büroangestellten,

die nach einem verspäteten Mittagessen zu ihrem Schreibtisch zurückeilten. Sie bummelte eine Weile durch eine Drogerie in einem Haus mit einer hübschen Regency-Fassade, wo sie nach langem Überlegen einen Lippenstift kaufte, den sie eigentlich gar nicht brauchte. Es war eine Geste der Hoffnung und Zuversicht, eine Rückkehr zum gewohnten Leben. Was den Tod Clarissas anbelangte, so sah sie nur etliche Plakate verschiedener Zeitungen mit den dicken Blockbuchstaben: SCHAUSPIELERIN AUF COURCY ERMORDET. Sie kaufte sich am Kiosk eine Zeitung und fand auf der dritten Seite einen knappen Bericht. Die Polizei hatte nur ein Minimum an Informationen weitergegeben, und Gorringes Weigerung, der Presse Rede und Antwort zu stehen, hatte die Redaktionen offenbar von einer ausgiebigen Berichterstattung abgehalten. Cordelia bezweifelte allerdings, ob sich das letztendlich als klug erweisen würde. Vom Kioskinhaber erfuhr Cordelia, daß es jetzt nur noch eine einzige Lokalzeitung, den »Speymouth Chronicle«, gab, der zweimal wöchentlich – jeweils dienstags und freitags – herauskam. Die Redaktion befand sich am Nordende der Esplanade. Cordelia fand ohne Schwierigkeiten dorthin. Es war ein weißes, umgebautes Haus mit zwei großen Schaufenstern. Das eine trug die Aufschrift SPEYMOUTH CHRONICLE, im anderen waren Pressefotos ausgestellt. Den einstigen Vorgarten hatte man gepflastert, um Parkplätze für ein halbes Dutzend Pkws und einen Lieferwagen zu schaffen. Am Empfangsschalter im Inneren saß eine junge blonde Frau, die etwa Cordelias Alter hatte und an einem Bildschirmgerät hantierte. An einem Schreibtisch sortierte ein älterer Mann Fotografien.

Ihre Glückssträhne hielt an. Sie hatte nämlich befürchtet, daß die alten Jahrgänge der Zeitung anderswo gelagert sein könnten oder der Öffentlichkeit nicht mehr so ohne weiteres zugänglich waren. Aber als sie der Blondine erklärte, daß sie über das Theater in der Provinz recherchiere und deswegen den Bericht über Clarissa Lisles Leistung in

»Tiefe blaue See« sehen möchte, stellte man ihr weder Fragen, noch machte man ihr irgendwelche Schwierigkeiten. Die Blondine rief dem Kollegen zu, er möchte doch den Empfang übernehmen, kümmerte sich nicht um den blinkenden Bildschirm und führte Cordelia durch eine Schwingtür eine steile, schwach beleuchtete Treppe hinunter ins Kellergeschoß. Dort schloß sie die Tür zu einem zur Straßenseite hin gelegenen Raum auf, aus dem ihnen der stickige Geruch nach altem Papier entgegenschlug. Cordelia bemerkte, daß die archivierten Jahrgänge – in Klemmrückenordnern und in chronologischer Reihenfolge – auf Stahlregalen gelagert waren. In der Mitte des Raums befand sich ein langer Arbeitstisch. Die Blondine knipste die beiden Neonröhren an, die ein grelles Licht verbreiteten.
»Das hier sind sämtliche Jahrgänge seit 1860«, erklärte sie. »Untersagt ist, eine Nummer herauszunehmen oder sich am Rand Notizen zu machen. Sagen Sie mir Bescheid, wenn Sie gehen! Ich muß den Raum verschließen, sobald Sie mit Ihrer Arbeit fertig sind. Okay? Bis später!«
Cordelia ging methodisch an ihre Aufgabe heran. Da Speymouth eine Kleinstadt war, besaß es sicherlich kein festes Theaterensemble. Daraus konnte man folgern, daß Clarissa mit einem Tourneetheater in der Sommersaison so zwischen Mai und September gekommen sein mußte. Auf diese fünf Monate wollte sie die Suche zunächst konzentrieren. In den Maiausgaben wurde das Rattigan-Stück nicht erwähnt, aber ihr fiel auf, daß die im alten Theater auftretenden Gastensembles ein neues Stück jeweils an einem Montag aufführten und es dann zwei Wochen en suite spielten. Die ersten Rezensionen standen danach jeweils im Feuilletonteil der Dienstagsausgabe, eine bemerkenswert rasche Reaktion für eine kleine Provinzzeitung. Die Kritiker mußten ihre Berichte noch vom Theater aus telefonisch durchgegeben haben. »Tiefe blaue See« wurde erstmals Anfang Juni in einer Vorankündigung erwähnt. Darin hieß es noch, daß Clarissa Lisle vom 18. Juli an für

zwei Wochen gastieren würde. Cordelia nahm an, daß die Besprechung am 19. Juli im Feuilleton – wie immer auf Seite neun – erschienen sein könnte. Sie wuchtete den schweren Sammelband mit den Ausgaben von Juli bis September auf den Arbeitstisch und fand dann auch die Zeitung von diesem Tag. Die Ausgabe hatte ein größeres Format als sonst und zählte achtzehn Seiten statt der sonst üblichen sechzehn. Der Grund dafür ging aus der Frontseite hervor: Die Königin und der Herzog von Edinburgh hatten anläßlich des Jubiläumsjahrs im Rahmen ihrer Reisen durch die Provinz am Sonnabend der Stadt einen Besuch abgestattet, und in der Dienstagsausgabe wurde erstmals darüber berichtet. Für Speymouth war es ein großer Tag gewesen, der erste Besuch eines Souveräns seit 1843, und der »Speymouth Chronicle« verbreitete sich ausführlich darüber. In der Reportage auf der ersten Seite hieß es, daß weitere Fotos auf Seite zehn zu sehen seien. Diese Angabe erinnerte Cordelia an etwas: Sie war sicher, daß die Rückseite des Zeitungsausschnitts, den sie bei Clarissa gesehen hatte, nicht mit Text bedruckt gewesen war, sondern ein Foto gezeigt hatte.

Obwohl der Erfolg greifbar vor ihr lag, fühlte sie ihre Zuversicht jäh schwinden. Höchstwahrscheinlich würde sie nur die von einem Provinzredakteur verfaßte Besprechung einer Wiederaufführung finden, an die sich in Speymouth kaum noch jemand erinnern würde. Clarissa hatte freilich gesagt, daß die Besprechung für sie wichtig gewesen war, so wichtig jedenfalls, daß sie sie im Geheimfach ihrer Schmuckschatulle aufbewahrt hatte. Aber was besagte das schon? Vielleicht hatte ihr nur der Wortlaut besonders gut gefallen, vielleicht hatte sie den Rezensenten persönlich getroffen, vielleicht hatte sie mit ihm eine zwar kurze, aber vergnügliche Affäre gehabt. Vielleicht war der Ausschnitt nur aus irgendwelchen sentimentalen Gründen für sie bedeutungsvoll gewesen. In welchem Zusammenhang konnte er schon zu ihrem Tod stehen?

Doch dann bemerkte sie, daß die gesuchte Seite fehlte. Sie vergewisserte sich zweimal. Aber sosehr sie auch herumblätterte, die Seiten neun und zehn waren nicht vorhanden. Sie bog den dicken Zeitungsstapel an der Stelle, wo er von der Klammer zusammengehalten wurde, zurück. Sie bildete sich ein, daß am Rand von Seite elf eine haarfeine Rille verlief; als sei die Seite da mit einem Messer oder einer Rasierklinge leicht geritzt worden. Sie holte ihr Vergrößerungsglas hervor und suchte millimeterweise den Rand ab. Jetzt waren die verräterischen Spuren deutlich sichtbar. An manchen Stellen war das Papier leicht eingeritzt, ein untrüglicher Hinweis darauf, daß die Seite herausgeschnitten worden war. Wo der übriggebliebene Rest von Seite neun von der Klammer zusammengehalten wurde, entdeckte sie noch winzige Papierfasern. Jemand war also vor ihr dagewesen.
Die Blondine am Empfang war gerade mit einer Kundin beschäftigt, die sich ohne sichtbares Anzeichen von Kummer erkundigte, ob sie bei ihr eine Todesanzeige aufgeben könne und wieviel zusätzlich ein passender Vers kosten würde. Sie reichte der Blondine ein Schönschreibheft hinüber und wies auf einen Vers mit runden, kunstvoll geformten Buchstaben. Cordelia, die sich schon immer für die Marotten ihrer Mitmenschen interessiert hatte und momentan ihre Sorgen vergaß, trat näher und las mit zusammengekniffenen Augen:

Es lockt der Perlmuttmauern Glanz,
Sankt Petrus lächelt breit,
Das Himmelstor steht offen,
Herein kommt der kleine Hans.

Die Blondine überflog den holprigen Reim mit einer Gleichgültigkeit, aus der man schließen konnte, daß sie derlei öfter lesen mußte. Danach erläuterte sie, wieviel es kostet, wenn man die Extrawünsche berücksichtigt, die

Anzeige in einen schwarzen Rahmen setzt und am Kopfende mit einem umkränzten Kreuz ziert. Es war eine Beratung, die hin und wieder von nachdenklichem Schweigen unterbrochen wurde, wenn beide die verschiedenen Musteranzeigen begutachteten. Nach zehn Minuten war alles zufriedenstellend geregelt.

Die Blondine wandte sich Cordelia zu, die sagte: »Ich habe zwar den richtigen Jahrgang gefunden, aber die Seite, die ich brauche, ist nicht mehr da. Irgend jemand muß sie herausgeschnitten haben.«

»Das kann doch nicht wahr sein! Das ist nicht erlaubt. Das ist doch ein Archiv!«

»Es ist aber so. Haben Sie vielleicht ein weiteres Exemplar?«

»Das muß ich Mr. Hasking melden. Die Leute können doch nicht in einem Archiv so ohne weiteres herumschnippeln. Mr. Hasking wird empört sein.«

»Das kann ich mir denken. Dabei brauche ich diese Seite dringend. Es handelt sich um Seite neun der Ausgabe vom 19. Juli 1977. Haben Sie weitere Sammelbände, die ich durchsehen könnte?«

»Hier nicht. Der Verleger könnte noch welche in London haben. Nein, so was, Seiten aus archiviertem Material herausschneiden! Mr. Hasking legt doch solch großen Wert auf die alten Jahrgänge. Das sei gesammelte Geschichte, sagt er immer.«

»Wissen Sie noch, wer die Bände als letzter sehen wollte?«

»Letzten Monat war eine blonde Dame aus London da. Sie arbeitete angeblich an einem Buch über die Piers an der Küste. Unsere Pier wurde 1939 gesprengt, um den Deutschen die Landung zu erschweren. Später hatte der Stadtrat für den Wiederaufbau kein Geld. Deswegen ist sie so kurz. Die Dame erzählte noch, daß sich in ihrer Jugendzeit auf der Pier eine Music-Hall befand und in der Saison Varietékünstler aus London auftraten. Ja, über Piers wußte sie eine Menge.«

Cordelia dachte sich, daß ein besser ausgerüsteter und erfahrenerer Detektiv mit Fotografien des Opfers und der Verdächtigen zwecks einer möglichen Identifizierung gekommen wäre. Sie hätte jedenfalls gern gewußt, ob die blonde Dame, die so viel über die Piers wußte, Clarissa oder Roma ähnlich gewesen war. Tolly war es sicherlich nicht gewesen, es sei denn, sie hatte sich völlig unnötig verkleidet. Sie überlegte, ob Bernie wohl daran gedacht hätte, die Leute im Schloß unbemerkt zu fotografieren, um für so eine Möglichkeit gerüstet zu sein. Sie selbst hatte es für wenig sinnvoll gehalten. Allerdings hatte sie ja eine Polaroidkamera in ihrer Tasche auf der Insel. Vielleicht sollte sie es doch noch probieren. Morgen könnte sie ja wiederkommen.

»Ist die besagte Dame die einzige Person, die sich in letzter Zeit für das Archiv interessiert hat?« fragte sie.

»Solange ich hier bin, ja. Aber ich arbeite erst seit wenigen Monaten hier. Sally könnte Ihnen über die Zeit davor mehr erzählen, aber sie hat gekündigt, weil sie heiratet. Außerdem sitze ich ja nicht ständig am Empfang. Es könnte jemand gekommen sein, als ich in der Redaktion war und Albert mich vertrat.«

»Ist dieser Albert hier?«

Die Blondine schaute sie an, als könne sie soviel Unverstand nicht fassen. »Albert? Wie sollte er? Montags ist Albert doch nie da!«

Sie musterte Cordelia argwöhnisch. »Wieso interessiert es Sie, wer schon mal hier war? Ich dachte, Sie wollen nur diese Besprechung sehen.«

»Das stimmt schon. Ich frage mich nur, wer die Seite herausgeschnitten haben könnte. Sie sagten doch selbst, daß die Sammelbände wertvoll seien. Ich möchte nur nicht, daß Sie meinen, ich sei's gewesen. Sind Sie sicher, daß niemand in Speymouth ein weiteres Exemplar besitzt?«

Ohne sich umzudrehen, mengte sich der ältere Kollege ein, der mit einer Hingabe und Pingeligkeit, als habe er den

ganzen Tag Zeit, die neuen Fotos für das Schaufenster arrangierte.
»Vom 19. Juli 1977, sagten Sie? Das war drei Tage nach dem Besuch der Königin. Ich würde es an Ihrer Stelle bei Lucy Costello probieren. Fünfzig Jahre lang hat sie Zeitungsausschnitte über die königliche Familie gesammelt. Den Besuch der Königin hat sie sich sicher kaum entgehen lassen.«
»Aber Lucy Costello ist doch schon tot, Mr. Lambert! Wir haben doch am Tag nach dem Begräbnis einen Artikel über sie und ihre Zeitungsausschnitte gebracht.«
Mr. Lambert drehte sich um und breitete in gespielter Fassungslosigkeit die Arme aus. »Ich weiß, daß Lucy Costello tot ist. Das dürfte allgemein bekannt sein. Ich habe auch nicht gesagt, daß sie noch lebt. Aber sie hatte doch eine Schwester. Miss Emmeline lebt noch, soviel ich weiß. Sie hat die Alben mit den Zeitungsausschnitten sicher noch. Es ist unwahrscheinlich, daß sie sie weggeworfen hat. Miss Lucy ist zwar beerdigt worden, aber doch nicht mit ihren Zeitungsausschnitten. Ich meinte, daß man sich an ihre Schwester wenden könnte.«
Cordelia fragte, wo sie diese Miss Emmeline finden könne. Mr. Lambert wandte sich wieder seinen Fotografien zu und antwortete kurz angebunden, als bereue er seine Geschwätzigkeit von vorhin: »Windsor Cottage. In der Benison Row. Die High Street hinauf, dann die zweite Straße links. Nicht zu verfehlen.«
»Ist es weit von hier? Muß ich mit dem Bus fahren?«
»Wenn Sie das schaffen wollen, müssen Sie Glück haben. Normalerweise steht man sich die Beine in den Bauch, wenn man auf den Zwölfer wartet. Es ist ein Weg von knapp zehn Minuten; für einen jungen Menschen ein Katzensprung.«
Er griff nach der Fotografie eines stattlichen Herrn mit einer Amtskette um den Hals – dem lüsternen Biedermannsblick konnte man entnehmen, daß das offizielle Bankett ihm mehr als zugesagt hatte – und arrangierte es neben

dem Bild einer gutproportionierten, leichtbekleideten Badeschönheit, so daß des Biedermanns Augen auf ihren Busen gerichtet zu sein schienen. Cordelia dachte, daß hier ein Mann am Werk war, dem seine Arbeit Spaß machte. Sie bedankte sich bei ihm und der Blondine und machte sich auf den Weg zu Miss Emmeline Costello.

5

Mr. Lambert hatte die Entfernung zutreffend angegeben. Nachdem sie zehn Minuten kräftig ausgeschritten war, erreichte sie die Benison Row. Es war eine oberhalb der Stadt verlaufende, schmale Straße mit viktorianischen Häusern. Obgleich die Gebäude im Cottage-Stil, was Alter, Architektur und Höhe anbelangte, eine gefällige Einheit bildeten, wiesen sie durchaus hübsche, individuelle Merkmale auf. Einige besaßen Erker, andere wiederum hölzerne Blumenkästen unter den Fenstern mit üppig wucherndem Efeu, mit Geranien und Aubrietien, deren Blütenvielfalt von dem getünchten Stuckzierat abstach. Lorbeerbäume in lackierten Holzfässern flankierten die glänzenden Eingangstüren der beiden Häuser am Ende der Gasse. Jedes Haus besaß einen schmalen Vorgarten hinter einem eisernen Gartenzaun, der wohl wegen der kunstvollen Ornamente im letzten Krieg nicht der Alteisensammlung zum Opfer gefallen war. Cordelia stellte fest, daß sie noch nie eine Häuserzeile mit so gänzlich intakten Eisenzäunen gesehen hatte, die der Straße, die mit ihrer kleinräumigen Gepflegtheit äußerlich so britisch wirkte, einen Hauch von entzückender, aber fremdartiger Extravaganz verliehen. Die kleinen Gärten quollen vor Farben über. Die Zäune vermochten die warmen, dunklen, herbstlichen Rottöne kaum zu bändigen. Obgleich es schon spät im Jahr war, roch es noch nach Lavendel und Rosmarin. Am Bordstein parkten keine Autos; keine Abgasschwaden erschwerten das Atmen. Nach der

Geschäftigkeit und den Benzindünsten in der High Street war der Spaziergang durch die Benison Row wie das Eintauchen in die behagliche Schlichtheit einer lange zurückliegenden, legendenumwobenen Zeit.
Windsor Cottage war das vierte Haus auf der linken Straßenseite. Der Garten war einfacher angelegt als die übrigen: ein von Rosenbüschen eingerahmtes, penibel gepflegtes Rasengeviert. Jede Schuppe des Türklopfers in Gestalt eines Fisches aus Messing glänzte. Cordelia schellte und wartete ab. Doch Schritte, die sich näherten, waren nicht zu hören. Sie läutete abermals, diesmal etwas länger. Die Stille hielt an. Enttäuscht fand sie sich damit ab, daß die Hausbesitzerin ausgegangen sein mußte. Wie hatte sie auch nur damit rechnen können, daß Miss Costello zu Hause sein würde, weil sie, Cordelia, sie unbedingt sprechen wollte? Die Enttäuschung dämpfte ihre Stimmung und nährte zugleich ihre Ungeduld. Sie war mittlerweile fest überzeugt, daß der verschwundene Zeitungsausschnitt von entscheidender Bedeutung war, daß sie ihn höchstwahrscheinlich nur noch in diesem gepflegten kleinen Haus vorfinden konnte. Die Vorstellung, daß sie nach Courcy zurückkehren müsse, ohne diese Möglichkeit erforscht, ohne ihre Neugier gestillt zu haben, bereitete ihr Unbehagen. Sie begann entlang des Gartenzauns auf und ab zu gehen und überlegte, wie lange sie wohl warten sollte. Ob Miss Costello zum Einkaufen gegangen war und bald zurückkehren würde? Oder hatte sie das Haus abgeschlossen und machte irgendwo Urlaub? Doch dann bemerkte sie, daß die beiden oberen Fenster etwas geöffnet waren, und ihre Stimmung hob sich. Aus dem Hause nebenan trat eine Frau mittleren Alters vor die Tür, blickte die Straße hinunter, als erwarte sie jemanden, und wollte die Tür wieder zumachen, als Cordelia zu ihr lief.
»Entschuldigen Sie! Ich hätte gern Miss Costello gesprochen. Wissen Sie, ob sie noch im Verlauf des Nachmittags heimkommt?«

»Ich nehme an, daß sie im Waschsalon ist«, antwortete die Frau mit freundlicher Stimme. »Montagnachmittag ist ihr Waschtag. Sie wird nicht lange ausbleiben, wenn sie nicht auf eine Tasse Tee in die Stadt gegangen ist.«
Cordelia bedankte sich für die Auskunft. Die Haustür fiel ins Schloß. Auf der Straße herrschte wieder Stille. Cordelia lehnte sich gegen den Gartenzaun und wappnete sich mit Geduld.
Doch sie brauchte nicht lange zu warten. Nach etwa zehn Minuten sah sie eine auffallende Gestalt in die Benison Row einbiegen, die – dessen war sie sicher – nur Miss Emmeline Costello sein konnte. Es war eine schon bejahrte Frau, die ein mit Leinwand bespanntes Einkaufswägelchen – obenauf lag ein pralles, mit einer Plastikplane abgedecktes Bündel – hinter sich herzog. Sie ging langsam, hielt sich kerzengerade, und ihre magere Figur war in einen khakifarbenen Soldatenmantel gehüllt, der so lang war, daß der Saum beinahe das Pflaster streifte. Ihr kleines Gesicht, das wie ein alter Apfel von vielen Fältchen durchzogen war, wurde nahezu gänzlich von einem rot-weiß gestreiften Kopftuch, das unterm Kinn geknotet war, verdeckt. Darüber hatte sie noch eine purpurfarbene Strickhaube mit einer Troddel gestülpt. Wenn sie schon an einem warmen Septembertag so dick angezogen war, konnte man sich unschwer vorstellen, wie sie sich im Winter kleidete. Als sich Miss Costello der Gartenpforte näherte, trat Cordelia vor, um sie zu öffnen und sich vorzustellen.
»Mr. Lambert vom ›Speymouth Chronicle‹ meinte, daß Sie mir vielleicht weiterhelfen können. Wenn es Ihnen nicht allzu viele Umstände bereitet, würde ich mir gern die gesammelten Zeitungsausschnitte Ihrer Schwester ansehen. Wenn es nicht wichtig wäre, würde ich Sie nicht behelligen. Ich habe mich schon im Zeitungsarchiv umgesehen, aber die gesuchte Seite ist da nicht mehr vorhanden.«
Obgleich sich Miss Costello mit geradezu einschüchternder Auffälligkeit kleidete, war der Blick der Augen, die Corde-

lia musterten, durchdringend klar und gelassen. Sie antwortete mit einer angenehmen, wohlerzogenen, respektheischenden Stimme, der man augenblicklich entnehmen konnte, wo Miss Costello im verwirrten Dickicht der englischen sozialen Schichten einzuordnen war.
»Sehen Sie ja zu, meine Liebe, daß Sie als Fünfundachtzigjährige nicht auf einem Berg wohnen! Aber wollen Sie nicht hereinkommen und eine Tasse Tee trinken?«
In einem ähnlichen Tonfall hatte sie damals die Mutter Oberin empfangen, als Cordelia müde und verängstigt ins Klosterinternat gekommen war.
Sie folgte Miss Costello ins Haus. Es war ihr klar, daß sich alles ohne Hast abspielen würde, daß sie – eine Bittstellerin sozusagen – nicht gut etwas anderes erwarten konnte. Ihre Gastgeberin geleitete sie ins Wohnzimmer und entfernte sich dann, um sich einiger Kleidungsstücke zu entledigen und Tee aufzubrühen. Es war ein anheimelnder Raum. Die alten Möbel, die vermutlich aus einem größeren Familienbesitz stammten, waren gemäß den Raumproportionen ausgewählt worden. Obwohl die Wände dicht mit kleinformatigen Familienporträts, Aquarellen und Medaillons behängt waren, wirkte alles recht ordentlich, behaglich und keineswegs überladen. Der Mahagonigeschirrschrank mit den Rosenholzintarsien enthielt wenige, aber kostbare Porzellansachen. Auf dem Kaminsims tickte eine Kutschenuhr. Als Miss Costello zurückkehrte, schob sie einen Teewagen vor sich her. Cordelia sah, daß darauf ein Worcester-Teeservice mit grünem Dekor stand und daß die Kanne aus Silber war, ein Anblick, der auch Miss Maudsley gefallen hätte.
Miss Costello hatte Earl-Grey-Tee aufgebrüht. Als Cordelia die elegante, flachschalige Tasse zum Mund führte, verspürte sie plötzlich das unwiderstehliche Verlangen, etwas mehr über sich zu verraten. Selbstverständlich durfte sie Miss Costello nicht gestehen, wer sie war oder wonach sie eigentlich suchte. Aber die geruhsame Atmosphäre in dem

Raum verlieh ihr ein Gefühl der Sicherheit, verschaffte ihr einen tröstlichen Abstand zum grauenhaften Tod Clarissas, zu ihren eigenen Ängsten, ja sogar zu ihrer Einsamkeit. Sie wollte Miss Costello anvertrauen, daß sie von Courcy kam, wollte eine freundliche Stimme hören, die ihr sagte, wie schrecklich es doch für sie gewesen sein müsse, eine beruhigende ältere Stimme, die ihr im unvergessenen Tonfall der Mutter Oberin zusicherte, daß alles noch gut enden würde.

»Auf Courcy hat sich ein Mord ereignet«, erzählte sie dann. »Die Schauspielerin Clarissa Lisle ist umgebracht worden. Sie haben sicher davon gehört. Und jetzt ist auch noch Mr. Gorringes Butler ertrunken.«

»Vom Tode Miss Lisles habe ich gehört. Courcy hat eine Geschichte voller Gewalttaten. Ich glaube nicht, daß es die letzte war. Den Zeitungsbericht habe ich freilich nicht gelesen. Und im Haus gibt es, wie Sie sehen, kein Fernsehgerät. Meine Schwester sagte immer, es gibt heutzutage so viel Scheußliches, so viel Haß, daß wir derlei nicht auch noch in unser Wohnzimmer hereinzulassen bräuchten. Wissen Sie, meine Liebe, im Alter von fünfundachtzig Jahren hat man das Recht, abzulehnen, was man unangenehm findet.«

Nein, hier in dieser zwar verführerisch anheimelnden, aber weltabgewandten Atmosphäre würde sie keinen Trost finden. Wie Gorringe hatte sich Miss Costello ein privates Refugium geschaffen, das freilich weniger prächtig entlegen, weniger üppig, aber sonst abgeschirmt und unzugänglich war.

Trotzdem hatten ihr weder Aufregung noch Ungeduld den Appetit verschlagen. Sie wäre dankbar gewesen, wenn man ihr mehr als die beiden dünnen Brotscheiben mit etwas Butter angeboten hätte, zumal sich die kärgliche Stärkung hinzog. Es war schon erstaunlich, wie lange es währte, bis Miss Costello ihre zwei Tassen Tee getrunken und ihre Portion verzehrt hatte. Endlich war der Imbiß zu Ende.

»Die von meiner Schwester gesammelten Zeitungsausschnitte befinden sich oben in ihrem Zimmer«, sagte Miss Costello. »Da sie eine eingefleischte Monarchistin war«, Cordelia glaubte an dieser Stelle einen spöttischen Unterton herauszuhören, »fand in den letzten fünfzig Jahren kein mit der königlichen Familie verbundenes Ereignis statt, das sie nicht verfolgt hätte. Sie interessierte sich nun einmal vor allem für das Haus Sachsen-Coburg-Gotha. Wenn's Ihnen nichts ausmacht, werde ich Sie allein suchen lassen. Ich bin Ihnen vermutlich keine große Hilfe. Aber rufen Sie mich ruhig, wenn Sie das Gefühl haben, daß ich Ihnen doch helfen könnte.«

Es war interessant, aber keineswegs überraschend, dachte sich Cordelia, daß sich Miss Costello nicht erkundigt hatte, wonach sie eigentlich suchte. Sie meinte wohl, solche Fragen deuteten auf ordinäre Neugier hin, oder sie befürchtete gar, daß sich dadurch die böse Welt in ihr geordnetes Dasein einschleichen könne.

Sie führte Cordelia in das zur Straßenseite hin gelegene Zimmer ihrer Schwester. Miss Lucys Sammelwut war unübersehbar. Die Wände waren übersät mit Fotografien von Mitgliedern der königlichen Familie. Auf einigen waren hingekritzelte Autogramme zu sehen. Das lange Bord über dem Bett war vollgestopft mit gesammelten Krönungspokalen. Eine Vitrine barst beinahe von Erinnerungsstücken: Teekannen, Tassen, Teller, alle versehen mit dem königlichen Wappen, und Glassachen, die gleichfalls verziert waren. Die Wand gegenüber dem Fenster wurde von einem Regal ausgefüllt, das eine Reihe von Alben enthielt. Das mußte wohl die weithin bekannte Sammlung sein.

Da auf dem Rücken der Alben die jeweilige Jahreszahl vermerkt war, konnte Cordelia ohne besondere Mühe die Ausschnitte vom Juli 1977 finden. Die Fotografien von der Lokalpresse hatten den Freudentag in Speymouth ausführlich abgelichtet. Es gab kaum einen Aspekt des Besuches, der nicht festgehalten worden war. Da gab es Bilder von der

Ankunft der Königin, vom Bürgermeister mit seiner Amtskette, von der einen Hofknicks andeutenden Frau des Bürgermeisters, von Kindern mit Union-Jack-Fähnchen, von der Königin, wie sie vom Wagen aus oder den Herzog von Edinburgh an ihrer Seite der Menge huldvoll zuwinkt. Aber es befand sich kein Ausschnitt darunter, der das gleiche Format und etwa die Größe hatte wie der, an den sich Cordelia erinnern konnte. Sie ging mit dem aufgeschlagenen Album in der Hand in die Hocke. Einen Augenblick lang wurde ihr vor Enttäuschung beinahe übel. Die zu unzähligen Rasterpunkten aufgelösten erwartungsvoll grinsenden, selbstzufriedenen Gesichter schienen sich über ihr Pech lustig zu machen. Obgleich ihre Erfolgsaussichten nicht eben groß gewesen waren, merkte sie jetzt erst, wie zuversichtlich sie im Grunde gewesen war. Doch dann sah sie, daß sie vielleicht noch eine Chance hatte. Auf dem untersten Bord waren Briefumschläge gestapelt, auf denen Miss Lucy in ihrer steilen Handschrift jeweils das Jahr vermerkt hatte. Cordelia öffnete den obersten und stellte fest, daß er gleichfalls Zeitungsausschnitte enthielt, vielleicht Duplikate, die Miss Lucy von Bekannten zur Vervollständigung ihrer Sammlung erhalten hatte, Artikel und Bilder, die sie nicht eingeklebt, aber auch nicht weggeworfen hatte. Der Umschlag mit der Jahreszahl 1977 war dicker als die übrigen. Wie hätte es beim Jubiläumsjahr auch anders sein können.

Sie holte die Ausschnitte hervor – viele waren schon vergilbt – und breitete sie vor sich aus.

Augenblicke später fand sie den richtigen. Es war das längliche Format, wie sie es im Gedächtnis hatte, dieselbe Schlagzeile: CLARISSA LISLE TRIUMPHIERT IN DER NEUINSZENIERUNG EINES RATTIGAN-STÜCKS, auch hier die dritte, in der Mitte durchgeschnittene Zeitungsspalte. Sie drehte den Ausschnitt um. Obgleich sie keine Ahnung hatte, was sie eigentlich zu sehen hoffte, war sie zunächst einmal enttäuscht: Die Rückseite wies ein völlig normales Pressefoto auf. Es zeigte die Esplanade und den dahinterliegenden Gehsteig mit lächelnden Gesichtern, mit Kindern, die aneinandergereiht mit Fähnchen in den Händen auf dem Bordstein hockten, dazu kühnere Halbwüchsige, die auf Fenstersimse oder Straßenlaternen geklettert waren. Hinter der Menge standen zwei untersetzte Frauen mit Hüten, die mit dem Union Jack verziert waren, vor der Tür eines Hauses und hielten ein durchhängendes Transparent mit der Aufschrift WILLKOMMEN IN SPEYMOUTH. Obwohl die königliche Familie nicht abgebildet war, vermittelte die Fotografie etwas von der aufgeregten, erwartungsvollen Atmosphäre. Cordelia überlegte, weswegen Miss Costello das Foto wohl ausgemustert hatte. Vermutlich war die Auswahl an Bildern, von denen viele die Königin persönlich zeigten, zu groß gewesen. Aber was könnte Clarissa Lisle an dieser belanglosen Aufnahme, an dieser patriotischen Demonstration gefunden haben? Cordelia schaute sich das Foto genauer an. Und dann zuckte sie zusammen. Auf der rechten Seite sah sie die leicht verwischte Gestalt eines Mannes. Er wollte gerade auf die Fahrbahn treten. Er wirkte gedankenverloren, schien sich um den Trubel ringsum nicht zu kümmern. Die Kamera hatte sein verschlossenes Gesicht gerade noch erfaßt. Nein, es war kein Zweifel möglich. Der Mann war Ambrose Gorringe.

Gorringe im Juli 1977 in Speymouth? Das war doch das Jahr, in dem er der Steuer wegen im Ausland geweilt hatte! Hätte er nicht das ganze Fiskaljahr über im Ausland bleiben müssen? Sie erinnerte sich, daß sie mal gelesen hatte, selbst ein kurzer Aufenthalt in England würde die steuerlichen Erleichterungen, die mit einem Wohnsitz im Ausland verbunden waren, zunichte machen. Wenn Gorringe nun heimlich zurückgekehrt war – und diese Aufnahme bewies es! –, würde er dann nicht die eingesparten Steuern zurückzahlen müssen, das viele Geld, das er für die Restaurierung des Schlosses, den Kauf von Gemälden und Porzellan, für die Verschönerung seines Inselrefugiums ausgegeben hatte? Sie mußte sich an einen Experten wenden und herausfinden, wie die Rechtslage war. In Speymouth gab es sicherlich eine Anwaltskanzlei. Sie mußte einen Rechtsanwalt aufsuchen und ihn ganz allgemein über die Steuergesetze befragen. Sie brauchte ja keine Einzelheiten zu nennen. Aber sie mußte in dieser Hinsicht klarsehen. Und viel Zeit hatte sie nicht. Sie schaute auf ihre Armbanduhr. Es war schon zehn vor fünf. Um sechs Uhr sollte die Barkasse sie abholen. Sie mußte sich unbedingt Klarheit verschaffen, bevor sie nach Courcy zurückkehrte.

Ein Gedanke jagte den anderen, während sie die ausgemusterten Zeitungsausschnitte einsammelte, wieder in den Umschlag steckte und danach zu Miss Costello hinunterging. Wieso hatte allein Clarissa die Bedeutung dieser Aufnahme erkannt? Aber wer hätte sonst noch darauf kommen können? 1977 hatte ja Gorringe noch nicht auf der Insel gewohnt. Er hatte sie sicherlich nur selten besucht. Es war höchst unwahrscheinlich, daß man ihn damals in dieser Gegend schon gekannt hatte. Die Leute, die ihn kannten, wohnten in London und lasen den »Speymouth Chronicle« nicht. Und seinen Bestseller hatte er ja unter einem Pseudonym geschrieben. Die Einheimischen, die das Foto gesehen hatten, wußten ja nicht, daß es sich um A. K. Ambrose handelte, den Verfasser von »Autopsie«, der angeblich – der Steuer wegen – ein Jahr im Ausland verbrachte. So was hängte man doch nicht an die große Glocke. Nein, sein Pech war es gewesen, daß Clarissa ausgerechnet in dieser Woche in Speymouth gespielt hatte und hinterher die Rezension lesen wollte. Und Clarissa hatte sich ihr Schweigen gut bezahlen lassen. Das hatte sie sicherlich überaus taktvoll eingeleitet. Sie hatte ihn gewiß nicht rüde oder schamlos erpreßt. Sie hatte ihm ihre Bedingungen mit einem gewissen Charme, mit einem Unterton von gespieltem Bedauern gestellt. Dennoch hatte sie einen Preis gefordert, der auch bezahlt worden war. Cordelia wußte nun, warum

Gorringe geduldet hatte, daß die Schauspieltruppe in sein geruhsames Leben eindrang. Sie wußte, wieso Clarissa über das Schloß hatte verfügen können, als sei sie die Herrin. Zwar bewies all das noch lange nicht, daß Gorringe der Mörder war, aber er hatte immerhin ein Motiv. Und den Beweis dafür hielt sie nun in der Hand.
Erst später fiel ihr ein, daß sie nicht einen Augenblick lang daran gedacht hatte, den Zeitungsausschnitt unverzüglich der Polizei zu zeigen. Nein, zunächst einmal mußte sie Gewißheit haben; danach wollte sie Gorringe damit konfrontieren. Es kam ihr so vor, als hätten ihre Ermittlungen mit der Polizei nichts zu schaffen. Es war eine Sache, die nur sie und Sir George, ihren Auftraggeber, etwas anging, vielleicht noch die Frau, die sie nicht hatte schützen können. Sie erinnerte sich an Chefinspektor Grogans mit arroganter Stimme geäußerte Worte: »Sie sind gewitzter, als es Ihnen guttut, Miss Gray. Nicht Sie sollen den Fall lösen. Das ist meine Aufgabe.«
Sie traf Miss Costello in der kleinen, rückwärts gelegenen Küche beim Bereitlegen der Wäsche zum Bügeln. Sie war ohne weiteres einverstanden, daß Cordelia den Ausschnitt mitnahm. Sie schaute ihn nicht einmal an, sondern beschäftigte sich weiterhin mit ihren Kissenbezügen. Cordelia erkundigte sich noch nach einer guten Anwaltskanzlei. Ein prüfender Blick der hellwachen Augen streifte sie. Aber Miss Costello stellte keine Frage. Als sie ihren Gast zur Haustür begleitete, sagte sie nur: »Mein Anwalt wohnt in London. Ich habe allerdings gehört, daß die Kanzlei Blake, Franton und Fairbrother einen guten Ruf hat. Die Kanzlei befindet sich an der Esplanade, etwa fünfzig Schritt vom Viktoria-Denkmal entfernt. Sie müssen sich freilich sputen. In Speymouth klingt nämlich nach fünf Uhr die Arbeitslust im allgemeinen spürbar ab.«

6

Miss Costello hatte recht gehabt. Als Cordelia außer Atem die Anwaltskanzlei Blake, Franton und Fairbrother erreichte, war die auf Hochglanz gewienerte Tür mit ihrem georgianischen Dekor schon geschlossen. Die Räume im Erdgeschoß waren dunkel. Zwar brannte im ersten Stock noch ein Licht, aber aus dem Namensschild an der Haustür ging hervor, daß es sich um eine Privatwohnung handelte. Selbst wenn das nicht der Fall gewesen wäre, konnte sie nicht gut einen ihr unbekannten Anwalt in seiner Wohnung wegen einer Erkundigung behelligen, die im Grunde nicht dringlich war. Vielleicht gab es noch eine Kanzlei, die bis sechs Uhr geöffnet war. Aber wie sollte sie sie finden? Sie hätte in den gelben Seiten im Telefonbuch nachsehen können, sofern es die für eine Stadt wie Speymouth überhaupt gab. Verlegen stellte sie fest, daß sie als Londonerin darüber nicht Bescheid wußte. Und wenn es ein Verzeichnis der hiesigen Anwälte gab, würde sie Mühe haben, ohne einen Stadtplan eine Kanzlei zu finden. Allem Anschein nach war sie für diesen Ausflug höchst unzulänglich ausgerüstet. Während sie noch unschlüssig dastand, kam ein junger Mann mit einem Karton voll Gemüse und drückte auf die Wohnungsklingel.

»Ist die Kanzlei schon zu?« fragte er.

»Ja, leider. Dabei bräuchte ich unbedingt den Rat eines Anwalts. Es ist dringend.«

»Tja, so geht's einem mit den Anwälten. Es eilt meistens, wenn man sie braucht. Versuchen Sie's doch mal bei Beswick. Er hat seine Kanzlei am Gentleman's Walk; dreißig Meter die Straße hinunter und dann links abbiegen. Die Kanzlei liegt nicht allzuweit rechts.«

Cordelia bedankte sich und eilte davon. Der Gentleman's Walk war leicht zu finden: eine schmale Straße mit Kopfsteinpflaster und eleganten, aus dem frühen 18. Jahrhundert stammenden Häusern. Auf dem Messingschild, das schon so oft poliert worden war, daß man die Schrift gerade noch lesen konnte, stand: JAMES BESWICK, ANWALT. Cordelia war erleichtert, als sie hinter dem Milchglas noch ein Licht brennen sah und die Tür nachgab, nachdem sie mit der Schulter dagegen drückte.

Am Empfangstisch saß eine mollige, ein wenig ungepflegt wirkende Frau, die eine riesige, rotgeränderte Brille aufhatte und ein engtailliertes Kostüm aus grell gemustertem Kretonne trug mit einem Dessin von vollerblühten Rosen und rankendem Weinlaub, das an ein frischbezogenes Sofa erinnerte. »Wir haben schon geschlossen!« rief sie Cordelia zu. »Kommen Sie morgen wieder, oder rufen Sie an! Ab zehn Uhr.«

»Aber die Tür war doch noch offen!«

»Das mag schon sein, hat aber nichts zu bedeuten. Ich hätte sie vor fünf Minuten schließen sollen.«

»Aber jetzt bin ich nun mal da. Außerdem ist es dringend. Es dauert nur ein paar Minuten.«

Aus einem der oben gelegenen Räume rief jemand: »Wer ist es denn, Miss Magnus?«

»Eine Klientin. Eine junge Dame. Sie sagt, es sei dringend.«

»Ist sie hübsch?«

Miss Magnus schob die Brille auf die Nasenspitze und musterte Cordelia über den Rand hinweg. »Was hat denn das nun wieder zu bedeuten?« rief sie nach oben. »Sie ist adrett, nüchtern und sagt, daß es dringend sei. Und sie ist nun mal hier.«

»Schicken Sie sie rauf!« Die Schritte entfernten sich.

»Er ist doch Anwalt, nicht wahr?« fragte Cordelia plötzlich argwöhnisch. »Ein erfahrener Anwalt?«

»Aber ja! Alle Welt hält ihn für einen erfahrenen Anwalt.«

Aus der Art, wie sie das letzte Wort betonte, konnte man alles mögliche schließen. Miss Magnus deutete mit dem Kopf in Richtung Treppe.

»Sie haben ihn ja gehört. Im ersten Stock das Zimmer links. Er füttert sicherlich gerade seine Fische.«

Der Mann, der sich vom Fenster abwandte und sie anblickte, war hochgewachsen, hatte ein mageres, aber humorvolles Gesicht und trug eine Halbbrille, die ihm bis zur Nasenspitze gerutscht war. Er streute eben Fischfutter in ein riesiges Aquarium. Er ließ es nicht aus dem Päckchen hineinrieseln, sondern nahm jeweils eine kleine Menge zwischen die Fingerspitzen und verteilte sie sorgsam auf der Wasseroberfläche. Es kam zu einem bunten Spiel von roten und hellblauen Farben, als die Fische zusammenströmten und nach den Häppchen schnappten.
Er deutete auf einen Fisch, der wie polierte Bronze glänzte und durchs Wasser schoß. »Sehen Sie sich den Burschen nur an! Ist das nicht ein Prachtkerl? Das ist ein Dawn-Tetra, ein seltenes Exemplar aus Britisch-Guayana. Aber vielleicht gefällt Ihnen der Glowlight-Tetra besser? Da unter den Muscheln lauert einer.«
»Ein prächtiger Fisch«, erwiderte Cordelia. »Aber ich mache mir nicht viel aus Fischen in Aquarien.«
»Liegt's an den Fischen oder den Aquarien? Oder an der Kombination von beiden? Ich versichere Ihnen, daß sich die Tiere völlig glücklich fühlen, soweit man das überhaupt sagen kann. Ihre kleine Welt ist überaus sorgsam und nach wissenschaftlichen Erkenntnissen allein auf ihr Wohlergehen zugeschnitten. Zudem erhalten sie regelmäßig ihr Futter. Denn sie säen nicht, noch ernten sie. Ah, da ist wieder so ein Prachtkerl! Sehen Sie sich nur diese Gold- und Grüntöne an!«
»Ich hätte gern eine Information von Ihnen«, sagte Cordelia. »Es betrifft nicht mich. Es geht um eine grundsätzliche Frage. Erteilen Sie solche Auskünfte?«
»Im allgemeinen nicht. Ich weiß auch nicht, ob es klug wäre. Anwälte müssen wie Ärzte handeln. Man kann nicht verallgemeinern oder Hypothesen vorbringen. Jeder Fall ist anders gelagert. Man muß die Umstände genau kennen, wenn man helfen will. Eine interessante Analogie, finde ich, die man weiterspinnen kann. Wenn Ihnen Ihr Arzt

einen Auslandsaufenthalt empfiehlt, können Sie sich auch mit dem sonnigen Torquay an unserer Küste begnügen. Wenn aber Ihr Anwalt Ihnen eine Reise ins Ausland nahelegt, sollten Sie auf schnellstem Wege zum Flughafen Heathrow fahren. Ich hoffe nicht, daß Sie sich in so einer prekären Lage befinden?«

»Das nicht, aber die Information, die ich von Ihnen haben möchte, hat etwas mit einem Auslandsaufenthalt zu tun. Könnten Sie mir etwas über Steuerbegünstigung sagen?«

»Meinen Sie wirklich Steuerbegünstigung, die ja legal ist, oder Steuerhinterziehung?«

»Das erstere. Nehmen wir an, ich komme in den Besitz einer großen Geldsumme. Läßt sich das Abführen von Steuern umgehen, wenn ich für zwölf Monate ins Ausland fahre?«

»Das hängt davon ab, wie Ihnen diese große Geldsumme zugefallen ist. Sprechen Sie von einer Erbschaft, einem Geschenk, einem Totogewinn, dem Verkauf von irgendwelchen Grundstücken oder Aktien? Sie haben doch nicht etwa einen Bankraub vor?«

»Nein, ich denke da an Geld, das ich verdient habe – mit einem erfolgreichen Theaterstück oder einem Roman, mit einem Bild oder einer Filmrolle.«

»Wenn Sie gescheit sind, haben Sie den Honorarvertrag so abfassen lassen, daß Sie Ihr Geld nicht innerhalb eines Fiskaljahrs erhalten. Doch darüber weiß Ihr Steuerberater besser Bescheid als ich.«

»Aber nehmen wir an, daß ich nicht mit einem derartigen finanziellen Erfolg gerechnet habe.«

»Dann können Sie der Besteuerung entgehen, indem Sie für die Dauer des nachfolgenden Fiskaljahrs Ihren Wohnsitz ins Ausland verlegen. Sie wissen ja sicherlich, daß auf diese Weise verdientes Geld erst ein Jahr später versteuert werden muß.«

»Könnte ich dennoch übers Wochenende oder für einen kurzen Urlaub meine Heimat aufsuchen?«

»Nein. Nicht einmal für einen einzigen Tag.«
»Und wenn ich schlichtweg heimfahren muß? Ich könnte ja Heimweh haben.«
»Davon würde ich Ihnen dringend abraten. Steuerflüchtlinge können sich Heimweh nicht leisten.«
»Und wenn ich trotz allem heimgefahren bin?«
Er stieß einen Seufzer aus. »Falls Sie eine verbindliche Auskunft haben möchten, müßte ich zunächst mal nachsehen, ob es da einen Präzedenzfall gibt. Aber es ist, wie ich schon sagte, eher ein Problem für Ihren Steuerberater als für mich. Ich könnte mir allerdings denken, daß Sie dann die Steuer für das im Jahr zuvor erzielte Einkommen nachzahlen müßten.«
»Und wenn ich meine Heimreise der Steuerbehörde verheimlicht habe?«
»Dann könnten Sie wegen versuchter Steuerhinterziehung gerichtlich belangt werden. Vermutlich wird man darauf verzichten, wenn die Summe nicht besonders groß ist. Aber die fällige Steuer werden Sie schon nachzahlen müssen. Schließlich ist es ja die Pflicht der Finanzbeamten, die Steuern gemäß dem geltenden Satz einzutreiben.«
»Und wie hoch ist er?«
»Derzeit liegt der höchste Steuersatz für Einkommen dieser Art bei sechzig Prozent.«
»Und wie war's 1977?«
»In jener grauenhaften Zeit war er weitaus höher. Achtzig Prozent oder mehr bei steuerpflichtigen Einkommen von 24 000 Pfund aufwärts. Das waren in etwa die Richtwerte.«
»Sie hätten einen also damals ruinieren können?«
»Bettelarm machen, meinen Sie? Das wäre sicher eingetreten, wenn Sie so unvernünftig gewesen wären, das gesamte Einkommen aus dem Jahr zuvor auszugeben, weil Sie der Ansicht waren, es würde nicht besteuert werden. Der Tod und die Steuer erwischen nun einmal jeden von uns.«
»Ich danke Ihnen für diese Auskunft. Sie haben mir sehr geholfen. Was bin ich Ihnen schuldig? Wenn's mehr als

zwei Pfund ausmacht, muß ich einen Scheck ausstellen. Ich habe mein Scheckheft dabei.«

»Lange haben wir ja nicht geplaudert, nicht wahr? Überdies hat Miss Magnus sicher schon abgerechnet und die Kasse abgeschlossen. Sagen wir, die Konsultation war gratis.«

»Das kann ich nicht annehmen! Ihr Zeitaufwand muß doch honoriert werden!«

»Dann stecken Sie eben ein Pfund in mein Sparschwein, und die Sache ist erledigt. Wenn Sie Ihren Bestseller geschrieben haben, wenden Sie sich an mich, um sich ausführlich beraten zu lassen, und ich werde Ihnen dafür ein hohes Honorar abknöpfen.«

Das besagte Sparschwein stand auf seinem Schreibtisch. Es hatte die Gestalt eines bunt angemalten, traurig dreinblikkenden Spaniels, der zwischen seinen Vorderpfoten eine Geldbüchse mit dem Namen einer bekannten Tierschutzorganisation hielt. Cordelia steckte zwei zusammengefaltete Pfundnoten hinein und nahm sich fest vor, Sir George nur ein Pfund zu berechnen.

Doch dann fiel ihr alles wieder ein. Höchstwahrscheinlich würde sie Sir George überhaupt keine Rechnung stellen können. Wahrscheinlich würde sie mit weniger Geld heimkehren, als sie losgezogen war. Sir George hatte ihr zwar zugesichert, daß sie ein Honorar erhalten würde, aber wieviel konnte sie ihm denn für diesen tragischen Vorfall abverlangen? Wäre es nicht so etwas wie Blutgeld? Und welche Dienstleistungen sollte sie bloß auf der Rechnung aufführen? Es war schon sonderbar, wie viele kleine Komplikationen sich aus einer großen Komplikation wie einem Mord ergaben! Selbst mitten im Tode, dachte sie, sind wir vom Leben umfangen. Die Anforderungen des Alltags lassen sich nicht so einfach abschütteln.

Zwei Minuten vor der vereinbarten Zeit war sie am Hafen. Sie war überrascht und ein wenig verstimmt, weil die Bar-

kasse noch nicht da war. Dann sagte sie sich, daß Oldfield sicherlich auf Courcy mit irgendeinem Auftrag aufgehalten worden war. Überdies war sie ja etwas zu früh gekommen. Sie setzte sich auf einen Poller und war froh, daß sie endlich ein wenig rasten konnte. Aber das, was sie heute entdeckt hatte, ließ ihr keine Ruhe. Sie stand wieder auf und ging längs der Hafenmauer auf und ab. Unten schlug die träge einströmende Flut gegen die grünspanfarbenen Quader. Knapp unter der rasch dunkler werdenden Wasserfläche wiegte Seetang seine bizarren, gespenstischen Wedel. Es wurde allmählich finster und kühler. In den Häusern, die sich an den Hang schmiegten, ging hinter den Fenstern mit den zugezogenen Vorhängen nacheinander das Licht aus. Auch die Schlängelstraßen bekamen einen festlichen Saum schimmernder Laternen. Passanten und Feriengäste hatten längst ihre Quartiere aufgesucht. Nur hin und wieder hörte sie einsame Schritte auf dem Kai. Die kleine Stadt versank in einer fröstelnden, herbstlichen Stille, als bereue sie die vorangegangenen Stunden unzeitgemäßer Lebensfreude. Die Düfte des Sommers waren verweht. Über dem Hafen breitete sich kräftiger Meeresgeruch aus.
Sie blickte abermals auf ihre Uhr. Es war sechs Uhr dreißig, was die Schläge einer entfernten Kirchturmuhr bestätigten. Sie ging zur Hafeneinfahrt und schaute zur Insel hinüber. Von der Barkasse war nichts zu sehen. Bis auf ein paar heimkehrende Boote, die mit schlaffen Segeln ihre Ankerplätze ansteuerten, war das Meer leer.
Sie begann wieder auf und ab zu gehen. Der mauve- und purpurfarben gestreifte Abendhimmel wurde immer dunkler. Ein fahler Mond zog einen zitternden Lichtstreifen übers Meer. Das ferne Courcy hob sich wie ein gedecktes Tier vom fahlen Horizont ab. Die einfallende Nacht schien die Distanz zu vergrößern. Man konnte sich schwer vorstellen, daß nur zwei Meilen Wasser jenes dunkle, unheimliche Gestade von all den Lichtern und der Behäbigkeit von Speymouth trennten. Cordelia schauderte es, als

sie hinüberblickte. Gorringes Erzählung fiel ihr mit der urtümlichen Eindringlichkeit eines kindlichen Alptraumes ein. Sie konnte jetzt verstehen, warum das Eiland all die Jahrhunderte hindurch bei den hiesigen Fischern als verflucht gegolten hatte. Sie mußte an den Mann denken, der damals, der Pest und der tobenden See trotzend, die Überfahrt gewagt hatte, um schreckliche Rache zu nehmen.
Es war mittlerweile sieben Uhr dreißig. Aus irgendeinem Grund – war's Zufall oder Absicht? – würde Oldfield nicht mehr kommen. Sie konnte getrost den Kai verlassen, um in Courcy anzurufen, ohne befürchten zu müssen, daß sie die Barkasse verfehlen würde. Sie erinnerte sich, daß sie unweit des Viktoria-Denkmals zwei Telefonzellen gesehen hatte. Beide waren frei. Als sie die Tür hinter sich zuzog, stellte sie erfreut fest, daß die Zelle nicht demoliert war. Sie ärgerte sich, daß sie sich Gorringes Telefonnummer nicht notiert hatte. Sie befürchtete schon, Gorringe könne in seinem Drang nach Ungestörtheit auf einer Geheimnummer bestanden haben. Doch dann fand sie die Nummer. Sie war unter Courcy und nicht unter seinem Namen aufgeführt. Sie wählte und hörte es am anderen Ende anläuten. Dann hob jemand ab, ohne jedoch auf ihre Worte zu reagieren. Sie bildete sich sogar ein, daß sie leises Atmen hörte. Aber es konnte auch eine Täuschung sein.
»Hier ist Cordelia Gray«, wiederholte sie. »Ich rufe aus Speymouth an. Die Barkasse hätte mich um sechs Uhr abholen sollen.« Noch immer keine Reaktion. Obwohl sie die Angaben mit lauter Stimme noch einmal durchgab, herrschte am anderen Ende weiterhin Schweigen. Sie hatte das untrügliche und irgendwie unheimliche Gefühl, daß dieser Jemand – wer immer den Hörer abgenommen hatte – nicht reden wollte. Sie legte auf und wählte noch einmal. Doch diesmal hörte sie das Besetztzeichen. Der Hörer mußte neben der Gabel liegen.
Sie kehrte zum Hafen zurück, rechnete aber nicht mehr damit, daß die Barkasse mittlerweile eingetroffen war. Sie

sah, daß auf einem der festgemachten Boote Licht brannte und sich jemand zu bewegen schien. Sie trat näher und erblickte ein nicht eben gepflegtes, aber stabiles Holzboot mit einer mittschiffs gelegenen klobigen Kajüte, mit braunen Segeln und einem Außenbordmotor. Achtern lag ein zusammengelegtes Schleppnetz. Allem Anschein nach wollte der Bootseigner nachts fischen. Auf dem Boot mußte es eine kleine Kombüse geben, denn aus der Kajüte drang der appetitanregende Duft nach geröstetem Speck, der den Teer- und Fischgeruch übertönte. Nach einer Weile zwängte sich ein stämmiger, bärtiger junger Mann aus der Kabine und musterte zunächst den Himmel, bevor er Cordelia erblickte. Er trug eine geflickte Wolljacke und Fischerstiefel und biß in ein dickes Sandwich. Mit seinem fröhlichen, wettergebräunten Gesicht und dem dichten schwarzen Haar sah er wie ein umgänglicher Seeräuber aus.

»Könnten Sie mich nach Courcy bringen, falls Sie auslaufen?« rief sie ihm, ohne lange zu überlegen, zu. »Die Barkasse von Courcy ist nicht gekommen. Ich muß aber heute nacht unbedingt zurückfahren.«

Er trat ein paar Schritte vor, biß von dem fetttriefenden Brot ab und musterte sie mit Augen, die pfiffig, aber nicht unfreundlich waren.

»Auf Courcy soll jemand ermordet worden sein«, erwiderte er. »Eine Frau, nicht wahr?«

»Ja, die Schauspielerin Clarissa Lisle. Ich war auf der Insel, als es geschah. Ich müßte auch jetzt dort sein. Um sechs hätte mich die Barkasse abholen sollen. Ich muß unbedingt heute nacht noch zurück.«

»Sieh an, eine Frau ist ermordet worden! Das ist auf Courcy nichts Neues. – Ich werde an der südöstlichen Landspitze fischen und kann Sie mitnehmen, falls Sie wirklich hinüber möchten.«

Weder seine Stimme noch seine Miene verrieten irgendwelche Neugier.

»Ja, ich möchte hinüber«, sagte sie hastig. »Ich zahle auch was für den Sprit.«
»Das brauchen Sie nicht. Der Wind ist kostenlos. Den gibt es reichlich draußen in der Bucht. Sie können sich höchstens an Bord nützlich machen.«
»Fragt sich nur, wie. Wenn Sie mich anweisen, werde ich schon an der richtigen Leine ziehen.«
Er nahm sein Sandwich in die linke Hand, wischte die Rechte an der Strickjacke sauber und streckte sie aus, um ihr an Bord zu helfen.
»Wie lange wird die Überfahrt dauern?« fragte sie.
»Wir haben die Flut gegen uns. Gut vierzig Minuten etwa. Vielleicht auch länger.«
Er verschwand in der Kajüte, während sie abwartend am Bug Platz nahm. Wenig später kam er wieder und brachte ihr ein Sandwich – kroß gebratene, kräfig duftende Speckstücke zwischen dicken, knusprigen Brotscheiben. Erst als sie hineinbiß und sich dabei fast den Kiefer ausrenkte, merkte sie, wie hungrig sie eigentlich war. Sie dankte ihm. Mit einer Spur bubenhafter Befriedigung darüber, daß seine Verköstigung so gut ankam, erwiderte er: »Unterwegs gibt's dann noch Kakao!«
Er stakte an der Kajüte vorbei zum Heck. Gleich darauf sprang der Motor an, und das kleine Boot löste sich vom Kai.

7

Es war kaum zu glauben, daß sie erst vor drei Tagen nach Courcy gekommen war. In dieser kurzen Zeitspanne schien sie Jahre voll aufregender Ereignisse durchlebt zu haben, ja ein anderer Mensch geworden zu sein. Es kam ihr vor, als sei sie damals ein Kind gewesen, das aufgeregt und erwartungsvoll beim ersten Anblick der sonnenbeschienenen Schloßmauern, der Zinnen, des hohen, weithin sichtba-

ren Turms den Atem angehalten hatte. Doch als nun das kleine Fischerboot die Landzunge umrundete, war sie gleichermaßen fassungslos. Das Schloß war hell erleuchtet. Hinter allen Fenstern brannte Licht. Das hohe, klar abgegrenzte Turmfenster warf wie eine Leuchtboje einen hellen Streifen übers Meer. Das Schloß schien unbewohnt und heiter über den Felsen zu schweben, unter dem indigoblauen Himmel dahinzugleiten und mit seiner Helligkeit die nahen Sterne zu überstrahlen. Nur der Mond – eine fahle Scheibe aus Reispapier – konnte sich noch behaupten, bis ihn dann eine zerfaserte Wolke verschleierte.
Sie blieb auf dem Kai stehen, bis das Fischerboot wieder abgelegt hatte. Einen Augenblick war sie versucht gewesen, dem Bootsführer zuzurufen, daß er, in Rufweite zumindest, warten möge. Doch dann sagte sie sich, daß sie sich damit nur lächerlich mache. Schließlich würde sie ja Gorringe nicht allein treffen. Selbst wenn Whittingham zu schwach war, um ihr helfen zu können, würden noch Roma, Simon und Sir George dasein. Und warum sollte sie Angst haben, selbst wenn die anderen nicht anwesend waren. Sie traf ja nur auf jemand, der ein Motiv gehabt hatte. Doch ein Motiv machte einen Menschen noch lange nicht zum Mörder. Außerdem war sie Romas Meinung: Gorringe war nicht so kaltblütig, so bedenkenlos, konnte niemanden so hassen, daß er einen Mord begehen würde.
Die Terrasse war in silbriges Licht getaucht. Sie ging weiter, als würde auch sie schweben. Geräuschlos näherte sie sich der offenstehenden Terrassentür. Plötzlich erschien Gorringe – eine dunkle Silhouette vor dem Lampenlicht – und blieb abwartend stehen. Er trug seinen Smoking und hielt ein Glas mit Rotwein in der linken Hand. Es war ein Anblick, der sie an ein klar durchstrukturiertes Gemälde denken ließ. Sie mußte die Maltechnik des Künstlers bewundern: die selbstbewußte Haltung der Gestalt, den wirkungsvoll hingesetzten roten Farbtupfer im Glas, der die dunklen Umrisse der Figur hervorhob, das Weiß der

Hemdbrust, die alles dominierenden Augen, die der ganzen Komposition gleichsam erst ein Zentrum, einen Sinn verliehen. Hier begann sein Königreich, sein Refugium. Hier galt sein Befehl. Die Beleuchtung diente allein dazu, seine Macht zu demonstrieren. Als sie auf ihn zutrat, redete er sie in beiläufigem Konversationston an und begrüßte sie, als habe sie den Nachmittag mit Einkäufen auf dem Festland verbracht. Aber wie hätte er auch anders handeln können?

»Guten Abend, Cordelia! Haben Sie schon gegessen? Ich habe mit dem Dinner nicht gewartet. Für mich habe ich nur eine Suppe und ein Kräuteromelette gemacht. Soll ich Ihnen auch eins machen?«

Cordelia ging in den Salon. Hier brannte nur die Wandbeleuchtung, und eine Tischlampe tauchte den Sitzplatz vor dem Kamin in ein behagliches Licht. In den Winkeln war es dunkel. Über den Teppich und die Wände huschten lange Schatten. Das Feuer im Kamin mußte schon vor einiger Zeit entfacht worden sein. Ein einziger Kloben brannte ruhig vor sich hin.

Cordelia nahm ihre Tasche von der Schulter und fragte: »Wo sind denn die anderen?«

»Ivo hat sich hingelegt, da er sich nicht wohl fühlt. Er möchte morgen nach Hause fahren, wenn's ihm bessergeht. Roma ist abgereist. Sie wollte unbedingt nach London zurück. Sir George bekam einen seiner geheimnisvollen Anrufe, der ihn zu einem Treffen nach Southampton beorderte. Roma ist dann mit ihm gefahren. Sie kommen nicht mehr zurück. Allerdings werden sie morgen noch zur Voruntersuchung in Speymouth sein. Und Simon sagte, er habe keinen Hunger, und ist auf sein Zimmer gegangen.«

Sie waren also doch allein, wenn man von dem kranken Whittingham und Simon absah.

»Wieso war die Barkasse nicht in Speymouth?« fragte sie und hoffte, daß er ihre Verärgerung nicht merkte. »Oldfield sollte mich doch um sechs Uhr abholen!«

»Dann muß er oder ich Sie mißverstanden haben. Er kommt erst morgen früh mit der ›Shearwater‹ zurück. Er verbringt die Nacht bei seiner Tochter in Bournemouth.«
»Ich habe dann angerufen, aber jemand muß den Hörer nach dem Läuten neben den Apparat gelegt haben.«
»Tja, so habe ich heute auf das Läuten des Telefons reagiert. Es waren schlichtweg zu viele Anrufe, zu viele Reporter.«
Sie standen nebeneinander vor dem Kaminfeuer. Sie nahm den Zeitungsausschnitt aus ihrer Tasche und reichte ihn Gorringe.
»Ich bin nach Speymouth gefahren, um das hier zu finden.«
Er nahm den Ausschnitt nicht, noch warf er einen Blick darauf. »Hab ich mir fast gedacht. Ich gratuliere Ihnen. Soviel Erfolg hätte ich Ihnen nicht zugetraut.«
»Wieso? Weil Sie das Foto aus dem Zeitungsarchiv entfernt hatten?«
»Ja, ich habe es vor etwa einem Jahr vernichtet«, antwortete er unbeeindruckt. »Schien mir eine vernünftige Vorsichtsmaßnahme zu sein.«
»Ich habe dennoch eins aufgestöbert.«
»Das sehe ich. Sie sehen abgespannt aus, Cordelia«, sagte er unvermittelt. »Wollen Sie sich nicht setzen? Möchten Sie einen Rotwein oder einen Brandy?«
»Ein Glas Rotwein bitte.«
Sie mußte zwar einen kühlen Kopf bewahren, aber die Vorstellung, jetzt ein Glas Wein zu trinken, war unwiderstehlich. Ihr Mund fühlte sich so trocken an, daß sie kaum sprechen konnte. Er holte ein Glas aus dem Speisezimmer, schenkte es voll, goß sich selbst nach und setzte sich, wobei er die Karaffe in der Nähe abstellte. Sie hatten es sich beiderseits des Kamins bequem gemacht. Cordelia bildete sich ein, daß noch kein Sessel so bequem gewesen war, noch kein Wein so gut geschmeckt hatte. Gorringe begann dann ruhig und ohne merkliche Gefühlsregung zu reden, als sprächen sie über die belanglosen Vorkommnisse an einem ereignislosen Tag.

»Ich kam damals zurück, um meinen Onkel zu besuchen. Ich war ja sein Erbe, und er wollte mich sehen. Wahrscheinlich hätte er nicht begriffen, daß ich nicht heimkehren konnte, weil ich für ein Jahr der Steuer entgehen wollte. Das überstieg sein Denkvermögen. Er konnte sich nicht vorstellen, daß jemand des Geldes wegen ein Jahr lang etwas tat, das er im Grunde gar nicht wollte, irgendwo wohnte, wo er eigentlich nicht sein mochte. Schade, daß Sie ihn nicht gekannt haben. Sie beide hätten sich gut verstanden. Es war überdies nicht schwer, unbemerkt ins Land zu kommen. Ich flog von Paris nach Dublin und dann mit einer Aer-Lingus-Maschine nach Heathrow. Von dort fuhr ich mit der Bahn nach Speymouth und rief das Schloß an, damit mich William Mogg, der Kammerdiener meines Onkels, am Abend mit der Barkasse abholte. Die beiden lebten schon seit vierzig Jahren auf der Insel. Ich schärfte Mogg ein, ja niemandem zu sagen, daß er mich gesehen hatte. Das war eigentlich unnötig, denn Mogg redete nie über etwas, das seinen Herrn betraf. Drei Monate nach dem Tod meines Onkels starb auch er. Wissen Sie, ich ging damals überhaupt kein Risiko ein. Mein Onkel wollte, daß ich komme, und ich kam eben.«

»Andernfalls hätte er vielleicht sein Testament geändert.«

»Das war eine boshafte Bemerkung, Cordelia! Ob Sie's glauben oder nicht – diese unerfreuliche Möglichkeit hat mich damals nicht beeinflußt. Ich glaubte nicht, daß so etwas eintreten könnte. Ich mochte meinen Onkel. Ich sah ihn zwar nur selten – Kurzbesuche schätzte er nicht, nicht einmal von seinem künftigen Erben –, aber wenn ich meine alljährliche Pflichtvisite machte, verband uns beide etwas, das uns zusagte. Liebe war's nicht. Ich glaube, er liebte nur William Mogg. Und ich bin mir nicht klar, was das Wort eigentlich bedeutet. Aber was immer es gewesen sein mochte, mir lag viel daran. Ich mochte ihn. Er war zäh, widerborstig, mutig. Er war sein eigener Herr. Wie ein alter Stammeshäuptling hauste er in seinem weitläufigen Schlafzimmer und blickte aufs Meer hinaus. Er fürchtete sich vor nichts, vor gar nichts. Eines Tages bat er mich, ihm etwas Blue-Stilton-Käse zu besorgen, den er für sein Leben gern aß. Seit gut dreißig Jahren hatte er ihn nicht mehr bekommen. Er und William Mogg lebten mehr oder weniger von dem, was die Insel hergab. Butter und Käse machten sie sich selbst. Ich weiß nicht, warum er sich plötzlich den Stilton einbildete. Außerdem hätte er ja Mogg losschicken können. Aber nein, er schickte mich.«

»Deswegen fuhren Sie also nach Speymouth?«

»Ja, deswegen. Wenn ich mich nicht zu dieser fürsorglichen Geste bequemt hätte, hätte Clarissa das Foto nicht gesehen, hätte sie mich nicht zur Inszenierung der ›Herzogin von Amalfi‹ erpressen können, wäre sie noch am Leben. Merkwürdig, nicht? Die Behauptung, daß eine gütige Macht unser Leben lenkt, ist doch blanker Unsinn. Das wurde mir schon im Alter von acht Jahren klar, als meine Mutter die Maschine, die sie nach Hause bringen sollte, um wenige Minuten verpaßte und das nächste Flugzeug, mit dem sie dann mitflog, abstürzte. Ausschlaggebend war also gewesen, daß die Verkehrsampeln in Paris nicht rechtzeitig von Rot auf Grün geschaltet hatten. Nein, der Zufall bestimmt unser Leben und unseren Tod. Wenn Sie Clarissas Leben weit genug zurückverfolgen, werden Sie feststellen, daß eine Scheibe Blue-Stilton-Käse den Ausschlag gab. Das Gute erzeugt das Böse, wenn Ihnen diese Ausdrücke überhaupt etwas besagen.«

Whittingham hatte mit ihr über das gleiche Thema gesprochen. Aber diesmal brauchte sie nichts zu erwidern.

»Ein Mann sollte den Mut haben, gemäß seinen Anschauungen zu leben«, fuhr er fort. »Wenn man wie ich annimmt, daß wir nur dieses eine Leben haben, daß wir ebenso wie die Tiere sterben, daß alles, was uns umgibt, letztlich unwiderruflich verloren ist, dann müssen doch solche Ansichten unsere Lebensweise beeinflussen.«

»Millionen Menschen sind der gleichen Ansicht und bemühen sich dennoch in ihrem Leben um Güte, Freundlichkeit und Hilfsbereitschaft.«

»Weil Güte, Freundlichkeit und Hilfsbereitschaft ihnen weiterhelfen. Auch ich bemühe mich darum. Wer behaglich leben will, muß sich schon ein wenig beliebt machen. Und ein paar tugendhafte Agnostiker mögen sich sogar ein wenig Hoffnung oder Furcht bewahrt haben, daß es ein Leben nach dem Tode gibt, ein gewisses Maß an Belohnung oder Strafe, eine Wiedergeburt. Aber das gibt es nicht, Cordelia! Das gibt es nicht. Uns erwartet nur das Nichts, in das wir ohne jede Hoffnung eintauchen.«

Sie mußte daran denken, wie er Clarissa in dieses Nichts befördert hatte, und musterte fassungslos sein lächelndes Gesicht, das sich kummervoll verzog, als sei ihm jetzt erst bewußt geworden, was er getan hatte.

»Aber Sie haben ihr doch das Gesicht eingeschlagen! Immer wieder dreingeschlagen! Das haben Sie ohne weiteres fertiggebracht!«

»Schön war's nicht. Falls es Sie tröstet – ich mußte die Augen schließen. Es dauerte endlos. Es war grauenhaft. Das Fleisch schien die spröden Knochen zu schützen. Es waren so viele Knochen. Ihr Splittern hörte sich an, als würde ich wie einst in meiner Kindheit Karamelbonbons aus der Form brechen. Unsere alte Köchin ließ mich das immer machen. Sie herauszubrechen, wenn sie abgekühlt waren, war für mich das Schönste. Und als ich dann die Augen öffnete und hinunterblickte, gab es Clarissa nicht mehr. Es hatte sie schon vorher nicht mehr gegeben. Aber jetzt, nachdem ihr Gesicht nicht zu erkennen war, konnte ich mich nicht mehr erinnern, wie sie ausgesehen hatte. Clarissa, das war für mich nur ein Gesicht gewesen. Nachdem es vernichtet war, wußte ich, was ich schon immer gewußt hatte: Es war lächerlich anzunehmen, daß sie auch eine Seele hatte.«

Du darfst nicht ohnmächtig werden, sagte sich Cordelia. Nur nicht ohnmächtig werden! Du mußt ruhig bleiben. Du darfst jetzt nicht durchdrehen.

Seine Stimme klang schwächer, war aber deutlich zu verstehen: »Als ich – ein sechzehnjähriger Schuljunge – erstmals auf die Insel kam, wußte ich, was ich mir vom Leben wünschte. Nicht Macht, nicht Erfolg, nicht Sex mit Männern oder Frauen. Das war mir schon immer als eine mit Schamgefühlen verbundene Verschwendung menschlicher Intelligenz vorgekommen. Es war nicht einmal Geld, sofern es mir nicht zu meinem Wunschtraum verhalf. Ich wollte einen Ort, der mir gehörte. Diese Insel hier. Ein Haus. Dieses Haus hier. Ich wollte diese Aussicht hier, das Meer ringsum. Mein Onkel war meine einzige Leidenschaft. Und diesen Besitz wollte ich mir nicht von einer mannstollen, zweitklassigen Schauspielerin entreißen lassen.«

»Und deswegen haben Sie Clarissa umgebracht?«

Er schenkte ihr und sich nach und schaute sie an. Sie hatte das Gefühl, als würde er etwas abschätzen, ihre denkbare Reaktion vielleicht, sein Bedürfnis, sich ihr anzuvertrauen, oder vielleicht die Zeitspanne, die ihnen noch übrigblieb. Dann lächelte er. Es war ein belustigtes Lächeln, das von einem Auflachen nicht weit entfernt war.

»Meine liebe Cordelia, glauben Sie wirklich, daß Sie hier, bequem im Sessel sitzend, mit einem Mörder Château Margaux trinken? Trotzdem, ich bewundere Ihre Kaltblütigkeit. Nein, ich habe sie nicht umgebracht. Ich habe mir gedacht, das hätten Sie längst begriffen. Nein, ich bin nicht so mutig oder gefühllos. Sie war schon tot, als ich ihr das Gesicht einschlug. Jemand war vor mir dagewesen. Nein, sie hat nichts mehr gespürt. Und wenn man nichts mehr empfindet, ist alles unwichtig, ist alles gleichgültig. Das, worauf ich da einschlug, lebte nicht mehr. Es war nicht Clarissa.«

Sie hätte es sich denken können. Was hatte sie nur so blind gemacht? Diesen Gedanken hatte sie doch schon vorher gehabt. Clarissa mußte tot gewesen sein, als er mit dem Marmorarm auf sie einschlug, jener Nachbildung des Arms einer längst verstorbenen Prinzessin, die zufällig genauso geheißen hatte wie das Mädchen, das über ein Jahrhundert später ohne den Trost seiner Mutter in einem Londoner Krankenhaus gestorben war.

»Es gab keine Blutspritzer. Woher auch? Sie war ja schon tot. Es ist nicht so schwer, auf einen Toten einzuschlagen. Es fließt kein Blut. Schmerz- oder Schuldgefühle gibt es nicht. Ich deckte damit nur den Mörder. Ich gebe zu, ich habe es hauptsächlich aus Eigennutz gemacht. Ich mußte unbedingt diesen verräterischen Zeitungsausschnitt finden, um ihn zu vernichten. Ich wußte, daß er sich irgendwo im Zimmer befand. Das war so einer ihrer schäbigen kleinen Tricks – ihn bei sich zu tragen, ihn hin und wieder aus der Handtasche zu nehmen und so zu tun, als würde sie die Rezension lesen. Dennoch dürfen Sie mir zutrauen, daß ich mich des Mörders auch mit einer gewissen Selbstlosigkeit annahm. Es machte mir Spaß, ihm eine Fluchtmöglichkeit zu eröffnen, die er, falls er Mumm hatte, ergreifen konnte.«

»Vielleicht besaß Clarissa noch Fotokopien des Zeitungsausschnitts?«

»Denkbar ist's schon, aber nicht wahrscheinlich. Und was hätte das ausgemacht? Sie wären unter all den Habseligkeiten in ihrer Wohnung gefunden worden. Belanglose Dinge, die man mit den Überbleibseln ihres im Grunde banalen Lebens weggeworfen hätte, mit all den gesammelten Theaterprogrammen. Selbst wenn George Ralston solche Kopien gefunden und ihre Bedeutung erkannt hätte – was höchst unwahrscheinlich ist –, hätte er nichts getan. George hätte es nicht als seine Pflicht angesehen, dem Fiskus die Arbeit abzunehmen. Ich bin damals nur einen Tag und eine Nacht hier gewesen, um einem sterbenden alten Mann Gesellschaft zu leisten. Hätten Sie mich etwa, falls Sie es gewußt hätten, angezeigt?«

»Nein.«

»Und werden Sie's jetzt tun?«

»Ich muß es. Die Situation ist anders. Ich muß die Polizei

– nicht den Fiskus – darüber informieren. Das ist meine Pflicht.«
»Nicht doch, Cordelia! Das müssen Sie keineswegs. Reden Sie sich nicht ein, daß Sie keine andere Wahl haben!«
Sie gab ihm keine Antwort. Er lehnte sich vor und goß Wein in ihr Glas.
»Nein, die Vorstellung, daß es noch Kopien geben könnte, machte mir keine Angst. Ich konnte es nur nicht riskieren, daß die Polizei den einen Zeitungsausschnitt in ihrem Zimmer fand. Ich wußte, daß sie ihn entdecken würden, falls er irgendwo versteckt war. Außerdem suchte die Polizei nach einem Motiv. Alles, was sich in ihrem Zimmer befand, mußte konfisziert, registriert, analysiert und untersucht werden. Es war zwar denkbar, daß man aus dem Zeitungsausschnitt keine weiteren Schlüsse ziehen würde, daß man darin wirklich nur die Besprechung eines Theaterkritikers sehen würde, die Clarissa in ihrer Sentimentalität aufbewahrt hatte. Aber warum ausgerechnet diese Besprechung einer keineswegs aufsehenerregenden Aufführung in einem Provinztheater? Man sollte nicht damit rechnen, daß die Polizei dumm ist.«
»Es war also Simon«, sagte sie gepreßt. »Armer Simon. Wo ist er denn jetzt?«
»Auf seinem Zimmer. Keine Angst, er hat nichts zu befürchten. Aber wollen Sie nicht erfahren, wie es sich abspielte?«
»Simon konnte es doch nicht geplant haben! Er gewiß nicht. Er hatte es bestimmt nicht gewollt.«
»Geplant hat er's nicht. Ob er's gewollt hat? Wer kann sagen, was er gewollt hat? Was immer er wollte, sie ist nun einmal tot. Er gestand mir, daß Clarissa ihn auf ihr Zimmer beordert hatte. Den anderen sollte er sagen, daß er zum Schwimmen gehe. Er sollte unter seine Jeans die Badehose anziehen, hernach noch eine halbe Stunde warten, nachdem sie gegangen war, und dann dreimal an ihre Zimmertür klopfen. Sie würde ihm aufmachen. Sie wollte etwas

mit ihm besprechen. Worum konnte es nur gehen? Um sie selbstverständlich. Worüber sprach denn Clarissa am liebsten? Aber der arme, verblendete Narr glaubte, sie wolle ihm mitteilen, daß er aufs Royal College gehen könne, daß sie für sein Musikstudium aufkommen würde.«

»Aber warum wollte sie ausgerechnet Simon um sich haben? Warum gerade ihn?«

»Das werden wir wohl nie erfahren. Ich kann's höchstens vermuten. Vor einer Aufführung schlief Clarissa ganz gern mit jemandem. Das verlieh ihr wohl die nötige Selbstsicherheit, befreite sie von Spannungen, war für sie die einzige Möglichkeit, vom Grübeln wegzukommen.«

»Aber ausgerechnet mit Simon? Er ist doch fast noch ein Junge. Sie konnte ihn doch nicht ins Bett zerren!«

»Möglich. Vielleicht wollte sie diesmal nur mit jemandem reden, jemand um sich haben. Aus der Gesellschaft von Frauen – das dürfen Sie nicht persönlich nehmen, liebe Cordelia – hatte sich Clarissa noch nie etwas gemacht. Sie mag sich auch gedacht haben, daß sie Simon in mehr als einer Hinsicht einen Gefallen tat. Clarissa konnte sich einfach nicht vorstellen, daß es einen Mann gab – zumindest einen normalen Mann –, der nicht mit ihr schlafen würde, wenn er sie bekommen konnte. Um ihr Gerechtigkeit widerfahren zu lassen – das Verhalten der Männer hat sie gewiß nicht von dieser Ansicht abgebracht. Welch besseren Zeitpunkt hätte es überdies für Simon gegeben, mit einem derartigen Privatissimum zu beginnen, als an jenem sonnigen Nachmittag nach einem, wie ich mir einbilde, exzellenten Lunch, als es Clarissa nach einer neuen Erfahrung gelüstete, nach einer Abwechslung, die sie von der bevorstehenden Aufführung ablenken könnte? Wer hätte ihr sonst zu Diensten sein können? George, dieser arme, ehrpusselige Trottel, der – um ihren guten Ruf zu schützen – das Blaue vom Himmel heruntergelogen hätte, hat vermutlich mit ihr nicht mehr geschlafen, seit er feststellen mußte, daß sie ihm Hörner aufgesetzt hatte. Von mir konnte sie nichts mehr erwarten. Und Whittingham? Ivo hatte sie ja schon mal gehabt. Können Sie sich außerdem vorstellen, daß sie Ivo hätte haben wollen, selbst wenn er dazu noch fähig gewesen wäre? Wäre ihr der Sinn danach gestanden, abgestorbene Haut zu streicheln, den Geschmack des Todes auf der Zunge zu spüren, verwesendes Fleisch zu riechen? Wer außer Simon blieb denn übrig, wenn man sich in Clarissa hineinversetzt?«

»Scheußlich ist es trotzdem!«

»Doch nur, weil Sie jung, hübsch und unduldsam sind. Mit einem anderen Jungen und zu einem anderen Zeitpunkt wäre nichts dabeigewesen. Ein anderer Junge wäre ihr vielleicht dankbar gewesen. Simon Lessing aber war an einer anderen Fortbildung interessiert. Außerdem hat er romantischere Vorstellungen. Was sie in seinem Gesicht dann sah, war nicht Begierde, sondern Ekel. Ich kann mich auch täuschen. Vielleicht hat sie das nicht so klar gesehen. Clarissa ging den Dingen selten auf den Grund. Jedenfalls bestellte sie ihn zu sich. Und er gehorchte, wie auch ich mich dem Wunsch meines Onkels gefügt hatte.«

»Was geschah dann? Wie haben Sie's herausbekommen?«

»Ich habe Grogan angelogen, als ich ihm den Zeitpunkt nannte, zu dem ich mein Zimmer verließ. Ich habe mich gleich umgezogen, so daß ich etwa zwanzig Minuten vor zwei an Clarissas Zimmer vorbeikam. In diesem Augenblick öffnete Simon die Tür und spähte heraus. Es war purer Zufall. Wir blickten einander an. Sein Gesicht war aschfahl, sein Blick starr. Ich fürchtete schon, er würde ohnmächtig werden. Ich stieß ihn ins Zimmer, folgte ihm und verschloß die Tür. Er hatte nur seine Badehose an. Hemd und Jeans lagen auf dem Boden. Und Clarissa lag rücklings auf dem Bett. Sie war tot.«

»Wie können Sie da so sicher sein? Warum haben Sie keinen Arzt kommen lassen?«

»Liebe Cordelia, ich führe zwar ein zurückgezogenes Leben, kann aber durchaus feststellen, ob ein Mensch tot ist.

Ich habe mich selbstverständlich vergewissert. Ich fühlte ihr den Puls. Sie hatte keinen. Ich zog den Zipfel meines Taschentuchs über ihren Augapfel – was ganz schön schmerzt. Keine Reaktion. Simon hatte mit der Schmuckkassette zugeschlagen und ihr den Schädel zertrümmert. Die Schatulle lag noch auf ihrer Stirn. Merkwürdigerweise hat Clarissa nur wenig geblutet. Simon hatte am Unterarm nur einen kleinen Blutspritzer. Und ihr lief etwas Blut aus dem linken Nasenloch. Es war schon fast geronnen, als ich sie erblickte. Da war sie erst zehn Minuten tot. Es sah wie eine gezackte Hiebwunde aus, wie ein Schorf über dem offenstehenden Mund. Im Tode lächerlich auszusehen ist wohl die allerletzte Demütigung, gegen die wir freilich nichts machen können. Clarissa wäre empört gewesen. Sie kannten sie ja! Außerdem haben auch Sie sie gesehen.«

»Sie vergessen da etwas«, entgegnete Cordelia. »Ich habe sie erst später gesehen. Ich sah Clarissa, nachdem Sie sie so zugerichtet hatten. Da wirkte sie keineswegs mehr lächerlich.«

»Tut mir leid, Cordelia. Das hätte ich Ihnen gern erspart. Aber ich dachte mir, es könnte Verdacht wecken, wenn ich Clarissa auffinden würde. Wenigstens das habe ich aus der Lektüre von Kriminalromanen gelernt: Man sollte es tunlichst vermeiden, eine Leiche zu entdecken.«

»Hat er Ihnen denn gesagt, warum er sie umgebracht hat?«

»Er redete etwas wirr. Außerdem war ich mehr daran interessiert, ihn da wegzubringen, als die psychologischen Hintergründe seiner Tat aufzudecken. Jedenfalls hatten beide nicht das bekommen, worauf sie aus waren. Clarissa mußte aus seinem Blick Scham und Ekel herausgelesen haben. Und er erkannte, daß er all seine Hoffnungen begraben mußte. Sie spöttelte noch über sein sexuelles Versagen, warf ihm vor, daß er ein ebenso großer Stümper wie sein Vater sei. Und als sie halbnackt auf dem Bett lag, ihn hämisch anlachte, sich über ihn und seinen toten Vater lustig machte, all seine Hoffnungen zerstörte, muß er die Herrschaft über sich verloren haben. Er packte die Schmuckkassette – es war der einzige Gegenstand, der ihm brauchbar erschien – und schlug damit auf sie ein.«

»Und was geschah dann?«

»Können Sie's sich nicht denken? Ich sagte ihm, was er tun müsse. Ich paukte ihm ein, was er der Polizei mitteilen solle. Er solle angeben, daß er nach dem Lunch – wie er's uns ja gesagt hatte – zum Schwimmen gegangen sei. Etwa eine Stunde sei er am Strand herumgeschlendert und danach ins Wasser gegangen. Etwa um dreiviertel drei habe er sich auf den Weg zum Schloß gemacht, um sich umzukleiden. Ich führte ihn hinterher in Clarissas Bad und wusch ihm den kleinen Blutfleck ab. Danach wischte ich das Becken mit Toilettenpapier trocken und spülte das Papier im WC hinunter. Ich fand auch den Zeitungsausschnitt. Die Suche hat nicht lange gedauert. Er konnte sich nur in ihrer Handtasche oder in der Schmuckkassette befinden. Danach brachte ich Simon in das Zimmer nebenan und schärfte ihm ein, wie er aus ihrem Badezimmerfenster die Feuerleiter hinunterklettern solle, ohne die Sprossen mit den Händen zu berühren. Er war wie ein willfähriges, gehorsames Kind und wirkte erstaunlich gefaßt. Ich sah noch zu, wie er – die Schatulle unterm Arm – die Feuerleiter hinabstieg, zum Rand der Klippe ging und die Kassette, wie ich's ihm gesagt hatte, ins Wasser warf. Falls die Polizei sie herausfischt, wird sie feststellen, daß die wertvollsten Stücke fehlen. Ich habe sie nämlich vorher herausgenommen und sie später woanders im Meer versenkt. Verzeihen Sie mir, wenn ich Ihnen mein Vertrauen nicht dadurch beweise, daß ich Ihnen die Stelle zeige. Es hätte ja nicht geklappt, wenn die Polizei hinterher herausgefunden hätte, daß aus der Schatulle nur ein angeblich vorhandener Zeitungsausschnitt entwendet worden war. Simon sprang dann ins Wasser, und ich sah, daß er zur Westbucht hinüberschwamm.«

»Noch jemand muß ihn beobachtet haben: Munter vom

Fenster im Turmzimmer aus. Von dort sieht man die Feuerleiter nämlich.«

»Ich weiß. Er versuchte, es uns in seinem betrunkenen Zustand klarzumachen, als wir, Simon und ich, ihn in sein Zimmer brachten. Aber das war nicht weiter wichtig. Munter war verschwiegen. Ich versicherte Simon, daß er sich da keine Sorgen zu machen brauche. Munter hätte jedes Geheimnis, das mich betraf, mit ins Grab genommen.«

»Das hat er ja dann auch passenderweise getan. Aber hätten Sie einem Trinker in dieser Hinsicht trauen können?«

»Munter konnte ich trauen, ob er nun betrunken oder nüchtern war. Ich habe ihn übrigens nicht umgebracht. Auch nicht Simon, soviel ich weiß. Das war wirklich ein tödlicher Unfall.«

»Was haben Sie danach getan?«

»Ich mußte möglichst rasch handeln. Der Zeitdruck und das Risiko beflügelten mich geradezu. Die Inszenierung des mysteriösen Tathergangs gelang mir ebenso gut wie der Plot für mein Buch ›Autopsie‹. Ich entfernte das Make-up von Clarissas Gesicht, damit die Polizei nicht argwöhnen könne, sie habe vorher noch einen Besucher eingelassen. Dann mußte ich sämtliche Spuren verwischen, die über die Art der Ermordung Aufschluß gaben, und eine Tatwaffe unterschieben, die Simon nicht mitgebracht haben konnte, weil er von deren Existenz gar nichts wußte. Es mußte eine Tatwaffe sein, welche die Polizei auf den Gedanken brachte, daß der Mord etwas mit den Drohbriefen zu tun hatte. Ich sagte Simon nichts von meinem Vorhaben und berührte die Leiche erst, nachdem er verschwunden war. Unwissenheit war sein bester Schutz. Er brauchte dann nicht zu schwindeln oder sich zu verstellen. Von dem Marmorarm wußte er nichts. Clarissas zerschmettertes Gesicht hat er nicht gesehen.«

»Den Marmorarm hatten Sie vorher schon eingesteckt?«

»Ja, ich hatte den Marmorarm und den Drohbrief bei mir. Ich wollte ja beides in die Schatulle legen, die Clarissa in der zweiten Szene im dritten Akt öffnen würde. Das hätte zwar in der letzten Minute geschehen müssen und auch viel Geschicklichkeit erfordert, aber ich hätte es schon geschafft. Und ich kann Ihnen versichern, die Wirkung wäre spektakulär gewesen. Diese Szene hätte sie kaum bis zum Ende durchgespielt.«

»Haben Sie sich deswegen sozusagen als Regieassistent betätigt und sich um die Requisiten gekümmert?«

»Selbstverständlich. Das lag doch nahe. Alle nahmen an, daß ich die Sachen, die mir gehörten, im Auge behalten wolle.«

»Und nachdem Sie Clarissas Gesicht unkenntlich gemacht hatten, versteckten Sie Simons Sachen unter Ihrer Jacke und brachten sie zur Bucht?«

»Wie gut Sie sich auf solche Schliche verstehen, Cordelia! Ich hätte die Sachen zwar lieber etwas weiter entfernt am Strand niedergelegt, aber dazu reichte die Zeit nicht aus. Ich schaffte es nur noch bis zu der kleinen Bucht jenseits der Terrasse. Und dann schlenderte ich durch den Arkadengang zum Theater, wo ich mich mit Munter vergewisserte, daß die Requisiten alle vorhanden waren. Erwähnen sollte ich noch, daß ich mir, als ich in Clarissas Zimmer war, keine Sorgen wegen meiner Fingerabdrücke zu machen brauchte. Denn es ist schließlich mein Haus. Die Möbel, die Kunstgegenstände, auch der Marmorarm, gehören ja mir. Wenn sie meine Fingerabdrücke aufwiesen, so konnte das niemand stutzig machen. Mich irritierte nur der Abdruck meiner Innenhand am Knauf der Verbindungstür. Denn daraus konnte man schließen, daß ich ihn zuletzt berührt hatte. Deswegen öffnete ich auch eilends die Tür, nachdem wir beide die Leiche gefunden hatten.«

»Haben Sie auch die Drohbriefe geschickt? Haben Sie weitergemacht, als Tolly damit aufhörte?«

»Sie wissen also von Tolly? Ich habe Sie unterschätzt, Cordelia! Ja, es war gar nicht so schwer. Als die arme Tolly ihren Kummer mit Religion zu betäuben suchte, setzte ich das löbliche Werk – freilich mit einem künstlerischen Einschlag – fort. Daraufhin wandte sich Clarissa an die Polizei. Da das eine Wendung war, die mir keineswegs gefiel, redete ich ihr eine kleine Ausschmückung ein, die dann auch prompt das Interesse der Polizei erlahmen ließ. Clarissa war eigentlich ein ausnehmend dummer Mensch. Sie hatte einen guten Instinkt, aber keine Intelligenz. Mein Erfolg hing von zwei Dingen ab: von Clarissas Dummheit und ihrer Angst vor dem Tod. Als Tolly aufhörte, ihre kleinen Zettel mit dem Bibelzitat vom Mühlstein um den Hals zu schicken, setzte ich mit meinem Psychoterror ein, wobei mir Munter gelegentlich half. Mein Ziel war es, sie als Schauspielerin fertigzumachen, weil ich nur dadurch meine Ungestörtheit, mein friedliches Eiland wiedergewinnen konnte. Denn nur als Schauspielerin hatte Clarissa Macht über mich. Sie wäre nie mehr nach Courcy gekommen, wenn sie sich in meinem Theater für alle Zeiten blamiert hätte. Sobald sie ihr Selbstvertrauen ein für allemal verloren hatte und ihre Karriere zu Ende war, hatte ich meine Freiheit wieder. Ich kann nicht sagen, daß sie eine gemeine Erpresserin war. Das hatte sie auch gar nicht nötig. 1977 war sie zufällig auf das Foto gestoßen. Clarissa genoß es, allerlei peinliche Geheimnisse über ihre Bekannten in Erfahrung zu bringen. Und jetzt hatte sie eins, das sie drei Jahre für sich behielt, bevor sie ihren Nutzen daraus zog. Es war mein Pech, daß die Restaurierung des Theaters und ihre Krise als Schauspielerin zeitlich zusammenfielen. Plötzlich gab es da etwas, das sie von mir bekommen konnte. Und sie verfügte über die Mittel, ihren Willen durchzusetzen. Ich muß sagen, daß sie mich mit einem Höchstmaß an Takt und Diskretion erpreßte.«

Unvermittelt neigte er sich zu Cordelia und sagte: »Wir werden ihn nicht länger schützen können, Cordelia. Er trinkt mir zuviel. Sie müssen es doch selbst bemerkt haben. Und er macht Fehler. Den Versprecher beispielsweise, der Roma auffiel. Woher hätte er wissen können, wie Clarissas

Schmuckschatulle aussah, wenn er sie nie zu Gesicht bekommen oder mal in der Hand gehalten hat? Er wird sich weitere Blößen geben. Ich mag den Jungen, er ist durchaus talentiert. Ich habe mein möglichstes getan, um ihn zu schützen. Da Clarissa schon seinen Vater zugrunde gerichtet hatte, sah ich nicht ein, warum ihr auch noch sein Sohn zum Opfer fallen sollte. Aber ich habe mich in ihm getäuscht. Er hat nicht das Zeug, die Sache unbeschadet durchzustehen. Grogan ist kein Dummkopf.«

»Wo ist Simon jetzt?«

»Ich hab's Ihnen doch schon gesagt. Auf seinem Zimmer, soviel ich weiß.«

Sie musterte sein Gesicht, die mädchenhaft glatte Haut, die vom Kaminfeuer leicht gerötet war, die kohlschwarzen Augen, den ständig lächelnden Mund. Sie hatte das Gefühl, als würde sie eine unwiderstehliche Macht in dem bequemen Sessel festhalten. Doch dann erkannte sie, worauf er aus war, als habe ihr der Rotwein auf geheimnisvolle Weise einen klaren Kopf beschert. Seine wohlüberlegten Erläuterungen, der Wein, sein Kumpelton, der verführerische Komfort ringsum, der sie ihre Müdigkeit nicht mehr fühlen ließ – all das waren doch nur Mittel, damit die Zeit verging, damit sie an seiner Seite blieb. Selbst der Raum schien sich mit ihm gegen sie verschworen zu haben – mit seinem behaglichen Kaminfeuer, der unwirklichen Atmosphäre, die er mit den langen, zuckenden Schatten vermittelte, mit der weit geöffneten Terrassentür, durch welche die undurchdringliche Schwärze der Nacht und das stetige, einlullende Rauschen des Meeres eindrangen.

Sie packte ihre Umhängetasche und rannte aus dem Zimmer. Sie eilte mit hallenden Schritten den Gang entlang, die breite Treppe hinauf, riß die Tür von Simons Zimmer auf und schaltete das Licht an. Das Bett war zwar aufgeschlagen, aber der Raum war leer. Wie von Sinnen durchsuchte sie ein Zimmer nach dem anderen. Nur in einem befand sich jemand. Whittingham lag, beschienen vom sanften

Licht der Nachttischlampe, rücklings auf seinem Bett und schaute zur Decke empor. Als sie näher trat, merkte er wohl, daß sie Hilfe brauchte. Aber er lächelte nur traurig und schüttelte bedauernd den Kopf. Mit ihm konnte sie nicht rechnen.
Sie konnte noch den Turm und das Theater absuchen, aber vielleicht befand sich Simon gar nicht mehr im Schloß. Die ganze Insel bot sich ihm ja als Versteck an: Klippen und Hügel, Wiesen und Wälder. Die dunkel daliegende Insel mit all ihren Schlupfwinkeln war wie eine Muschel, aus deren höhlenartigem Inneren nur Meeresrauschen drang. Es gab auch noch das Büro und die Schloßküche. Sie hielt es allerdings für unwahrscheinlich, daß er da Zuflucht gesucht hatte. Sie rannte den gefliesten Korridor entlang und warf sich gegen die Tür zum Büro. Dann blieb sie wie erstarrt stehen. Die zweite Vitrine mit den schauerlichen Erinnerungsstücken aus der Viktorianischen Zeit war aufgebrochen. Jemand hatte das Glas eingeschlagen. Sie blickte hinein und sah, daß etwas fehlte: die Handschellen. Und da wußte sie, wo sie Simon finden würde.

8

Sie warf die Umhängetasche auf den Schreibtisch und nahm nur die Stableuchte mit. Sie hätte noch gern ihren Ledergürtel dabeigehabt. Aber er war nicht mehr um ihre Taille geschlungen. Im Verlauf des Tages mußte sie ihn irgendwo verloren haben. Sie konnte sich nur noch erinnern, daß sie ihn in der Toilette eines Lebensmittelgeschäftes, die sie auf dem Weg zur Benison Row aufgesucht hatte, noch hatte. In ihrem Eifer, diese Miss Costello ausfindig zu machen, mußte sie ihn nachlässig zugeschnallt haben. Als sie über den Rasen zu dem dunklen Gehölz hastete, wünschte sie, sie hätte diesen Talisman bei sich, als könne er ihr die nötige Kraft verleihen. Vom Mond beschienen, tauchte dann – unheimlich und geheimnisvoll – die Kirche vor ihr auf. Aus dem offenen Portal fiel kein Lichtschein. Der fahle Schimmer, der durchs Ostfenster drang, reichte jedoch aus, daß sie zur Krypta gelangen konnte, ohne die Stableuchte einschalten zu müssen. Auch die Tür zur Gruft stand offen. Der Schlüssel steckte im Schloß. Gorringe mußte Simon gesagt haben, wo er ihn finden könne. Aus der Krypta schlug ihr erstickender Staubgeruch entgegen. Sie blieb nicht stehen, um das Licht anzumachen, sondern folgte dem schwankenden Lichtstreifen ihrer Stableuchte, vorbei an den aufeinandergetürmten Schädeln mit den grienenden Mündern, bis die schwere, eisenbeschlagene Tür auftauchte, hinter welcher der Geheimgang lag. Auch diese Tür stand offen.

Sie wagte nicht zu laufen, da der Gang gewunden und der Boden uneben war. Sie erinnerte sich, daß die Ganglampen nach einer gewissen Zeit automatisch erlöschen, und knipste im Vorbeigehen jeden Schalter an. In wenigen Minuten würde es hinter ihr wieder dunkel werden, so daß sie wie auf einer Lichtinsel immer tiefer in die Finsternis eindrang. Der Weg schien kein Ende zu nehmen. Waren sie vor zwei Tagen wirklich so weit gegangen? Sie geriet in Panik und befürchtete schon, sie sei irgendwo falsch abgebogen und habe sich nun in einem Tunnellabyrinth verlaufen. Doch dann erspähte sie die zweite Stufenreihe und gleich darauf den Lichtschimmer aus der niedrigen Höhle über dem Teufelskessel. Die einzige Glühbirne unter dem Schutzgitter brannte. Die Falltür war hochgeklappt und lehnte an der Höhlenwand. Cordelia kniete nieder und schaute Simon geradewegs ins Gesicht. Er blickte sie mit weit aufgerissenen Augen, so daß sie das Weiße sah, wie ein verängstigter Hund an. Sein linker Arm befand sich über seinem Kopf und war mit einer Handschelle an der obersten Sprosse befestigt. Die Finger oberhalb des Schellenbügels hingen schlaff hinunter und wirkten zart und blaß wie die eines Kindes. Und doch waren sie erst vor kurzem gelenkig über

die Klaviertasten geglitten. Das unaufhaltsam steigende Wasser, das wie dunkles Öl gegen die Wände des Teufelskessels schwappte und im Licht der Höhle opalisierend schimmerte, hatte schon Simons Schultern erreicht.
Sie kletterte zu ihm hinunter. Das Wasser war schneidend kalt.
»Wo ist der Handschellenschlüssel?« fragte sie.
»Ich habe ihn fallen lassen.«
»Fallen lassen oder weggeworfen? Sagen Sie mir's, Simon!«
»Ich habe ihn einfach fallen lassen.«
Nein, er brauchte ihn gar nicht fortzuwerfen. Angekettet und hilflos, wie er war, konnte er an den Schlüssel ohnehin nicht herankommen, selbst wenn der ganz nahe lag, selbst wenn er sich noch so sehr anstrengte. Sie hoffte nur, daß der Boden im Teufelskessel felsig und nicht mit Sand bedeckt war. Sie mußte den Schlüssel einfach finden. Es gab keinen anderen Ausweg. Sie hatte sich alles genau überlegt. Es würde mindestens fünf Minuten dauern, bis sie zum Schloß gelangte. Dann nochmals fünf Minuten für den Rückweg. Und wo würde sie einen Werkzeugkasten finden? Oder eine kräftige Feile, mit der sich der Metallbügel durchfeilen ließ? Selbst wenn ihr jemand im Schloß behilflich war, reichte die Zeit nicht aus. Wenn sie Simon jetzt allein ließ, lieferte sie ihn dem Tod durch Ertrinken aus.
»Ambrose sagte mir, daß ich bis an mein Lebensende im Zuchthaus sitzen würde«, flüsterte Simon. »Ich hatte also nur die Wahl zwischen Selbstmord und der Irrenanstalt von Broadmoor.«
»Er hat Sie angelogen.«
»Ich würde es da nie aushalten, Cordelia! Niemals!«
»Das brauchen Sie auch gar nicht. Totschlag ist kein Mord. Sie wollten sie ja nicht umbringen. Und verrückt sind Sie auch nicht.«
Sie konnte sich noch gut an Gorringes Worte erinnern: »Wer weiß schon, was er wollte? Was immer er beabsichtigte, sie ist nun einmal tot, nicht wahr?«

Was sie jetzt brauchte, war so viel Licht wie möglich. Sie knipste die Stableuchte an und legte sie auf die oberste Leitersprosse. Dann pumpte sie die Lunge voll Luft und glitt vorsichtig in das glucksende Wasser. Vor allem kam es darauf an, daß sie den Grund möglichst wenig aufrührte. Das Wasser war eisig kalt und so trüb, daß sie nichts erkennen konnte. Ihre Hände schoben sich über den Boden, tasteten ihn ab, fühlten grobkörnigen Sand und unverrückbare Felsen mit scharfen Zacken. Losgerissener Seetang umfaßte ihren Arm wie eine wabblige Hand, die sie festhalten wollte. Aber ihre umhertastenden Finger berührten nichts, was ein Schlüssel hätte sein können.

Sie tauchte auf und schnappte nach Luft.

»Jetzt sagen Sie mir genau, wo Sie den Schlüssel fallen gelassen haben!«

»Hier etwa! So habe ich den rechten Arm ausgestreckt. Dann habe ich ihn fallen lassen.«

Sie ärgerte sich über ihre Dummheit. Sie hätte sich zuerst nach der Fallinie erkundigen sollen, bevor sie den sandigen Boden aufwühlte. Jetzt war der Schlüssel vielleicht für immer verloren. Sie mußte den Boden so sachte wie möglich absuchen. Und ruhig bleiben und sich Zeit lassen. Aber viel Zeit blieb ihr nicht. Das Wasser stand ihnen schon bis zum Hals.

Sie tauchte wieder ins Wasser ein und versuchte methodisch, die Stelle abzutasten, die Simon angegeben hatte. Wie Krabben krochen ihre suchenden Finger über den Sand. Zweimal war sie aufgetaucht und hatte Angst und Verzweiflung in seinen Augen gesehen. Erst beim dritten Versuch stieß ihre Hand auf etwas Metallenes. Es war der Schlüssel.

Ihre Hände waren beinahe starr vor Kälte. Sie konnte kaum den Schlüssel festhalten und hatte Angst, daß er ihr entgleiten würde, daß sie ihn nicht ins Schloß stecken könne.

Als Simon sah, wie ihre Hände zitterten, flüsterte er: »Ich bin es nicht wert. Ich habe auch Munter umgebracht. Da ich nicht einschlafen konnte, ging ich durch den Rosengarten. Ich war in der Nähe, als er hineinstürzte. Ich hätte ihn retten können. Aber ich rannte davon, weil ich mich nicht um ihn kümmern wollte. Ich tat einfach so, als hätte ich ihn nicht gesehen, als sei ich nicht dagewesen.«

»Denk jetzt nicht daran! Wir müssen hier raus! Du mußt raus aus dem kalten Wasser.«

Endlich steckte der Schlüssel im Schloß. Einen Augenblick fürchtete sie, daß er nicht paßte, daß es nicht der richtige Schlüssel war. Aber dann ließ er sich mühelos umdrehen. Die Schelle ließ sich öffnen. Simon war frei.

Und dann geschah es. Die Falltür klappte mit einem Getöse herunter, daß es ihnen in den Ohren dröhnte. Der Lärm schien die ganze Insel zu erschüttern. Die Eisenleiter, an der sie sich mit klammen Händen festhielt, erzitterte. Das Wasser wallte hoch und brach sich aufgischtend an den Höhlenwänden. Es war, als würde der Teufelskessel gleich bersten und die tosende Brandung einlassen. Cordelia sah mit Entsetzen, wie die eingeschaltete Stableuchte von der obersten Sprosse herabrutschte und – weiterhin brennend – ins Wasser fiel, wo sie noch kurz aufschimmerte und dann erlosch. Um sie herum wurde es dunkel. Und noch bevor der Lärm verhallt war, hörte Cordelia ein anderes Geräusch: Metall schrammte kreischend über Metall. Nicht einmal, sondern mehrmals. Was das Knirschen bedeutete, war so schrecklich, daß sie ihren Kopf mit dem klatschnassen Haar zurückwarf und in der Finsternis empört aufschrie: »Nein! Bitte nicht!«

Jemand – sie wußte, wer es nur sein konnte – hatte die Falltür zugeworfen. Und dieser Jemand hatte jetzt auch noch die beiden Riegel zugeschoben. Damit war ihr Schicksal besiegelt. Über ihnen war massives Holz, ringsum Felsgestein, und das Wasser stand ihnen bis zum Hals.

Sie richtete sich auf und stemmte die Hände mit aller Kraft gegen die Falltür. Sie zog den Kopf ein und versuchte es mit der Schulter. Die Tür gab nicht nach. Wie hätte es auch anders sein können? Sie merkte, daß sich Simon hochzog und dann mit den flachen Händen vergeblich gegen das Holz hämmerte. Sehen konnte sie ihn nicht. Die Dunkelheit war undurchdringlich und lastete wie eine schwere, erstikkende Decke auf ihnen. Sie nahm wahr, daß Simon vor Angst langgezogen wimmerte, registrierte den Schweißgeruch, den er ausströmte, sein keuchendes Atmen, das dumpfe Herzpochen, das auch von ihr kommen konnte. Sie streckte die Arme nach ihm aus und streichelte tröstend sein Gesicht, das naß vor Meerwasser und Tränen war. Sie spürte, wie seine zitternden Hände über ihre Wangen, die Augen und die Lippen fuhren.

»Müssen wir jetzt sterben?« fragte er.

»Vielleicht. Aber wir haben noch eine Chance. Wir könnten versuchen, schwimmend zu entkommen.«

»Ich möchte aber bei Ihnen bleiben. Ich möchte nicht allein sterben.«

»Wir dürfen uns nicht aufgeben. Sie müssen mit mir schwimmen.«

»Gut, ich versuch's. Wann?« flüsterte er.

»Jetzt gleich. Solange wir noch genug Luft haben. Sie schwimmen zuerst. Ich folge Ihnen nach.«

Für ihn war's besser so. Wer zuerst untertauchte, kam leichter durch, wurde nicht durch die paddelnden Füße des Vorausschwimmenden behindert. Und wenn Simon aufgeben sollte, hatte sie vielleicht noch die Kraft, ihn vor sich her zu schieben. Einen Augenblick lang überlegte sie, was sie tun sollte, falls sich der Spalt verengte und sein eingeklemmter Körper die Flucht unmöglich machte. Nein, sie mochte nicht weiterdenken. Simon war jetzt sicherlich weniger kräftig als sie. Kälte und Todesangst hatten ihn geschwächt. Er mußte als erster losschwimmen. Der Wasserspiegel stand mittlerweile so hoch, daß nur noch ein kaum wahrnehmbarer Schimmer anzeigte, wo sich der Spalt befand. Er war da, wo der dunkle Grund einen fahlen Fleck aufwies. Die nächste Woge würde ihn verwischen, und dann saßen sie ohne jeglichen Anhaltspunkt in völliger Dunkelheit gefangen. Sie zog ihre klatschnasse Strickweste aus. Gemeinsam ließen sie die Leiter los und schwammen zur Mitte des Teufelskessels, wo die Höhlendecke noch am höchsten war. Dann drehten sie sich auf den Rücken und holten tief Luft. Das Felsdach streifte beinahe Cordelias Stirn. Kühle Süßwassertropfen fielen ihr wie ein letzter Gruß aus der Welt da draußen auf die Zunge. »Los jetzt!« befahl sie leise. Er gab – ohne zu zögern – ihre Hand frei und glitt ins Wasser. Sie atmete zum letztenmal tief ein, warf sich herum und tauchte gleichfalls weg.

Ihr war klar, daß sie um ihr Leben schwimmen mußte, und das war auch alles, was ihr durch den Kopf schoß. Da es Zeit zum Handeln und nicht zum Überlegen war, war sie auf die Dunkelheit, das eisige Wasser und die Gewalt der hereinströmenden Flut überhaupt nicht vorbereitet. Sie hörte nur das Dröhnen in ihren Ohren, spürte nur den Schmerz in der Brust und die dunkle Woge der Flut, gegen die sie wie ein verängstigtes, in die Enge getriebenes Tier ankämpfte. Das Meer, das war der Tod, dessen sie sich mit ihrem Überlebensdrang, ihrer Jugend, ihrer Hoffnung zu erwehren suchte. Sie hatte kein Zeitgefühl mehr. Die Flucht durch diese Hölle dauerte sicher schon Minuten oder gar Stunden. Dabei waren es nur Sekunden. Sie nahm den wild paddelnden Menschen vor ihr gar nicht wahr. Sie hatte Simon, Ambrose Gorringe, ihre Todesangst völlig vergessen, wollte bloß nicht sterben. Und dann, als der schmerzhafte Druck kaum noch auszuhalten war, als ihre Lungen zu bersten drohten, sah sie, daß das Wasser über ihr heller wurde, durchscheinender, sanfter, warm wie Blut. Und sie schwamm nach oben zur Luft, zur Oberfläche, zu den Sternen.

Es war, als sei sie wiedergeboren worden. Nach der Beklemmung, dem verzweifelten Kampf, der Dunkelheit und der Angst spürte sie, wie ihr das Blut wieder warm durch die Adern strömte. Und es war wieder hell ringsum. Sie wunderte sich, daß das Licht des Mondes so warm, so sanft, so wohltuend wie ein Sommertag sein konnte. Auch das Meer war überhaupt nicht mehr kalt. Sie drehte sich auf den Rücken und ließ sich mit ausgebreiteten Armen dahintreiben. Die Sterne schienen sie zu begleiten. Sie war überglücklich, daß sie da waren, und lachte ihnen in ihrer Freude zu. Und es überraschte sie gar nicht, daß sich Schwester Perpetua mit ihrer weißen Flügelhaube über sie beugte.

»Da bin ich, Schwester Perpetua!« flüsterte sie. »Da bin ich wieder.«

Seltsam war nur, daß Schwester Perpetua dann mit zwar freundlicher, aber abweisender Miene den Kopf schüttelte, daß die weiße Flügelhaube entschwand, nur noch der Mond, die Sterne und das menschenleere Meer übrigblieben. Und dann wußte sie mit einemmal, wer und wo sie war. Der Kampf war noch nicht zu Ende. Sie mußte mit aller Kraft gegen ihre Mattigkeit, gegen das überwältigende Glücksgefühl, gegen diese Zufriedenheit ankämpfen. Denn der Tod, der sie nicht mit Gewalt hatte vernichten können, näherte sich ihr nun verstohlen.

Doch dann sah sie, daß im Mondlicht ein Segelboot auf sie zuhielt. Zuerst meinte sie, es handele sich um eine Erscheinung, die sie sich in ihrer Erschöpfung einbildete, die sich ebenso verflüchtigen würde wie Schwester Perpetuas Gesicht mit der weißen Haube. Erst als es immer größer wurde und sie darauf zuschwamm, kam es ihr bekannt vor. Auch den Mann mit dem wirren Haar erkannte sie wieder. Es war das Fischerboot, das sie nach Courcy gebracht hatte. Sie hörte das Plätschern der Wellen vorm Bug, das Knacken der Planken, das Flattern der Segel. Die vierschrötige Gestalt hob sich dunkel vorm Himmel ab, während sie die Segel einholte. Der Außenbordmotor dröhnte leise. Der Bootsführer manövrierte mit der Breitseite auf sie zu. Er wollte sie an Bord ziehen. Das Boot schwankte etwas und schien dann zu stehen. Sie spürte schmerzhaft, daß sie jemand an den Armen packte. Gleich darauf lag sie auf den Deckplanken, und der Mann kniete neben ihr. Er schien keineswegs überrascht zu sein, sie zu sehen. Er stellte auch keine Fragen. Er zog seinen Sweater aus und deckte sie damit zu.

Sobald sie sich erholt hatte, flüsterte sie: »Welch ein Glück, daß Sie noch da waren!«

Er deutete auf den Mast, an dem festgebunden wie ein Wimpel ihr Ledergurt hing.

»Ich wollte Ihnen das bringen.«

»Sie wollten mir meinen Gürtel bringen?«

Sie wußte nicht, was daran so komisch war, warum sie am liebsten hysterisch aufgelacht hätte.

»Ich wollte, solange der Mond noch scheint, auf der Insel landen, obwohl Gorringe was gegen ungebetene Gäste hat. Ich wollte den Gürtel am Kai lassen, wo Sie ihn am Morgen bestimmt gefunden hätten.«

Die Anwandlung von Hysterie war vorüber. Sie richtete sich auf und blickte zur Insel hinüber und zu dem dunklen Klotz da drüben, der unverrückbar wie ein Fels wirkte und in dem alle Lichter erloschen waren. Doch dann brach der Mond hinter einer Wolke hervor, und auf einmal war es ein schimmerndes Märchenschloß. Jeder Ziegelstein war deutlich zu sehen. Der Turm war wie mit Silber überzogen. Hingerissen bestaunte sie den zauberhaften Anblick. Dann fiel ihr dumpf alles wieder ein. Hielt Gorringe nach ihr Ausschau, dort oben auf seiner Zitadelle, das Fernglas vor den Augen? Suchte er das Meer nach einem auf und nieder tanzenden Kopf ab? Sie versuchte sich vorzustellen, wie alles verlaufen wäre, wenn sie sich ausgepumpt gegen den Sog der zurückflutenden Wellen über den kiesigen Untergrund zum Strand hochgekämpft und dann aufblickend in seine grausamen Augen geschaut hätte. Sie wäre in ihrer Erschöpfung auf einen ausgeruhten Gegner gestoßen. Sie überlegte, ob er es über sich gebracht hätte, sie kaltblütig umzubringen, und gelangte zu dem Schluß, daß es ihm schwergefallen wäre, daß er's nicht geschafft hätte. Denn es war viel leichter, nur die Falltür zuzuklappen, die Riegel vorzuschieben, alles übrige dem Meer zu überlassen. Romas Ausspruch fiel ihr ein: »Bei Gorringe wirkt selbst das Grauen irgendwie abgeschmackt.« Aber hätte er sie am Leben lassen können, nachdem er wußte, was sie herausgefunden hatte?

»Sie haben mir das Leben gerettet«, sagte sie.

»Ich habe Ihnen höchstens etwas Schwimmen erspart. Sie hätten es auch allein geschafft. Zum Strand ist es nicht mehr weit.«

Er fragte nicht, warum sie zu dieser Stunde leicht bekleidet im Meer geschwommen war. Nichts schien ihn zu erstaunen oder aus der Fassung zu bringen. Da fiel ihr plötzlich Simon wieder ein.

»Wir waren zu zweit«, erklärte sie hastig. »Ein Junge war noch bei mir. Wir müssen ihn suchen. Er muß hier irgendwo sein. Er ist ein durchtrainierter Schwimmer.«

Doch das still daliegende, mondbeschienene Meer war ringsum leer. Sie überredete ihn, eine Stunde weiterzusuchen. Und so tuckerte er denn mit gerefften Segeln und gedrosseltem Motor entlang der Küste langsam hin und her. Cordelia hockte zusammengesunken an der Bordkante und spähte nach einer Bewegung auf der glatten Wasserfläche aus. Schließlich mußte sie sich mit dem abfinden, was sie schon vorher befürchtet hatte. Simon war zwar ein geübter Schwimmer gewesen, aber Kälte und Angst und vielleicht auch das Gefühl der Ausweglosigkeit mußten ihn dermaßen geschwächt haben, daß ihn letztlich die Kräfte verlassen hatten. Sie war zu erschöpft, um darüber Trauer zu empfinden. Sie empfand nicht einmal Enttäuschung.

Als sie bemerkte, daß sie in langsamer Fahrt auf den Kai von Courcy zutrieben, protestierte sie bestürzt: »Ich will nicht nach Courcy. Ich will nach Speymouth.«

»Wollen Sie zum Arzt?«

»Nicht zum Arzt, zur Polizei.«

Ohne weitere Fragen zu stellen, steuerte er das Boot herum. Sobald es ihr wieder warm geworden war und sie sich ein wenig erholt hatte, stand sie auf, um ihm beim Segelsetzen zu helfen. Doch sie schien in den Armen keine Kraft zu haben.

»Gehen Sie doch in die Kajüte, und versuchen Sie zu schlafen!« riet er ihr.

»Wenn's Ihnen nichts ausmacht, würde ich lieber an Deck bleiben.«

»Von mir aus. Sie stören mich nicht.«

Er holte ein Kissen und einen Wettermantel aus der Kajüte und bereitete ihr am Mast eine Lagerstatt. Als Cordelia zu den kalt funkelnden Sternen emporblickte, das Flattern des Segels am Großbaum und das Geplätscher der Wellen unterm Bug hörte, wünschte sie, daß die Fahrt endlos weitergehen, daß diese von Frieden und Schönheit geprägte Pause zwischen dem überstandenen Schrecken und dem künftigen Grauen nie aufhören möge.

Wie zwei vertraute Freunde segelten sie durch die stille Nacht dem Hafen von Speymouth entgegen. Dann mußte sie eingeschlafen sein. Sie nahm nur noch dumpf wahr, daß das Boot die Kaimauer entlangschrammte, daß er sie an Land trug, daß seine Hand ihren Busen streifte, sein Sweater nach Meer roch und sein Herz ebenso stark pochte wie ihres.

9

Die nächsten zwölf Stunden hatte Cordelia nur als eine wirre Folge unverständlicher Eindrücke in Erinnerung, als ein Durcheinander von einzelnen Bildern und Menschen, die eine immerfort klickende Kamera mit verblüffender, unnatürlicher Klarheit festgehalten und für alle Zeit mitsamt ihrer kuriosen Alltäglichkeit fixiert zu haben schien.

So beispielsweise einen riesigen Teddybären auf dem

Schreibtisch im Polizeirevier, der – schielend, ein Schildchen am Hals – am Ende der Schreibtischplatte an der Wand lehnte. Dann eine Tasse mit starkem Tee, der auf die Untertasse übergeschwappt war. Zwei durchweichte Kekse, die sich allmählich auflösten. Warum waren ihr ausgerechnet diese Bilder so deutlich haftengeblieben? Dann Chefinspektor Grogan in einer blauen Strickjacke mit zerfranstem Ärmelrand, der sich etwas Eigelb vom Mund wischte und auf sein Taschentuch blickte, als sei er erstaunt wie sie, daß er so spät noch einen Imbiß zu sich nahm. Sie sah sich selbst, wie sie – Gesicht und Arme unter einer kratzenden Wolldecke – zusammengesunken im Fond eines Polizeiwagens saß. Dann das Foyer eines kleinen Hotels, in dem es nach einer lavendelhaltigen Möbelpolitur roch, in der ein kitschiges Bild hing, das den Tod Nelsons an Deck seines Schiffes darstellte. Eine Frau mit heiterem Gesicht – die Polizeibeamten schienen sie gut zu kennen – half ihr die Treppe hinauf. Ein kleines, rückwärts gelegenes Zimmer mit einem Bettgestell aus Messing und einer Mickymausabbildung auf dem Lampenschirm. Als sie am Vormittag aufwachte, fand sie ihre Jeans und das T-Shirt säuberlich zusammengelegt auf dem Stuhl neben ihrem Bett. Sie nahm sie in die Hand, als gehörten die Sachen jemand anders. Der Gedanke kam ihr, daß die Polizei noch in der Nacht nach Courcy gefahren sein mußte. Sonderbar, daß man sie nicht mitgenommen hatte. Ein alter Mann, den Zipfel der Papierserviette hinter den Hemdkragen gestopft, ein grellrotes Muttermal im Gesicht, saß stumm zusammen mit ihr und den zwei Polizistinnen im Frühstückszimmer. Dann die Polizeibarkasse, wie sie gegen den auffrischenden Wind die Bucht durchschnitt. Darauf sie selbst, eingeklemmt zwischen Sergeant Buckley und einer uniformierten Polizistin wie eine Gefangene unter Bewachung. Eine Möwe mit gekrümmtem, kräftigem Schnabel kreiste über ihnen und ließ sich, als sei sie eine Galionsfigur, auf der Bugspitze nieder. Und dann ein Anblick, der all diese merkwürdigen Szenen mit einemmal entschlüsselte, das Grauen des gestrigen Tages wachrief, ihr die Brust einschnürte: Ambrose Gorringe, wie er allein am Kai auf sie wartete. Neben diesen zusammenhanglosen Bildern erinnerte sie sich noch an die vielen Fragen, an unzählige, immer wieder gestellte Fragen, an neugierige Gesichter, an Münder, die sich öffneten und automatenhaft wieder schlossen. Der Vernehmungen entsann sie sich hinterher ganz genau, der Ort aber hatte sich ihr nicht eingeprägt. War es im Polizeirevier gewesen? Im Hotel? Auf der Barkasse? Auf Courcy? Vielleicht trafen all diese Orte zu. Vielleicht waren all die Fragen von mehreren Stimmen gestellt worden. Sie schien von Ereignissen berichtet zu haben, die jemand anders erlebt hatte, jemand, den sie freilich gut kannte. Im Kopf der Erzählerin war alles ganz deutlich gespeichert gewesen, obgleich es vor langer Zeit, vor Jahren geschehen war, damals, als Simon noch lebte.

»Sind Sie sicher, daß die Falltür, als Sie ankamen, hochgeklappt war?«

»Ja.«

»Die hochgeklappte Tür lehnte also an der Höhlenwand?«

»Muß sie wohl, wenn sie offen war.«

»Wenn sie offen war! Sie behaupten, daß sie offen war. Sind Sie sicher, daß nicht Sie die Klapptür geöffnet haben?«

»Da bin ich mir sicher.«

»Wie lange hatten Sie sich bei Simon Lessing im Teufelskessel aufgehalten, als Sie die Klapptür zufallen hörten?«

»Das weiß ich nicht genau. Jedenfalls so lange, daß ich nach dem Handschellenschlüssel fragen, tauchen, den Schlüssel finden und Simon befreien konnte. Etwa acht Minuten vielleicht.«

»Wissen Sie mit Bestimmtheit, daß dann die Falltür verriegelt wurde? Haben Sie beide versucht, die Tür hochzudrücken?«

»Zuerst versuchte ich es allein. Dann zusammen mit Simon. Ich wußte aber, daß es sinnlos war. Ich hatte das Knirschen der Riegel deutlich gehört.«
»Haben Sie sich vielleicht weniger angestrengt, weil Sie meinten, daß es sinnlos sei?«
»Ich habe mich nach Kräften bemüht. Ich habe mich mit der Schulter dagegengestemmt. Es ist doch eine völlig natürliche Reaktion, daß man es versucht. Trotzdem wußte ich, daß es vergebens war. Ich hatte deutlich gehört, wie die Riegel zugeschoben wurden.«
»Trotz des Rauschens der Flut haben Sie dieses leise Geräusch vernommen?«
»Im Teufelskessel hörte man nicht viel von der Flut. Das Wasser stieg so leise, als würde man einen Kessel füllen. Das machte es so grauenhaft.«
»Sie hatten Angst, und Sie froren. Meinen Sie, daß Sie die Kraft gehabt hätten, die Tür hochzudrücken, wenn sie zufällig zugefallen wäre?«
»Es war kein Zufall. Wie kann so was Zufall sein? Ich habe doch genau gehört, wie jemand die Riegel zuschob.«
»Einen oder beide?«
»Beide. Ich habe zweimal gehört, wie Metall über Metall schrammte.«
»Ihnen ist doch bewußt, was das heißt? Die Bedeutung Ihrer Aussage ist Ihnen doch klar?«
»Aber ja.«
Sie mußte dann mit ihnen zum Teufelskessel gehen. Es war nicht eben freundlich oder feinfühlig von ihnen. Aber das war nicht ihre Aufgabe. Auf die Falltür waren helle Scheinwerfer gerichtet. Ein Mann kniete daneben und trug mit den behutsamen Pinselstrichen eines Malers Puder auf, um Fingerabdrücke kenntlich zu machen. Sie klappten die Tür hoch, lehnten sie aber nicht gegen die felsige Wand, sondern bewegten sie so lange sachte hin und her, bis sie von selbst halbwegs senkrecht stand. Dann traten sie zurück und warteten, bis sie nach wenigen Sekunden von selbst

krachend zufiel. Cordelia, die das Geräusch von gestern noch im Ohr hatte, erschauderte. Hernach mußte sie die Tür hochklappen. Sie war schwerer, als sie vermutet hatte. Und darunter sah sie dann die Eisenleiter, die in die tödliche Unterwelt führte, die halbkreisförmige Ausgangsröhre, durch die etwas Tageslicht schimmerte, das dunkle, dumpf riechende Wasser, das gegen die Felswände schwappte. Sie mußte hinunterklettern, und sie machten die Tür zu. Dann stemmte sie sich mit der Schulter dagegen, wie sie es verlangt hatten, und konnte die Tür mühelos hochheben. Einer der Beamten stieg hernach zu ihr hinunter, worauf sie die Falltür schlossen und die Riegel leise zuschoben. Sie wollten feststellen, wieviel sie hatte hören können. Daraufhin forderten sie Cordelia auf, die Tür senkrecht zu stellen, was ihr nicht gelang. Auf ihre Aufforderung hin versuchte sie es ein zweites Mal. Sie sagten nichts, als es ihr abermals mißlang. Sie überlegte angestrengt, ob sie nun annehmen könnten, sie habe sich nicht ernstlich bemüht. Und die ganze Zeit über sah sie den ertrunkenen Simon vor sich, den weit aufgerissenen Mund, die starren Augen, die wie ein toter Fisch im Wasser auf und nieder tanzende Leiche, die die Ebbe davontrug.

Und wenig später saß sie in einem Winkel auf der Terrasse und hatte nur noch die wortkarge Polizeibeamtin mit dem verschlossenen Gesicht um sich. Sie wartete unweit der Polizeibarkasse, auf der sie Courcy für immer verlassen würde. Ihre Schreibmaschine und ihr Handgepäck befanden sich zu ihren Füßen. Der Wind wehte noch, aber mittlerweile war die Sonne herausgekommen. Hingebungsvoll ließ sich Cordelia den Rücken bestrahlen. Seit gestern hatte sie das Gefühl, daß es ihr nie mehr warm werden würde.

Plötzlich fiel ein Schatten auf die Terrassenplatten. Gorringe hatte sich ihr geräuschlos genähert und stand nun neben ihr. Die wartende Polizistin war außer Hörweite. Gorringe redete, als sei sie gar nicht vorhanden, als gebe es nur sie beide.

»Ich habe Sie gestern nacht vermißt, mir Ihretwegen Sorgen gemacht. Die Polizei hat mir mitgeteilt, daß man Sie in einem Hotel untergebracht hätte. Hoffentlich ist das Zimmer behaglich gewesen.«
»Ich denke schon. So genau weiß ich es nicht mehr.«
»Sie haben der Polizei selbstverständlich alles gesagt. Das ging jedenfalls aus ihren abweisenden, forschenden, leicht verlegenen Mienen hervor, die sie mir gegenüber aufsetzten, als sie mir gestern nacht noch einen späten, wenn auch nicht unerwarteten Besuch abstatteten.«
»Ja, ich habe ihnen alles gesagt.«
»Man kann ihre Freude geradezu riechen. Ich kann die Leute gut verstehen. Wenn Sie nicht lügen, sich getäuscht haben oder verrückt sind, haben sie einen ganz dicken Fisch an der Angel. Ihnen allen winkt eine Beförderung. Sie haben mich allerdings noch nicht verhaftet, wie Sie sehen. Die Situation ist auch zweifellos ungewöhnlich. Sie erfordert Takt und behutsames Vorgehen. Deswegen werden sie sich Zeit lassen. Im Augenblick beschäftigt sie noch immer die Falltür. Sie müssen sich schlüssig werden, ob sie nun zufällig zugefallen ist oder ob Sie tatsächlich hören konnten, daß jemand die Riegel vorschob. Denn als sie gestern nacht hier waren – in einem höchst erregten Zustand, muß ich sagen –, war die Falltür zwar geschlossen, aber nicht verriegelt. Ich glaube nicht, daß sie auf den Riegeln irgendwelche brauchbaren Fingerabdrücke finden werden, oder sind Sie da anderer Meinung?«
Plötzlich fühlte sie eine Wut in sich aufsteigen, als müsse sie als schwache Frau für all die armen Kreaturen eintreten, die bedenkenlos umgebracht worden waren.
»Sie haben Simon ermordet!« schrie sie ihm ins Gesicht. »Und Sie versuchten, auch mich umzubringen. Auch mich! Und das nicht aus Notwehr, nicht einmal aus Haß. Mein Leben war Ihnen weniger wert als Ihre Bequemlichkeit, Ihr Besitz, Ihre private Welt! Mein Leben zählte da nicht!«
»Falls Sie das annehmen, ist Ihre Empörung verständlich«,

erwiderte er gleichmütig. »Aber wissen Sie, Cordelia, ich habe der Polizei gesagt und ich sage es auch Ihnen, daß es sich so nicht abgespielt hat. Es ist schlichtweg nicht wahr. Niemand hat versucht, Sie umzubringen. Niemand hat die Riegel zugeschoben. Als Sie zum Teufelskessel kamen, war die Falltür geschlossen. Sie hoben sie ein wenig an, so daß Sie gerade noch hindurchschlüpfen konnten, und kletterten zu Simon hinab. Aber Sie haben die Falltür nicht hochgeklappt. Sie haben sie entweder zurückfallen lassen oder nur ein wenig angehoben, so daß sie dann von selbst zufiel. Sie waren verängstigt, durchfroren, erschöpft. Sie hatten einfach nicht mehr die Kraft, die Tür hochzudrücken.«
»Und wie steht's mit Ihrem Motiv, dem Foto im ›Speymouth Chronicle‹?«
»Was für ein Foto? Es war unklug von Ihnen, Ihre Umhängetasche mit dem Pressefoto auf dem Schreibtisch im Büro liegenzulassen. Freilich ein durchaus verständliches Versehen in Ihrer Angst um Simon. Aber mir kam's zugute. Sagen Sie mir bloß nicht, daß Sie sein Verschwinden noch nicht bemerkt haben!«
»Die Polizei vernimmt die Frau, die es mir gegeben hat. Es wird sich herausstellen, daß ich den Zeitungsausschnitt hatte. Dann wird man eben versuchen, einen weiteren aufzufinden.«
»Dann muß die Polizei aber schon viel Glück haben. Und selbst wenn man einen zweiten auffindet und dieser – nach einer Zeit von mehreren Jahren! – ebenso scharf ist wie der, den Sie nachlässigerweise eingebüßt haben, ist meine Schuld noch keineswegs bewiesen. Ich muß irgendwo in England einen Doppelgänger haben. Vielleicht war's gar ein Ausländer. Oder einigen wir uns darauf, daß ich auf der Welt einen Doppelgänger habe. Ist denn das so ungewöhnlich? Von Monat zu Monat wird es schwieriger, mir nachzuweisen, daß ich 1977 in England war. In einem Jahr hätte mir selbst Clarissa nichts mehr anhaben können. Selbst wenn sich mein Aufenthalt beweisen ließe, macht

mich das noch lange nicht zum Mörder oder zum Komplizen eines Mörders. Simon Lessing hat sich selbst umgebracht. Und er hat Clarissa ermordet. Er hat es mir gestanden, in seinem Haß und Ekel ihr Gesicht verwüstet und ist dann durchs Badezimmerfenster geflüchtet. Und als er gestern nacht den Gedanken an seine Tat und ihre Folgen nicht mehr ertragen konnte, versuchte er, sich umzubringen. Trotz Ihres heldenhaften Rettungsversuchs gelang es ihm auch. Sie haben Glück gehabt, daß er Sie nicht mit in den Tod nahm. Ich hatte mit alldem nichts zu tun. So lautete meine Aussage, liebe Cordelia, und nichts, was Sie da fabulieren mögen, kann sie widerlegen.«
»Warum sollte ich etwas zusammenfabulieren? Warum sollte ich lügen?«
»Das hat mich die Polizei auch gefragt. Ich erwiderte, daß junge Frauen wie Sie bekanntlicherweise eine blühende Phantasie besitzen und Sie zudem etwas Schreckliches erlebt hatten. Ich gab noch zu bedenken, daß Sie die Inhaberin einer Detektei seien, die – Sie werden's mir verzeihen, wenn ich aus Äußerlichkeiten meine Schlüsse gezogen habe – nicht eben viel Geld abwirft. Sie müßten eine Unsumme ausgeben, um sich die Publicity zu verschaffen, die dieser Fall Ihnen bescheren könnte, sofern es tatsächlich zu einer Anklage kommt.«
»Wer wünscht sich schon Publicity, die darauf beruht, daß man versagt hat?«
»Ich an Ihrer Stelle würde da nicht so schwarz sehen! Sie haben viel Mut und Scharfsinn bewiesen. Mehr, als es die Pflicht von Ihnen verlangt hat, wie sich der arme George ausdrücken würde. Ich denke nicht, daß George das Gefühl hat, Sie seien Ihr Honorar nicht wert gewesen. Falls Sie jedoch auf Ihrer Darstellung beharren«, fuhr er fort, »steht mein Wort gegen Ihres. Simon ist tot. Ihm kann nichts mehr nahegehen. Für uns beide wird es jedenfalls keine schöne Zeit.«
Glaubte er denn, daß sie nicht daran gedacht hatte, an das

monatelange Warten, an all die Vernehmungen, an den Prozeß mit seinen widerlichen Begleiterscheinungen, an die neugierigen Augen der Zuschauer, an den Urteilsspruch, der sie als Lügnerin oder – schlimmer noch – als publicitygeile Hysterikerin brandmarken konnte?
»Ich weiß«, erwiderte sie. »Aber ich bin harte Zeiten gewohnt.«
Er wollte also die Sache bis zum bitteren Ende durchfechten. Noch gestern nacht, als er ihren Rettungsversuch abwartete, mußte er sein weiteres Vorgehen geplant, neue glaubhafte Lügen ausgeheckt haben. Er würde all seine Durchtriebenheit, sein Renommee, sein Wissen, seine Intelligenz in die Waagschale werfen. Bis zum letzten Atemzug würde er um sein privates Königreich kämpfen. Sie sah seinen spöttisch verzogenen Mund, seinen gelösten, zuversichtlichen Gesichtsausdruck. Er schien sich wohl schon auf die Unterbrechung seines geruhsamen Lebens zu freuen, im Vorgefühl eines sicheren Erfolges zu schwelgen. Er würde mit allen nur denkbaren juristischen Kniffen arbeiten, sich die besten Anwälte nehmen. Er würde dem Kampf nicht ausweichen und weder jetzt noch später klein beigeben.
Aber wie könnte er, falls er den Prozeß gewann, mit dem Wissen um seine Tat leben? Vermutlich würde es ihm nicht viel ausmachen, ebensowenig wie Clarissa der Tod von Viccy beunruhigt hatte. Oder Sir George die Mitschuld an Carl Blythes Tod. Nein, man brauchte nicht an das Bußsakrament zu glauben, wenn man mit irgendwelchen Schuldgefühlen fertig werden wollte. Auch sie hatte da so ihre Mittelchen. Gorringe würde sich schon zu behelfen wissen. Und war denn das, worauf er sich da eingelassen hatte, so ungewöhnlich? Tagaus, tagein gerieten Menschen unverhofft in unwiderstehliche Versuchung. Ambrose Gorringe war ihr erlegen. Was hätte ihm auch die Kraft verleihen können, ihr zu widerstehen? Wer sich so lange vom Getriebe der Menschen ferngehalten hatte, vom menschlichen

Leben mit all seiner Schäbigkeit, konnte kein Mitgefühl mehr empfinden.
»Lassen Sie mich bitte allein!« sagte sie. »Ich möchte Sie nicht mehr sehen.«
Er rührte sich nicht von der Stelle. Nach einer Weile sagte er mit ruhiger, freundlicher Stimme: »Es tut mir leid Cordelia. Es tut mir wirklich leid.«
Als würde er jetzt erst die stumme uniformierte Polizistin bemerken, fügte er noch hinzu: »Ihr erster Besuch auf Courcy ist nicht so glücklich verlaufen, wie ich's erhofft hatte. Ich wünschte, es wäre anders gekommen. Verzeihen Sie mir!«
Sie wußte, das war das einzige Eingeständnis, zu dem er sich je bequemen würde. Vor Gericht hatte es keine Gültigkeit. Es würde nie als ein Beweis gewertet werden. Trotzdem glaubte sie, auch wenn's ihr schwerfiel, daß es ehrlich gemeint war.
Sie blickte ihm nach, als er beschwingt auf sein Schloß zueilte. Chefinspektor Grogan kam ihm entgegen. Ohne miteinander zu reden, traten sie dann ins Haus.
Sie blieb sitzen und wartete. Ein Polizeibeamter in Uniform – blutjung und mit einem Gesicht wie ein Engel von Donatello – näherte sich ihr.
»Sie werden am Telefon verlangt, Miss Gray!« sagte er errötend. »In der Bibliothek.«
Es war Miss Maudsley, die sich trotz ihrer Aufgeregtheit alle Mühe gab, verständlich zu sprechen.
»Hoffentlich behellige ich Sie nicht mit meinem Anruf, Miss Gray. Der junge Mann am Telefon versicherte mir, daß ich nicht störe. Er war übrigens ausnehmend liebenswürdig. Ich wollte nur wissen, wann Sie heimkommen. Wir haben nämlich einen neuen Auftrag erhalten. Ein überaus dringender Fall. Es geht um ein entlaufenes Siamkätzchen, ein Seal-Point. Es gehört einem Mädchen, das vor wenigen Tagen nach einer Leukämiebehandlung aus dem Krankenhaus entlassen worden ist. Das Mädchen hatte das

Kätzchen erst seit einer Woche. Es bekam es zur Heimkehr geschenkt. Und nun ist das arme Ding furchtbar betrübt. Bevis ist gerade wegen einer Rolle unterwegs. Wenn ich jetzt nach dem Kätzchen suche, ist niemand im Büro. Überdies hat Mrs. Sutcliffe noch vorhin angerufen. Nanki-Poo, ihr Pekinese, ist wieder mal entwischt. Sie möchte, daß wir ihn unverzüglich herbeischaffen.«

»Hängen Sie einen Zettel an die Tür, auf dem steht, daß wir morgen um neun wieder geöffnet haben«, ordnete Cordelia an. »Dann können Sie das Büro zumachen und nach dem Kätzchen suchen. Rufen Sie noch Mrs. Sutcliffe an und sagen Sie ihr, daß ich mich heute abend wegen Nanki-Poo bei ihr melden werde. Ich bin jetzt auf dem Weg zur Voruntersuchung. Chefinspektor Grogan wird eine Verschiebung beantragen. Es kann also nicht mehr lange dauern. Ich nehme dann den Nachmittagszug.«

Als sie aufhängte, überlegte sie, ob man sie davon abhalten könne. Die Polizei wußte ja, wo sie zu finden war. Trotzdem würde Courcy sie nicht so schnell freigeben. Vielleicht nie. Aber auf sie wartete ein neuer Auftrag. Ein Auftrag, der zudem dringend war und den sie auch bewältigen konnte. Obwohl ihr klar war, daß derlei sie nicht für den Rest ihres Lebens befriedigen würde, machte ihr das Betuliche nichts mehr aus. Sie sehnte sich sogar danach. Denn Tiere quälten einander nicht mit Todesdrohungen, noch muteten sie einem zu, daß man ihr grauenhaftes Ende miterleben mußte. Sie halsten einem keine psychischen Probleme auf, horteten keine Reichtümer, lebten nicht in der Vergangenheit. Auf Liebesentzug reagierten sie nicht mit Schmerzensschreien. Sie verlangten nicht, daß man ihretwegen log, und versuchten nicht, einen zu ermorden.

Sie verließ die Bibliothek und trat auf die Terrasse. Grogan und Buckley standen reglos da und warteten auf sie: Grogan am Bug der Polizeibarkasse, Buckley am Heck. Sie erinnerten an unbewaffnete Recken, die auf ein Prunkschiff achtgaben, das ihren König nach Avalon tragen sollte. Als sie stehenblieb und die beiden anblickte, spürte sie, wie eindringlich diese auch sie musterten. Sie hatte das Gefühl, daß dieser Augenblick etwas zu besagen hatte, daß sie alle drei sich über etwas schlüssig werden mußten, es aber nie aussprechen würden. Auch die beiden da kämpften mit ihren Vorbehalten. Wieweit konnten sie sich auf ihren Verstand, ihre Ehrlichkeit, ihr Gedächtnis, ihr Durchhaltevermögen verlassen? Konnten sie ihr berufliches Ansehen als Polizeibeamte von ihrer Standfestigkeit abhängig machen, selbst wenn es vor Gericht hart auf hart gehen sollte? Wie würde sie sich schlagen, wenn es zum Prozeß kam und sie – gänzlich auf sich selbst angewiesen – als Zeugin vor dem Crown Court aussagen mußte? Doch die eventuellen Bedenken der beiden berührten sie nicht, als könne nichts, was sie tun, denken oder planen mochten, sie beeinflussen. Alles würde schließlich sein Ende finden, wie auch die beiden da und sie selbst ihr Ende finden würden. Im Verlauf der Zeit würden ihre Aussagen mit den halbvergessenen Gesichtern um Courcy verschmelzen – mit Carl Blythes einsamem Tod, mit Lillie Langtrys prunkvollen Auftritten, mit den zerfallenen Totenschädeln in der Gruft. Auf einmal kam sie sich unverwundbar vor. Die Polizisten da mußten sich schon selbst entscheiden. Sie hatte sich bereits entschieden, ohne zu zögern, ohne viel Bedenken. Sie würde die Wahrheit sagen. Und sie würde da heil herauskommen. Nichts konnte sie erschüttern. Sie rückte die Umhängetasche zurecht und ging entschlossen auf die Barkasse zu. In diesem Augenblick überkam sie das Gefühl, daß Courcy, daß all die Geschehnisse an diesem verhängnisvollen Wochenende ihrem Leben, ihrer Zukunft, ihrem unbeirrbar pochendem Herzen ebensowenig anhaben konnten wie das blaue, erbarmungslose Meer.

Quellenverzeichnis

Claretta Cerio: »Eine befreite Frau«. Aus Claretta Cerio EIN KÜHLES GRAB IN DER TOSKANA. Copyright © 1979, 1984 und 1990 by Claretta Cerio. Scherz Verlag Bern, München, Wien.

Amanda Cross: »Murder Without a Text« (Mord ohne Textvorlage). Copyright © 1990 by Carolyn Heilbrun. Veröffentlicht mit der Genehmigung Nr. 50140 der Paul & Peter Fritz AG in Zürich. Aus dem Englischen übersetzt von Anne Rademacher. Nutzung der Übersetzung mit freundlicher Genehmigung des Verlags R. Piper GmbH & Co. KG, München.

Antonia Fraser: »The Bottle Dungeon« (Das Verlies). Copyright © 1992 by Antonia Fraser. »By Arrangement with Curtis Brown Group, Ltd., London, and Agence Hoffman, Munich«. Aus dem Englischen übersetzt von Christine Frauendorf-Mössel. Scherz Verlag Bern, München, Wien.

Celia Fremlin: »Dangerous Sport« (Riskante Spiele). Copyright © 1987 by Celia Fremlin. Aus: Harriet Ayres (Hrsg.) SCHÖNEN TOD NOCH, SAMMY LUKE. Aus dem Englischen übersetzt von Irmela Erckenbrecht. Copyright © Fischer Taschenbuch Verlag GmbH, Frankfurt am Main 1992.

Sue Grafton: »Non Sung Smoke« (Gras aus Non Sung). Copyright © 1988 by Sue Grafton. Aus: Sue Grafton